ESOS MONSTRUOS A LOS QUE AMAMOS

- ▸ **Dirección editorial:** Marcela Aguilar
- ▸ **Edición:** Melisa Corbetto con Stefany Pereyra Bravo
- ▸ **Coordinación de arte:** Valeria Brudny
- ▸ **Coordinación gráfica:** Leticia Lepera
- ▸ **Armado de interior:** Cecilia Aranda
- ▸ **Diseño de portada e ilustraciones:** Ariel Escalante
- ▸ **Lettering:** Agustina Aguirre
- ▸ **Edición adaptada y corregida**

un sello de
V&R Editoras

MÉXICO: Dakota 274, colonia Nápoles,
C. P. 03810, alcaldía Benito Juárez, Ciudad de México.
Tel.: 55 5220–6620 · 800–543–4995
e-mail: editoras@vreditoras.com.mx

ARGENTINA: Florida 833, piso 2, oficina 203
(C1005AAQ), Buenos Aires.
Tel.: (54-11) 5352-9444
e-mail: editorial@vreditoras.com

Primera edición: agosto de 2022

ISBN: 978-607-8828-27-2

Impreso en México en Litográfica Ingramex, S. A. de C. V.
Centeno No. 195, colonia Valle del Sur, C. P. 09819
alcaldía Iztapalapa, Ciudad de México.

ESOS MONSTRUOS A LOS QUE AMAMOS

Andrea Tomé

Y pensé:
Así que esto
es el mundo.
No estoy en él.
Es hermoso.
MARY OLIVER, *Octubre*

Conozco la historia.
Hay muchos nombres
en la historia pero
ninguno de ellos
nos pertenece.
RICHARD SIKEN, *Pequeña bestia*

CALIFORNIA

*Parte 1

Cass

Hambre
1. Sensación que indica la necesidad de alimentos
2. Escasez de alimentos básicos
3. Deseo ardiente de algo

Era el otoño de mis diecisiete años, el asiento del copiloto del Acura Legend de Tara Ramos olía a brillo de labios de fresa y a cigarrillos mentolados, yo era popular por primera vez en mi vida y me odiaba tanto que me dormía todas las noches llorando y deseando vivir una vida exactamente igual a la mía, pero siendo feliz.

Lo cierto es que me había pasado todo el verano esperando a ser yo misma. Luego llegó septiembre y mamá y Robert, su marido muy estadounidense (sonrisa de dentífrico incluida), me enrolaron en el instituto público de Lompoc, California. La ecuación de mi popularidad había sido sencilla: Lompoc no tenía un equipo de gimnasia, por lo que acabé en el equipo de animadoras. Eso ayudó, como toda la historia del trabajo de Robert, y todo el peso que había perdido cuando vivíamos en Texas y Nora Chai era mi mejor amiga y el periódico escolar seguía siendo mi extracurricular favorita.

Eso me llevaba al asiento del copiloto de Tara Ramos. Estábamos aparcadas frente al Ice in Paradise, la pista de hielo en la que trabajábamos, apurando nuestra comida y observando a la gente que pasaba y charlando de todo y de nada.

—¿Sabías que Eric LeDuc ya no trabaja en la pizzería? —dijo Tara, dándole un sorbo muy, muy rápido a su Pepsi *light*.

Aparté la mirada y separé mi sándwich en tres partes (el Arizona pan, de cuyas cortezas me deshice; el queso, que tiré a la basura antes de que me invadiesen su olor/su textura/la manera en la que la luz de noviembre se reflejaba sobre él; y el jamón).

—Estás bromeando —dije, metiéndome media loncha en la boca—. Vino a traernos pan de ajo a la sala de descanso hace, como, dos días.

Tara se encogió de hombros y cambió de emisora. Sonaban los Smashing Pumpkins.

—Fue ayer. Le prendió fuego a uno de los cubos de basura del aparcamiento o algo parecido.

Puse los ojos en blanco.

—Diablos, si fuese un poco más estúpido los cerebritos del gobierno tendrían que atraparlo y analizarlo.

—O sea Robert, ¿no?

Alcé dos dedos.

—Nah, los tipos de la NASA son como los atletas de los científicos.

De haber estado allí, Nora habría precisado: "cerebritos con ínfulas". Tara, que no tenía su fuego, que era más ligera que el aire, solo se rio.

Saqué una manzana (verde, mediana, sin fisuras) de mi mochila y la balanceé sobre la palma de mi mano. Era como sostener todo el peso del mundo.

Conocí a Nora en la "casilla de salida", ahora que lo pienso, cuando todavía vivíamos en la base de la NASA de Houston. El trabajo de Robert implica mudarnos constantemente, de una base a otra, y aunque de buenas a primeras pueda resultar interesante (el inocente de mi hermano pequeño, Lucas, está encantado con la idea, y ya considera a Robert una especie de dios), echo de menos nuestro destartalado y pintoresco piso de Malasaña, nuestros excéntricos vecinos y el antiguo trabajo de mamá como maquilladora de efectos especiales.

Pero me gustaba Texas. De todos los lugares en los que habíamos estado, Texas había sido mi único amor, por decirlo de alguna manera. Me gustaban los colores tan maravillosos del cielo, la comida grasienta y confusamente deliciosa de los partidos de fútbol los viernes por la noche y las luces de los rascacielos de Houston desde la ventana de mi habitación. Y me gustaba Nora. Por supuesto.

Me gustaban las mañanas temprano con ella, apurando nuestro americano en el Whataburger antes de ir a clase, y me gustaba ir a verla correr al salir de un entrenamiento de animadoras, y me gustaban las citas de estudio que se acababan convirtiendo en citas para ver pelis de miedo (estaba intentando educarla en el tema). Pero, ante todo, me gustaba que hablásemos en el mismo idioma, por ponerlo de algún modo.

Cuando estás hundida hasta el cuello, es fácil reconocer a otras personas que están subidas al mismo barco que tú. Están los pequeños comportamientos, como la manera en la que Nora rodeaba sus muñecas con los dedos (el pulgar tocando el índice, luego el corazón, luego el angular, y finalmente el meñique) o cómo se acariciaba las clavículas cuando estaba nerviosa, como si quisiera asegurarse de que seguían ahí y seguían sobresaliendo. Otras cosas, también. Cosas físicas, como las ojeras (como marcas de café en un papel) o la manera en la que el pelo se vuelve más fino en las sienes.

Nora y yo conocíamos el hambre, y a través del hambre nos conocimos la una a la otra. Y no nos separamos ni un solo día hasta que, inevitablemente, tuvimos que hacer las maletas y dejar Houston, Texas, por Lompoc, California.

Si me preguntan, era una mierda enorme. Era una mierda con todas las letras, pero no podía decir nada al respecto porque sabía que mamá era feliz por primera vez desde hacía años y porque, a fin de cuentas, ya causaba bastante preocupaciones solo existiendo y deseando existir en un cuerpo más pequeño.

Volví a guardar la manzana, intacta, y alcé la vista para darme de bruces con Texas en sí. A Texas hecha un chico de dieciocho años con problemas para regular su temperatura corporal y un cuestionable sentido de la moda, al menos.

—¿Qué hay, Henry? —lo saludó Tara, girando la manivela hasta abrir la ventanilla al máximo.

Henry James Buckley, todo pecas en las mejillas y rizos trigueños y manazas de jugador de fútbol, le dio un último sorbo a su sopa y nos sonrió.

—Y yo que me preguntaba quién había sido el simpático que había tirado esa loncha de queso al suelo...

Zarandeé mi sándwich mixto en el aire como respuesta.

—Soy intolerante a la lactosa.

—¿Y te traes un sándwich de queso porque...?

—Me gusta el sufrimiento.

Henry se inclinó sobre la ventanilla abierta, de modo que pudimos oler su desodorante deportivo, y tamborileó los dedos sobre el techo del coche. Puesto que llevaba guantes, el sonido que emitió fue sordo.

—Deberías dejar de ver tanto la MTV.

—Y tú —repliqué, mirando de arriba abajo su anorak, sus pantalones de esquí y sus sempiternas botas de *cowboy*— deberías dejar de vestirte como un vaquero de expedición en la Antártida.

—Bueno, alguien tenía que traer un poco de estilo por aquí.

—Se volvió hacia Tara, que se estaba retocando el brillo de labios—. No era por ti, tesoro. Nunca has hecho nada mal en tu vida y cada jornada de trabajo contigo es una bendición y un privilegio. —Le tendió su vaso de sopa—. ¿Quieres? Bun bo Hue, del vietnamita de la esquina. Está buena.

Tara negó con la cabeza, sonriendo, y volvió a guardarse el brillo de labios en el bolsillo trasero de los vaqueros. Tara no creía en compartir la comida ni en tocar las superficies del transporte público con las manos y desde luego tampoco en beber de las latas de las máquinas expendedoras.

—Se nos está acabando el descanso, ya sabes.

—No me lo recuerdes —masculló Henry, fingiendo maravillosamente bien que alguien le clavaba un puñal en el corazón—. Venir aquí cada noche es mi cruz y mi maldición.

Henry solo trabajaba los turnos de noche (cuando había partidos de hockey o de curling, aunque nadie de por aquí daba un centavo por el curling). Lo difícil era hacerlo callar, eso era prácticamente todo lo que sabíamos de él. Que trabajaba por las noches, que era de Texas y que, de hecho, algo así como una lesión deportiva le había impedido jugar para los Longhorns, en la universidad.

Por supuesto, lo que hizo a continuación tampoco resultó demasiado revelador. Estiró un poco más el brazo, de modo que su condenado vaso de sopa entró en el coche, y arqueó una ceja.

—¿MTV? Te prometo que no tiene queso.

Olía a calor, a especias y a hogar.

Olía a estar viva y despierta.

A lo contrario de la niebla mental y a las noches en familia.

Sacudí la cabeza.

—Tara tiene razón. Deberíamos dejar de holgazanear y volver al trabajo y esas cosas.

Henry torció el gesto, tamborileando los dedos una vez más antes de separarse del coche.

—Bueno, como tú quieras. Nos vemos ahí dentro.

Sus botas hicieron un clic-clac contra el pavimento. Su espalda, ancha y fuerte, se fue haciendo más pequeña en el horizonte hasta desaparecer.

Tara suspiró.

—Un feriante.

—¿Qué?

—A lo mejor eso es lo que era antes de venir a California. Un feriante. Habla un poco como ellos.

—¿A cuánto sube ya la apuesta?

—Setecientos dólares.

Silbé. El Ice in Paradise era un lugar tan deprimente (en el que la gente pretendía gustarse cuando no querían usar las cuchillas de sus patines para rebanarse la yugular en un acto de homicidio competitivo) que tratar de averiguar el pasado de nuestro compañero más entrañablemente excéntrico se había convertido en nuestro deporte olímpico de preferencia.

—Yo creo que secretamente es un chico rico.

Tara resopló.

—Ajá, que iba a trabajar aquí si tuviese dinero.

—Bueno, a lo mejor sus padres son de esos ricachones que no te dan ni un dólar porque esperan que aprendas por ti mismo lo que es el trabajo duro y estupideces por el estilo.

—No sé. ¿Y qué me dices de...?

No terminó de formular la pregunta no porque acabase de tener un momento eureka, sino porque mi localizador acababa de pitar.

—Si es Big Joe que se aguante —dijo Tara mientras me lo sacaba del bolsillo delantero—. Todavía nos quedan dos minutos.

Fruncí el ceño, guardando la mitad restante de mi sándwich en la mochila. Sabía que no podía ser nada relacionado conmigo o con mi peso porque me había asegurado de no haber bajado de la semana anterior a la otra. Además, Lucas no tenía ni idea de nada de todo eso. Estaba convencido de que había desarrollado unas papilas gustativas radioactivas, o algo sí. En serio. Habló de ello un día en su clase. Al parecer, las palabras exactas que utilizó fueron "mi hermana Cass no come nada, ni siquiera sopa". Su profesora llamó a mamá para comentárselo. Aquella no fue una semana divertida para nadie. Mamá me prohibió volver a pasar tiempo con Nora (la llamó una mala influencia) y le pidió a la doctora Hayes que me viese dos veces por semana en lugar de una. De todas maneras, nada de todo eso importó mucho, porque tres semanas después ya nos estábamos preparando para venir a California.

De la misma manera que nos marcharemos ahora. Ese era el único cataclismo, la única Gran Razón por la cual mamá convocaba reuniones familiares aquellos días.

—¿Cass?

Tragué saliva, sintiendo la ropa mucho más áspera y pesada contra mi piel.

—Era mi madre. Creo que nos vamos. —Forcé una sonrisa seca como el polvo—. Creo que nos vamos de California.

Henry

Jueves 21 de enero, 1943

No llamábamos a Birdy así porque sus ojos fuesen del mismo color, aunque no de la misma forma, que los de una lechuza; tampoco debido a su nariz, cuya joroba recordaba maravillosamente al pico de un ave; ni mucho menos debido a la aparente ligereza de sus huesos, incluso cuando el fútbol le hizo ganar todos esos kilos de músculo. Llamábamos a Birdy así, sencillamente, porque amaba los pájaros, y mi madre siempre decía que solo es natural que, con el tiempo, uno se acabe pareciendo a las cosas a las que ama.

Debía ser así realmente, porque todo el mundo había dicho siempre que mi hermano Romus y yo éramos "como dos gotas de agua", con las mismas pecas sobre los pómulos (quemados por el sol), los mismos ojos azul oscuro, los mismos rizos trigueños incontrolables e, incluso, el mismo huequecito entre la paleta izquierda y su incisivo. Con los años llegué a parecerme un poco también a Birdy, seguramente porque jugábamos en el mismo equipo de fútbol y comíamos en los mismos sitios y comprábamos la ropa en las mismas tiendas y nos achicharrábamos bajo el sol abrasador del sur de Texas exactamente las mismas horas.

No sé. Con todo esto quiero decir que no llamábamos a Birdy así porque se pareciese a un ave, pero que, cuando tiró aquella piedrecita a mi ventana y me asomé a mirar, no pude evitar pensar en lo mucho que se parecía a un pájaro. Sobre todo bajo la penumbra del atardecer y en esa postura, con las manos hundidas en los bolsillos del pantalón, mordiéndose el labio inferior.

—Tenemos una puerta más que bonita justo a unos cuatro metros de ti —dije, abriendo la ventana de todos modos.

Aquí quiero incidir en que no sé calcular distancias y es muy posible que no fuesen cuatro los metros que separaban a Birdy de la puerta principal. Él debía estar pensando exactamente esto mismo, porque puso los ojos en blanco y escupió al suelo.

—Bueno, Buckley, hijoputa, ya sabes que me gusta causar impresión allá donde voy.

No había dicho "buena", porque si había algo cierto sobre este mundo del Señor es que Birdy St. James era incapaz de causar una buena impresión aunque le fuese la vida en ello. Siempre llevaba el pelo larguísimo y revuelto, las ropas más harapientas, que podría haberle robado a un indigente, y una sonrisita de medio lado que solo hacía recaer más la atención sobre la cicatriz que le dividía el labio superior. Así que, por supuesto, cuando llegué nuevo al colegio a los once años y me preguntó si también jugaba al fútbol, me lo tomé como si yo fuese un juerguista pecador y él Jesucristo en persona.

—¿Vas a dejarme entrar o no?

Le dirigí su misma sonrisa de medio lado. La luz de nuestro porche surtía un efecto asombroso en él, por cierto; le hacía parecer más duro y menos asustado, dibujando sombras interesantes sobre su piel cuarteada de pecas.

—No, solo había abierto la ventana para airear la habitación.

—Bah —bufó, entrando de todas maneras.

Era espectacularmente alto, por lo que trepó hasta mi ventana (en el bajo) con la misma facilidad con la que uno sortearía una lata de refresco en la acera. Una vez estuvo frente a mí, bajo la abundante luz amarilla de mi lámpara, pude apreciar con toda claridad el golpe fresco que tenía en el pómulo. Debió leer algo en mi expresión, porque enseguida suspiró y, tirándose sobre la cama vacía de Romus, masculló:

—Amigo, odio a ese imbécil con el que se ha casado mi madre.

—Pues ya somos dos, porque te aseguro que a mí me cae fatal —le dije, sentándome sobre mi cama, frente a él.

Sus ojos, estrechos, brillaban tanto que parecían arder. Una única lágrima bajó por su pómulo hinchado, y desapareció en la almohada de Romus.

—Se le ha metido entre ceja y ceja que tengo que ser médico o abogado o algún disparate parecido.

—Bueno. —Forcé una sonrisa—. Si fueses médico... si fueses médico al menos podrías matarlo y que pareciese un accidente.

—Farmacéutico —precisó, chasqueando los dedos, manchados de tinta—. Más facilidad para acceder a drogas letales, ya sabes.

—Igual que un médico, ¿no?

Se encogió de hombros.

—Eso pregúntaselo a Eddie.

Eddie era mi otro hermano mayor. Estaba en Moraga, en la maldita California, en mitad de sus estudios de Medicina. Mamá prácticamente le tenía montado un altar en el salón, algo que a Romus y a mí nos hacía una gracia espantosa.

—Tu padrastro tiene suerte de que vayas a ser el mejor saxofonista de todo Nueva York —siseé—. Porque como no lo mates con un abrecartas... —fruncí el ceño—. ¿Por qué Nueva York, de todos modos? Hollywood está a un par de estados.

—*Quiero ser un músico swing, no un maldito actor.*

—*Lo que quiero decir es que podrías tocar en las películas, ya sabes.*

—*Hollywood está lleno de raritos —indicó Birdy—. Nueva York es el lugar al que tienes que ir...*

—*Si eres un pedante de cuidado —terminé por él, pero fingió la mar de bien que no me había escuchado.*

—*Además, quiero estudiar en Columbia.*

—*Pues espero que tengan un buen equipo de fútbol en Columbia.*

Birdy tomó aire.

—*No sé si voy a querer seguir jugando al fútbol cuando vaya a la uni, Henry.*

—*Gracias por compartir conmigo tus planes de futuro, pero no te había preguntado. Hablaba de mí.*

—*Vas a ir a Columbia —dijo Birdy, una afirmación y no una pregunta,* y se irguió para que nuestros ojos quedasen a la misma altura.

—*Bueno, creo que todo eso depende de los estirados que otorgan las becas, pero sí.*

—*Dejarías Texas.*

Arqueé una ceja divertida.

—*Teniendo en cuenta que Columbia está en Nueva York... ¿Te está dando una embolia o qué?*

No respondió a mi pregunta. Birdy era espantosamente bueno a la hora de ignorar las preguntas que no le apetecía contestar.

—*Dejarías Texas por mí.*

Me llevé una mano al pecho con el dramatismo y el aire de tragedia que demostraría el actor más malo del mundo al intentar fingir un ataque al corazón.

—*La duda ofende, Bird.*

Apretó los labios en una expresión que no le había visto jamás, las cejas temblando y los ojos incluso más brillantes que antes. En llamas.

—Vamos, cuéntame otra vez lo de los pájaros —le dije, porque si había algo que era incapaz de soportar era ver a Birdy triste.

—¿El qué de los pájaros?

—Oh, ya sabes. Ese disparate que me contaste el otro día sobre los griegos y los pájaros.

Birdy sonrió. La suya era una sonrisa húmeda y rojiza pero indudablemente cálida, como una taza de té humeante al final del día más descorazonador de tu vida.

—Veamos: los antiguos griegos pensaban que se podía leer el futuro en los pájaros...

Jueves 4 de noviembre, 1999

—Y un Dr. Pepper, ¿sí?

La voz del hombre frente a mí me sacó de cuajo de mis pensamientos. A veces me daba la sensación de que tenía que poner lo que recordaba por escrito, porque si no lo hacía llegaría un momento en el que olvidaría exactamente cómo de nasal era la voz de Birdy o los tonos exactos de añil de los ojos de Romus o el olor de la tarta de calabaza de mi madre cuando se acercaba Acción de Gracias.

—¿Y un Dr. Pepper? —insistió el señor.

Era canoso, no muy alto, con una nariz aguileña que, de hecho, me recordaba una barbaridad al padrastro de Birdy. No era una gran manera de empezar, la verdad.

—Diablos, sí, perdón.

Tomé los patines de hockey que me tendía, le dirigí mi mejor sonrisa de atención al cliente y le dije:

—También tenemos las cortezas de cerdo al cincuenta por ciento, si te apetece.

—¿Están en oferta? —preguntó, como si no acabara de decírselo.

—Sí, la oferta de "hemos pedido demasiadas cortezas de cerdo y queremos quitárnoslas de las manos".

Mi sonrisa creció, pero el Cliente Exasperado no devolvió el gesto. Se esforzó en demostrarme lo mucho que me detestaba, de hecho, al torcer los labios en la mueca que pondría si estuviese oliendo mierda.

—O sea que pretendes que solucione su incompetencia.

Extendí los brazos.

—No tienes por qué comprarlas.

—Y no voy a hacerlo. Me gustaría pagar por mi refresco, eso sí.

Se lo acerqué, y señalé el datáfono con un movimiento de cabeza.

—La máquina está lista.

—Bah.

No interrumpí el contacto visual ni la sonrisa mientras se imprimía el ticket. Cuando el cliente al fin lo recogió (se tomó su tiempo en acomodarlo en el bolsillo delantero) y se dio la vuelta para marcharse, le desee unas felices fiestas en lugar de una feliz Navidad. Los tipos como él lo detestan.

¿Otras dos cosas de las que tenía una certeza absoluta?

Nunca tienes amigos tan buenos como a los quince años.

Puedes trabajar durante varias vidas en un sitio como este y no ahorrar ni para poder permitirte una casa medio decente.

Cass

Emancipación
1. Liberación de la patria potestad, de la tutela o de la servi-
dumbre.

Hay un momento en la gimnasia, entre el segundo en el que te
preparas para realizar una acrobacia y el segundo inmediatamente
posterior a clavarla, en el que parece imposible; imposible que la
mera ley de la memoria muscular vaya a permitirte crear arte con
las líneas de tu cuerpo.

Hubo un momento, entre que Robert nos anunció que lo
destinaban a la base de Kodiak, y que mamá nos comunicó que
tendríamos que hacer las maletas después de Navidad, en el que
también parecía imposible. Otro instituto, con todo lo que ello
conllevaba. Otro estado, aún más kilómetros (que yo contaba en
horas) que me separarían de Nora. Otra piel en la que debía aden-
trarme, otra Cass a la que debía conjurar hasta lograr encontrar
una casa entre todas las nuevas personas a las que conocería.

Pero entonces Lucas le dio un largo sorbo a su 7Up (casi podía ver las burbujas bailando en su garganta) y gritó que Alaska
alucinaba una barbaridad, amigo, y que si habría esquimales y
pingüinos allá. Y mamá comentó algo de que quizá volvería a

dedicarse a su arte y yo tomé un pedazo de pan y nadie me dijo nada por no echarle mantequilla antes de llevármelo a la boca.

Así que cuando todas las miradas se posaron en mí dije que genial, que estaba harta del calor de California y que Alaska iba mejor con la imagen grunge que pensaba adoptar a partir de ahora. Y cuando subí a la habitación del ordenador para conectarme a AOL y contárselo a Nora, dejé que Lucas entrase también y se sentase en el suelo a ver episodios repetidos de *Expediente X* en la tele pequeña, un enorme bol de palomitas (el *toffee* arañándome el cerebro, la sal haciéndome cosquillas en la nariz) frente a él.

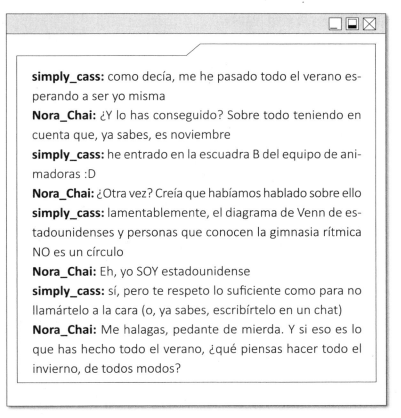

simply_cass: como decía, me he pasado todo el verano esperando a ser yo misma

Nora_Chai: ¿Y lo has conseguido? Sobre todo teniendo en cuenta que, ya sabes, es noviembre

simply_cass: he entrado en la escuadra B del equipo de animadoras :D

Nora_Chai: ¿Otra vez? Creía que habíamos hablado sobre ello

simply_cass: lamentablemente, el diagrama de Venn de estadounidenses y personas que conocen la gimnasia rítmica NO es un círculo

Nora_Chai: Eh, yo SOY estadounidense

simply_cass: sí, pero te respeto lo suficiente como para no llamártelo a la cara (o, ya sabes, escribírtelo en un chat)

Nora_Chai: Me halagas, pedante de mierda. Y si eso es lo que has hecho todo el verano, ¿qué piensas hacer todo el invierno, de todos modos?

Me mordí el labio inferior, separando los ojos de la pantalla. Lucas estaba jugando a lanzar una palomita al aire y atraparla con la boca, excepto porque fallaba el 80% de las veces y toda la comida acababa pegoteada sobre la alfombra granate.

—¿Estás hablando con tu novio? —me preguntó, y en la penumbra la luz azul de la televisión teñía sus rizos de un color fantasmagórico.

—Sí.

Sonrió. Tenía una sonrisa genial de dos hoyuelos, con la paleta izquierda apenas empezando a crecer.

—¿En serio? ¿El jugador de fútbol?

Puse los ojos en blanco.

—No, es Nora. Y la última vez que le pregunté no jugaba al fútbol.

Lucas remató su risita con un ronquido.

—Las niñas no juegan al fútbol. —Se mordió el labio inferior—. ¿Qué tal tu novio? ¿Huele a culo?

—¿Y tú? —le dije, apoyando un pie en la silla giratoria en la que estaba sentada—. Lo del novio, eh. De lo de oler a culo ya me doy cuenta desde aquí.

Ante aquello le dio la risa tonta.

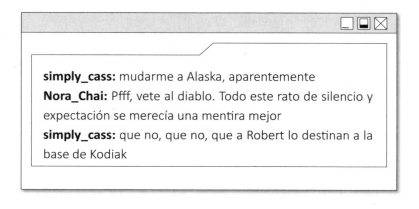

simply_cass: mudarme a Alaska, aparentemente
Nora_Chai: Pfff, vete al diablo. Todo este rato de silencio y expectación se merecía una mentira mejor
simply_cass: que no, que no, que a Robert lo destinan a la base de Kodiak

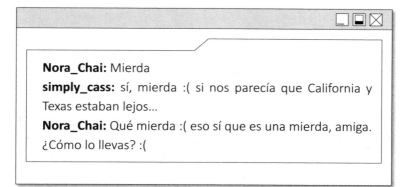

Nora_Chai: Mierda
simply_cass: sí, mierda :(si nos parecía que California y Texas estaban lejos...
Nora_Chai: Qué mierda :(eso sí que es una mierda, amiga. ¿Cómo lo llevas? :(

Le eché otro vistazo a Lucas, que había vuelto a lo de las palomitas, excepto porque en esta ocasión se había tumbado de espaldas y acertaba más veces.

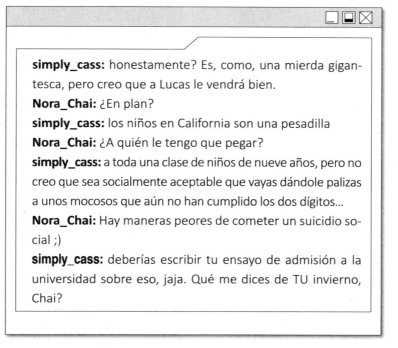

simply_cass: honestamente? Es, como, una mierda gigantesca, pero creo que a Lucas le vendrá bien.
Nora_Chai: ¿En plan?
simply_cass: los niños en California son una pesadilla
Nora_Chai: ¿A quién le tengo que pegar?
simply_cass: a toda una clase de niños de nueve años, pero no creo que sea socialmente aceptable que vayas dándole palizas a unos mocosos que aún no han cumplido los dos dígitos...
Nora_Chai: Hay maneras peores de cometer un suicidio social ;)
simply_cass: deberías escribir tu ensayo de admisión a la universidad sobre eso, jaja. Qué me dices de TU invierno, Chai?

—¿Echas de menos a Nora? —me preguntó Lucas, que no hizo ningún esfuerzo por mirarme ni, desde luego, por cambiar de posición.

Me impulsé con los pies descalzos en el suelo para rodar hacia él.

—Sí, claro. ¿Tú no echas de menos a tus amigos de Texas?

Asintió, resoplando.

—A Derek y a Jiang sobre todo. —Se giró sobre sí mismo, aplastando una montaña de palomitas a su paso, para quedar frente a mí y poder mirarme por encima de la montura de sus gafas de pasta—. ¿Vas a echar de menos a tus amigos de California?

Moví los labios como Samantha Stephens en *Embrujada*, fingiendo pensar.

Y los segundos cayeron sobre nosotros, cada uno más suave que el anterior.

—Echaré de menos a Ryan, por supuesto. Y a Tara. Puedes confiar en ella, y si estamos las dos calladas el silencio no se hace incómodo. Eso es importante. —Me mordí la cara interna de las mejillas, la mirada oscura de Lucas tan pesada sobre mí—. Y no creo que vaya a trabajar con alguien tan interesante como Henry Buckley.

Mi hermano arqueó una ceja. Desde que había aprendido el truco, aprovechaba cada oportunidad para hacerlo.

—¿Es tu novio?

Irrumpí en una carcajada.

—¡No! Es, como, demasiado genial para salir con una chica de instituto.

—¡Pero eres animadora!

Parecía exasperado con su propia observación, como si solo tener que arrojar luz sobre el asunto precisase de una fuerza hercúlea.

—Henry jugaba al fútbol en Texas. Te apuesto lo que quieras a que ha salido con más de una animadora.

—Ya —bufó Lucas, rodando de nuevo para mirar la televisión.

No aparté la vista para comprobar si Nora me había contestado ya. No aún.

—No es tan genial, ¿eh? Ser popular.

Lucas, que seguía sin mirarme, emitió un ruidito a medio camino entre un ronquido y un graznido.

—Bah, eso solo lo dices porque eres popular.

—Bueno, no siempre lo fui. En Houston no lo era, por ejemplo.

Lucas cambió de postura muy, muy lentamente.

—¿Por eso dejaste de comer?

Su ojo derecho era punzante y muy negro. Si tuviese menos autocontrol, mi primera reacción habría sido lanzarle un rotulador a ese mismo ojo. Me sentí fatal por pensar eso de mi hermano de nueve años, por lo que me apreté el meñique hasta dejar de pensar en ello.

—No lo sé.

—¡Pero lo tienes que saber! —bufó, extendiendo los brazos.

Ojalá.

—Pero no lo sé. Además, ¿qué es ese disparate de que he dejado de comer? Me has visto cenar hace, como, media hora.

De pronto, Lucas parecía muy interesado en las uñas de su mano izquierda.

—Mamá dice que no comes. Lo dijo un día por teléfono. ¿Sabías que si descuelgas el teléfono del piso de arriba oyes toda la conversación del teléfono de abajo?

—Sí, lo sé, y espero que mamá no se entere nunca. —Suspiré, sintiendo que me desinflaba como un globo viejo, y me volví de nuevo hacia el ordenador—. Se preocupa porque es su trabajo, ¿de acuerdo? Pero eso no significa que no coma.

—Pero qué dices, si mamá es maquilladora.

La voz de Lucas me llegó con eco, casi, mezclándose con los bordes afilados de las palabras de Nora.

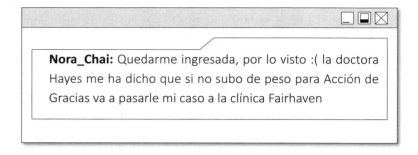

Nora_Chai: Quedarme ingresada, por lo visto :(la doctora Hayes me ha dicho que si no subo de peso para Acción de Gracias va a pasarle mi caso a la clínica Fairhaven

Cuando tomé aire, pude sentir físicamente el golpe de cada letra. Lo sentí en mis huesos, como un magullón, y mi estómago se llenó de lágrimas.

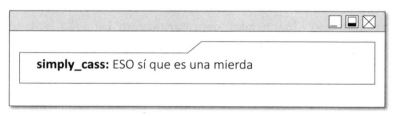

simply_cass: ESO sí que es una mierda

Mis propias palabras eran tan inadecuadas que casi me entró la risa. Casi. Me habrían hecho falta palabras del tamaño y la forma de Nora para expresarme, pero ya no me quedaba ninguna.

Y mamá llamó a la puerta para decirme que dejase el ordenador, que Robert tenía que hacer una llamada. Y Lucas me preguntó si iba a volver al periódico del instituto cuando estuviésemos en Alaska. Y vi desde el rabillo del ojo cómo Nora añadía algo más a la conversación, pero no lo leí porque esas lágrimas en mi estómago estaban formando olas y toda mi atención estaba fija en no llorar delante de mi hermano.

Todo era una mierda.

Cass

Nostalgia

1. Pena de verse ausente de la patria o de los deudos o amigos.
2. Tristeza melancólica originada por el recuerdo de una dicha perdida.

Como cada mañana desde que el mundo es mundo, Ryan Bertier tenía puesta la radio del coche al máximo volumen posible. Era su manera de anunciar su llegada, en muchos sentidos. Nirvana o Pearl Jam o los Guns 'N Roses sonaban atronadores a lo largo de nuestra calle y yo me levantaba, recogía la mochila del suelo y salía para saltar al asiento del copiloto.

Aquella mañana en particular mojé los primeros acordes de All Star en mi café con leche antes de guardarme una mandarina en la bolsa del almuerzo y ponerme en marcha.

–¿Todo bien? –me preguntó mamá.

Como la mayoría de las mañanas, llevaba sus rizos caoba recogidos con el primer cacharro vagamente semejante a unos palillos que había podido encontrar (en este caso, dos bolígrafos de la marca Bic) y los labios pintados con la espuma de su capuchino.

Me puse el anorak sobre los hombros.

–Sí, ¿por?

Se encogió de hombros, desmenuzando su magdalena de arándanos con los dedos.

Migas púrpuras cayeron sobre el café, sobre la mesa.

—Pareces cansada. ¿No has dormido bien?

—Sí, pero me quedé hasta tarde terminando un trabajo de Historia.

Era parcialmente cierto. Me había quedado despierta hasta tarde y había abierto el documento del trabajo, pero solo para no pensar en Nora/en Alaska/en todas las posibilidades que se me escapaban de entre los dedos.

Ante la mención de la palabra "historia", Lucas, que muy recientemente se había enganchado al History Channel, alzó la cabeza de sus cereales Count Chocula. Me tomé eso como la señal de que debía marcharme ya; pero, por si acaso, Ryan tocó la bocina dos veces, a lo que Robert respondió con un alzamiento de cejas bastante inequívoco.

—Después de clase tengo entrenamiento y turno en la pista de hielo, así que vendré tardísimo.

Tomé la bufanda del perchero y me fui antes de que nadie pudiese decir nada, el olor del desayuno recién hecho todavía haciéndome cosquillas en la nariz.

—A buenas horas —gruñó Ryan, estirándose para abrirme la puerta del copiloto, porque hacía eones que su abuelo le había enseñado que es de caballeros abrirle la puerta a las chicas y, como con muchas otras lecciones, Ryan solo la había aprendido a medias—. ¿Te estaban machacando mucho la cabeza tus padres o qué?

—No, estaba hablando de historia con mi hermano —dije, saludando a Tara y a dos chicos del equipo de fútbol (nuestra elegante fila de atrás) antes de cerrar la puerta tras de mí y ponerme el cinturón.

—Ah —dijo, poniendo su mano (grande, cálida) sobre mi muslo izquierdo—. ¿Y cómo anda el pequeño?

No tenía ganas de hablar de Lucas. De hecho, no tenía ganas de hablar en absoluto porque estaba segura de que, si lo hacía, lo contaría todo. Montañas y montañas de palabras (Alaska y el hambre y el miedo) se apilarían sobre mi pecho y me impedirían respirar. No quería pensar tampoco, y puesto que mi cerebro estaba lleno de imágenes de Nora, y de nuestra última conversación, me incliné más sobre Ryan y lo besé. Un beso largo, húmedo, marcado por la nube de colonia masculina que me envolvió cuando me acerqué a él y por los silbidos y las risitas de la fila trasera.

—¿Y eso? —Sonrió, todavía tan cerca de mí que podía verle los poros y contar los distintos tonos de marrón y de dorado en sus ojos.

Subí los pies sobre el salpicadero.

—Quería hacerlo. —Opté por cambiar de tema, esperando que Ryan recordase que estábamos llegando tarde y se espabilase—. ¿Qué tal va lo del grupo?

A Ryan se le había metido entre ceja y ceja lo de ser cantante de *grunge*, aunque hacía cinco años que Kurt Cobain había muerto y el *grunge* estaba de capa caída. Su grupo y él no eran buenos. Nadie les decía que no eran buenos.

—Va marchando la cosa —dijo, arrancando—. Este finde tenemos nuestro primer acto, ya sabes.

Lo dijo como quien no quería la cosa, pero sus mejillas empezaron a teñirse de rosa. Muy, muy pocas cosas avergonzaban a Ryan, por lo general. Seguí hablándole del tema y de los entrenamientos y del estúpido examen de geografía de la semana pasada. De haberlas podido tejer, mis palabras se habrían convertido en una enorme manta, capaz de taparnos a todos.

Pero.

Seguía.

Pensando.

En.

Ella.

Su cumpleaños era en un mes, justo después de la maldita fiesta de Acción de Gracias. Veintisiete de noviembre, concebida en el asiento de atrás del coche de su padre y nacida bajo el signo de Sagitario.

—Yo Sagitario y tú Leo —me había dicho una vez—. Dos signos de fuego... como para causar un incendio.

Y se había reído. Hacía un par de semanas que le habían quitado los brackets y, desde entonces, tenía la manía de pasarse la lengua por los dientes, como si le sorprendiese lo suaves que eran.

Estábamos sentadas en el capó del mismo coche en el que había sido concebida, en la oscuridad de la noche, de eso me acuerdo. El plan inicial había sido quedar para ver la lluvia de estrellas, pero al final solo nos habíamos sentado a beber una botella de bourbon que le había pedido a su abuelo y a charlar. El alcohol hacía que sus labios brillasen y, mientras hablábamos del zodíaco y de Mercurio en retrógrado y de todo lo demás, yo solo podía pensar en lo muchísimo que quería besarla. Como acababa de besar a Ryan ahora.

En la radio empezó a sonar *Downtown* de Petula Clark. *Inocencia interrumpida* había sido la última película que Nora y yo habíamos ido a ver, en marzo. En el trayecto de vuelta a casa cantamos esa estúpida canción para vejestorios tan alto que al día siguiente ambas habíamos perdido la voz. La habíamos seguido tarareando durante meses, repasándola bajo la seguridad de las mantas cuando hacíamos una fiesta de pijamas. Hasta que me fui.

—Qué bazofia de emisora —bufó Ryan, separando la mano derecha del volante para cambiar.

Le propiné un golpe en la muñeca.

—Pues a mí me gusta, ¿okey?

Soltó una risita airosa, echando la cabeza hacia atrás. El tipo de risita y el tipo de gesto despreocupado que lo hacían tan atractivo, en realidad, con esa belleza indolentemente genial de los surferos con el pelo y la piel dorados por el sol.

—Oh, vamos, pero si eso lo escucha mi abuela.

—Me da igual.

Chasqueó la lengua, riendo y sacudiendo la cabeza, y pasó a la emisora de GotRadio.

Suspiré, apoyando la frente a la ventanilla.

En Halloween del 97, cuando acabábamos de llegar a Houston y ella era solo mi compañera de Ciencias, Nora había invitado a dos de los mocosos a los que les daba clases particulares a que fuesen a pedir truco o trato con Lucas. Únicamente porque lo había visto solo. Y había sido la primera a la que le había contado que había empezado a ver a la señorita Hayes, la psicóloga del instituto. Y nos habíamos apuntado juntas a las clases de conducir y habíamos suspendido el examen exactamente las mismas veces. Y me hice el piercing de la oreja en su casa, mientras escuchábamos a Michael Jackson (su obsesión, por algún motivo). Y habíamos ido juntas al estreno de *Titanic* y a la vuelta, mientras compartíamos unas tortitas de la Waffle House, fingimos no haber llorado nada aunque nuestros ojos y mejillas estaban salpicados de rojo.

Nunca tienes amigos tan buenos como a los quince años.

—Tengo que volver a Texas.

Creía que lo había dicho para mis adentros, pero el "¿Qué?" que pronunciaron a la vez las otras cuatro voces del coche me aseguró que no había sido así.

—A mi amiga Nora la ingresan después de Acción de Gracias —aclaré.

Ryan, que era el único al que le había hablado del hambre,

apretó los labios, sus ojos fijos en la carretera frente a nosotros, tan tranquila y desierta que parecía una fotografía.

—¿Me llevas?

Tardó un par de segundos en contestar. Cuando lo hizo, fue con una afirmación y no con una respuesta.

—A Texas.

—Eso he dicho.

Tomó aire. El resto del coche parecía estar haciendo lo mismo.

—¿Cuándo?

—No sé, cuanto antes.

Se pasó el pulgar por los labios, como hacía cuando su padre le decía que no podía tocar la guitarra hasta que mejorasen sus notas o cuando el entrenador lo sentaba en el banquillo durante un partido.

—Tenemos esa presentación el finde, Cass...

Tragué saliva.

—Sí, claro. Dios. Olvídalo, ¿está bien? Ya encontraré otra manera.

—Entonces no vas a venir a vernos —dijo, mientras giraba para entrar en el aparcamiento de los estudiantes de último curso.

—Sí. No. No sé. —Me mordí el labio inferior—. Estoy preocupada por Nora. No te hospitalizan por nada.

Ryan fingió estar muy concentrado en aparcar el coche. Jake, uno de los chicos del equipo, se inclinó y agarró mi asiento.

—¿Qué tiene? —preguntó, suavemente, como si las palabras fuesen cuchillas en su garganta—. ¿Cáncer?

Ryan estrechó los ojos, porque el secreto de la popularidad es el poder, y nadie tiene más poder que aquel que sabe cómo hacerte daño.

—No come. Qué gran problema. Puedes esperar una semana a...

No dejó de hablar, pero el ruido que hizo mi puerta al abrirse lo silenció.

—No entiendes una mierda —masculle, desabrochándome el cinturón con toda la rabia que pude conjurar—. Y esa cursilería de canción me gustaba de verdad, imbécil.

Henry

Viernes 5 de noviembre, 1999

La invitación me había llegado a la pista de hielo Ice Paradise. Naturalmente, ahora que lo pienso, porque cosas mundanas como recibir correo se dificultan bastante cuando no tienes lo que conocemos como una vivienda fija. ¿En California? ¿Con varios empleos a tiempo parcial en el sector servicios? ¡Vamos!

El caso es que el encargado, Big Joe, me dejó la carta sobre el mostrador junto al último número de la revista *The Catholic Review* del instituto St. Thomas de Texas.

—¿Qué eres, católico? —gruñó Big Joe mientras me lanzaba mi correspondencia.

Era un tipo grande, Big Joe, en honor a su nombre. Grande y extravagante y con una ligera tendencia a la sorna, como si se despertase todos los días dispuesto a escupirle en la cara al propio Dios.

—Eh, te prometen la vida eterna —respondí sin mucho

entusiasmo–. ¿Qué puedes ofrecerme tú además de cinco cincuenta la hora?

Big Joe bajó las cejas, ensombreciendo sus ojos azul hielo, redondos como canicas y casi igual de brillantes.

—¿Tu antiguo instituto? —insistió, señalando la revista con un movimiento de cabeza.

Solo para molestarlo, fingí estar muy ocupado hojeando la sección de cartas al director.

—Ah, Joey. —Suspiré exactamente diez segundos más tarde, asegurándome de arrastrar las palabras–. ¡No me digas que tú también estás metido en lo de la apuesta!

—No sé de lo que me estás hablando.

—Entonces yo no sé dónde fui al instituto —repuse, y a Cass Velázquez, la chica que llevaba la caja, se le escapó una risita–. Tengo la memoria como borrosa… tantos golpes en la cabeza jugando al fútbol, ya sabes.

—Olvídalo, Buckley.

—Ah, ¿otra cosa más que olvidar?

Pero él ya se había dado la vuelta y ordenaba, sin darse demasiada prisa, las montañas y montañas de patines de hockey que se amontonaban en el suelo. Y puesto que, por lo general, Cass no era una gran conversadora a no ser que abrieses la boca tú primero, tomé el sobre y lo abrí con las llaves de la caja registradora, deshaciéndome enseguida del sello de cera granate.

Tienes que avanzar con los tiempos, Quincey, pensé, aunque lo cierto es que si tuviese tanto dinero que pudiese nadar en él y si viviese conscientemente alejado de la mano de Dios a lo mejor a mí también me estimularía vivir fingiendo que el siglo veinte nunca empezó.

A 3 de noviembre, 1999

*Quincey P. Morris se complace en invitarle a la centési-
mo sexta reunión familiar de la familia Morris el próximo
11 de noviembre. Por favor, confirme su asistencia mediante
devolución de la presente misiva.*

SÍ   NO

Quincey P. Morris

Puse los ojos en blanco, guardando de nuevo la tarjeta en su
sobre.

—¿En qué año estamos, Cass, me puedes recordar? —pregunté,
mirándola por encima de las pestañas.

—1999 —respondió, sin volverse, e hizo explotar una burbuja
de goma de mascar.

Era un día tranquilo en la pista de hielo, a pesar de que la
época navideña se acercaba a pasos agigantados, y en los altavoces
sonaban grandes éxitos de Tom Jones.

—Gracias, eso me parecía a mí. Estamos a dos meses de entrar
en un nuevo milenio, ¿qué te parece?

Cass se encogió de hombros.

—Eso si no nos asesinan los ordenadores psicópatas del efecto
dos mil primero…

—Tú siempre tan optimista, MTV —rezongué, y me llevé
dos dedos a la boca para silbar lo suficientemente alto como para
captar la atención de Big Joe—. Eh, Joe, me tomo una semana de
vacaciones a partir del lunes, ¿okey?

El efecto que mi simple pregunta tuvo en Joe fue exquisito.
Se levantó, para empezar, y luego dio dos zancadas hasta quedar a

mi nivel. Finalmente, enarboló la bayeta mojada con la que había estado limpiando las cuchillas de los patines y me señaló con ella.

—Hay un proceso oficial para solicitar las vacaciones, Buckley.

—Ah, ¿pero de verdad quieres repasarlo punto por punto en lugar de ir a casa cuando toque cerrar? El tiempo es oro, dulzura.

Big Joe luchó por no reaccionar físicamente a esto último, pero prácticamente podía ver la gorda vena de su sien derecha crecer.

—¿Motivo de las vacaciones?

—Razones secretas.

Big Joe dio un paso más, sus gruesos y húmedos labios temblando ante mí como dos babosas.

—Buckley, no puedo poner "razones secretas" en la hoja de...

—¡Okey, okey, okey! Me voy a Texas a ver a mi familia, ¿está bien? —Cass dio un respingo desde la caja registradora, lo que me hizo pensar que nos habían vuelto a robar, pero no tenía tiempo de ocuparme de ello—. Y me debes varias gordísimas porque nadie más que yo está dispuesto a pulir el hielo después de un partido de curling, por no mencionar la de clientas que atraigo con mi alegre temperamento y mis...

—¡Oh, cállate de una...!

—También puedo limpiar la máquina del café cuando vuelva.

Aquello cerró el trato con un bonito broche de oro. Big Joe se alejó dando tumbos a lo largo del blanco pasillo del Ice in Paradise, mascullando cosas como "siempre te sales con la tuya" y "el mayor hijo de puta que he conocido" y una larga lista de coloridos insultos que jamás repetiría delante de mi madre.

Otro año más a la cesta, pensé, abriendo de nuevo *The Catholic Review* directamente en el índice. Todavía no había encontrado la sección que estaba buscando ("Noticias del profesorado y los antiguos alumnos") cuando Cass Velázquez se estiró para darme un golpecito en el antebrazo.

—¿Hmmm?

—Oye, ¿te vas a Texas de verdad?

Arqueé una ceja, despegando los ojos de la lectura. Cass tenía las mejillas y la nariz enrojecidas, y las comisuras de sus labios temblaban.

Dios, tenía un hambre espantosa. Para acallarlo, me saqué una barrita Hematogen del bolsillo y le di un mordisco antes de agregar:

—No me puedo creer que tú también estés en lo de la apuesta. Me decepcionas, MTV.

—Me importa una mierda esa porquería de apuesta. ¿Vas a ir o no?

—¿Y mentirle al bueno de Big Joe? ¿Por quién me tomas?

Cass apretó los labios. No pude leer una respuesta en sus ojos (que parecían arder) ni en la manera en la que apretaba los puños, hasta que sus nudillos se tiñeron del color de la leche agria.

—¿Me puedes llevar? —Me atraganté con la barrita, una pausa que Cass debió tomar para perfeccionar su discurso—. Tengo que ir a Houston a visitar a una amiga que está enferma y sé que mis padres no me van a dejar y...

—Ni de broma —la interrumpí.

—Vamos, ¿y por qué no? Te pagaré la gasolina y te cubriré en el trabajo todas las veces que quieras y...

Alcé el índice, ayudándome a contar.

—Eres menor de edad...

—¡Pero si solo tienes un año más que yo, pedante de mierda!

—Y tus padres ni siquiera te dejan ir. ¿Y si te atrapan? Se me...

—Tengo la excusa perfecta, ¿de acuerdo? Tenemos este campamento de animadoras en unas semanas. Les diré que me equivoqué con la fecha y se acabó. Todas las chicas del equipo me cubrirían.

—Olvídalo.

—¡No seas cruel, Buckley! Estoy desesperada.

Dio un paso más hacia mí al decir esto último, de modo que pude sentir el calorcito tan agradable que emanaba su cuerpo.

A veces te azotaba como una bocanada de aire. Era una sensación térmica o un olor, o el viento en tu cara, o cualquier otro pequeño detalle que te recordaba cómo era estar vivo. Cuando no eras un museo del frío y el tabaco sabía a tabaco, cuando el aroma del café podía despertarte por las mañanas y el suelo gélido al saltar de la cama hacía que un escalofrío te recorriese la espalda.

Aparté la vista. Estaba muy, muy cansado.

—Olvídalo, Cass.

[Extracto de la página 14 del número de noviembre de 1999 de la revista escolar *The Catholic Review*].

PROFESORADO Y ANTIGUOS ALUMNOS

Tras una larga enfermedad, Francis St. James, nuestro querido profesor de Química, ha decidido retirarse para "disfrutar de la tranquilidad de mi casa el tiempo que me quede" (palabras suyas, no del alumnado a cargo de la edición de la revista).

Aunque el señor St. James se había jubilado cuando "el gobierno decidió que me llegó la hora" (de nuevo, palabras suyas, no nuestras) y ya no impartía el currículo del instituto, todavía daba clases particulares y era común verlo en el laboratorio del centro, trabajando en sus experimentos.

Será extraño bajar a ese mismo laboratorio sin ver la entrañable figura de nuestro profesor ni escuchar sus quejas ante los "recortes presupuestarios" (el alumnado a cargo de la edición de esta revista quisiera aclarar que el propio señor St. James nos ha rogado encarecidamente que añadiésemos este último punto). ¡Le echaremos de menos, señor St. James, y desde el Instituto St. Thomas quisiéramos desearle una tranquila convalecencia!

El señor St. James insiste, asimismo, en que no se le manden cestas de fruta, aunque sí aceptará gustoso cualquier tipo de material de lectura (ciencia ficción sí, ciencia a secas no).

Henry

Madrugada del viernes 5
al sábado 6 de noviembre, 1999

Tuve que releer la columna del *Catholic Review* varias veces para que las palabras cobrasen sentido en mi cabeza.

No parecía real, de alguna manera, que la gente de mi edad pudiese enfermar y estar a las puertas de la muerte, aunque la gente de mi edad ya fuese anciana. Es decir... no tenía ninguna edad realmente. Lo que me recordó que, cuando el reloj de pared del teatro marcase las doce, sería mi cumpleaños.

Cumplir dieciocho pierde su encanto después de haberlo hecho tres o cuatro veces. ¿Enfrentarte a tu decimoctavo cumpleaños número 52, sin embargo? Era tan deprimente que sentía unas ganas horrorosas de volarme los sesos o algo parecido, aunque sabía que eso no daría resultado. No puedes matar algo que ya está muerto. De modo que lo que hice, en su lugar, fue bajar a la calle, meter unas monedas en la cabina y llamar al tipo que me había disparado hacía cincuenta y dos años, y que habría conseguido matarme si el bueno de Quincey no me hubiese encontrado y hubiese decidido que quizá me gustaría eso de la inmortalidad. Te arruino el final: no.

Tras ocho pitidos, escuché la voz automática del buzón de voz, lo cual no me sorprendió. Era medianoche y supongo que cuando tienes setenta años (de verdad) sueles estar en la cama a esas horas.

—Eh, Charlie, ¿qué hay? ¡Adivina quién está al aparato! Es Henry Buckley. Quizá me recuerdes de aquella noche de 1947 en la que decidiste matarme. Recuerda que puedes cambiar tu teléfono, pero soy más listo que tú y tengo mucho tiempo entre manos, de modo que encontraré el nuevo enseguida. —Apoyé la espalda en el cristal de la cabina; era una noche gélida, con lenguas de niebla plateada reptando entre los coches—. Hoy es mi cumpleaños. Dieciocho. Supongo que ya te habrás dado cuenta porque, bueno, tú estuviste en mi primer cumpleaños dieciocho. Seguramente te estarás preguntando cuándo te dejaré en paz, y la respuesta es nunca. Me has arruinado la vida pero bien. Todas las personas que me caían bien están muertas o muriéndose, el tabaco no me sabe a nada y cumplir dieciocho años una y otra vez es una maldita ruina. ¿Y sabes qué? Tendré el privilegio de hacer esto para siempre o hasta que un asteroide caiga sobre California o hasta que el sol devore a la Tierra, así que no pienses que porque llevemos cincuenta y dos años sin vernos las caras vas a librarte de mí.

Colgué el teléfono, en parte porque no sabía cuándo dinero me iba a sobrar y todavía quería hacer una llamada más, y en parte porque es complicado mantener un enfado durante cinco décadas. Al final todas tus emociones, fuertes o no, acaban por mezclarse en una sola, hasta que no sientes nada duradero en absoluto.

Suspiré, metiendo el dinero que me sobraba en la cabina, y llamé a Birdy (había encontrado su número en la revista del St.

Thomas). Él tampoco contestó. Su buzón de voz era personalizado, al contrario que el de Charlie, y consistía en un seco:

"Has llamado a la residencia de los St. James. Si estás escuchando esto es que no estoy al aparato y no me gusta escuchar mis mensajes, así que prueba más tarde. Buenas noches o buenas tardes o lo que sea".

Me quedé un rato callado tras el *bip,* solo escuchando los ruidos de la noche (las hojas caídas que se arrastraban en la carretera, empujadas por el viento; el borracho que insistía en que abriesen la pizzería para devorar un último pedazo; los aviones que sobrevolaban California). Al final no dije nada, porque no se me ocurría qué contarle a Birdy después de tantos años, y colgué.

Me has arruinado la muerte pero bien, Charlie Leonard, pensé, y utilicé mis últimas monedas para dejarle un mensaje en el localizador a Cass Velázquez.

ESTÁ BIEN. TE VIENES A TEXAS CONMIGO.

Una vez que has muerto, no puedes entrar en la casa de alguien a no ser que te hayan invitado, ¿y quién en su sano juicio invitaría al hombre al que mató? El truco era, por supuesto, que Cass estaba viva.

Cass

Sonder

1. El acto de darse cuenta de que cada persona tiene una vida interior tan compleja como la tuya.

Henry James Buckley me estaba esperando sentado en el capó de su coche, frente al teatro abandonado de la avenida Roscoe, solo fumando y observando como ascendía el humo de su propio cigarrillo. Bajo la luz anaranjada de las farolas, su pelo parecía más confuso y rizado que nunca, como una nube en llamas.

—Bonito atuendo, MTV —rezongó, tras crear un anillo de humo. Estiré mi chaqueta de pana para cubrir al máximo mi uniforme del equipo de animadoras.

—Se supone que voy a un campamento de animadoras, ¿no? —bufé, dando dos pasos más hacia su Honda Prelude rojo—. ¿Y de verdad vas a estar llamándome MTV todo el viaje?

—De nada y todo eso —rio, bajándose de un salto del coche; siempre se me olvidaba lo alto que era hasta que lo tenía justo ahí, eclipsándome—. Solo una pregunta: ¿a tus padres no les pareció un poco raro que te dieses cuenta de repente de que "te habías equivocado" —hizo toda la parafernalia de las comillas aéreas— con la fecha?

Me encogí de hombros.

—Trastorno del déficit de atención. Mi madre y Robert están acostumbrados a que a mi cerebro no le guste mucho funcionar como un cerebro normal.

Henry alzó las cejas, no sé si con sorpresa o admiración, y apagó su cigarrillo de un pisotón.

—Fantástico.

—Tengo que llamarlos todos los días, por supuesto, pero bueno. ¿Qué te ha hecho cambiar de opinión, de todos modos?

Henry sonrió. Una sonrisa lenta, afilada y muy, muy peligrosa.

—Bueno, dijiste que harías cualquier cosa…

—Dije que te cubriría en el trabajo para cualquier cosa —corregí.

Abrió la puerta, fingiendo no escucharme. Me quedé un ratito más de pie en aquel aparcamiento, escudriñando mis deportivas (demasiado blancas, demasiado limpias) y la pintura descolorida del Prelude. En el momento en el que me sentase junto a Henry sería real: estaría mintiéndole a mamá y a Robert tras meses de sinceridad, estaría en camino de ver a Nora tras un verano y un trimestre escolar enteros de distancia.

—¿Es ilegal? —pregunté, abriendo la puerta.

Henry inclinó la cabeza más hacia mí, como si no me hubiese escuchado bien.

—Eso que quieres que haga por ti. ¿Es ilegal? —repetí—. No por acobardarme ni nada, pero me gustaría saber si voy a quebrantar la ley por alguien.

—No sé, ¿es el allanamiento de morada ilegal?

Di un paso atrás. Henry, que ya estaba sentado, aunque aún no se había puesto el cinturón, alzó más la ceja, de modo que su frente se arrugó.

—No iba en serio, Velázquez. Quiero gastarle una broma a este tipo que me hizo una jugarreta hace un par de años y voy a necesitar ayuda.

—¿Vas a tomarte toda la molestia de llevarme hasta Texas solo para gastarle una broma a un tipo?

Henry tragó saliva, fijando la vista en el volante, casi como si estuviese pensando en arrancar así, con la puerta del copiloto abierta, sin cinturón y conmigo teniendo dudas existenciales desde el aparcamiento. Luego agregó:

—Dijiste que querías ver a una amiga que está enferma, ¿no? Lo entiendo. Es importante. Tendría que haberte dicho que sí desde el principio.

Suspiré, estudiando su perfil. La constelación de pecas, que parecía brillar bajo aquella luz, en mitad de su palidez; la pequeña joroba de su nariz, perfectamente recta, y el hoyuelo que no abandonaba su mejilla incluso cuando estaba serio.

Entré.

—Gracias —dije, cerrando la puerta tras de mí—. Y lo siento.

Henry se volvió hacia mí.

—¿Qué sientes, exactamente?

—Bueno, acabas de decir que lo entendías, ¿no?

La risa de Henry se mezcló con el quejido del motor que se encendía, creando un único sonido, sordo y animal.

—Ah, no vas a utilizar eso en su vuelta de apuesta, Velázquez. Soy un libro cerrado.

—A estas alturas de la película estoy empezando a pensar que eres un libro en blanco abierto de par en par.

Por algún motivo, Henry decidió no ofenderse ante este comentario. Volvió a reírse, de hecho, mientras salíamos del aparcamiento, todos los colores de la ciudad mezclándose en uno solo.

Sentía algo húmedo y pegajoso en el estómago, como si un pez bailase dentro de él. Era la misma sensación que la de los viajes familiares cuando era pequeña, esa trepidación que hace que te cosquilleen los pies. Algo más, también. Miedo, en su versión más diluida y escurridiza. No sabía grandes cosas de Henry Buckley, al fin y al cabo, y estaba dando lo que la doctora Hayes definiría como varios pasos atrás: mintiendo, manipulando, volviendo a ver a Nora.

"Creía que tener amigos era algo bueno", le había dicho una vez, mis palabras punzantes como cuchillas.

Y ella había estirado los labios. Odiando y no odiando lo que tenía que decirme.

"Lo es. Pero a veces hay que darse un poco de distancia. Y ahora mismo creo que Nora y tú están retroalimentando su relación desordenada con la comida".

En aquellos momentos me había dado mucha gracia que la doctora Hayes hubiese utilizado la palabra "retroalimentar" para describir el asunto. Aquello había sido un paso hacia atrás en sus ojos, también.

—Tengo un par de condiciones, por cierto.

Di un respingo.

—¿Eh?

Henry tenía los ojos fijos en la carretera y dos dedos alzados en mi dirección.

—Condiciones. Para llevarte, digo. Mejor contártelas antes de que salgamos de la ciudad, ¿no? Por si no te parecen bien y todo eso.

Me humedecí el labio inferior.

—Claro. Pues a ver.

—Número uno: tú conduces durante el día y yo por la noche. Con el trabajo tengo el horario cambiado, ya sabes. Además, así llegaremos antes.

Asentí con la cabeza, abrazándome a mis rodillas alzadas.

—Parece justo. ¿Algo más?

—No. —Me miró de reojo—. Bueno, sí. Tienes que comer.

Resoplé, apoyando la frente en la ventanilla. Separé los labios para protestar, pero él fue más rápido y me despachó con un movimiento impaciente de la mano.

—No quiero escucharlo. Es por razones completamente egoístas. No tengo ganas de lidiar con el problema de una chica desmayada en mi coche. De una menor de edad desmayada en mi coche, para ser más precisos.

—Pedante —dije, y después—: Trato hecho. Pero yo también tengo una condición.

—No sé si estás en posición de imponer condiciones.

Opté por ignorarlo.

—Tienes que contarme cosas de ti. Después esperamos a que suba la apuesta y compartimos los beneficios.

La comisura derecha de Henry se alzó en una sonrisa traviesa y temblorosa.

—Tienes una mente maquiavélica, Cass Velázquez —extendió una mano hacia mí sin despegar la mirada de la carrera y del cielo violeta de California que se extendía ante nosotros—. Trato hecho.

Le estreché la mano. Era fría, fuerte, llena del tipo de callos y zonas rugosas que indica que alguien ha vivido mucho, al igual que las arrugas en los lomos de los libros indican que estos son libros muy queridos. En comparación, mis propias manos suaves, que solo habían tocado los bolígrafos de clase, los aparatos de gimnasia artística y los propios lomos de los libros, parecían aburridas y fútiles.

Si desapareciera hoy, ¿cuánta gente se daría cuenta?

Cass

Hiraeth
1. El sentimiento de nostalgia hacia un hogar que nunca fue tuyo.

Aunque habíamos empezado nuestro viaje a las seis de la tarde (sugerencia e insistencia de Henry), hicimos nuestra primera parada exactamente cuarenta y tres minutos más tarde, en la tienda de ultramarinos del señor Fadeev, en el pueblo de al lado.

—¿Qué eres, un comunista? —pregunté mientras bajábamos del Honda Prelude, tratando de clavar mi mejor imitación de esos tipos duros y superestadounidenses de las películas de acción.

No debí de hacerlo, o Henry no debía de ver muchas pelis de tiros, porque rio y, empujando la puerta para entrar, dijo:

—Estaba pensando en unirme al partido, en parte porque no hay nada más condenadamente deprimente que trabajar por el sueldo mínimo y en parte porque este es mi supermercado favorito —señaló las cajas y cajas de alimentos (las marcas estaban en cirílico y no podía leerlas)—. Vengo cada semana.

—Desde Lompoc.

—¿Qué puedo decir? Me gusta conducir.

Y apoyó los brazos sobre el mostrador, sonriéndole a la chica rubia que, sin devolverle el gesto, ya estaba colocando una enorme caja roja frente a él.

—¿Lo de siempre?

—Lo de siempre —aseguró Henry, tamborileando los dedos sobre la caja.

Para que no pareciese que los estaba espiando, comencé a caminar por la tienda.

Me gustan los supermercados. Podría pasarme horas en ellos, solo metiendo y sacando cosas del carrito. Leyendo los envoltorios (algo que, en esta ocasión, la diferencia de idioma dificultaba). Planeando comidas que nunca prepararía, vidas que nunca viviría.

Me puse de puntillas para tomar los pepinillos porque parecían una comida apropiada y fácil de conservar durante un viaje en carretera. También el bote de mermelada de arándanos, porque me gustaba lo imposiblemente roja que parecía. Y tres bolsas de dulces de Halloween porque estaban a mitad de precio y porque, vamos, es Halloween; que se celebre únicamente una vez al año es sin lugar a dudas una especie de terrible error cósmico.

Nora siempre decía que noviembre era el mejor mes porque era la combinación exacta de las dos mejores fiestas del año (Halloween y Navidad, aunque en casa de Nora dejaron de celebrar mucho la Navidad cuando su madre se casó con el señor Goldstein). En noviembre los dulces de Halloween están rebajados y puedes disfrutar con las mismas ganas tanto de *Scream* como de *Mi pobre angelito* y las calles siguen recubiertas de hojas naranjas y el viento sigue siendo helado y vigorizante.

Cuando fui a la caja a pagar, Henry miró de arriba abajo mi cesta y arqueó una ceja.

—No puedes hacer ningún comentario —siseé, mientras la cajera, que parecía existir en una realidad alternativa en la cual ninguno de los dos existía, empezaba a escanear mi compra.

—¿Desde cuándo existe esa regla?

—Desde ahora. —Solo para no darle la oportunidad de entrometerse en mis asuntos, me volví hacia la mujer—. No esperaba que vendiesen dulces de Halloween en un supermercado ruso.

—¿Por qué no? —replicó sin alzar la vista—. Da dinero.

Estiré los labios.

—Una lógica aplastante. ¿Celebran Halloween en Rusia?

La mujer levantó la cabeza, clavando sus ojos gris bala en mí.

—Supongo que Halloween y Rusia es un oxímoron —dije.

Henry silbó detrás de mí.

—¡Oxímoron! Esa es una palabra un poco grande para un supermercado de barrio a las —comprobó su reloj— siete menos diez de la tarde.

Recogí mis bolsas (de papel, sólidas).

—Bueno, necesitas palabras grandes si pretendes estudiar periodismo en Harvard.

—Me sorprendes, Velázquez.

—¿Qué puedo decir? Contengo multitudes.

Henry separó los labios para añadir algo más, pero la dependienta, que no parecía disfrutar tanto de la conversación como nosotros, señaló la caja roja que permanecía sobre el mostrador con un movimiento seco de cabeza.

—¿Algo más?

Henry se mordió el labio inferior.

—Supongo que no tienen agua de coco, ¿no?

La mujer arqueó las comisuras.

—Cariño, nos confundes con Los Ángeles. ¿Te cobro, entonces?

—No. Eh… ponme una cajetilla del tabaco más asquerosamente fuerte que tengas y… eh… una taza de café.

La cajera enarcó una ceja.

—¿El más amargo que pueda preparar?

—Me conoces muy bien, Pavla. Oh, y un mapa. —Movió las manos en mi dirección general—. Nos vamos de viaje. Tengo que visitar a la familia en Texas.

Pavla sonrió mientras se peleaba con la máquina del café. Era una escena de pueblecito muy típica, con la excepción de que todos los carteles estaban escritos en ruso; Pavla con su camisa de cuadros y sus vaqueros desgastados y todo el caos descolorido de la tienda destartalada a su alrededor.

—Deben ir en serio si vas a presentarle a tu familia.

Henry arrugó la nariz, tardando un par de segundos más de lo estrictamente necesario en comprender el significado de aquel comentario.

—No. —Hizo aspavientos con las manos—. No, no, no. ¡Es menor de edad, Pavla!

—¡Solo tengo un año menos que tú!

Henry me ignoró.

—Yo voy a ver a mi familia. Ella va a visitar a una amiga. En otra parte de Texas. Por eso necesito un mapa.

Pavla, que claramente acababa de recibir bastante más información de la que necesitaba, asintió, tendiéndole los cigarrillos y un vaso humeante de café solo.

—Voy a necesitar un carnet para el tabaco —dijo, lanzando un mapa polvoriento por encima del mostrador—. Esto es un regalo.

—Eres la persona más amable que conozco, Pavla —rio Henry, hurgando en sus bolsillos hasta sacar su carnet de conducir.

—Y tú el más charlatán —respondió ella, posando la mirada en la documentación una fracción de segundo—. Feliz cumpleaños, por cierto.

—¡No me habías dicho que era tu cumpleaños! —exclamé mientras salíamos, una bocanada de aire nos revolvió el pelo y arrojó hojas secas a nuestros tobillos.

—No sabía que tenía que hacerlo —dijo Henry, y si no añadió nada más es porque aprovechó mi desconcierto para llevarse el vaso de café a los labios.

Si su expresión de concentración y expectativa sugería que esperaba darse de bruces con una experiencia orgásmica en cuanto la primera gota cayese en su lengua, su seriedad y la manera en la que bajó los párpados al tragar disiparon cualquier duda en cuanto a la calidad del café.

—Supongo que no era el café más amargo que Pavla podía preparar —aprecié.

Henry me respondió abriendo la puerta del coche, metiéndose dentro y volviéndola a cerrar. No estaba del todo segura de que no fuese a arrancar sin mí si hacía otra bromita, de modo que lo imité.

—Hola de nuevo, Harvard —dijo, poniendo el coche en marcha.

—No vas a olvidar eso nunca, ¿verdad?

—No.

Abrí una de las cajas de grageas de sabores y dejé caer el contenido sobre mi palma abierta, juntando las púrpuras con las púrpuras, las verdes con las verdes y las naranjas con las naranjas.

—Entonces yo nunca voy a olvidar que es tu cumpleaños. ¿Diecinueve?

—Dieciocho.

Estreché los ojos.

—Antes tenías dieciocho.

—Estaba redondeando.

Suspiré, apoyando el pómulo en la ventanilla. Las vistas eran espléndidas y suburbanas, un conglomerado de luces de neón y de líneas púrpuras en el horizonte, y de semáforos pasando del ámbar al verde.

—¿Tenemos algún plan para tu cumpleaños?

—Sí —dijo Henry, tirándome el mapa sobre las piernas—. En cinco horas llegamos a Oceanside.

—¿Y qué hay en Oceanside? —repuse, tratando (y fallando) de no estornudar con la nube de polvo que acababa de levantar al abrir el dichoso mapa.

—Comida mexicana increíble. Y mi chica favorita en el mundo.

Henry

Viernes 22 de enero, 1943

No era inusual que las entradas de Romus en casa viniesen acompañadas de un alboroto, en especial cuando lo hacía de madrugada o con un aspecto que mamá catalogaría como "desaliñado y propio de un criminal". En aquella ocasión, sin embargo, la dulce voz de nuestra madre nos despertó del quinto sueño a Birdy y a mí bien temprano.

Los gritos que nos llegaban de la cocina, inconexos, dibujaban una colorida, aunque preocupante, estampa familiar.

"Locura...".

"Error...".

"Disgusto...".

Birdy gruñó, tanteando la mesilla de noche hasta dar con sus gafas de montura fina.

—Ah, al imbécil han debido de expulsarlo.

—Bueno lo ha hecho bastante bien —repuse, levantándome de un salto—, teniendo en cuenta que ha aguantado hasta el último curso.

Y, puesto que Birdy seguía ahí sentado, bostezando y sacándose las lagañas de los ojos, decidí animarlo con una palmadita en el hombro y la promesa de una bebida caliente.

—Apúrate o nos quedaremos sin café.

La cocina estaba, de hecho, inundada del vaporcillo de ese mismo café y del olor de las tostadas y de la mermelada casera de naranja. Estaba tan hambriento (había tenido un entrenamiento tarde y, entre eso y lo de Birdy apenas había cenado) y todavía tan aturdido que no reparé en el papel que mamá enarbolaba hasta que lo lanzó sobre la mesa. Aterrizó justo entre la jarrita de la leche y los codos de papá y de Eddie, que estaba de visita tras los exámenes, y se ganó la aprobación (el silbido) de Birdy.

—Es el mayor disparate que he oído nunca y no quiero que digas ni una palabra más del asunto.

Esa fue la sentencia lapidaria de mamá aunque, a juzgar por la expresión impasible de Birdy, podía haberse tratado perfectamente de la previsión del tiempo.

Mi hermano se tomó el tiempo de untar su tostada con más mermelada, de hecho, y de darle un mordisco antes de girarse hacia Birdy y preguntar:

—¿Y a ti qué te ha pasado?

Birdy le dirigió una mirada fugaz a mi madre, cuyo labio inferior, ahora blanquísimo y arrugado, temblaba.

—Lo que te va a pasar a ti en un rato, supongo.

Romus se repantigó sobre la silla.

—Bah, no será tan malo.

Y se volvió hacia mamá para agregar, con la boca llena:

—No sé si has escuchado la radio últimamente, madre, pero hay

una especie de guerra ahí fuera y creo que hay un montón de hombres alistándose y todo lo demás.

Oh, si las miradas hubiesen podido cortar, nuestro alegre desayuno familiar se habría convertido, a la vez, en una carnicería y en la primera página de la sección de sucesos del periódico del día siguiente.

—Eso mismo: hombres —siseó mamá—. Tú eres un niño y ni siquiera has acabado el instituto, así que punto final.

Romus irrumpió en una carcajada genial, del tipo que hacía que sus pecas bailasen sobre sus pómulos.

—¿Qué más da que me aliste ahora o que me recluten después de que me gradúe?

—Primero gradúate y luego ya tendremos esta conversación.

Romus abrió la boca para añadir algo más, pero Eddie, que por lo general prefería marcadamente el escuchar al hablar, dijo:

—Tampoco es que tenga mucho sentido graduarse en el instituto si luego dejamos que los fascistas conquisten la mitad del mundo.

Había sido una sentencia tan inesperada, tan poco propia de él, que todos los hombres de la mesa mantuvimos un silencio muy peculiar, marcado por nuestras cejas enarcadas y nuestras medias sonrisas.

Mamá no se lo tomó con tanta ligereza. Por supuesto que no.

—Sí, tú anímalo. —Dio dos golpes a la mesa con el índice—. Pensaba que tenías más cabeza. Siempre está por ahí como un vago con sus amigotes y suspendiendo sabe Dios cuántas asignaturas y... ¡Mira el ejemplo que les está dando a Henry y a Francis!

Mamá siempre trataba a Birdy como si fuese uno más de la familia, lo que supongo que no se alejaba tanto de la realidad. También era la única que insistía en llamarlo por su nombre.

—Mamá, entra en...

A Eddie no le dio tiempo de terminar su frase. Papá, de quien había heredado su preferencia por el mutismo, gruñó, tomó el papel de la mesa (que, ahora podía verlo con claridad, se trataba de una *autorización de enlistamiento) y se levantó. Tardó un par de minutos muy tensos y silenciosos en regresar y devolvérselo a Romus, sus dedos ahora moteados de tinta.*

La cara de mamá

perdió

todo el color.

—*Nunca iba a graduarse, Linda, se pasa el día como un vago con sus amigos. Esto lo convertirá en un hombre.*

Mamá se levantó. Solo eso. Se levantó y se fue al jardín trasero y se sentó en las escaleras y no dejó que nadie se acercase a ella.

Y Romus, que jamás le haría daño a nadie a sabiendas, y que parecía tener una especie de alergia al dolor y a cualquier cosa que no fuese tan ligera y agradable como él, se dio dos palmaditas en los muslos.

—*Bueno, tendrán que vestirse si quieren que los lleve a clase —nos dijo a Birdy y a mí—. Creo que hay una ley que les impide ir en pijama. He estado leyendo sobre ello.*

Birdy lo miró, subiéndose las gafas con el dedo corazón hasta colocárselas sobre la cabeza.

—*No sabía que supieras leer.*

—*Es increíble lo que puedes llegar a aprender en el aula de castigo.*

Nos pusimos en pie y no habíamos llegado a atravesar el umbral de la puerta cuando Romus alzó la voz de nuevo.

—*Eh, Bird, por cierto, esta tarde voy a llevar a Ruth Forrester a la tienda de discos. ¿Te apetece venir? —Guiñó el ojo—. Henry y yo podemos esconderte lo que compres, como siempre.*

Birdy le dirigió una sonrisa fantástica que hizo que sus ojos, que oscilaban entre el gris y el verde, pareciesen más brillantes que nunca.

—*Cómo te voy a echar de menos cuando te envíen a una de esas islas putrefactas alejadas de la mano de Dios.*

Romus dio dos golpes de cabeza, estirando los labios.

—*Todos tenemos que hacer sacrificios en esta guerra.*

Cass

Wabi-sabi

1. La impermanencia de los momentos de una belleza intrascendente.

Llegamos a Oceanside a medianoche o, como habría precisado Nora, mi compañera de incontables horas perdidas viendo *The Twilight Zone* y los episodios de Halloween de *Los Simpsons*, "La casita del horror".

Incluso en mitad de la noche, Oceanside se parecía muchísimo a esas postales perfectas de pueblecitos de la playa que se ven en series como *Guardianes de la bahía* o, bueno, ese episodio de *Los Simpsons* en el que la familia pasa el verano en la residencia de vacaciones de los Flanders y Lisa se vuelve popular. Coincidentemente es uno de mis episodios favoritos, y no solo por la ligera comparativa con mi vida. Eso mismo le dije a Henry en cuanto aparcamos frente al hotel, mientras estudiaba su reflejo en el espejito de la visera del coche.

—Mi favorito es el de los Magios —dijo sin volverse—. ¿Crees que tengo un aspecto de mierda?

No me esforcé en contener una risita.

—¿Por qué? ¿Vamos a conocer a tu novia?

—Dios, no.

—¿Qué vamos a hacer, entonces? Todavía quedan unos minutos más de tu cumpleaños.

Henry subió la visera, resoplándole por última vez a su reflejo.

—Eh... reservar habitación en ese tugurio y, si no tienes sueño, ir a tomar algo a la playa.

—No tengo sueño. Y todavía eres como una especie de cruce entre River Phoenix y Kurt Cobain.

Henry arqueó una ceja.

—Cuando estaban vivos, espero.

—Te avisaré cuando empieces a parecerte a un muerto, no te preocupes.

Pero lo cierto es que Henry Buckley nunca tenía buen aspecto. Siempre resultaba atractivo y suavemente atrayente, pero de una manera ominosa y enfermiza. De la misma manera en la que Leonardo DiCaprio en *Titanic* logra parecer, al mismo tiempo, el chico más guapo que has visto y un niño de doce años, Henry Buckley tenía el tipo de belleza que te hacía querer observarlo, sí, pero tampoco te habrías sorprendido si lo hubieses visto posando para uno de esos cuadros prerrafaelitas en los que gente de aspecto febril se muere de tuberculosis. Henry Buckley era atractivo, sin duda, pero no daba la sensación de que perteneciese del todo a este mundo, como si fuese un poquito más ligero o más traslúcido que el resto.

La playa de Oceanside era toda violeta y neón. Tras dejar nuestras bolsas en la habitación, caminamos en dirección al muelle, nuestras chaquetas abrochadas hasta taparnos el mentón, en un silencio solo moteado por la música de los coches y los comentarios crípticos de Henry:

—Antes el hotel se llamaba Avon, ¿sabes?

»Para ser California, Oceanside tiene una comida decente.

»Mi hermano vivió durante un tiempo aquí, ¿eh?

»No puedo creer el frío de mierda que hace.

No se calló hasta que se sacó uno de los cigarrillos que había comprado esa tarde del bolsillo. El proceso de encenderlo, llevárselo a los labios y darle la primera calada se pareció de una manera exquisita a su experiencia con "el café más amargo posible" de Pavla: una esperanza grandiosa seguida de la mayor expresión de decepción que había visto jamás en otro ser humano.

—O no es tu día de suerte o tienes que replantearte tu supermercado favorito —le dije.

Como respuesta, trató de extenderme su cigarrillo a lo pipa de la paz.

—No fumo —le recordé, porque Henry Buckley siempre tenía pitillos de sobra para todo el personal del Ice in Paradise que pudiese abarrotar la sala de descanso.

—Buena chica —dijo, con una cadencia casi infantil a la frase estrella de todos los fumadores a los que les rechazas una calada.

Hundí las manos en los bolsillos del chándal que me había puesto por encima del uniforme. Era uno de esos días tan fríos en los que el invierno parece clavar sus garras en tus huesos.

—Solo soy muy selectiva con las cosas que me pueden matar. Tener cáncer no parece la cumbre de la diversión.

Henry torció la boca, el vaho que salía de ella flotaba alrededor de su cara como una corona plateada.

—Pues no. —Señaló a uno de los puestos de comida frente a nosotros, acompañando el gesto de un silbido largo y agudo—. Ahí está la mejor comida mexicana de todo el estado.

—¿Cuántos mexicanos de California has probado hasta llegar a esa conclusión?

—Bueno, Velázquez, tengo mucho tiempo libre.

"La mejor comida mexicana de todo el estado" se encontraba en una caravana de un azul imposible. A juzgar por la pequeña cola que se había formado frente a ella a medianoche, la comida merecía la pena, aunque me habría resultado más prometedora si Henry no me hubiese dejado allí para irse al puesto de hamburguesas de al lado. Su conversación de besugos con el dependiente, que me llegaba tan ahogada que podría haber pensado que se encontraban bajo el agua, fue más o menos así:

—Un bocadillo de filete y queso, el filete muy poco pasado.

—Muy poco pasado, entendido.

—En plan, si está todo sanguinolento y te parece que podría levantar las sospechas del control de sanidad, así es cómo lo quiero.

—Mira, chico, si me estás tomando el...

—Te dejaré una propina del cincuenta por ciento.

—Esto es un puesto de hamburguesas de la playa, no el Ritz Carlton.

—La insinuación me halaga, pero no tengo el tipo de papilas gustativas que aprecian el caviar y todo lo demás.

Un gruñido.

—Te dejaré el número de emergencias en el ticket. Por si acaso.

El chico a cargo de la caravana, que debía ser más o menos de nuestra edad, alzó las cejas al llegar mi turno.

—Tienes un amigo refinado —dijo, y las luces de Navidad a su alrededor le otorgaban a su piel oscura un tono anaranjado.

—Bueno, dice que tienen la mejor comida mexicana de toda California.

—Viniendo de él, no estoy seguro de que sea un cumplido.

—Ahora tengo muchas ganas de comprobarlo —aseguré, estudiando cuidadosamente el menú, escrito en la pizarra con letras rizadas.

Que busques el vacío entre tus costillas y los huesos de tus caderas no significa que no comas. Comer se convierte en todo un acto ceremonial, en un santuario que te hace sentir viva de nuevo, aunque sea solo durante unos segundos. Así que pedí un taco de mole solo porque quería tener algo caliente entre las manos y extra de jalapeños porque el picante conseguía que la neblina que normalmente vivía en mi cerebro se disipase durante un momento. Luego vi que también tenían agua de coco y añadí dos botellines a mi pedido.

—Mi favorito —dijo el chico al entregarme las botellas, el ticket rodeándolas como una mantilla blanca—. ¿Sabías que puedes transfundirte agua de coco en vez de sangre en una emergencia?

Arqueé una ceja, sujetando las botellitas entre el brazo y las costillas para dejar las manos libres para el taco.

—No lo sabía, pero lo tendré en cuenta a partir de ahora.

—Al parecer es casi idéntica al plasma humano.

Arrugué la nariz.

—¿Te funciona mucho esa estrategia de marketing?

Extendió las manos hacia el cielo en un gesto que me recordó muchísimo a esos cuadros renacentistas de Jesucristo.

—Eh, tú eres la que acepta recomendaciones culinarias del tipo de los filetes crudos…

—¿Qué puedo decir? Soy una chica con clase.

Henry Buckley, de hecho, se alegró muchísimo de verme con aquella botellita de agua de coco. Se había sentado en una de las pocas mesas disponibles, junto a una banda de motoqueros y tan cerca de la balaustrada del muelle que el rugido de las olas nos obligaba a hablar a gritos.

—Eres un sol, Harvard. —Sonrió (tenía una sonrisa estupenda y muy blanca, con un pequeño huequecito entre las paletas y el incisivo izquierdo).

—¿Vas a seguir llamándome así?

—Hasta que me expliques lo de Harvard. —Tragó, y se limpió el reguerito de sangre y jugos de filete con el dorso de la mano—. O hasta que deje de hacerme gracia.

Señalé la otra mitad del bocadillo, que sostenía entre sus manos gigantescas.

—Entre lo de la carne cruda, el café que parece petróleo y la de cigarrillos que te metes entre pecho y espalda al día no sé si te van a quedar muchos cumpleaños por delante.

Aquello le hizo una gracia horrorosa. De verdad. Toda su cara se iluminó, roja, y sus ojos brillaron con las lágrimas que le acababan de causar sus propias carcajadas. Cuando logró contenerlas, regulando también la respiración, pensé que cuando reía tenía menos aspecto de tuberculoso victoriano y más del jugador de fútbol texano que sabía que era.

—¿Sabes qué, Harvard? Creo que tienes razón. —Alzó dos dedos, dándole un mordisco más a su bocadillo—. Creo, de hecho, que moriré a los dieciocho.

—Y yo creo que eres un mentiroso de mierda.

—Hay una pitonisa allí mismo —continuó, señalando con el pulgar a un puestecito verde esmeralda que, entre tantas opciones de comida, había pasado por alto—. Podemos preguntarle.

—Cállate.

—Estaba pensando en diciembre, tal vez.

—Si dices que en un accidente de tráfico te tiro el taco a la cara.

—Tirar la comida es un pecado, Harvard. —Le dio un trago largo a su agua de coco—. Entonces... ¿Vas a contarme lo de Harvard?

Me encogí de hombros.

—No hay mucho que contar.

—Bueno, hay muchos tipos de periodistas. ¿Quieres salir en la tele?

Separé tres rodajas de jalapeño del taco y me las metí en la boca. Una sensación de calorcito agradable me invadió los pulmones.

—No particularmente. Si puedo elegir, prefiero la prensa escrita.

—¿Algún sitio en particular?

—*Vanity Fair*. Todo el mundo piensa que es una revista frívola, pero ha destapado muchos escándalos políticos.

Henry estiró los labios con aprobación.

—Voy a tener que empezar a leer la *Vanity Fair*.

—¿Antes o después de unirte al partido comunista?

—Durante. Lectura para la fila, ya sabes. —Se mordió el labio inferior—. ¿Y por qué Harvard? Stanford está en California. Sería más barato, ¿no?

Le di un bocado al taco, cerrando los ojos para apreciar más el sabor y lo calentito que estaba en mi boca frente al viento helado del muelle que me golpeaba la cara.

—Bueno, no vamos a quedarnos en California mucho tiempo. Además, Robert fue a Harvard. Teniendo eso en cuenta mis posibilidades de entrar serán como de… dos entre un millón en vez de una entre un millón. ¿Y tú?

Henry se pasó la lengua sobre el labio superior antes de contestar, fiel a su premisa de no desaprovechar la comida, incluyendo los restos de jugo de filete en su piel.

—Oh, yo no fui a Harvard.

—Me refiero a qué vas a hacer. No vas a quedarte en el Ice in Paradise toda la vida, ¿no?

Henry suspiró, mirándome como si fuese una niña de seis

años que acabase de descubrir que el Santa Claus del centro comercial no es el Santa Claus que entrega regalos a todos los niños del mundo en Nochebuena.

—Lamento tener que decírtelo, Velázquez, pero algunos de nosotros somos pobres como ratas.

—Puedes hacer una formación profesional. O ir a clases nocturnas.

—Estaba pensando en unirme al circo, más bien. —Volvió a señalar al puestecito de la pitonisa—. ¿Te apetece? La idea se me hace más atractiva por momentos, no te lo voy a negar.

Sacudí la cabeza.

—No me interesa conocer mi futuro. ¿Vas a contarme lo de "tu chica favorita"?

Henry le dio un sorbo más a su agua de coco.

—¿Para qué contártelo si puedes conocerla? Nuestro plan para mañana. Avísame cuando quieras irte a dormir.

—¿Vas a bajar la guardia en algún momento?

—¿Y robarte la oportunidad de practicar tus dotes periodísticas conmigo? No lo creo, Velázquez.

Cass

Familia

1. Grupo de personas emparentadas entre sí y que viven juntas.
2. Conjunto de personas que comparten alguna condición, opinión o tendencia.
3. Grupo de personas relacionadas por amistad o trato.

Era verdad que el hotel ya no se llamaba Avon. Su nombre ahora era The Brick, el ladrillo, y la estructura hacía honor al nombre. The Brick Hotel era un bloque de ladrillo rojo cuya única redención, además del bufet libre de desayunos, eran las habitaciones con vistas a la playa. Por supuesto, ni Henry ni yo teníamos dinero suficiente para permitirnos una habitación con ningún tipo de vistas, aunque hubiese alguna disponible a medianoche. Al final nos había tocado dormir en el alojamiento más mísero posible, sin ventanas, y al parecer podíamos darnos con un canto en los dientes por el simple lujo de disponer de camas separadas.

Puesto que cenar de madrugada cuando llevas años vapuleando a tu sistema digestivo nunca es divertido, me había despertado obscenamente temprano. No estaba muy segura de cuáles eran los hábitos mañaneros de Henry, de modo que me pasé la primera hora escribiendo sobre el viaje en el baño, porque se me había ocurrido que podría hacer un buen artículo para el periódico del instituto, en el que colaboraba de forma anónima. Después debí darme cuenta de lo deprimente que resultaba escribir sentada en el retrete, de modo que bajé a la cabina de teléfonos.

Robert levantó el teléfono al tercer timbre.

—Oh, hola, Cass.

—¿Cómo sabías que era yo?

—No recibimos muchas llamadas de cabinas telefónicas. No somos gente interesante.

Que un tipo que trabajaba en la NASA dijese eso era un poco como si, en una fiesta, la persona que acaba de llegar con el traje chamuscado y la cara salpicada de hollín soltase que no tiene una historia digna de contar.

—¿Qué tal el campamento?

Asentí con la cabeza, aunque él, claro, no podía verme.

—Bien, solo quería llamarlos para decirles que estoy bien.

—¿Quieres hablar con tu madre? Está en el baño, pero puedo llamarla.

—Nah, no te preocupes. ¿Está Lucas?

—Tomando los cereales. ¿Te lo paso?

—Sí, porfi.

Me di cuenta de que no tenía un plan incluso antes de que mi hermano tomase el teléfono, de modo que solo lo escuché contarme lo que había hecho en el colegio el día anterior y lo que había visto en la tele y todo lo demás hasta que me quedé sin centavos que echarle a la cabina.

Cuando volví a entrar en la habitación, Henry me recibió con un ruidito somnoliento.

—¿Cuál es el parte meteorológico?

—Tormenta.

La sola fuerza de mis palabras lo hizo recostarse.

—Oh, ¿de verdad? —profirió con la alegría de un niño de ocho años al que acabas de contarle no solo que el circo está en la ciudad, sino que además tienen entradas gratis para todos los días hasta que se vaya.

—También es otoño en California, supongo.

Se puso en pie.

—Fantástico. Pues en marcha.

—¿En marcha?

—Tenemos que ir a ver a Ruth antes de irnos.

Dijo aquello como si yo ya conociese íntimamente a Ruth o como si una tormenta en pleno noviembre fuese la cumbre de la diversión.

De todos los lugares en los que esperaba conocer a la tal Ruth, una residencia de ancianos figuraba bastante abajo en la lista, justo por encima de la prisión municipal. Sin embargo, aquel era el lugar que Henry me indicó, fiel a su idea de que yo condujese por la mañana y él por la noche. Tampoco me explicó mucho, y sus instrucciones a la recepcionista (que era Henry Buckley y que era la visita de Emily Ruth Forrester) no resultaron particularmente esclarecedoras.

Total, que terminamos caminando en silencio a lo largo de un estrecho pasillo color clara de huevo hasta llegar a la habitación de una anciana que pasaba las páginas de una revista frente a la ventana.

Su aspecto era tan frágil que me recordaba a las hojas secas del otoño, con sus huesos tan finos como los de un pajarito y su piel arrugada y casi translúcida. Cuando volvió los ojos, que eran muy grandes y de un café rojizo, a nosotros, parpadeó sin mediar palabra.

Henry lo dijo todo por ella, de todos modos, mientras acercaba la butaca a la mujer.

—Eh, Ruth, ¿cómo va todo?

La anciana volvió a parpadear.

—Oh, sí —susurró, con la misma duda de una persona que acaba de verse abordada en la calle por un desconocido que la saluda de manera efusiva.

Aquello no detuvo a Henry, que señaló el radiocasete sobre la repisa de la ventana gesticulando con la cabeza.

—Espero que recuerdes qué día es hoy, Ruth —dijo.

Y la mujer, que mantenía la misma mirada perdida de antes, hinchó el pecho con orgullo.

—Claro que sí, jovencito. Es domingo.

—Domingo, nada más y nada menos que el mejor día de la semana —insistió Henry, con un tono que me hizo pensar que habría dicho exactamente lo mismo si la respuesta de la anciana hubiese sido martes o jueves—. El programa de radio de Kay Kyser está a punto de empezar.

Solo que, claro, no había ningún programa a punto de comenzar, sino el mismo casete que ya estaba puesto en el reproductor y que sonó en cuanto Henry pulsó el botón de play. No importaba, de todos modos, puesto que Ruth se había llevado ambas manos al pecho, y sonreía.

—*Es hora de que empiecen las clases para todos los hombres y las mujeres en las Fuerzas Armadas de las Naciones Unidas. Hora de la Universidad de Conocimientos Musicales y he aquí el viejo profesor en persona...*

Se trataba de uno de esos antiguos programas de la radio con jazz y música swing y bromas tontas que, de alguna manera, nos hicieron irrumpir en risotadas a los tres.

Ruth, que no había dejado de sonreír, echó otro vistazo a la lluvia torrencial al otro lado de la ventana y dijo, con una gruesa arruga dibujándose entre sus cejas:

—Me estoy acordando… a un chico de mi barrio le gustaba mucho el programa de Kay Kyser.

Y Henry, que seguía el ritmo de la música con el pie izquierdo, sonrió también.

—¿Ah, sí?

Ruth chasqueó la lengua.

—Ahora se me escapa su nombre. Una vez me llevó a cenar a un restaurante y cuando pasábamos todas las cabezas se giraban para mirarlo, porque iba muy guapo y muy alto con su uniforme. —Soltó una risita—. ¡Y no se daba cuenta! Se volvió hacia mí y me dijo: "Mira, Ruth, cómo todos se te quedan mirando", y yo le dije: "A mí nadie me mira así. Te miran a ti". —Suspiró, como sopesando sus propias palabras—. Escribía las mejores cartas. Espero recibir la próxima pronto. —Se giró hacia Henry—. ¿Sabes si ya ha pasado el correo?

—Oh, es domingo. No hay correo los domingos. A lo mejor mañana.

Ruth asintió.

—Espero que sí. Tengo muchas ganas de volver a tener noticias suyas. —Inclinó la cabeza para mirarme; como hasta entonces mi rol en la conversación había sido más bien nulo, me había sentado en una silla entre Henry y ella—. Tengo el nombre en la punta de la lengua, pero sabes de quién te hablo, ¿no? Todos en Corpus Christi lo conocen.

Corpus Christi. Si mis conocimientos de fútbol me habían servido de algo era para perfeccionar mi geografía, y casi podía ver un mapa en mi cabeza con un diminuto punto al sur de Texas para Corpus Christi. Encajaba con el acento suave y la manera de arrastrar las palabras de Henry.

—Eh… claro, claro que sé de quién me hablas —dije, al ver que Henry se daba la vuelta para garabatear algo en su mano; me lo enseñó—. Romus, ¿no?

Ruth chasqueó los dedos.

—¡Eso, Romus! Qué chico más simpático. No puedo creer que me hubiese olvidado. —Sacudió la cabeza—. En fin, la edad. Me pregunto qué fue de él después de la guerra.

Henry tomó aire.

—La universidad. Fútbol. Durante unos años fue el mejor defensa de los Longhorns de Texas. Después se quedó para entrenar.

Ruth asintió, bajando la vista a sus manos, tan pequeñas y tan blancas.

—Me alegro. Se merecía que le pasasen cosas buenas en la vida. Era tan comprensivo y tan considerado. —Me observó, un brillo acuoso sobre su iris café—. Eso es lo mejor que puedes pedir de un amigo. Oh, qué ganas tengo de recibir su próxima carta.

Así que supongo que nunca te olvidas de la amistad. Puedes olvidarte de los detalles, por supuesto, de los nombres y de los lugares y de las Palabras Exactas Que Se Dijeron, pero no del sentimiento. No te olvidas de los escalofríos ni de los ataques de risa que hacen que se te salten las lágrimas o de lo lentos que pasan los minutos cuando esperas una llamada o una carta. De la misma manera en la que, si te rompes una pierna, nunca olvidarás tus primeros pasos sin escayola, jamás olvidarás las grandes amistades de tu adolescencia. De eso estoy segura.

Henry

Viernes 22 de enero, 1943

Si se quisiese distinguir a mi hermano Romus de todos los jugadores de fútbol bromistas del sur de Texas tendríamos que precisar que era una persona que nunca hacía planes. Todo lo contrario. Actuaba como si las cosas fuesen a salir a su favor siempre y, para ser justos, tenía la experiencia de su parte.

Así que no había quedado con Ruth a ninguna hora. Ruth no tenía ni idea de que a Romus le interesaba algo más que pedirle la hora. La situación, magistral aunque no premeditada, fue más o menos así: diez minutos después de que sonase la última campana; Birdy, Charlie Leonard y yo esperábamos sentados en las escaleras a que Romus nos honrase con su presencia y nos llevase de vuelta a casa, excepto porque Romus, sin previo aviso, empezó a caminar detrás de Ruth Forrester y no nos quedó otra que seguirlo.

—Eh, Ruth, ¿puedo llevarte el saxofón? —preguntó una vez se hubo acercado lo suficiente a ella.

La chica se detuvo, parpadeando, casi midiendo mentalmente a mi hermano.

—Supongo que es un país libre.

Como era significativamente más alto que ella, tuvo que agacharse para tomar el maletín del saxofón. Después debió darse cuenta de en qué lado de la acera estaba, porque se movió para colocarse en el lado de los coches, exactamente como mamá nos había enseñado cuando fuéramos por ahí con una chica.

Ruth no se esforzó en contener una risita ante esto.

—Creía que tu casa quedaba hacia el otro lado.

—Oh, sí, pero la tienda de discos del señor Morales queda en esta dirección.

Ruth arrugó la nariz, que estaba salpicada de manchas de tinta, al igual que sus manos.

—¿Vas a la tienda de discos?

—Sí, y esperaba que tú también.

Ruth respondió a aquello con una sonrisa que cerró con un resoplido.

—Es una broma, ¿no? ¿De quién ha sido la idea?

Romus ladeó la cabeza, porque de alguna manera había logrado sobrevivir diecisiete años pensando que todo el mundo era honesto y que cosas como la crueldad no tenían cabida en nuestro barrio.

—¿Qué te hace pensar que es una broma?

—¿Por qué ibas a querer ir a la tienda de música conmigo?

Romus se encogió de hombros.

—Porque eres una persona interesante y hacía tiempo que quería conocerte mejor, pero soy muy tímido. —Ante eso tuvimos que reírnos nosotros tres también, y Ruth nos dirigió una miradita cargada de preguntas—. Además, sabes más de música que nadie, así que qué mejor persona que invitar... y respeto tu estilo personal.

Su "estilo personal" ese día consistía de unos pantalones de raya *diplomática sostenidos por tirantes granates, la camisa más arrugada que había visto jamás fuera de un armario, un chaleco lleno de pelotillas y unos zapatos tipo Oxford. Por algún motivo, Ruth no se tomó eso como una broma.*

—Nadie se fija en mí —siseó.

Romus apretó los párpados, un sinfín de arruguitas dibujándose en la piel pecosa de su frente, como si estuviese preparándose para que le asestasen un puñetazo.

—Guau, Forrester, estás vapuleando mi autoestima de lo lindo. Primero me acusas de tener, como, el peor sentido del humor del mundo, ¿y ahora insinúas que no soy nadie? Debería olvidarme de la tienda de música e ir directo a casa a llorar.

Ruth bajó la mirada a las puntas desgastadas de sus zapatos. Sus comisuras temblaron, sus labios arqueándose en una sonrisa.

—No.

—¿No qué? —dijo Romus, que había empezado a caminar hacia atrás.

Ruth puso los ojos en blanco.

—No te vayas a casa a llorar o lo que sea. Te acompaño a la tienda de música.

Y la sonrisa de Romus podría haber hecho caer imperios enteros. Brillaba.

—Vaya, muchas gracias, aprecio el esfuerzo.

Ruth le dirigió un vistazo rápido a las manos de mi hermano.

—Bueno, tienes mi saxofón.

—¡Ah, y ahora me llamas ladrón! Forrester, estás empeñada en romperme el corazón.

Había mucho de magia y de encantamiento en la manera en la que Birdy sostenía los discos entre sus manos, un rayo de sol iluminaba su pulgar

y las motas de polvo que flotaban en el aire, frente a él. No podría explicarlo con exactitud, pero toda su cara cambiaba. Los ángulos afilados de sus pómulos y su mandíbula se suavizaban con la facilidad con la que se difumina el carboncillo; sus labios, normalmente apretados, se separaban y dejaban ver sus paletas torcidas y sus colmillos prominentes; incluso su cuerpo, en constante tensión, se relajaba. Parecía más ligero, incluso, como si sus pies flotasen un par de milímetros por encima del suelo.

—Benny Goodman es un maldito genio —susurró, porque ni siquiera en estado de trance habría abandonado sus palabrotas de siempre.

Solo moderaba su lenguaje cuando mi madre estaba delante. En aquellos momentos podías ver su mentón temblar, como si el mero hecho de tragarse los improperios precisase de una fuerza hercúlea.

—A mí me gusta más Kay Kyser —dije, separando las carátulas de los discos frente a mí.

Y Birdy, que en ocasiones normales no desaprovechaba ninguna oportunidad de dar a conocer su opinión, solo puso su voz más gangosa para imitar al bueno de Kay en su programa de la radio:

—Ah, sí, el viejo profesor... —Extendió una mano temblorosa para agarrarme de la cazadora—. Ven aquí, muchacho, deja que te dé unas lecciones de música.

Lo aparté de un codazo, soltando la risa más ligera de Texas.

—No aceptaría una lección tuya ni aunque me fuese la vida en ello, zoquete.

Y Charlie Leonard, que no les había quitado los ojos de encima a Romus y a Ruth, suspiró, hundiendo más la mejilla en su puño cerrado.

—Tu hermano sí que debería venir con un manual de instrucciones. —Los señaló con un movimiento de cabeza—. Mira ahí.

A nuestros ojos de catorce años, los talentos de Romus eran misteriosos y muy, muy atractivos. Había logrado utilizar una carcajada para, con tanta lentitud, bajar el brazo de modo que su mano rozase la de Ruth. Nudillos contra nudillos y muñeca contra muñeca, los dedos entrelazándose. Luego Romus, fingiendo un interés repentino por las hermanas Andrews, se estiró para alcanzar un disco de modo que todo su cuerpo rozase el de Ruth.

Corrección: a los ojos de catorce años <u>de Charlie Leonard y de mí mismo</u>, los talentos de Romus eran misteriosos y muy, muy atractivos. Para Birdy toda la escena era más o menos tan apasionante como una clase de geografía:

—*Es solo una mano.*

Charlie no lo tenía tan claro.

—*Dale tiempo.*

—*Pervertido de mierda. No todo el mundo se pasa las horas pensando en el sexo como tú.*

Ladeé la cabeza.

—*No sé todo el mundo, pero estoy bastante seguro de que Romus le dedica bastante tiempo.*

Birdy puso los ojos en blanco.

—*Es una maldita mano, Henry —dijo.*

Para ilustrar su información, separó una de sus propias manos del disco de Benny Goodman y la dejó caer sobre la mía. La yema de su índice recorrió mis nudillos, deteniéndose sobre el meñique antes de agarrarme la muñeca, ese mismo índice abrazando el pulgar. Nunca había reparado en las manos de Birdy, me di cuenta; eran largas y delicadas, como las de un pianista, con callos de tocar el saxofón y manchas de tinta porque Birdy era absolutamente incapaz de sujetar la pluma como Dios manda.

Observé esa mano, cómo las venas se dibujaban como plumas bajo la piel tan fina, y luego alcé los ojos para sostenerle la mirada a Birdy. Arqueó una ceja, retador, y como no existía una competición que yo estuviese dispuesto a perder solo lo seguí mirando tan fijamente.

—*Es solo una mano —insistió Birdy, mordiéndose el labio inferior.*

—*Solo una maldita mano —accedí.*

Uno. Dos. Dos hoyuelos crecieron en las mejillas de Birdy antes de que este irrumpiese en una risotada líquida y dorada. Pude sentirla en el estómago y en las puntas de los dedos antes de soltar yo, también, una carcajada genial.

—Es distinto si es una chica —fue como lo resumió Charlie, que precisamente estaba saludando con un gesto a la hija del señor Morales.

—Seguro —dijo Birdy, todavía riéndose, y me lanzó un beso al aire—. Cásate conmigo, Buckley.

—Solo si tú llevas el vestido. No me gustan mis tobillos.

—Ah, no seas tan duro contigo. Quiero casarme contigo por esos tobillos. Me traen loco. Pienso en ellos a todas horas.

—¿Quién es el pervertido ahora, eh?

Todavía no había apartado la mano, a pesar de que los dos ya estábamos sudando.

Aquel día Romus salió de la tienda del señor Morales con la dirección de Ruth; Charlie, con el número de Blanca Morales; Birdy, con dos discos de Benny Goodman. ¿Y yo? Yo salí con las manos vacías, amigo.

Domingo 7 de noviembre, 1999

Cass quería saber más cosas sobre Romus ("es un buen nombre y apuesto a que tiene una buena historia detrás"). Seguía diluviando de aquella manera, las carreteras de California cubiertas de una niebla blanquecina muy poco habitual en el estado, sea el mes que sea. Habría sido una pena desaprovechar una oportunidad así; cuando vives en una de las ciudades más soleadas de Estados Unidos no te puedes permitir tirar a la basura las perspectivas de pasar un día al aire libre sin riesgos. Así que opté por hacer de copiloto, lo que incluía elegir la música abordo. Había optado por la opción odiosa: un Grandes Éxitos de Tom Jones que había comprado en un súper de carretera por medio dólar.

—Ya veo que te tomas muy en serio tu faceta de periodista —le dije a Cass, poniendo los pies en el salpicadero.

No era una gran conductora. Su estilo al volante, de hecho, pasaba por muchas palabrotas y muchos "ups" mientras miraba por encima del hombro. Quizá por esto, tardó un par de segundos en escuchar mi comentario.

—Hay una apuesta en juego.

—¿Qué quieres que te diga?

—Puedes empezar por el nombre.

Me recliné en el asiento antes de estirarme para agarrar una barrita Hematogen. Estaba empezando a ocurrirme esa cosa cuando estoy hambriento de verdad en la que mi cerebro parece cubierto de neblina y es incluso más inútil que de costumbre.

—Esa es fácil. Se llamaba Romus porque el mejor amigo del instituto de su padre se llamaba Romus. No sé por qué ese Romus se llamaba así, lo siento.

—¿De verdad jugó para los Longhorns? El Romus de Ruth, no el otro.

La miré. No tenía, al contrario de lo que había pensado inicialmente, los ojos verdes, sino grises. Un gris oscuro, como embarrado, con esquirlas verdosas. Un color no muy diferente al de Birdy, en realidad.

—Sí.

—Entonces te viene de ahí.

—¿Eh?

—Lo del fútbol.

Solté una risita, negando profusamente con la cabeza.

—No me puedo creer que seas una de esas snobs que me juzga por no haber ido a la universidad.

—No —dijo.

Una negativa firme, de bordes afilados.

Soltó aire.

—Entonces, ¿Ruth es tu abuela?

—No. Es... una amiga de la familia.

—Una amiga de la familia que hace que te des la paliza de conducir durante cinco horas para visitarla. No es la primera vez. Me he dado cuenta.

—¿Qué puedo decir? Soy un gran tipo.

—¿Y Romus?

Su ceja se alzó con esa pregunta. Todas sus facciones se afilaron, en realidad, como las de un perro de caza que al fin huele a su presa.

—También lo era.

—¿Era tu abuelo o...?

—Era la inspiración detrás de mi genio deportivo, al parecer. —Le di otro mordisco a la barrita; Dios, me sentía como si acabase de bajar de la montaña rusa más patética de la historia de las ferias de verano—. Con tanta pregunta te auguro un buen futuro como periodista o como psicóloga. Puedes elegir. ¿Puede ser mi turno ya?

Cass inspiró una risita jadeante.

—No soy una persona muy apasionante.

Pero yo ya había escogido mi pregunta. Mis preguntas, en realidad.

—¿Quién es esa amiga a la que vas a visitar y por qué tus padres no pueden saber nada del asunto?

Cass tomó aire, sus rasgos afilándose otra vez, sus ojos fijos en la carretera frente a nosotros. Sus nudillos, me fijé, estaban apretados y muy, muy pálidos.

—Es una buena acción —continué—. Visitar a los enfermos. Está en la Biblia.

Cass separó los labios sin decir nada, como sopesando todas sus posibilidades en el espacio vacío entre sus dientes.

—A mis padres no les gusta Nora —dijo al fin—. O, mejor dicho, no les gusto yo cuando estoy con ella. —Suspiró, estudiándome por el rabillo del ojo—. Te hablaré de Nora si tú me hablas de ese chico al que quieres gastarle una broma.

Y separó la mano derecha del volante para ofrecérmela. Se la estreché, en parte porque resultaba una temeridad que semejante conductora se distrajese de la carretera durante una fracción de segundo y en parte porque, después de tantos años, yo también tenía ganas de hablar un poco de Charlie Leonard.

Cass

Olvido
1. Cese de la memoria que se tenía.
2. Cese del afecto que se tenía.
3. Descuido de algo que se debía tener presente.

Continuó lloviendo a lo largo de la tarde. No soy una buena conductora. Mejor dicho, soy una conductora que da volantazos entre la cobardía, el nerviosismo y la impaciencia, así que me refugié en mis propias palabras para evitar pensar que estaba conduciendo una máquina de matar en una carretera repleta de otras máquinas de matar.

—¿Qué quieres saber de Nora?

Henry se rascó la oreja. No había dejado de aplicarse crema solar cada diez minutos, a pesar de que unas gordas nubes añil cubrían el cielo en su totalidad, y masticaba compulsivamente una de sus barritas de chocolate.

—Todo lo que quieras contarme sobre ella.

Tomé aire. Nora no era un tema, ni una persona, a la que tomar a la ligera.

—Nora nació a finales de noviembre, bajo el signo de Sagitario. Es valiente y es testaruda y es, como, la persona más furiosamente leal que conozco. Forma parte del club de atletismo y del periódico escolar, porque, para cuando se gradúe, quiere ser fotógrafa para la *National Geographic*. Colecciona envoltorios de chocolate. Su color favorito es el amarillo; el mostaza, no el amarillo chillón, porque el amarillo chillón le parece falso. Su cantante favorito es Michael Jackson. —Me humedecí los labios, pensando; desde que tenía memoria las palabras siempre habían sido mi punto fuerte, mi magia, pero ahora me daba cuenta de que ni con todas las del mundo habría sido capaz de capturar la esencia de Nora—. Y es mi mejor amiga y la quiero mucho.

Henry asintió con lentitud. Sus ojos estaban fijos en la carretera y no en mí, y reflejaban los tonos grises de la niebla y de la lluvia. Estiró los labios.

—¿Se va a poner bien?

Pensé en la primera vez que la vi, en clase de Ciencias, sopesando una manzana en su mano como si todo el peso del mundo estuviese contenido en ella; en cómo lo primero que se me vino a la cabeza, burbujeando venenoso en mi estómago, es que estaba más delgada que ella. Y pensé en la primera vez que quedamos después de clase, en la botella de té verde del Chinatown que compartimos y en la solitaria bola de helado tutti frutti que cenamos y en la exposición temporánea de Picasso que fuimos a ver después. Y en cómo, aunque faltaban semanas para Acción de Gracias, Nora ya había decidido que no iba a ser capaz de mantener su peso a raya y evitar la hospitalización.

—Espero que sí —dije, tamborileando los dedos sobre el volante.

Puesto que me mordía las uñas, el sonido que emitieron mis dedos fue muy ahogado.

—Tu turno —siseé.

No quería seguir pensando en hambre ni en las posibilidades quemadas.

—¿Eh?

—Ese chico al que quieres gastarle una broma.

—Charlie.

—Charlie —repetí—. Ibas a hablarme de él.

Henry asintió con la cabeza, una fina arruga dibujándose entre sus cejas.

—Charlie Leonard era uno de mis dos mejores amigos. Su nombre completo era Charles René Leonard, y su nombre era casi tan grande como él. A veces lo llamábamos el conde, porque siempre iba muy bien vestido y tenía mejores modales que la mayoría, y también porque su padre era, como, obscenamente rico cuando éramos niños. —Apoyó la cabeza en la ventanilla, sus ojos todavía fijos en la carretera y en el frío—. Su mayor sueño era ver la nieve alguna vez y largarse a Nueva York a ser poeta. No hay mucho de eso en el sur de Texas. Nieve, no poetas. Poetas hay en todas partes. —Se pasó la lengua por el labio superior; reparé por primera vez en que tenía un piercing en la lengua, de esos con dos bolitas a cada lado, como las picaduras de una serpiente—. Teníamos un club donde nos reuníamos los tres (él, mi amigo Birdy y yo), en un almacén abandonado junto a la playa. —Soltó aire; una cantidad asombrosa de él—. Cuando mi hermano mayor murió, Charlie fue la primera persona a la que se lo conté. Y, hasta que lo hizo, habría puesto la mano en el fuego a que Charlie no me traicionaría nunca.

Por primera vez en todo el día traté de centrarme en la carretera. En lo sólida que parecía, y en el ruido que hacían los neumáticos sobre ella. En cómo el cuero del volante se pegaba a mis manos, y en el rugido ahogado del motor.

—Siento lo de tu hermano.

Henry sacudió la cabeza.

—No tienes que sentirlo. Pasó hace mucho tiempo.

—¿Quieres hablar de ello?

Estiró los labios.

—No. No, la verdad. —Suspiró, dando una sonora palmada al aire que pareció dividirlo todo entre el Antes y el Después—. En fin, ¿cómo es que tus padres no te dejan ir a ver a Nora? ¿Son de esos supercontroladores o qué?

Me encogí de hombros.

—Para nada. Mamá es, como, demasiado genial. En plan, intenta-ser-mejor-amiga-antes-que-madre alucinante. Y Robert... Robert es genial.

—¿Entonces? No es por juzgar sus labores como padres, pero me parece bastante razonable que quieras ver a tu amiga que está enferma.

Tragué saliva. Podíamos ver la playa de La Jolla desde la carretera, las palmeras a su alrededor y las rocas escarpadas siguiendo la línea del agua. Nada te prepara para lo terrible y profundo que parece el océano durante una tormenta; lo oscuro que es, como si pudiese tragárselo todo, o como si no acabase de pertenecer a este mundo.

Los ojos de Henry eran de ese mismo color: azul turbio y enrabietado.

—Nora y yo nos parecemos en un par de cosas —dije—. A las dos nos gustan los libros de *Escalofríos* y los episodios de Halloween de *Los Simpson* y las palomitas con mucha mantequilla. Y las dos bebemos el té de la misma manera y leemos las mismas novelas pedantes y pretenciosas, y hasta calzamos el mismo número de pie, aunque Nora sea considerablemente más alta que yo. Pero nos parecemos en lo malo, también. Y mamá y Robert tienen miedo de que, cuando estoy con ella, las peores partes de mí salgan a relucir.

—¿Por ejemplo?

Me arranqué un padrastro del pulgar, una gotita de sangre se deslizó por mi muñeca.

—Lo de la comida.

Henry, que apuró los restos de su barrita, se subió el cuello de su anorak hasta la nariz.

—Menuda mierda. Lo siento.

—No tienes que sentirlo. Yo no lo siento. Es lo que hay. —Chasqué la lengua—. Es solo que es muy injusto. Llevo meses en mi peso y comiendo de manera más o menos normal, pero para mamá y para Robert siempre seré la chica que casi se mata de hambre. Es muy injusto. De todas maneras, ¿quién come de manera normal? Casi todas las personas que conozco son al menos un poquito raras con el tema de la comida. Es decir, mírate a ti.

Henry soltó un ruidito por la nariz que podría haber sido una risotada o lo opuesto a esta. Se señaló con el pulgar, sus cejas levemente alzadas.

—Yo.

—Bueno, casi todo lo que has comido son esas barritas. Tienes, como, una caja entera en el maletero.

—¿Y? Me gustan y me hacen sentir bien.

—Bueno, no son exactamente una comida. Son un tentempié.

No me di cuenta de lo agitada que estaba hasta que escuché mi propia voz, tan rasposa que unas uñas arañando una pizarra podrían haber sonado como un coro celestial a su lado. Traté de regular la respiración, lo cual tuvo el efecto contrario al deseado.

Henry, por su parte, se repantigó más en el asiento del copiloto, esbozando una sonrisa.

—Tengo anemia, ¿de acuerdo? Son barritas especiales para la gente con el hierro bajo. Están hechas de sangre o algo por el estilo y las compro en el súper ruso porque seguramente estén prohibidas en este país o qué sé yo, porque puedes abrir una cuenta en el banco y que te regalen una escopeta, pero que Dios nos libre de venderle a los niños chocolatinas de sangre.

Fue mi turno de arquear las cejas.

—¿Chocolatinas de sangre? ¿Tú me estás diciendo que hay chocolatinas de sangre rusas y yo tengo que tomarme unas cápsulas de hierro que saben horribles?

Henry estrechó los ojos.

—Bueno, no es como si fueses a comerte unas chocolatinas por voluntad propia. —Los abrió tanto y con tanta violencia, como si sus propias palabras afiladas acabasen de azotarlo—. Dios, lo siento muchísimo. No sé qué me ha poseído pero acabo de soltar algo muy bestia y...

El estallido de mi propia carcajada lo hizo bajar la voz hasta que sus palabras, simplemente, se extinguieron.

—Oh, cállate, ha sido gracioso. Puedes bromear sobre ello. Está bien. No voy a romperme ni nada por el estilo. —Una media sonrisa—. Aunque, para que conste, me muero de ganas de probar una de tus barritas de sangre.

No hizo falta agregar nada más. Sin apenas cambiar de postura, Henry abrió la guantera, sacó una y me la puso sobre los muslos.

—Adelante.

Le dirigí una mirada furtiva al papel granate. Mi sonrisa se tiñó de nervios.

—Más tarde.

—¿Por qué? Querías probarla.

—No voy a comérmela delante de ti.

—¿Por qué no? No voy a convertirlo en algo sexual ni nada por el estilo. Como ya he mencionado un par de veces, eres menor de edad.

Opté por ignorar este último comentario, solo por una vez. Estaba temblando.

—Porque me estás mirando. No soporto comer delante de la gente, me pone nerviosa.

Henry empezó a hacer la pantomima de taparse los ojos con las manos pero, antes incluso de poder decirle nada, debió pensar que se trataba de una soberana estupidez, porque solo se encogió de hombros y dijo:

—Muy bien. Supongo que quieres que te cuente por qué Charlie me traicionó y todo lo demás.

—Por favor.

Chasqueó los dedos.

—Bueno, mala suerte. ¿Puedes parar en el próximo área de servicio? Tú deberías repostar, y yo voy a echarme una siesta antes de que empiece el turno de noche.

PRIMERA CONVERSACIÓN DE TELÉFONO:
DOMINGO 7 DE NOVIEMBRE, 1999

—*Por fin.*

La voz de Ryan, al otro lado de la línea, me llegó raspada y con el punto exacto de impaciencia, como si, al mismo tiempo, se hubiese pasado la tarde practicando con su grupo y se hubiese sentado en el sofá a esperar mi llamada. Me figuré que eso era más o menos lo que había ocurrido. Los domingos no eran un gran acontecimiento social en casa de los Bertier.

—Solo ha pasado un día desde que me fui —dije, apoyando la espalda en la cabina del área de servicio.

Henry se había quedado en el asiento trasero del coche, hecho un burrito humano bajo tantas mantas que no estaba muy segura de que no fuese a encontrármelo asfixiado al volver.

—*Estaba a punto de llamar a la Interpol* —rio Ryan; tenía una manera de hablar muy particular, con tanta parsimonia, como si nada pudiese importarle demasiado o rozarle de cerca—. *Tengo el número aquí mism...*

—¿Qué tal el concierto?

—*Tremendo. Es decir, terrible. Acabamos en el hospital.*

—No fastidies.

—*Pues sí. Tino intentó convertirse en el primer ser humano con sangre en alcohol en vez de alcohol en sangre y, mira tú, casi lo consigue.*

—Mierda.

Tino era el guitarrista del grupo. Supuestamente venía a nuestro instituto, excepto porque nunca se dejaba ver el pelo. Puesto que repetía curso por segunda vez, supuse que esperaba que los profesores se cansasen de ver su nombre en las listas y lo aprobasen para librarse de él.

—*Sobrevivirá. Es Tino. Estoy seguro de que el mundo acabará por el efecto dos mil o cuando los soviéticos nos tiren una bomba atómica y Tino seguirá dando tumbos por ahí.*

—No creo que los soviéticos sean un problema teniendo en cuenta que, bueno, la URSS cayó hace ocho años.

Ryan emitió un ruidito seco.

—*Eso díselo a mi viejo. Lo he atrapado guardando más latas de comida en el búnker que se ha montado en el desván, el muy cretino. ¡Pero en fin! ¿Por dónde andan?*

—Acabamos de salir de La Jolla.

—*No fastidies. ¿Recién?*

—Hemos hecho un par de paradas. Primero para conseguir comida y luego pasamos la noche en Oceanside. Además, hoy salimos tarde. Henry fue a visitar a su… eh… abuela.

Henry me había asegurado categóricamente que Ruth no era su abuela, pero tampoco me había explicado muy bien qué la unía a ella y Ryan era el tipo de persona con varias preguntas para cada afirmación que le hacías.

Chasqueó la lengua. Pude escucharlo con tanta claridad que parecía que estuviese a mi lado.

—*No me da buena espina.*

—Es una anciana con Alzheimer.

—*La vieja no, demonios, el* cowboy.

Si Ryan no lo hubiese dicho con tanta seriedad, me habría reído. Como no supe muy bien cómo contestar a eso, agregó:

—*Siempre está demasiado alegre.*

—Bueno, no todo el mundo ve tanto la MTV como nosotros.

—*Somos una generación de amargados, Cassie. Es raro.*

Ryan era la única persona que me llamaba Cassie. Sonaba soñador y muy ligero en sus labios, como si perteneciese a otra persona.

—Si te sirve de consuelo, el carnet del partido comunista le llegará de un momento a otro.

—*Que no se entere mi padre o lo denunciará por espía o algo. El muy imbécil se cree Gary Cooper. Deberías darme la matrícula del coche, por cierto.*

—¿Para denunciar a Henry por comunista?

—*No, por si te pasa algo. Debería haberte dejado mi móvil. Llevas el localizador, ¿no?*

—Sí, claro.

Podía ver el coche a través de los ventanales del área de servicio, de modo que le leí la matrícula a Ryan. El sonido del rasgar del papel me confirmó que lo estaba apuntando.

Ese era uno de los grandes contrastes de Ryan. Tenía el tipo de modales que te hacían pensar que se había criado en la jungla, pero a la hora de la verdad era capaz de mostrar preocupación real por los demás. Es decir, que cuando insistía en llevar a todas las chicas a casa tras una fiesta o en acompañarlas cuando salían de la biblioteca en mitad de la noche, lo hacía de manera genuina. Se comportaba así con todas, además, no solo con aquellas que esperaba llevarse a la cama. Era un chico estupendo.

—Llámame si pasa algo, ¿de acuerdo? —insistió—. *Y... eh... Para a repostar a menudo y cosas así. Yo te cubro las espaldas con tus viejos, qué remedio.*

Me mordí una uña.

—Esto no te gusta un pelo, ¿eh?

—Tus capacidades de deducción me asombran, Sherlock. —Suspiró—. *No sé. Hasta ahora estabas bastante bien, ¿no? No quiero que estar con Nora te afecte, yo qué sé.*

—Ryan...

—¿Qué quieres, Cass? La MTV todavía no me ha quemado el cerebro del todo. Aún soy capaz de tener sentimientos... de manera moderada y bajo las circunstancias óptimas.

Aunque Ryan no podía verme, forcé una sonrisa. El olor de las tortitas y de los huevos fritos penetraba a través de la cabina, despertándome. Odiaba y amaba las cafeterías de carretera. Como muchas otras cosas. Últimamente solo era capaz de sentir emociones fuertes ante las cosas.

De aquella misma manera, el enfado que había sentido hacia Ryan hacía solo dos días se transformó en nostalgia.

—Siento haberme perdido el concierto, por cierto.

Ryan resopló.

—No le mientas a un mentiroso. Solo llámame si pasa algo y... eh... tráeme un souvenir. *Van a pasar por Arizona, ¿no? Siempre he querido ir.*

—Te traeré un cactus.

—Fabuloso. Cuídate mucho, imbécil.

El pitido continuo al otro lado de la línea me confirmó que había colgado el teléfono. Me quedé un ratito más en la cabina, escuchando ese ruidito monótono, y luego tomé mis monedas y salí.

Antes de volver al coche, y solo por tener algo calentito entre las manos y dejar de pensar en las salchichas/el puré de patatas/las tostadas, me pedí un café para llevar. Después me compré una cinta de *La historia secreta* narrada por Robert Sean Leonard porque sabía que Nora quería leerlo y esperaba poder comentarlo con ella.

Quedaban tres horas para que se pusiera el sol cuando me senté en el Honda. Había dejado de llover, y el cielo estaba pintado de un rosa muy claro.

—Allá vamos —susurré, porque siempre necesitaba de unos buenos cinco minutos para prepararme mentalmente antes de ponerme a conducir, y quité el condenado casete de Tom Jones para cambiarlo por *La historia secreta*.

Al abrir la guantera para guardar la cinta ocurrió algo extraño. Henry, que nunca habría ganado ningún premio al orden, había colocado los contenidos del interior de tal manera que un fajo de fotografías y cartas antiguas cayeron al suelo. Las recogí sin mirarlas para no ser grosera, y al meterlas de nuevo mis dedos rozaron algo metálico,

frío

y muy pesado.

—Diablos —musité, temblando, al relegar la pistola al fondo más oscuro de la guantera.

La voz grave de Robert Sean Leonard llenó el coche y Henry seguía durmiendo.

—Diablos —repetí, y el rugido del motor al arrancar camufló el ruido de mis dientes castañeteando entre sí.

Henry

Cuatro días antes de que Romus tuviese que marcharse al campo de instrucción, Eddie vino a casa con las manos repletas de:

a) La tarta de pasas que el racionamiento y su novia le habían entregado para la familia.

b) El correo que había recogido por el camino.

c) Todas las preocupaciones del mundo.

No se había traído los libros para estudiar, como hacía cada vez que venía de visita. Su propia presencia era extraña y altamente sospechosa, como indicaron las miradas gemelas de Birdy y de Charlie Leonard, que habían venido a estudiar antes de los exámenes de mitad de curso. Debido a la guerra y a las limitaciones sobre la gasolina y el carbón, viajar de un estado a otro suponía toda una odisea de varios días. Subirte a un tren ya era difícil, porque los horarios eran un caos, y puesto que el personal militar tenía prioridad era bastante normal tener que bajarte antes de tu parada para cederles tu asiento.

Incluso Romus, que no solía pensar en las cosas dos veces, se dio cuenta de que tener a Eddie plantado ahí, en el salón, con aire de haberse perdido, no podía traer nada bueno.

–No me digas que te han expulsado –rio, observando la expresión de pasmo de Eddie en el mismo espejo que estaba utilizando para comprobar que sus rizos estaban perfectamente engominados antes de su cita con Ruth.

–No me han expulsado –repuso Eddie, su voz tan feble–. Me he ido yo.

–¡Y una mierda! –reí, señalándolo con mi estilográfica, y a Romus se le escurrió el peine de entre las manos.

–Demonios, mamá va a asesinarte. Y yo que pensaba que eras su única esperanza... ya sabes que estoy pervirtiendo a Henry para que salga tan descarrilado como yo.

–Cállate un segundo –dijo Eddie, cayendo sobre la silla libre al lado de Charlie como empujado por la fuerza de su propio suspiro.

Romus se volvió hacia él, una sonrisa socarrona en la cara.

–¿Todo bien, hombretón? –preguntó, al mismo tiempo que Birdy apostillaba:

–¿Y por qué lo dejaste?

Eddie se humedeció los labios. Hasta sus gafas de sol parecían empañadas con el vaho que salía de su boca al respirar.

–En dos semanas me voy a la escuela de vuelo.

El silencio podría haberse cortado en rodajas con un cuchillo muy afilado.

Romus soltó aire, casi desinflándose, y se dejó caer en el reposabrazos del sofá.

–¿Ha salido tu número? Qué mierda.

En 1943, si eras mayor de edad, la lotería podía mandarte a Europa o a una isla perdida del Pacífico.

Eddie ladeó la cabeza.

—No, me he presentado voluntario.

El solo poder de las palabras de Eddie hizo que Romus se pusiese en pie.

Charlie, moviendo la cabeza con mucha pena, maldijo en voz baja.

—¿Y se puede saber por qué? —siseó Romus, la seriedad cubriéndolo por primera vez en su vida.

Eddie estrechó los ojos.

—¿Y me lo dices tú? Por lo menos yo soy mayor de edad.

Aquella respuesta no satisfizo a Romus.

—Y una mierda. ¿Qué sabes tú de pilotear aviones?

—Más o menos lo que tú de armas.

—Y una mierda —repitió Romus, temblando—. Yo sé algo. Los chicos y yo hemos ido a cazar conejos un par de veces.

—Creo que en la guerra vas a hacer algo más que cazar conejos —precisó Birdy, y Romus le dirigió el tipo de mirada que lo invitaba a cerrar la boca en lo que quedase de conversación.

Eddie no dijo nada durante mucho tiempo. Solo le quitó el papel de envolver a la tarta y, sin preocuparse por cortarla, arrancó un pedacito de la corteza. Las tartas de racionamiento no valían mucho, de todas maneras.

—Vas a romperle el corazón a mamá —susurró Romus, sus ojos más húmedos y brillantes que nunca.

Eddie evitó mirarlo.

—No estoy haciendo nada que tú no hayas hecho.

—¡Es en serio, Ed! No es como si yo fuese a hacer mucho con mi vida. Pero... tú... demonios, tú sí.

—Hay una guerra ahí fuera.

—Entonces únete al Cuerpo médico, yo qué sé. No estás hecho para... Diablos, Eddie, estás buscando que te maten y va a ser un desperdicio de potencial y de vida y de... ¡Y de todo! ¡Dios!

Ninguno de los cuatro dijo nada. Un silencio curiosamente grueso habitó el salón, impidiéndonos respirar.

Romus nunca se enfadaba. Ese era el trato, esa era su magia. Romus no se enfadaba y no gritaba a no ser que fuese para compartir con nosotros una de sus últimas aventuras, y no lloraba nunca, excepto de alegría cuando su equipo ganaba un partido contra el instituto archienemigo. Romus era la alegría, el desenfado, y era un poquitín más ligero que el aire.

Cuando cerró la puerta de un golpe, olvidándose de Ruth y de su cita y todos los planes que había hecho, Eddie tapó la tarta de nuevo y tragó saliva.

La vida dejó de ser la misma a partir de entonces.

Romus tenía razón. La guerra es un maldito desperdicio. Un desperdicio tras otro. Sin fin.

Cass

Miedo

1. Angustia por un riesgo o daño real o imaginado.
2. Recelo o aprensión que se tiene de que suceda algo contrario a lo que se desea.

Henry me tomó el relevo a las ocho de la tarde, justo antes de que cruzásemos la frontera entre California y Arizona. Ya había anochecido, y el área de servicio en el que había parado para tomarme otro café estaba tan alejada de la mano de Dios que podías ver todas las estrellas del mundo si alzabas la cabeza al cielo. No se ven cosas así en Lompoc, y mucho menos en Houston, con sus rascacielos y sus luces. En el medio de la nada, en ese pedacito de California que ya huele a desierto y a aventura, el firmamento era casi más blanco que negro; podías ver la Vía Láctea con tanta claridad, y me resultaba casi imposible que aquel fuese el mismo cielo que en Lompoc. Me daba rabia no tener una cámara lo suficientemente buena como para poder capturarlo, de modo que solo me quedé sentada en el capó del coche un ratito más, calentándome las manos con el café y observando.

Henry me encontró así, y su voz rompió tan inesperadamente el silencio, moteado de los clásicos del rock que sonaban desde la cafetería, que di un respingo.

—Ah, qué bonito, ¿eh? —dijo, y no noté nada de sueño ni de cansancio en sus palabras.

Parecía, más bien, como si simplemente se hubiese levantado después de haberse pasado un par de horas tirado en el sofá viendo la tele.

—¿Te gustan las estrellas? —insistió, porque yo estaba demasiado ocupada regulando mi respiración como para contestarle.

—¿Y a quién no le gustan? —respondí, y luego, porque había notado lo rasposa y cortante que había sonado, añadí—. A mi hermano le fascinan los libros de astronomía. Las cosas paranormales, también. *Expediente X* es su serie favorita, y nadie lo convencerá de que los alienígenas no existen.

Henry alzó los brazos en el aire. Había refrescado bastante, y el vaho que salía de su boca lo empañaba. Su piel seguía tan pálida como de costumbre, sin embargo, sin las rojeces típicas del frío y del invierno.

—Parece un buen muchacho —dijo—. ¿Cuántos años tiene?

—Nueve. Tiene muchas ganas de cumplir los dos dígitos.

—¿Te preocupas mucho por él? —preguntó Henry, hundiendo las enormes manos en los bolsillos de sus vaqueros.

—¿Por qué lo dices?

Se encogió de hombros.

—No sé. Me dio esa sensación, nada más.

—Pues claro que me preocupo por él —dije, volviendo la vista al cielo—. Los chicos pueden ser muy crueles.

Henry estiró los labios.

—Eh, Mulder también es un incomprendido. Mejorará.

Asentí. Me di cuenta de que pensar en Lucas me ponía triste. A estas horas de la tarde ya habría acabado los deberes y la cena. Seguramente estaría en su habitación, jugando a *Pokémon* con la Game Boy Color, o en la habitación del ordenador, viendo episodios repetidos de *Expediente X* o de *Seinfeld* hasta que mamá o Robert lo mandasen a la cama.

Sentí unos deseos irrefrenables de llamarlo y de hablar con él de cualquier tontería, pero tenía miedo de que el tono de mi voz fuese a delatarme, de modo que me volví hacia Henry y masculé:

—¿Vas a contarme lo de la pistola?

Parpadeó. El efecto de mi pregunta, incluso, le hizo dar un paso atrás.

—¿Qué, has estado revolviendo mis cosas?

Me abracé a mis rodillas, todas las posibilidades del mundo clavándoseme en la espalda como cuchillos.

Estábamos en EE. UU. y mucha gente en EE. UU. lleva armas.

Hacía siete meses que habíamos sufrido uno de los tiroteos más devastadores de la historia moderna.

Tampoco podía estar segura de que las razones de Henry para llevar un arma fuesen buenas.

En cuyo caso, enfrentarme así a él podría no haber sido mi mejor momento.

Pero teníamos la cafetería del área de servicio justo detrás de nosotros.

—La vi cuando guardé tu casete de Tom Jones, nada más.

Henry frunció el cejo, ensombreciendo sus ojos. Después ladeó la cabeza, desviando la vista, y sus labios, cortados por el aire gélido, se arquearon en una sonrisa.

—Soy de Texas, Cass —rio—. Pues claro que tengo una pistola.

—¿Por qué?

Torció la boca, como si nunca antes lo hubiesen atacado con semejante pregunta.

—No sé, la tengo y ya está.

—Es una pistola —insistí—. No es como si te preguntase por

qué tienes patines de hockey o un póster de los Red Hot Chili Peppers.

—No lo sé —insistió, una carcajada que pudo haber cortado el aire—. Es una pistola pequeña y ya está. A veces tengo que vivir en el coche, así que pensé que debería tener algo para protegerme, yo qué sé. —Sacudió la cabeza, dando dos pasos más hacia mí—. Tranqui, Cass, te juro no voy a ponerme a volarle los sesos a la gente porque no me gustan los lunes ni movidas por el estilo. Ni siquiera la he usado aún.

No sabía si creerle o no, pero había algo en la manera en la que su ceja se arqueaba, con un deje de preocupación infantil, y en sus ojos tan abiertos y cargados de invierno, que me hizo confiar en él.

Suspiré, saltando del capó. El sonido que las suelas de mis deportivas hicieron contra la carretera fue tan sólido, tan definitivo, que un escalofrío me recorrió la espalda.

—Okey, okey. Está bien. Pero me quedaría más tranquila si no estuviese cargada.

Henry alzó el mentón. Así, a la luz tenue de la luna, podía ver perfectamente cómo sopesaba sus opciones. Nos quedamos en silencio un ratito más, de nuevo solo escuchando las canciones de viejas glorias del rock que nos llegaban lejanísimas, y luego dijo:

—Muy bien, como quieras. —Se dio la vuelta hacia la puerta, y solo cuando la abrió me miró por encima del hombro—. ¿Te parece que salgamos ya? No es por fastidiar, pero me estoy helando aquí fuera.

—Está bien, pero recuerda que ahora la música la escojo yo.

ARIZONA/ NUEVO MÉXICO

Parte 2

Henry

Domingo 7 de noviembre, 1999

De haberlo planeado meticulosamente de antemano, sí habría escogido pasar por Yuma, la ciudad más soleada de todo Estados Unidos, en mitad de la noche, aunque probablemente no habría optado por un recopilatorio de villancicos como banda sonora. Cass había encontrado el casete (que lo tenía todo: desde *Deck the Halls* hasta *Hark! The Herald Angels Sing*, sin olvidarnos de *Sleigh Ride* de las Ronettes ni del *Baby It's Cold Outside* de Sinatra) en el área de servicio en el que había parado a repostar, para el infortunio de mis pobres oídos.

Las mentes más privilegiadas de nuestra generación deberían estudiar el fenómeno mediante el cual un único villancico puede llegar a causarte alegría mientras que dos horas seguidas de ellos podrían perfectamente conseguir que se te saltasen las lágrimas, pero de depresión homicida. Cass parecía contenta, sin embargo, y no solo debido a mi sufrimiento. No daba señales de sentir sueño ni cansancio, y dio un saltito en el asiento cuando cruzamos la frontera entre California y Arizona.

—¿Quieres parar a sacarle una foto al cartel? —le pregunté.

Se volvió hacia mí, una fina arruga entre sus cejas.

—Es de noche.

—¿Y?

—No creo que mi cámara sea lo suficientemente buena.

—No pierdes nada por probar.

Se mordió el labio inferior, el fantasma de una sonrisa arqueándole las comisuras.

—Bueno, está bien.

Aunque hacía un frío de mil demonios, no apresuré a Cass. Le tomé todas las fotos que quiso, en realidad, frente al cartel que anunciaba nuestra entrada en Arizona (¡El estado del Gran Cañón le da la bienvenida!) y abrazada a un cactus junto a la cuneta.

—Nunca he estado en Arizona —me dijo, echándose vaho a las manos antes de entrar de nuevo en el coche.

—Me había dado esa ligera impresión, sí —reí, cerrando la puerta que acababa de abrirle, y corrí yo también a mi asiento.

Aunque estábamos en uno de los lugares más áridos y cálidos del país, en noviembre y de noche incluso allí se te calaba el frío hasta los huesos.

—Me gusta —insistió mientras arrancábamos.

Ladeé la cabeza.

—Sí, yo también pienso que, de todas las carreteras inhóspitas por las que he conducido, esta es sin duda una de las más bonitas.

Chasqueó la lengua, propinándome un codazo.

—Me refiero a que me gusta la idea de Arizona. Toda esa luz… el desierto rojo… a lo mejor debería añadir la Universidad de Arizona a mi lista de segundas opciones.

Arrugué la nariz.

—¿Ah, sí? Creía que era Harvard o la muerte.

Se encogió de hombros, apoyando el codo a la ventanilla. Su cara estaba tan cerca del cristal que este se empañó.

—Bueno, no es como si entrar en Harvard fuese lo más fácil del mundo… ¿Qué me dices de ti?

—No tengo una lista de segundas opciones. O primeras opciones. Como creo que ya comenté, la uni es demasiado cara.

—Me refiero a si habías estado en Arizona antes…

—¡Ah, eso! Solo una vez, cuando conduje de Texas a California.

¡Qué baraja de cartas me había tocado! Arizona es pintoresca y majestuosa, pero a mí me había tocado recorrerla solo de noche, cuando los colores no se aprecian y hasta el verano se viste de frío. De todas las cosas que echaba de menos de estar vivo, sentir el calorcito del sol en la piel, viendo cómo los pelillos de tu brazo se doran, era una de las que más me dolían.

Me has robado el sol, Charlie Leonard, pensé, y después: *Y tú también, Quincey Morris.*

La manera en la que me había arruinado pero bien al transformarme era una de las conversaciones recurrentes de nuestras "reuniones familiares". Una de las desventajas de estar muerto es que, al igual que el café no te despierta y el tabaco no aniquila tus nervios, no puedes emborracharte, por lo que mis diatribas no eran resultado de una larga noche de alcohol sino de una larga noche rodeado de otros vampiros.

Era un gran tipo, el viejo Quincey, pero me había fastidiado la muerte y eso no podía olvidarlo con tanta facilidad.

—Si quieres, puedo parar en un motel cuando acabe mi turno y puedes irte a explorar por ahí mientras duermo.

Se abrazó a sus rodillas.

—¿Estás seguro?

—No tengo prisa si tú no la tienes —le aseguré.

No ardía exactamente en deseos de volver a ver a Quincey y al resto de la pandilla, y en cuanto a Charlie… todavía no había decidido cómo iba a ingeniármelas para que Cass fuese a ayudarme, sobre todo ahora que no parecía confiar del todo en mí. Para ser honestos, tampoco tenía muy claro qué iba a hacer con él. Cuando guardas un enfado durante más de un lustro, la ira es una marea que va subiendo y bajando, sin fin.

Tenía una pistola (ahora descargada) en la guantera.

Cinco balas de plomo y una de plata.

Tragué aire, revolviéndome el pelo con una mano nerviosa. A fin de cuentas, nadie sabía mejor que yo que hay cosas peores que la muerte.

Cass expulsó aire por la nariz, una sonrisa gélida y casi imperceptible en su rostro moreno.

−¿Puedo decirte algo? Pero no te enfades.

Algo frío y húmedo me bajó por el esófago. Si había encontrado la pistola quizá hubiese visto todo lo demás también.

Las fotos de Romus y de Eddie y de Birdy y de Charlie (su rostro distorsionado por la quemadura de un cigarrillo). Las cartas que había recibido del frente. Los antiguos anuarios. Toda una vida que no debería haber vivido.

−C-claro. ¿Por qué iba a enfadarme contigo?

−Es solo que… te he hecho conducir hasta aquí y ni siquiera estoy muy segura de qué le voy a decir a Nora cuando la vea.

Me llegaron imágenes como fogonazos del almacén abandonado frente a la playa de Corpus Christi. Los ojos oscuros de Charlie leyendo la VERDAD y el DUELO con mayúsculas en mi cara. Birdy quedándose toda la noche conmigo, su mano cálida, tan sólida que casi podía volver a sentirla en los nudillos.

−A lo mejor no tienes que decirle nada. A lo mejor tienes que quedarte con ella y ya está. Escucharla. Nada más.

Cass asintió, hundiendo la barbilla en el huequecito entre sus rodillas alzadas.

Me humedecí los labios.

—¿Recuerdas cuando te dije que entendía por qué era tan importante para ti ver a Nora?

Asintió con la cabeza.

—Creo que ya te he hablado de mi amigo Birdy. Bueno —suspiré; cada palabra, pasando llena de espinas por mi garganta, dolía una barbaridad—, hace un par de días me enteré de que está enfermo. Cáncer. Y no tiene muy buena pinta. —Forcé una sonrisa—. Y hace tanto tiempo que no lo veo. En plan, años. Pero siempre pienso en él. Cuando me pasa algo, bueno o malo, lo primero que se me viene a la cabeza es que no puedo esperar a contárselo a Birdy, aunque hace una barbaridad que no hablamos, y cuando veo algo que me recuerda a él… un pájaro vistoso o un disco de jazz… me entran estas ganas terribles de llamarlo por teléfono o de escribirle una carta y luego nunca lo hago. ¿Sabes? Te dije que mi episodio favorito de *Los Simpson* era el de los Magios, pero eso es solo porque no podría ver una segunda vez ese en el que se muere Encías Sangrantes Murphy. La primera vez ya me pasé todo el episodio pensando en si Birdy lo habría visto y en si le había gustado y en si había tocado alguna vez *Jazzman* al saxofón. Y ahora voy a estar en Texas y no acabo de atreverme a hacerle una visita.

Suspiré. Si estuviese vivo, habría tratado de regular mi respiración. Al estar muerto, el acto de respirar no era más que una costumbre más, algo que te hacía sentir un poquito más humano aun cuando no lo eras.

Sin embargo, habían sido muchas palabras juntas, se mire como se mire. Muchas verdades juntas, también, muchas cosas que nunca había dicho en voz alta y que ahora, al hacerlo, me acechaban como si tuviesen un cuerpo propio.

—Creo que deberías —susurró Cass con mucha suavidad—. Creo que te arrepentirías si no lo haces.

Le di la razón, una sonrisa muy húmeda creciendo en mis labios.

—Serían muchos años por delante para odiarme por no haberlo hecho, ¿no?

Cass ladeó la boca.

—Eso si no te mueres el mes que viene. En Oceanside estabas, como, convencidísimo de ello.

—Cierto —dije, acompañando cada sílaba de un asentimiento—. Muy cierto. Me ponga como me ponga, no puedo imaginarme a mí mismo con más de dieciocho años.

Como única respuesta, Cass emitió un ruidito poco alentador por la nariz. Luego, con su dedo siguiendo las carreteras de Arizona en el mapa de Pavla, agregó:

—Veintisiete.

—¿Eh?

—Que no me imagino a mí misma con más de veintisiete años.

—¿Por qué? ¿Planeas unirte al mismo club que Kurt Cobain o Jimi Hendrix?

Una risita seca.

—Bueno, pues veintinueve. Es, como... los treinta parecen algo definitivo, ¿no? La Adultez con mayúsculas. Puedo imaginarme a mí misma graduándome de la universidad o consiguiendo mis primeros trabajos, pero no teniendo mi propia casa, mi propia familia... No puedo imaginarme las canas ni las arrugas ni las cosas que podrían importarme entonces. En plan, ¿y si me quedo congelada en donde estoy?

—¿Qué quieres decir?

Se pasó una mano temblorosa por la media melena ceniza.

—Bueno, están estas preocupaciones que tengo ahora mismo, ¿no? Estas cosas que me angustian y que se supone que me van a importar una mierda cuando seas adulta pero yo creo que me van a acechar toda la vida. Ser popular o asegurarme de que peso menos de cierto número de kilos. Cosas que a la mayoría de las personas les parecen muy banales, pero que para mí también son supervivencia. Porque si durante toda tu vida has sentido que no encajas en ningún sitio, cualquier cosa que te haga sentir que le gustas a los demás se convierte en una salvación.

Tras decir aquello soltó otra carcajada seca. Tapándose la cara con las manos, de modo que lo que dijo a continuación me llegó muy ahogado, añadió:

—Bah, olvídalo. A mi cerebro le pasa esta cosa cuando es de noche mediante la cual deja de tener un filtro. Y entonces empiezo a hablar y a hablar y a hablar y a contar todos mis traumas y... agh, mañana me va a dar mucha vergüenza cuando lo recuerde.

Le di un golpecito en la rodilla con el puño.

—Ah, no te avergüences. De aquí a mañana yo ya me habré puesto en evidencia tantas veces que no tendrás ni tiempo de pensar en lo tuyo. Además, ¿sabes qué? Todo el mundo dice eso de que la vida es muy corta, pero eso, si no te ocurre ninguna desgracia ni nada por el estilo, no es verdad. La vida es larga. Tienes tiempo de aprender y de superar y de crecer. Y claro que no puedes imaginarte a ti misma con treinta años, pero eso es porque cuando tengas treinta no vas a ser la misma Cass que la Cass de diecisiete años, y aunque tengas las mismas espinas clavadas que ahora vas a contar con otras armas para hacerles frente. Y, es más. —Estiré el brazo derecho para quitarle la liga de cabello y colocármela en la muñeca—. Estoy muy, muy, muy, muy seguro de que tener dieciocho años en bucle sería una maldita pesadilla.

Sonrió, tirando de la liga de modo que esta golpease el hueso saliente de mi muñeca.

—Entonces procura no morirte en un mes. Te convertirías en fantasma y entonces sí que cumplirías los dieciocho una y otra vez. —Alisó el mapa de una sacudida—. Hablando de eso, a lo mejor podías conducir hasta Bisbee y mirar si hay habitaciones libres en el hotel Cooper Queen. Se supone que está embrujado, ¿sabes?

Traté de contener una risotada con tanta violencia que me atraganté con mi propia saliva.

—¿Y crees en los fantasmas?

—Por supuesto. Y en los monstruos también.

Ahí sí que no pude evitarlo y me reí, con tanta sonoridad y tanta fuerza que empecé a sentir un calor inmenso en el centro el cuello. Para ser alguien con tanta fe en lo desconocido, Cass Velázquez no tenía ni idea de lo cerca que estaba de un monstruo de verdad.

Querida Nora,

¿No te parece como muy afectado eso de empezar las cartas con "querido"? Claro que la gente ya no se escribe muchas cartas, de modo que tampoco tenía muy claro cómo empezar.

Probablemente te haya sorprendido encontrar esta, sobre todo al ver el encabezamiento. No, Robert no ha cambiado Alaska por una base perdida en mitad del desierto (¿El Área 51?), y tampoco estamos haciendo un viaje familiar en coche hacia nuestro nuevo destino.

Bueno, la parte del viaje en coche sí es cierta, aunque de familiar tiene más bien poco y por supuesto que la meta final no es Alaska.

Me di cuenta de que no podía esperar un minuto más para verte, así que voy en camino (de hecho, como no estoy muy segura de la velocidad del correo aquí, es posible que me veas a mí antes que a estas líneas). Lo cierto es que iba a mandarte una postal. Ya tenía hasta una escogida: una antiquísima y amarillenta que encontré en una tienda vintage de por aquí. Luego me di cuenta de que tengo tantas cosas que contarte que, aunque escribiese con mi letra más pequeña y apretada, no habría manera humana de que cupiesen en un espacio tan pequeño.

Porque ese es el quid de la cuestión: quiero hablar contigo y solo contigo. Cada vez que me pasa algo, bueno o malo, quiero que seas la primera persona en saberlo. Quiero poder ir a tu casa y decírtelo en persona, no solo llamarte por teléfono o esperar a que te conectes al chat de AOL. Quiero ver tu cara y cómo las facciones de tu rostro bailan con tu reacción y quiero sentir el calorcito de tu cuerpo cerca del mío y tratar de descifrar el nombre de tu perfume y quiero que nos cambiemos la ropa, aunque yo sea muy bajita y tú muy alta, y quiero vivir en ese silencio cuando nos peinamos y nos maquillamos la una a la otra antes de una fiesta.

La fiesta de Laurent Hernández. No te besé porque me hubiese bebido todas esas cervezas con el estómago vacío. Te besé porque quería hacerlo, y porque hacía muchos meses que quería hacerlo y que me engañaba a mí misma diciéndome que solo éramos amigas muy cercanas y que tenía tan frito el cerebro que no sabía diferenciar la amistad de la atracción.

Ahora lo veo todo más claro. Eres la mejor amiga que tengo en el mundo, y te quiero, y también sé que no puedo esperar a besarte otra vez, si tú también quieres.

Mentí cuando me preguntaste por la fiesta de Laurent y te dije que estaba demasiado borracha y no me acordaba. Me acordaba de todo, en sus más mínimos detalles, como lo terribles y gigantescas que parecían las luces nocturnas de Houston desde la azotea (como un mar iluminado que no tenía fin) o la manera en la que la música de la fiesta se diluía cuando salíamos afuera, como si "fuera" fuese una enorme pecera. Solo te dije que no me acordaba porque tenía miedo de que fueses a hablar conmigo para preguntarme qué demonios había pasado o para decirme que me veías como a una amiga y nada más. En tres semanas nos fuimos a California, de modo que no tuve que vivir con esa mentira durante mucho tiempo, excepto porque esa mentira nunca me abandona, ni siquiera aquí.

Si pienso en lo que ibas a decirme y en la ligera posibilidad de que fuese algo como que habías disfrutado, también, de ese beso o que no olvidabas la estela dulce de mi colonia de coco o que yo no había sido la única que había contado los días hasta entonces... me sonrojo aunque esté sola en la habitación, y tú sabes como nadie lo difícil que es que a mí se me suban los colores.

No sé. Estoy conduciendo con este chico con el que trabajo, Henry Buckley, y antes pensaba que era como un libro en blanco abierto, pero ahora me estoy dando cuenta de que es un libro abierto sí, pero escrito en un idioma que desconozco. A veces me pregunto si yo también soy así. Siempre me quejo de que me cuesta conectar con los demás, como si el mundo estuviese en emisoras AM y yo solo transmitiese en FM. Es esa ligera sensación cuando nunca eres la persona favorita en un grupo, y cuando tienes que ensayar en tu cabeza lo que vas a decir antes de decirlo, y cuando eres muy consciente del tipo de persona exacto con el que socializar no requerirá de una fuerza hercúlea.

Contigo las cosas nunca fueron así, de todas maneras. Contigo siempre estaba en perfecta sintonía, y en mis peores momentos me digo que es solo por la enfermedad, pero ahora sé que no es así. Tú y yo hablamos el mismo idioma, para lo bueno y para lo malo; no tengo necesidad de traducirme a mí misma cuando estoy contigo, porque tú lo comprendes todo.

Así que espero que estés bien. Espero que esta carta te llegue antes que yo para no tener que repetirlo todo en voz alta. Siempre me olvido de las cosas cuando hablo, o las digo de una manera completamente distinta a como las pensaba.

El abrazo más fuerte del mundo,
Cass(andra) Velázquez

Cass

<u>Amistad</u>
1. Afecto personal, puro y desinteresado, compartido con otra persona, que nace y se fortalece con el trato.
2. Pacto amistoso entre dos o más personas.

Cuando regresé al hotel ya estaba anocheciendo. Era una de esas tardes frescas de noviembre. Tras mandarle la carta a Nora, había buscado refugio del frío en un Starbucks, y aunque ya me había terminado mi café, el vaso de papel rojo con motivos navideños todavía me calentaba las manos.

Un cartel con el puño y letra de Henry (casi indescifrable) me saludó al subir las escaleras (el olor tan nítido de la madera haciéndome cosquillas en la nariz) hasta la habitación que habíamos reservado.

SVP NO SUBIR LAS PERSIANAS

Puesto que, al abrir la puerta, Henry emitió un ruidito decididamente espabilado desde las cuatro o cinco mantas bajo las cuales se había escondido, dije:

—¿*S'il vous plaît*? ¿En serio? Me esperaba muchas cosas de ti, Buckley, pero no que fueses un pedante.

Una corona de rizos trigueños se alzó por una de las esquinas de la cama. Luego, como si hubiese tenido que comprobar de verdad que no había subido las persianas (no lo había hecho), el resto de la cabeza hizo su aparición.

—¿Eso es lo que significa SVP? Siempre pensé que era una manera educada de pedir las cosas por favor.

—SVP significa "por favor".

Con un último esfuerzo, Henry se reincorporó, apoyando la espalda al marco de la cama. Incluso en la penumbra, con los ojos y las mejillas hinchados por el sueño, mantenía ese aura de belleza anodina tan atrayente.

—Bah, ¿qué más da? El francés tampoco te sirve de mucho en Texas. El español, por otro lado…

Arqueé una ceja.

—¿Hablas español?

—*Sí, señorita* —dijo, pasando de un idioma al otro como si alguien hubiese pulsado un interruptor.

—Nunca me dijiste que hablabas español.

—Nunca me hablaste en español. No sé a ti, pero a mí me parece un poco grosero que me respondan en un idioma distinto sin venir a cuento…

—Supongo que por defecto asumo que los estadounidenses solo hablan inglés.

—Una suposición temeraria —precisó.

Nada en su voz o en sus movimientos indicaba que hubiese estado dormido. Mantenía unos niveles de energía maravillosos, de hecho, como si las simples cosas humanas como el cansancio o el hambre no pudiesen rozarlo.

—¿Qué tal Bisbee, por cierto?

—Estupendo. Me gusta Arizona, y gana bastante a la luz del día. Lo que me recuerda… tengo algo para ti.

Alzó las cejas, una infinita colección de arrugas se dibujó en su frente.

—¿Para mí? No tenías...

Como única respuesta, me saqué el librito de tapas granates que había comprado en la tienda de segunda mano en la que encontré la postal para Nora.

Era muy pequeño, tanto que las manos de Henry, sobre las que lo dejé, parecían grotescamente grandes en comparación. A pesar de que el laminado de oro se había desgastado con los años, el título todavía podía leerse con total claridad:

—*My Feathered Friends* de L.G. Wood —dijo Henry con su voz grave, arrastrando las palabras y pasando su índice por cada uno de los pequeños detalles de la portada, desde el pájaro que la adornaba hasta los lazos de las esquinas.

Sonrió. La suya era una sonrisa absolutamente honesta y muy clara, acompañada por los ojos más acuosos del mundo.

—Para tu amigo Birdy —le dije—. Ahora ya no tienes excusa para no ir a visitarlo.

—Supongo que no, ¿eh?

Y se puso en pie para abrazarme.

Dos apuntes sobre el cuerpo de Henry Buckley:

Era sólido y muy frío, de modo que su abrazo se parecía mucho a abrazar a una estatua, excepto porque sus palabras y sus sentimientos rebosaban luz y calidez.

Sabía cómo sujetar a las personas, y los bordes del mundo parecían más nítidos en sus brazos.

—Tienes sentimientos después de todo, ¿eh, Harvard? —dijo al separarse, y supongo que tenía razón, después de todo.

Quizá el sol rojo de Arizona había empezado a descongelarme.

Henry

Lunes 8 de noviembre, 1999

Cass quería llevarme a la tienda de segunda mano en la que compró el libro para Birdy. Puesto que no tenía más prisa que ella por abandonar Bisbee, y puesto que ya había anochecido, acepté.

Era una ciudad bonita, Bisbee, sus edificios tan blancos como fantasmas en mitad de toda aquella oscuridad. La tienda, por otro lado, personificaba todo lo que Cass me había prometido: un caos formado por, en orden de aparición:

Montañas y montañas de libros maltratados y polvorientos, que debíamos sortear para abrirnos paso.

Mapas descoloridos y malgastados por los años y por el roce de unas manos que ya no tenían la facultad de tocar y de sentir.

Prendas pasadas de moda y (vayamos a admitirlo) harapientas que colgaban de las ventanas y de los marcos de las puertas y de un sinfín más de lugares de los que la ropa no debería colgar.

La atmósfera, con todo, era acogedora y solo caótica desde

una perspectiva hogareña y hasta entrañable. Si me concentraba lo suficiente, y trataba de recordar el olor de las tortillas de maíz en el horno y de los tomates recién cortados, casi podía imaginarme a mi madre asomando la cabeza desde detrás de los paños de cocina que pendían, inexplicablemente, de un pilar formado por unos cien números atrasados de la *National Geographic*.

—Para Nora —le dije a Cass, dándole un codazo en el hombro. Movió la boca de derecha a izquierda.

—Eh… estoy casi segura de que ya los tiene todos. Si estuviese dispuesta a venderlos, probablemente tendría suficiente para jubilarse en Florida o algo así. —Tomó el número que coronaba aquella monstruosa montaña de papel—. Pero me gustan las cosas de segunda mano. Precisamente, nunca sabes qué manos tocaron antes estas cosas, o cuánto tiempo hace que nadie les da cariño.

A punto estaba de decirle que, si exhibía semejante capacidad de amor hacia un montón de basura, debería dejar de llamarla MTV. Las palabras estaban ahí, en la punta de mi lengua, y murieron antes de salir cuando ella alzó el libro de bolsillo que se había agenciado.

Se titulaba *Un compendio de monstruos*, no parecía más viejo que la mayoría de los volúmenes que nos rodeaban y, a juzgar por su portada, podía haber sido escrito tanto por un maniaco de lo paranormal como por un escritor muerto de hambre que vio la estela dorada de un buen negocio en el asunto de lo desconocido.

—"Desde el abominable hombre de las nieves al mothman" —empezó a leer—, "del escocés monstruo del Lago Ness a los vampiros de Rumanía, en este volumen encontrarás una descripción de todos los críptidos de Norteamérica y Europa".

—Creo que el hotel Copper Queen te ha frito el cerebro.

—Creo que es una lectura tan buena como cualquier otra. —Me pellizcó el brazo—. Puede que me inspire para mi ensayo de acceso a Harvard.

—La fe ciega que tenía en que entrarás empieza a disminuir...
—dije, y solo para no pensar en el asunto, para no pensar en nada
en absoluto, caminé hasta el piano desvencijado del fondo y empecé
a tocar una tecla al azar.

El sonido monótono no me hizo sentir mejor tampoco.

Lunes 1 de noviembre, 1943

*El olor del incienso nos calaba hasta los huesos. Es extraño pensar en
un olor como capaz de atravesar las capas de piel, músculo y hueso,
pero este lo hacía. Se inmiscuía en los más minúsculos rincones de la
catedral (bajo los bancos y tras las puertas, en la pila bautismal y en el
sagrario) y anidaba en nuestra ropa, buscando un huequecito en el que
dormir bajo nuestros jerséis y camisas.*

*Noviembre empezaba ajetreado en la guerra. El primer día del mes,
como todos saben, es Difuntos, y los huecos vacíos en los bancos, bajo la
luz de las velas, parecían un poquito más anchos, un poquito más vacíos.*

*Charlie, Birdy y yo estábamos en el piso superior, que se abría
en una amplia balaustrada que te permitía observar con exactitud
lo que ocurría debajo. Quedaban tres horas para que comenzase el
servicio religioso y estábamos practicando. Para ser precisos, Birdy
estaba practicando el* Requiem *de Mozart al piano porque el pacto al
que había llegado con Ruth lo obligaba a echar una mano en la iglesia
a cambio de recibir clases particulares de saxofón. Era un buen trato,
particularmente teniendo en cuenta que el bandido de Birdy se había
tomado las libertades de nombrarnos a Charlie y a mí como sus reacios
pero muy fieles ayudantes.*

*Total, que era noviembre y hacía frío en todos los lugares de Cor-
pus Christi excepto en la catedral, la misa empezaría en tres horas y*

ninguno de nosotros tenía ningún interés en volver a casa, y demasiados Requiems *habían sonado entre aquellas paredes en los últimos dos años.*

El olor del incienso y de la cera nos calaba hasta los huesos, sí, y las notas pausadas de Birdy retumbaban con eco en nuestro interior. En ningún lugar parecen los ojos de Dios más pétreos y ciegos que en una catedral.

—¿De verdad tienes que ensayar, Bird? —masculló Charlie, que se había apoyado, como yo, en la balaustrada—. No es como si no tuvieses que tocar la misma maldita canción todas las semanas.

Birdy dejó de tocar, puesto que necesitaba las manos para hacer una pelotilla de papel con la partitura y poder lanzársela a Charlie a la cabeza. Acertó, pero (nunca mejor dicho) por los pelos.

—¿Y tú de verdad tienes que abrir la bocota cuando cada vez que lo haces es para decir una idiotez?

Tres de los cuatro hermanos de Charlie estaban en el servicio. En muchos sentidos, él y yo hablábamos en un idioma que Birdy, que era hijo único y no tenía a ningún familiar cercano en el frente, desconocía. Estaban el miedo y la preocupación, por supuesto, pero también algo más. Un sentimiento algo más oscuro y pegajoso: la terrible sensación de que te quedabas atrás, de que todos los demás estaban en el asunto, echando una mano, y tú eras inútil.

A Charlie no le sentó mal la apreciación de Birdy. Todo lo contrario. Giró la espalda hacia él, la luz multicolor que entraba a través de los cristales tintados le otorgaba un aspecto casi dramático, e irrumpió en una carcajada fuerte y muy poco socialmente aceptable que nosotros dos no tardamos en reciprocar.

—Ya sabes cuáles son las reglas, Leonard —agregó Birdy, retomando el Requiem *donde lo había dejado—. Ruth está empeñada en que consiga entrar en el Cielo, qué le vamos a hacer.*

—Menos mal que cree en los milagros —dije, a lo que Charlie apostilló:

—Aunque he oído que últimamente le está rezando mucho a San Judas por ti...

Birdy detuvo la música de nuevo para hacernos un breve y muy elegante corte de mangas.

—Váyanse al diablo los dos —dijo, sus labios temblando hasta formar una media sonrisa—. Solo hago esto por la música. Un día, Dios sabe que no dentro de mucho, seré mayor de edad y me largaré a Nueva York y me escucharán en todas las radios no solo tocar mi música, sino también contar la triste historia de cómo mis dos mejores amigos me trataban como al payaso mayor del circo.

—Tus palabras, no las nuestras —respondí.

—Y si lo de Nueva York te falla, siempre te quedará Roma —añadió Charlie, señalando los murales de los santos que adornaban la pared tras nosotros.

Birdy estrechó los ojos.

—Eh, al menos Roma no es Corpus Christi. Cualquier lugar es mejor que esto. Para empezar, el tacaño de mi padrastro no se gastaría un centavo en subirse a un avión a ir a buscarme.

Charlie asintió y, como si la fuerza de ese mismo movimiento lo hubiese fulminado, se escurrió hasta quedar sentado en el suelo, sus piernas balanceándose a través de los agujeros de la balaustrada.

—Amigo, no puedo esperar a que se acabe la guerra y a que terminemos el instituto y podamos largarnos de aquí.

Birdy arqueó una ceja.

—¿Y qué crees que llegará antes, el fin de la guerra o la graduación?

—A mí eso me importa una mierda. Si acabamos el instituto y los nazis siguen por ahí seré el primero en alistarme, te lo aseguro. Sería la única vez que mi padre se sentiría medio orgulloso. El muy desgraciado no deja de compararme con mis hermanos como si fuera mi culpa no haber nacido antes. Por lo menos tienes el consuelo de saber que tu padrastro no es de tu sangre, Bird.

Birdy no honró esa última aportación con una respuesta verbal. Se limitó, en su lugar, a dirigirle a Charlie el tipo de mirada profunda, pesada como el mármol, que lo invitaba a dejar pasar el tema.

Y Charlie, que rara vez disfrutaba hablando de sí mismo y de sus problemas durante mucho tiempo, me dio un golpecito en el hombro y preguntó:

—Oye, ¿sabes algo de Romus o de Eddie?

Asentí.

—Sí, recibimos carta de los dos esta semana. —Tragué aire—. ¿Saben qué? Estaba preocupado por Eddie, pero ya no. En fin, ya lo vieron cuando salió del campo de instrucción. A lo mejor lo que necesitaba era sacar la nariz de los libros durante un ratito y... ¡Bah! ¡Qué sé yo! Parece que le va bien en Europa, a pesar de todo. Y Romus... Romus es Romus. Es como si hubiese nacido para esto.

—Al muy imbécil un día de estos lo convertirán en un personaje de cómic, como a John Basilone —rio Birdy, y siguió canturreando por lo bajo las estrofas en latín del Requiem.

Requiem aeternam dona eis, Domine, et lux perpetua luceat eis.

Concédeles descanso eterno, Señor, y deja que la luz perpetua los ilumine.

—Por Romus uno no tiene que preocuparse —insistió Charlie, y no le faltaba razón.

Romus siempre caminaba como si hubiese sido tocado personalmente por el índice de la mano derecha de Dios. Nunca planeaba las cosas ("se hará la voluntad del Señor") y, exceptuando el momento en el que Eddie se alistó, nunca dejaba que nada lo angustiase ("Dios proveerá"). Era como si viviese en un plano distinto al nuestro, un plano en el que uno hacía lo correcto porque es lo correcto y en el que a los hombres buenos les ocurren cosas buenas. *Era como si las suelas de sus zapatos nunca llegasen a rozar el suelo. Su único problema, por supuesto, es que todavía no se había dado cuenta de que al resto nos habían tocado unas cartas muy distintas.*

—*¿Qué tal Reuben, Bill y Eugene?* —le pregunté.

Los muchachos Leonard se caracterizaban por su pelo (castaño ceniciento, lacio y muy brillante), por sus ojos, de un marrón tan cálido que parecían rojos en ciertas luces, y por la constelación de pecas sobre sus pómulos y sus narices romanas. A menudo bromeábamos con que la señora Leonard no debía haber sentido la necesidad de pagar por las fotos al final del campo de instrucción de los tres, puesto que Reuben, Bill y Eugene eran casi idénticos, sobre todo rapados. En noviembre del 43, con todas las noticias que nos llegaban de Europa y del Pacífico, el comentario había perdido gran parte de su gracia, pero todavía lo repetíamos, aunque solo fuese para reírnos de la muerte en su cara.

Aquel día, Charlie solo se encogió de hombros, la mirada volcada en las losas del suelo del piso inferior, tan lejos de nosotros.

—*Bien, supongo. Hace un par de semanas que no oímos nada de Bill.*

—*Bueno, el Pacífico no es exactamente un paseo por el campo* —dijo Birdy, que tenía la particularidad de ser capaz de soltar las cosas más bestias con el tono de voz más cálido y reconfortante del mundo; sus palabras eran como el abrazo de una doncella de hierro—. *Estará bien. Dale tiempo para escribir.*

Exaudi orationem meam; ad te omnis caro veniet.

Escucha mi oración, toda la carne irá a Ti.

Cualquier cosa parecía posible en los labios de Birdy. Esa también era su magia.

—Dios, no puedo esperar a que nos larguemos de aquí —suspiró Charlie, tirándose de espaldas al suelo.

Lo imité. Las vistas desde allí eran maravillosas; podíamos ver las vigas de madera y la piedra blanca del techo, y nos bañaba tanta, tanta luz...

Dies irae, dies illa
Solvet saeclum in favilla

Día de ira, ese día
disolverá la Tierra en cenizas.

—Iremos a Nueva York —susurró Charlie, tan bajito que su voz resultó casi imperceptible—. Y tú tocarás el saxofón en un grupo muy famoso de swing, Birdy. Y tú, Henry, tú jugarás al fútbol.

—En los Lions de la Universidad de Columbia —aclaré—. Más me vale aplicarme si quiero que me admitan. Y ahorrar todo lo que pueda.

Aunque mamá decía que todavía era muy joven, aquel verano había empezado a conducir uno de los camiones de mi tío. Hacía unos años que habían encontrado petróleo no muy lejos de Brownsville, en la frontera con México, y el tío Albert no había dejado escapar su oportunidad de meterse en el negocio. Le había dado una gran alegría cuando le propuse conducir uno de sus camiones, probablemente porque podía pagarme menos que a sus empleados, pero oye, al César lo que es del César y a Dios lo que es de Dios. Además, mamá estaba encantada con la idea de la universidad, sobre todo porque yo no le había comentado que esta se encontraba en la otra punta del país.

—¿Y tú qué vas a hacer, Charlie?

—Todavía no lo he decidido —dijo, el fantasma de una sonrisa en sus labios finos y cortados por el frío—, pero seguro que será algo grande. —Se reincorporó, aquella misma sonrisa creciendo en su

rostro moteado de pecas–. *Seduciré a una heredera neoyorquina y me casaré con ella solo por su dinero. Daré las fiestas más extravagantes a diario, como el tipo ese de ese libro, Gatsby. Seré un poeta de fama mundial, como Lord Byron.*

Preces meae non sum dignae
Sed tu bonus fac benigne
Ne perenni cremet igne

Mis oraciones no son dignas
Pero en Tu misericordiosa bondad me concedes
Que no arda en el fuego eterno.

–Diablos, amigo, no quiero fastidiarte –rezongó Birdy en un tono que implicaba todo lo contrario–, pero deberías terminarte El Gran Gatsby *porque el desgraciado acaba a balazos en una piscina. Y mejor no te digo cómo terminó Lord Byron.*

–Dios me ha puesto en la Tierra para pasármelo bien, Bird, no para vivir muchos años. –Se aclaró la garganta–. *Como decía, mi plan es largarme a Nueva York con ustedes dos, galanes, lejos de mi padre y de toda su mierda. Lo que ocurra después me importa un rábano. Puede que me una a tu grupo de swing.*

Birdy lo despachó con un movimiento rápido de la muñeca.

–Ponte a la fila, dulzura. *Como si fuera a dejar que mancillases mi música con tus manotas.* –Se volvió hacia mí–. Tú sí que estás invitado, Buckley.

–¿Y qué toca Henry, aparte de la corneta a todas horas? –dijo Charlie, *haciendo el tipo de movimiento grosero con las manos que habría escandalizado a mi madre y a la inmensa mayoría de las mujeres de la congregación.*

–Nada –respondió Birdy–. *Con esa cara no le hace falta tocar nada.*

Lo pondremos en la portada de los discos para que las chicas caigan rendidas a nuestros pies.

Le lancé dos besos al aire sin molestarme en cambiar de postura. Mi muestra de cariño no tuvo un efecto asombroso en Birdy.

—Yo también te quiero, Buckley. Oh, y Leonard, ya tengo un trabajo para ti. ¿Por qué no nos escribes las canciones, dulzura? Tienes un aire de intelectualidad que admiro mucho. Deberías meterte en política, también. Te pega estar del lado del que está al mando.

Charlie se quitó un sombrero invisible.

—A sus órdenes, mi capitán.

Lux aeterna luceat eis, Domine
Cum sanctis mis in aeternum
Quia pius es

Que la luz eterna brille sobre ellos, Señor,
con Tus santos para siempre,
porque eres misericordioso.

Un coro de carcajadas se elevó por encima del piano de Birdy y murió cuando aquellos pasos retumbaron contra el suelo de la catedral. Ninguno de los tres levantó la vista porque ninguno de los tres era alguien importante dentro de aquellas paredes.

Una voz se alzó, diciendo mi nombre.

—Eh... ¿Henry?

Me reincorporé para ver a uno de los chiquillos de la congregación mirándome desde el piso de abajo, su rostro blanco una colección de arrugas y temblores.

—¿Y a ti qué te pica? —le dije, porque estábamos riendo y bromeando y porque nos iríamos a Nueva York algún día y porque todo iba bien.

El niño se mordió el labio inferior.

—Eh... *creo que deberías ir a casa. Acaba de pararse delante un coche de la* Western Union.

Algo húmedo y muy, muy oscuro me bajó por el esófago, haciendo de mi estómago un hogar. Me levanté tan rápido que me tropecé con las piernas de Charlie. Creo que no bajé las escaleras; simplemente floté sobre ellas, mi casa estaba mucho más lejos que nunca.

—*¡Maldición!*

En 1943 la muerte viajaba a bordo de un coche negro. Cada vez que escuchabas el motor en tu calle (aprendías a reconocerlo) te asomabas a la ventana y contenías la respiración, rezando para que la familia a punto de recibir el peor telegrama del mundo no fuese la tuya.

Birdy se levantó también, bajando la tapa del piano de un golpe.

—*¡Espérame, Henry! —gritó, corriendo detrás de mí, y mientras saltaba los escalones de tres en tres le gritó a Charlie—: Cúbreme las espaldas, pero ni una palabra a Ruth hasta que sepamos quién es.*

Noviembre fue frío y terrible ese año.

Lunes 8 de noviembre, 1999

La voz siseante de Cass me devolvió a la realidad. Todavía sentía lo rugosa que había sido la madera del pasamanos contra las palmas de mis manos. El vidrio frío de la puerta cuando la empujé para abrirla. El calor que sentía, como si llamaradas anidasen en mi interior, a pesar de que las temperaturas habían bajado, y lo largo que me resultó el camino hasta casa.

—No sabía que tocabas el piano —lo intentó Cass de nuevo, una ligera sombra de duda en sus ojos grisáceos.

¡A saber cuánto tiempo llevaba en las nubes, pensando en cosas que no podía cambiar! No importaban las veces que repasase lo que pasó, porque el final siempre era terrible y descorazonador y, como había apreciado Romus, un total desperdicio de vida y de talento.

—Birdy me enseñó. —Me apoyé al piano, tratando de parecer normal—. ¿Has encontrado algo bueno?

—Solo una copia muy interesante de *Aullido* de Allen Ginsberg —dijo, zarandeándola por encima de su cabeza (peligroso, ya que se caía a pedazos)— y un jersey navideño para mí. —Me lo enseñó; era verde bosque y ahí se terminaban los cumplidos—. Yyyyy... un sombrero de vaquero para ti.

—Yeehaw.

No era un sombrero de vaquero de verdad, se veía a leguas. Es muy posible que se hubiese tratado de parte de un disfraz de Halloween de hacía diez o veinte años, pero a Cass le hacía ilusión haberlo encontrado (me di cuenta por la manera en la que le brillaban los ojos), así que la seguí hacia la otra punta de la tienda mientras se ponía ese jersey roñoso por los hombros.

Seguía pensando en Birdy, en el Requiem que salía de sus dedos y de sus labios. Y en la cara de mi madre, tan blanca y tan húmeda cuando llegué a casa; todavía estaba en el recibidor, de pie, con el telegrama en la mano como si no hubiese aunado las fuerzas aún para moverse. Y en las palabras de Romus, en lo proféticas que habían acabado siendo, como si de verdad Dios se las susurrase al oído.

Estaba más allí (en los años entre 1943 y 1945, que a veces parecían haber durado más que toda esta eternidad) que en la tienda, y por eso cometí un error. Uno más.

No había reparado en lo fantásticamente viejo que era el espejo ante el cual se había detenido Cass, y ante el cual me empujaba para quedar delante de él. Y no reparé en cómo Cass se giró para mirarme, con sus cejas oscureciéndole tanto los ojos, y en cómo luego se volvió al espejo con tanta rapidez. Y, claro, tardé un segundo más de lo preciso en darme cuenta de que mi reflejo no aparecía junto al suyo.

Un error. Uno más.

Me di la vuelta, tratando de controlar la voz mientras me quitaba el sombrero y decía:

—Bah, no es mi color. ¿Nos vamos ya? —Tomé la primera postal vintage que encontré en una pila—. Quiero mandarle esto a Birdy con el libro que conseguiste para él antes de que cierre la oficina postal.

—Henry...

—¡Te espero fuera! —le grité, enarbolando la que resultó ser una de esas postales de estilo Art Nouveau, algo que Birdy desde luego jamás asociaría conmigo. Cuando le llegase la postal al colegio se iba a pensar que se la mandaba el padre de un alumno.

—¡Henry, espera!

Fingí no oírla. Tras pagar a toda prisa, salí (el viento frío casi como una caricia contra ese infierno que sentía en mi interior), apoyé el libro y la postal contra la repisa de la ventana y traté de escribir, lo cual no resultó fácil.

En primer lugar, no podía dejar de pensar en el espejo. No podemos, bajo ningún concepto, dejar que los humanos descubran nuestro secreto. No sabía lo que pasaría si Cass sumaba dos y dos, pero no ardía en deseos de ir a visitar a Quincey y al resto de la tropa y averiguarlo.

En segundo lugar, tenía tantas palabras que quería volcar sobre Birdy que fui incapaz de escoger una sola. Tenía años y años y más años de cosas que quería contarle, y de cosas que quería que supiera. Sentía mucha vergüenza, además, de modo que solo garabateé:

¿Sigues observando los pájaros nocturnos?

El mejor jugador de fútbol que los Lions de Columbia nunca tuvieron

Cass llegó hacia mí con la nariz y los pómulos moteados de rojo, una nube de vaho plateado difuminando los rasgos de su rostro. Elegí no mirarla a los ojos porque no podía hacerlo.

Solo un error. Un error muy pequeño. Un error más. Si Quincey se enteraba no volvería a confiar en mí.

Había metido la pata otra vez.

—¿No vas a ir a visitarlo, entonces? —jadeó Cass, señalando la postal que acababa de escribirle a Birdy con un golpe de cabeza.

Traté de leer los sentimientos que se reflejaban en su expresión pero, por una vez, las arrugas en su piel y los temblores de sus labios no me dejaron nada en limpio.

Los humanos suelen ser reacios a creer en lo imposible, aunque acaben de verlo. Por eso se refugian en los milagros y en los fenómenos paranormales: teñir de extraordinario las otras capas que componen su mundo es mucho más fácil que admitir que el horror es real y está ahí fuera.

La pregunta de Cass me había tomado tan de sorpresa, pese a todo, que apenas tuve tiempo para preparar una respuesta.

—Bueno, hace muchos años que no nos vemos —repuse, evitando todavía devolverle la mirada—. Quizá sea mejor recordarle primero que existo y que sigo vivo, ya sabes.

No pude evitar soltar una risita seca al decir esto último. Cass tomó aire, apretando los labios, su rostro tan ilegible como antes.

La memoria es un arma de doble filo, además. Ruth me lo demostraba a diario.

—Deberíamos ir poniéndonos en marcha —añadí, jugándomelo todo a una única carta—. No sé si podemos justificar otra noche en el Copper Queen.

Empecé a caminar, pisoteando las hojas secas y las colillas apagadas que se amontonaban en el pavimento. Cass permaneció frente a la tienda, observando mi espalda cada vez más pequeña en el horizonte.

Me rasqué los nudillos del puño derecho. Solo me habían descubierto una vez, con consecuencias desastrosas.

Recordaba su mirada de pavor.

Y su remordimiento.

Y todos sus pecados, tan juntos como las cuentas de un rosario.

Dios, odiaba ser un monstruo. Odiaba estar vivo sin estarlo.

—Está bien.

La afirmación de Cass sonó como una sentencia, afilada. Luego se le unió el ruido de los pasos de sus deportivas contra la acera. Quizá todo seguiría yendo bien durante un ratito más.

Cass

Horror

1. Sentimiento intenso causado por algo terrible y espantoso.
2. Aversión profunda hacia alguien o algo.
3. Atrocidad, monstruosidad, enormidad.

Mi primer pensamiento fue que no había comido lo suficiente. Había bajado al bufet del hotel porque no hay nada que adore más que los desayunos de los hoteles, pero la combinación de todos aquellos olores maravillosos, de todas aquellas comidas tan al alcance de mi mano, me abrumó. Me invadió un miedo intenso, también, porque sabía que si daba un solo bocado no sería capaz de detenerme hasta que mi estómago se hubiese hinchado como un globo de helio. Así que había rellenado la taza de café una y otra vez, hasta el cansancio, y solo para no marearme durante mi visita a la ciudad me permití una rebanada de pan de centeno con una (1) cucharada de huevos revueltos. Había elegido también una botella de zumo de frutas (verde), por el azúcar, claro, y aquella había sido mi única comida.

Así que esa debía ser la explicación. Había matado, literalmente, a mi cerebro de hambre, hasta ver cosas que no estaban ahí. O, para ser más precisos, hasta no ver cosas que sabía que estaban ahí.

Porque Henry estaba a mi lado, con ese ridículo sombrero vaquero que le hacía parecer Woody de *Toy Story*. Porque había visto a Henry reflejado en muchos otros espejos (el del coche, el del hotel, el de la sala de descanso de la pista de hielo) excepto en este.

Y tenía anemia y mi cuerpo no se comportaba como un Cuerpo Real y Sano desde hacía años y, sí, daba el peso, pero únicamente porque me había prometido a mí misma no subir del número mágico, ese que se balanceaba entre la salud y la enfermedad en la báscula.

Estaba hambrienta y me había arruinado el cerebro, y habría corrido a sentarme para recuperar fuerzas si no hubiese reparado en la expresión de Henry. En el horror. En la comprensión. En el hecho de que no me miraba a mí, sino al espacio vacío en el espejo en el que debería haber estado su cuerpo.

Y entonces supe que no había sufrido una alucinación. Y en cuanto Henry se volvió hacia mí me di cuenta, también, de que lo que había leído en su rostro no había sido miedo, sino arrepentimiento.

Volvimos a la carretera. Mientras Henry conducía, bebí a sorbitos la Coca-Cola de cereza que me había comprado en el área de servicio en el que paramos para llenar el depósito. Normal. Necesitaba todo ese azúcar para despertarme, para ser un poquito más humana y ahuyentar la neblina que me cubría el cerebro.

Había una pistola (descargada) en la guantera.

~~Estaba perdiendo la cabeza.~~

Henry solo conducía de noche; hasta el día en el que fuimos a ver a Ruth, bajo la lluvia torrencial del sur de California, no lo había visto fuera durante el día.

~~Me estaba inventando cosas. Debía estar inventándome cosas.~~

Exceptuando aquel filete tan poco hecho, lo único que le había visto tomar a Henry durante el viaje habían sido aquellas barritas para la anemia y el agua de coco.

Recordé lo que me había dicho el chico del mexicano en Oceanside, como había tenido siempre las pruebas delante de las narices.

Y nadie sabía nada de él realmente, de dónde venía más allá de Texas ni de quién era su familia, y Henry lo guardaba todo siempre con mucho recelo.

~~No iba a pensar en eso. No iba a pensar en eso.~~

Pasadas las doce, cuando las emisoras que captaba el coche solo retransmitían suave música jazz y programas lúgubres, me fui a los asientos de atrás, me tapé con las mantas de Henry y fingí dormir. Quedaban seis horas para que empezase a salir el sol y Henry me pidiese que le tomase el relevo.

Así que mientras conducía me reí de sus bromas y le hablé como siempre y cuando llegó la hora de dormir me tapé bajo todas aquellas mantas, que impedían que el más mínimo rayo de luna penetrase, y esperé. Escuché.

Henry quitó la radio y puso un casete de música swing muy bajito, de manera que a los asientos traseros solo llegaban susurros. Después, Carole King, incluyendo la mítica *Jazzman*. No dijo o hizo nada extraño durante aquellas seis horas; solo conducir y parar de vez en cuando a comprar cigarrillos (siempre se hacía con marcas distintas, cada cual más variopinta, y las dejaba intactas tras fumar uno solo). En el coche, sin embargo, reinaba una energía muy distinta, oscura y tensa, embarazada de peligros y posibilidades.

A las tres de la mañana, cuando Henry paró en un bar de carretera, levanté un poquito las mantas y empecé a leer el libro que había comprado en aquella tienda de antigüedades de Bisbee.

Henry era tan pálido, siempre desprendiendo una suave atracción.

~~Solo era un bicho raro con anemia y yo estaba hambrienta y cansada y la falta de sueño me estaba jugando malas pasadas.~~

Henry odiaba el ajo y amaba la noche.

~~¿Quién preferiría, de poder elegir sin riesgos, el día a la noche? ¿Y desde cuándo los estadounidenses son famosos por su paladar?~~

Estaba la pistola. Estaban las preguntas, las incógnitas.

PREGUNTA: ¿Qué distingue a los espejos antiguos de los espejos de un coche o de un baño de nueva construcción?

RESPUESTA: Los espejos antiguos estaban hechos de plata.

Henry

Lunes 1 de noviembre, 1943

—*Romus vuelve a casa.*

Las palabras de mi madre me llegaron como si proviniesen de una cámara hiperbólica, completamente irreales.

Me había pasado toda la carrera desde la catedral a casa pensando que uno de mis hermanos había muerto, que existía en un mundo en el que ellos ya no estaban, que ocurrirían muchas cosas que ya no experimentarían jamás, nuevas canciones de sus músicos favoritos y los estrenos de esas películas que siempre quisieron ver.

Cuando mamá pronunció aquellas palabras, sin embargo, me quedé aturdido, sin saber qué hacer con esa pérdida para la que ya me había preparado y que ahora no existía.

—Ha caído herido, pero está bien —insistió mamá, tendiéndome el telegrama del Ministerio de Defensa que nos comunicaba que "su hijo, Romus Jonathan Buckley, soldado de primera clase, ha caído herido en combate en el cumplimiento de su deber y al servicio de su país".

–¿Y de dónde sacas que vuelve a casa? –preguntó Birdy, quien repasaba aquellas líneas con el dedo sin encontrar una sola palabra que aludiese siquiera algo semejante.

–Lo sé y punto –dijo mamá, quitándole el telegrama para estrecharlo contra su pecho–. A veces una madre lo sabe.

Debía ser así, porque en diciembre recibimos una carta sellada en Nueva Zelanda del propio Romus contándonos más o menos lo mismo.

Queridísima madre,
(Con saludos también para el resto)

¡Ja! Supongo que a estas alturas ya estarán todos bastante ansiosos por recibir noticias mías. Todo bien, dentro de lo que cabe, que es bastante. Tengo malaria, lo cual es un fastidio, entre otras cosas. Vuelvo a casa de permiso, aún no sé muy bien durante cuánto tiempo.

Sé que esto no es mucho, pero estoy cansado y ya empieza a escasear la luz. Perdón. Ya hablaremos más cuando nos veamos.

Saludos y besos,
Romus

Romus volvió con nosotros al final del invierno. Era una experiencia muy solitaria, la de esperar por él en la estación de tren, a pesar de que estábamos rodeados de personas que también lo hacían. Cada uno lo llevaba de una manera distinta. Mamá, que se había engalanando con su mejor abrigo, bolso y sombrero, no dejaba de ajustarse el modelito, utilizando el cristal de la taquilla como espejo; papá comprobaba obsesivamente la hora en su reloj de bolsillo, que lo acompañaba desde la anterior guerra (podías ver el fantasma de una bala en la cara *trasera); Ruth leía y releía su libro de bolsillo, pasándose las flores que le habíamos comprado a Romus de un lado a otro, y Birdy y yo solo charlábamos y charlábamos de los mayores disparates, como si en el silencio habitasen animales salvajes.*

No reconocimos a Romus, al principio. Estaba más delgado, con la piel amarillenta y cerosa pegándosele a los huesos, y parecía haber crecido en altura. Los ojazos le brillaban febriles en la cara demacrada, coronados por unas ojeras del color de los posos del café. Cuando sonrió, sin embargo, era inequívocamente Romus; su sonrisa seguía siendo su sonrisa, aunque en un rostro mucho más viejo y cansado.

—Pero ¿cómo vienes así? —le preguntó mamá, como si su uniforme harapiento y la toalla que colgaba de sus hombros para recogerle el sudor fuesen equiparables a esas tardes de invierno en las que salíamos a jugar a la calle sin abrigo o aquellas en las que volvíamos a casa con un agujero en los pantalones nuevos.

—Es bueno verte otra vez, hijo —le dijo papá, dándole una palmadita en el hombro.

Romus se separó del abrazo asfixiante de mamá.

—¿Cómo está... —se humedeció los labios— saben algo de Eddie?

Papá dio dos golpes de cabeza.

—Eddie está bien, en Europa. Está muy bien. Su mujer está embarazada. Van a tener un niño en otoño.

Romus sonrió. Aquella fue una sonrisa muy pálida, agotada, como de cartón.

—Qué bien —susurró, volviéndose para abrazar a Ruth.

Sujetó las flores con cierto aturdimiento, como si no acabase de comprender su papel en aquella situación. Luego abrazó a su novia, con fuerza, como de costumbre. Cuando nos tocó por fin el turno nos preguntó que qué tal el fútbol.

Los dientes le castañeaban; daba la sensación de que todas sus fuerzas estaban reunidas en formular esa simple pregunta.

—Estupendo —respondió Birdy, a lo que añadí:

—El entrenador dice que podríamos haber ganado el campeonato del estado, pero nos tuvimos que quedar en el sur de Texas por la escasez de gasolina.

—Bah, confío en ustedes. Habrá más temporadas. La guerra no durará para siempre, ¿eh?

Excepto porque en aquella estación de tren, rebosante de familias que se abrazaban y de mujeres que vendían bonos "para ayudar al país", de madres pasando con las bolsas llenas de lo poco que daba el racionamiento y de soldados de pieles grises que miraban la ciudad que habían dejado atrás como si fuese foránea, la guerra era una lucha sin cuartel.

La vida no volvió a ser la misma desde entonces.

Madrugada del martes 9 de noviembre, 1999

No quería seguir pensando en Romus y en Eddie y en todo lo que ocurrió después. Cass se había quedado despierta hasta que cruzamos la frontera entre Arizona y Nuevo México (su reacción no había sido tan grandiosa como cuando cruzamos la frontera entre California y Arizona, de modo que solo paramos por bebidas). Una vez se durmió, sin embargo, me quedé completamente solo con mis recuerdos, y ni toda la música del mundo lograba ocupar un espacio lo suficientemente grande en mi cabeza como para ganarles terreno.

Me detuve en un bar de Las Cruces solo para hacerlo. Era otra de esas noches tan claras de otoño, brochazos de estrellas contra el firmamento azul cobalto.

El bar se llamaba Búfalo no sé qué (el cartel estaba difuminado y resultaba imposible de leer) y estaba iluminado con luces de Navidad de todos los colores humanamente posibles. Al entrar, me recibió un remix ecléctico de música country y rancheras que supe que Birdy habría sabido apreciar.

Me apreté los párpados. Dolía pensar en él también.

Era demasiado joven para consumir alcohol (¡Ja!) incluso en un lugar con una pinta tan dudosa como ese, de modo que me acerqué a la mujer de la barra (una tetuda que me recordó a Dolly Parton, lo cual me hizo adorarla de inmediato) y le pedí la marca más rara de cigarrillos que tuviese y cambio para las maquinitas.

—¿No es un poco tarde para que estés por aquí solo? —me preguntó mientras comprobaba el carnet que me había conseguido Quincey.

—Estoy de camino a Texas para visitar a la familia por las Fiestas.

—Pero si aún quedan…

—Somos judíos —dije, porque nunca puedes contar con que la gente lleve la cuenta de las festividades de otra religión.

Debía ser así, porque la mujer sonrió, asintió y me entregó la cajetilla y las monedas.

En el Búfalo tenían el juego de *Los Simpsons*, al que ya había jugado muchas veces porque el vietnamita frente a la pista de hielo se había agenciado una máquina igual. Escogí a Marge como jugador porque su arma era una aspiradora y me hacía gracia, y mientras pulsaba los botones de memoria me encendí uno de los cigarrillos. Todavía no había dado la primera calada cuando una mano cayó como un murciélago muerto sobre mi hombro.

Podía reconocer a uno de los míos al tacto. Tenía mucho que ver con la frialdad y con la dureza de la piel, como si esta estuviese compuesta de mármol. Aun así, solo tratando de adivinar la figura en el vago reflejo sobre la pantalla de la máquina, dije:

—Vas a tener que esperar tu turno, amigo.

—¿Si estás tan justo de dinero por qué no dejas de gastarlo en tabaco que no vas a poder saborear?

La voz fría y ligeramente burlona de Asher era mucho más reconocible que su rostro en la oscuridad. Pausé el juego (no iba a dejar que matasen a Marge por su culpa) y lo miré por encima del hombro.

—No te metas en mis asuntos y yo no me meteré en los tuyos.

Las facciones afiladas de Asher mutaron en una sonrisa afilada y muy, muy brillante.

—Puedes meterte en mis asuntos todas las veces que quieras. Así a lo mejor aprenderías algo, hermanito.

Bufé. El aire que salió de mi interior era árido, en llamas.

—No molestes, cretino, que no somos nada. ¿Vas a decirme qué haces pululando por aquí o…?

—Bueno, no somos hermanos de sangre, pero…

—Da gracias a Dios —lo interrumpí, intentando concentrarme en la pantalla y no en su sonrisa venenosa y en la manera en la que sus ojos, de un añil cercano al púrpura, reflejaban la luz amarilla de la máquina—. Ya veo que mantienes esa costumbre tan fea de perseguirme a todas partes.

—Tienes una ligera tendencia a meter la pata y a meternos en problemas a todos —siseó y pude ver, incluso en aquel reflejo tan difuminado, cómo la sonrisa moría en su rostro—. ¿La chica lo sabe?

Pausé el juego.

—¿Saber qué? ¿Que estoy aquí, gastándome mis buenas perrillas en un juego que ya me he pasado dos veces y en el peor tabaco del mundo? No, está dormida en el coche.

Dije todo eso muy rápido, sin permitirme ni una pausa, para que Asher tampoco tuviese la oportunidad de meter baza en el asunto.

No soy un soplón, pero no hay manera de que Quincey no vaya a enterarse de lo imbécil que es Asher.

—¿Lo sabe? ¿Lo que somos? —insistió, clavándome las garras en el hombro con la suficiente fuerza que desistí de hacer otra bromita.

—No, claro que no.

Asher ladeó la cabeza.

—Vio la pistola.

—¿Y? Esto es Estados Unidos, casi sería más raro si no tuviese una.

No ardía precisamente en deseos de continuar con aquella conversación de idiotas, por lo que di por terminado el juego y me di la vuelta, tratando de huir de Asher y de su particular interrogatorio de madrugada.

—¿Sabe que tienes una bala de plata? —insistió, agarrándome del brazo.

Sus dedos eran sólidos contra mi carne, como si estuviesen hechos de acero. ¿Cuánta humanidad puedes ir perdiendo a lo largo de los años? A Asher lo habían transformado hacía apenas veinte años menos que a mí.

—¿Por qué iba a saberlo?

—¿Y por qué ibas a tenerla? —apostilló Asher, aumentando la presión que ejercía su mano sobre mí.

—Para matarte, naturalmente —le dije, zafándome de su cárcel de carne—. Y te me has puesto en bandeja, chico.

Empecé a andar muy rápido, intentando librarme de la presencia tóxica de Asher. Él, qué milagro, no apuró el paso para alcanzarme.

—Henry…

Me volví, extendiendo los brazos en el aire.

—Lo tengo todo bajo control, ¿de acuerdo? Si Cass hubiese sospechado algo estaría asustada de mí, ¿no? Y si me tuviese miedo no se habría metido en el coche voluntariamente y no se habría quedado dormida conmigo al volante.

Asher apretó los labios. Las arruguitas de sus comisuras siempre crecían cuando lo hacía, como si fuesen surcos en un mapa.

—No hagas ninguna tontería como con el padre de ese chico, ¿de acuerdo? Nos pones en peligro a todos.

Inspiré.

Su cuerpo cayendo paralizado del terror en el sillón de cuero del estudio.

Su rostro deformado en una mueca de pavor extremo.

Su boca abriéndose para gritar sin que saliese ningún sonido de ella.

Tragué saliva.

—No volverá a pasar nada parecido, tranqui.

No pensé en las llamadas a casa de Charlie. No pensé en las amenazas, en las promesas.

¿Y si yo estaba perdiendo mi humanidad también?

—Muy bien —suspiró Asher—, pero te estaré vigilando, hermanito. Supongo que te veremos en la reunión de Q, ¿no?

—¡Qué remedio! Por lo que veo, si no aparezco vendrás tú a llevarme a rastras.

—Eres una bala perdida, Henry. —Rio, moviendo la cabeza de lado a lado, y se sacó una botellita del bolso, que me lanzó.

La atrapé al vuelo. Aunque ya estábamos fuera, miré a mi alrededor para comprobar que nadie había reparado en el espeso líquido rojo dentro de esta.

—¿Qué mierda es esto? —le pregunté a Asher, aunque sabía perfectamente la respuesta.

Soltó una carcajada seca y grave.

—Jugo de tomate.

—Me refiero a que de dónde lo has sacado.

Asher puso los brazos en alto, enseñándome sus palmas, tan pálidas bajo la luz de la luna.

—Eh, tranqui. Un carnicero amigo nuestro, nunca hace preguntas. ¿Te suena? Ya sabes cómo es Quincey; no podría ser humana.

Aquella fue una explicación demasiado larga para mí. Subsistir a base de agua de coco, barritas Hematogen y las pocas comidas con sangre que se pueden conseguir (en mercados internacionales, generalmente) se parece mucho a vivir en una dieta baja en calorías perpetua. Siempre estaba cansado, como con la cabeza abotargada, incapaz de pensar con claridad. Me bebí aquella botella de sangre de un sorbo, y luego lamí el cuello para asegurarme de no dejar ni una sola gota atrás.

—Bueno, ¿eh? —dijo Asher, con esa risa desagradable.

—Estaba famélico. ¡En fin! Si no te importa…

—Sabes que no necesitas un coche para llegar a los sitios —me recordó él, señalando el Honda con un gesto de cabeza.

Estreché los ojos.

—Disculpa si quiero llevar una vida lo más normal posible.

—Sería más barat…

—Ah, cállate. No me sigas muy de cerca, ¿okey?

Asher no me honró con una respuesta verbal. En su lugar, me dirigió una sonrisa muy críptica antes de desaparecer en una nube de polvo. Vi a su murciélago alzar el vuelo, desapareciendo más allá del Búfalo no sé qué, y regresé al Honda.

Cass

Verdad
1. Propiedad que tiene una cosa de mantenerse siempre la misma sin mutación alguna.
2. Juicio o proposición que no se puede negar racionalmente.
3. Cualidad de veraz.

Todavía no había abierto el sol cuando sentí la mano de Henry zarandeándome por encima de las mantas. Algo frío y húmedo me recorrió la espina dorsal. Luchando por regular la respiración, asomé la cabeza.

—¿Ya es hora de cambiarse?

Sacudió la cabeza. Estábamos parados, y su piel parecía casi de plata en aquella penumbra.

—Perdona por despertarte y todo eso, pero me pareció que te gustaría ver esto.

Parpadeé, golpeada por aquella respuesta, tan lejana de todo lo que me esperaba.

—¿Eh? ¿El qué?

Henry debió pensar que me había despertado de verdad, porque soltó una risita mientras señalaba la ventanilla con el pulgar.

—Tú asómate.

Lo hice, y lo que había al otro lado superaba cualquier cosa que me hubiese poder imaginado. Mi primera reacción fue que acabábamos de sufrir una tormenta de nieve, puesto que todo cuanto nos rodeaba era tan y tan blanco, refulgiendo entre la oscuridad de la madrugada. Después recordé aquella vez, dos años antes de mudarnos a Estados Unidos, en la que mamá nos llevó a veranear a Galicia, cómo las dunas de la playa eran tan pálidas contra el océano azul turquesa.

Sonreí, acercando la cara a la ventanilla de modo que el vaho que salía de mi boca dibujó dos pulmoncitos contra el cristal. Los borré con la mano para seguir admirando todas aquellas montañas de arena blanca que nos rodeaban.

—¿Es…?

—El Monumento Nacional de las Arenas Blancas en Nuevo México —aclaró Henry, devolviéndome la sonrisa—. Probablemente gane más bajo la luz del sol. Podemos quedarnos aquí todo el tiempo que quieras.

Salí del coche, el aire gélido de la noche recibiéndome como una bofetada amistosa. La arena era tan ligera, metiéndose en mis deportivas y haciéndome cosquillas en los tobillos, y fría al tacto. No recordaba la última vez que había estado tirada en la arena de noche y desde luego que aquella era la primera vez que estaba en un desierto así. Mirase donde mirase, todo cuanto nos rodeaba era un páramo blanquísimo, como de cuento de hadas. Parecía imposible que estuviésemos en Nuevo México, donde casi siempre hacía un sol de justicia y en verano se podían freír huevos en las carreteras del calor. No sé por qué, siempre había asociado lo blanco con el frío, con la nieve y con el invierno; el Monumento Nacional de las Arenas Blancas me demostró que aquella palidez cegadora podía estar asociada también al verano.

Me quedé sentada en las dunas hasta que amaneció, escribiendo borradores para mi ensayo de admisión a Harvard (había pensado en escribir un anti *En el camino* de Kerouac sobre mis experiencias mudándome continuamente, siendo inmigrante, y la sensación de no pertenecer realmente a ningún sitio ni a ninguna persona). Henry, cuyo reloj interior era sublime, se metió en el coche a taparse bajo las mantas antes de que el primerísimo rayo de sol nos iluminase.

Henry que huía del sol y de la luz.

Henry, un signo de interrogación humano sin pasado, sin lazos.

Henry frío como la nieve y pálido como la leche.

Henry sin reflejo.

Mientras el cielo se extendía rosa pomelo sobre mí, tiñendo la arena de colores imposibles, pensé que alguien que amase tanto la naturaleza, que tuviese la deferencia de despertarme para ver este milagro y de preguntarme por mi hermano y por Nora, no podía ser un monstruo.

Y, sin embargo, el espacio vacío en el que debía estar su cuerpo en el espejo de la tienda de segunda mano de Bisbee, no me dejaba de acompañar.

Henry

Lunes 1 de marzo, 1944

Romus estaba sentado en el porche delantero, calentándose las manos
con una taza humeante de café, sus ojos cristalinos. Cuando había
entrado en nuestra habitación, la noche anterior, se había quedado
mucho tiempo mirando su estantería, pasando los dedos por sus libros de aventuras y su balón de fútbol, como si quisiese comprobar
que no habían cambiado al tacto. Me había dado la sensación de
que había crecido, de que era mucho más alto de lo que recordaba.
Ahora, sentado en aquel porche, volcando los ojos a la carretera pero
sin fijarlos en nada en concreto, parecía que podía sostener todo el
tiempo del mundo en aquel café. Podía hacer que la bebida le durase
horas y, como si de un dios o de un profeta se tratase, su taza jamás
se enfriaría.

—Lo llamamos el café de Roosevelt –le expliqué, sentándome a su
lado.

Dio un respingo al oír mi voz. Ambos fingimos no darnos cuenta.

—¿Ah, sí? ¿Y eso por qué?

—Bueno, es el tipo que vive en la Casa Blanca, ya sabes.

Puso los ojos en blanco, una risita seca y muy, muy cansada.

—¿Y qué tiene de especial? Sabía que las cosas nos iban mal, pero no tanto como para que el presidente tuviese que pluriemplearse.

—Solo es un apodo. —Señalé su taza con el índice—. Es por el racionamiento, ¿sabes? Con lo que nos dan no llega ni para una taza al día por persona, así que tenemos que reutilizar los posos. El récord lo lleva papá con cinco veces. —Romus ladeó la cabeza—. A veces hay que mezclarlo con achicoria, también, para potenciar el sabor.

Romus revolvió su café Roosevelt antes de darle un trago.

—Pues a mí me parece exquisito.

—Quien no conoce a Dios a cualquier santo le reza, ¿eh? —Reí, dándole un codazo—. Y Charlie... bueno, al viejo de Charlie le encanta el café muy dulce, ya sabes, pero el azúcar también lo racionan... así que siempre se come un caramelo cuando bebe café.

Romus frunció el cejo, haciendo bailar las pecas que las quemaduras del sol habían hecho crecer en sus mejillas.

—¿Y de dónde saca los caramelos si al azúcar lo racionan?

Me encogí de hombros.

—Supongo que un buen mago nunca revela sus secretos.

Y mi hermano, a quien por lo general era difícil hacer callar, no encontró una contestación apropiada a eso último. Se quedó callado, sus ojos de nuevo fijos en la nada, como si pudiese ver algo más allá de las casas de los vecinos, más allá del cielo y de las palmeras.

Me daba miedo interpretar ese silencio y llenarlo con cosas.

—Mamá dice que Leo Sims te ha llamado para ir al cine.

Leo Sims era un chico de su curso y de los pocos que había ido a la universidad en lugar de al frente. No por decisión propia, de todos modos; de pequeño había tenido meningitis y desde entonces estaba sordo de un oído.

—Sí, le dije que tengo malaria y que no me apetece mucho ir a ninguna parte.

—Vamos, pero si te encanta el cine. Además, seguro que no tienes ni que pagar. Todos saben que eres un héroe.

Romus chasqueó la lengua.

—No soy un héroe, solo un tipo haciendo su trabajo. —Suspiró—. Además, ahora solo sacan películas de guerra y no me apetece mucho ver nada por el estilo. La guerra no es así de verdad, de todos modos.

Estudié las puntas gastadas de mis zapatos tipo Oxford. El hilillo que colgaba de los bajos de mi pantalón. La hierba pálida bajo mis pies. El fantasma de una pregunta me quemaba la garganta.

—¿Y cómo es?

Romus se mordió el labio inferior, su reflejo temblando en el café.

—Me fui al frente con ocho amigos y he vuelto solo. Así es. —Apretó los párpados, todas las arrugas del mundo disponiéndose sobre su piel—. Hermano, un campo de batalla es horrible, no hay otra manera de describirlo. Y la selva es tan densa... no puedes ver nada, solo oír. Y... y el enemigo se te tiraba encima y tenías que luchar cuerpo a cuerpo, ¿sabes lo que es eso? No tenía que ser así. No se suponía que iba a ser así. No se suponía que íbamos a luchar con cuchillos y bayonetas. —Chasqueó la lengua de nuevo—. Amigo, es horrible de verdad. —Forzó una sonrisa, zarandeando su taza por encima de su cabeza—. Pero al menos nos queda el café, ¿eh?

Asentí.

—La razón por la que me levanto cada mañana.

—Si la isla alejada de la mano de Dios a la que me manden después es tan terrible como Choiseul al menos tendré el recuerdo del café de Roosevelt para motivarme. ¿Quién necesita una novia...

—O un coche.

—¿... o un coche, si tiene el recuerdo del fantástico café de Roosevelt grabado en la memoria? —Tomó aire, y le dio otro pausado sorbo *a su bebida–. Me alegro de que Eddie esté en Europa; el cielo parece más amable que la jungla. –Una arruga más, entre sus cejas–. No sé, hermano, tengo un mal presentimiento sobre esta guerra.*

Y estaba tan serio al decir eso. Tan serio y su mirada tan pesada que solo pude fingir que bromeaba.

–No digas tonterías, si estamos ganando.

–No sé, me da mala espina. Me da la sensación de que va a pasarnos algo terrible. –Movió la cabeza con mucha pena–. Me muero de preocupación por Eddie. Todavía no le han dado.

No me gustó cómo sonó ese "todavía".

–Eso es bueno.

–Es mala suerte.

–No seas idiota.

–No sé, Henry, tengo esta angustia tan horrible...

Solo que yo no quería oír ni una palabra del asunto. No con Eddie y con él en las Fuerzas Armadas. Lo único que quería escuchar, si acaso, es que todo iría bien, que claro que estábamos ganando la guerra, que las cosas volverían a la normalidad pronto y que Charlie, Birdy y yo nos iríamos a Nueva York sin preocupaciones.

–Estás cansado. Y tienes malaria. Nada más.

Romus estiró los labios.

–Nada más. –Me miró fijamente, sus ojos grandes y febriles–. No te enlistes, ¿eh?

–No –le dije.

Porque ¿cómo no iba a hacerlo? Le habría prometido cualquier cosa en aquel momento, en aquel lugar.

–Uno de los dos va a tener que conseguir que el instituto gane la copa de fútbol, ¿no? –agregué, una sonrisa húmeda deslizándose por mis labios.

Dios, fue el primero de dos inviernos crudísimos.

Cass

<u>Existencia</u>
1. Acto de existir.
2. Vida del hombre.
3. Por oposición a esencia, realidad concreta de un ente cualquiera.

El silencio dentro del coche, cuando arranqué por la mañana, me aturdió. Era un silencio que permanecía incluso cuando puse el casete de *La historia secreta* de Donna Tartt. Sabrás a lo que me refiero si alguna vez te has sentido solo de verdad, o como si tu vida no tuviese ningún sentido; una capa de silencio siempre te acompaña, empapándote hasta calarte los huesos.

Estaba perdiendo la cabeza.

¿Qué diferencia había entre no ver el reflejo de un chico en un espejo y no ver mi propio valor en el mío? Todos decían que, si hablaba de mí misma, era una "narradora poco confiable", que mi tendencia a tratar de mantenerlo todo bajo control era un arma de doble filo.

~~¿Por qué no podía confiar en Henry? ¿Por qué tenía que ver siempre lo peor en los demás?~~

Me metí una goma de mascar en la boca con la esperanza de que el azúcar me espabilase, o de que el acto de masticar me mantuviese ocupada, pero no ocurrió ninguna de las dos cosas.

Pensé en subir el volumen del reproductor, pero no quería molestar a Henry. Ahí estaba, sin saber muy bien si despertaba miedo o ternura en mí, si confiaba en él o no, y mi mayor preocupación era que el audiolibro no le interrumpiera el sueño.

~~Estaba.~~

~~Perdiendo.~~

~~La.~~

~~Cabeza.~~

—¿Alguna vez te ha dado la sensación de que todo el mundo se mueve a una velocidad distinta a la tuya? —me había preguntado Nora.

Éramos las dos únicas personas que quedaban en la sala de periodismo del instituto. Se trataba de esa hora mágica, cuando ya no queda casi nadie en el edificio y el sol empieza a esconderse en el horizonte; el cielo, de un púrpura profundo, contrastaba maravillosamente con las hojas naranjas que todavía no se habían arrodillado ante el invierno.

Era como si Nora y yo fuésemos las dos últimas personas sobre la faz de la Tierra.

—¿Qué quieres decir? —le pregunté, a pesar de que la había comprendido perfectamente.

Nora subió los pies al pupitre en el que estaba sentada y se abrazó a sus rodillas.

—Como si te movieses más lento —explicó—. O como si estuvieran en mundos distintos. En plan, como si fueses la audiencia en una sitcom *y ellos fueran los actores.*

Me aparté un mechón de la cara. Entonces siempre me estaba escondiendo detrás de la melena, que mantenía lo más larga posible.

—Ah, ya. Todo el tiempo. —Sonreí—. Creo que no se me dan muy bien las personas.

Nora se encogió de hombros. Su piel parecía tan morena y luminosa bajo aquella luz, como miel.

—Se te da bien hablar conmigo.

Me tapé la cara con las manos.

—Sí, supongo que te entiendo. O las dos somos un par de bichos raros.

—No lo descarto. Creo que por eso corro.

Arqueé una ceja.

—¿Porque eres un bicho raro? No quería hablar mal del atletismo delante de ti, pero ya que lo mencionas...

Nora se estiró sobre mí para revolverme el pelo y hacerme callar.

—Sí. No. No sé, es como... cuando corres no tienes que pensar en nada. Normalmente... bueno, en el instituto o en casa es como si hubiese muchísimo ruido, ¿no? Como si no pudiese ni oírme pensar, pero cuando corro tengo todo este tiempo... todo este espacio en blanco. —Suspiró, recostándose de nuevo sobre el pupitre—. Odio que mis padres quieran que deje el atletismo. Es como que no te ven como a una persona cuando estás enferma, como si todo en tu vida lo pudiesen explicar debido a tu enfermedad, ¿entiendes? —Se apartó el pelo de la cara también; sus manos siempre temblaban—. No corro porque quiera estar más delgada. Corro porque es lo que me hace ser yo misma.

Asentí. Ante la falta de respuesta verbal, Nora hizo una pelotita con una hoja de cuaderno y me la tiró a la cara.

—¿Y tú por qué escribes?

—No lo sé. Me gustan las historias.

—¿Qué tipo de historias?

Me mordí el labio inferior. Nora tenía la particularidad de encontrar los secretos de los demás y de ser capaz de hablar de ellos con un interés genuino, como si toda su vida hubiese estado esperando para ese preciso momento.

—Historias reales.

—¿Entonces no lees mucha ficción?

Ladeé la cabeza. Leía ficción cuando me metía en la cama con Lucas y le dejaba mis libros favoritos de Escalofríos, *y leía ficción para mi clase de literatura, y cuando mamá se dejaba sus libros de Jodi Picoult tirados en el salón y yo quería encontrar un tema de conversación común.*

—No, no mucha.

—¿Entonces qué te interesa?

—La verdad.

Las palabras salieron seguras de mis labios, punzantes y venenosas. Nora rio, dándome un pellizco en la muñeca.

—Para una persona que ama tanto la verdad, has acabado con una enfermedad que te empuja a mentir y a manipular a los demás.

Dijo eso sin un ápice de maldad o de sorna. Simplemente expuso La Verdad como si se tratase de un experimento científico.

—¿Qué quieres que te diga, Nor? Contengo multitudes.

El Honda Prelude tenía un mechero. Fue algo en lo que me fijé. De modo que paré en La Luz (el primer pueblo que vi, y era diminuto y soleado, rodeado por las montañas Sacramento), tomé uno de los cigarrillos de Henry y, aunque no fumaba, lo encendí y me lo llevé a los labios. Solo para hacer algo. Solo para pensar en otra cosa. Solo para llenar mi cuerpo de algo que no fuera odio.

Me habría gustado llamar a Lucas o a Nora, pero era demasiado tarde y Lucas estaría en el colegio, y todavía me aterraba no encontrar una sola buena palabra que dirigirle a Nor.

Y no le había mentido, aquella vez. Amaba la verdad más que a nada. Por eso quería ser periodista. Porque la verdad puede dolerte, quemarte la piel como un metal en llamas, pero también te libera; no hay dudas ni pensamientos obsesivos, solo la realidad.

Supongo que estaba pensando en todo eso, y en cómo podía sentir que estaba perdiendo el juicio, cuando abrí la guantera y saqué el fajo de fotografías que habían caído al suelo el otro día y que yo había guardado sin mirarlas. Quería demostrarme a mí misma que Henry solo era un chico normal (extravagante y a todas luces un espíritu libre, pero normal), que estaba enredándolo yo todo, como siempre.

Al tomar las fotografías reparé también en un librito de piel púrpura, del tamaño de un folio.

The Duffle Bag - Anuario del instituto público de Corpus Christi
Promoción de 1946/1947

Fruncí el ceño. Aunque el pan de oro se había desgastado con los años, las letras eran perfectamente legibles. En la primera página, ya amarillenta, habían escrito:

El poeta es un loco perdido en la aventura
- Birdy

¿Birdy? Birdy, el mejor amigo de Henry. Birdy, con quien no hablaba desde hacía años. Birdy, que estaba enfermo.

Pasé las páginas con un desenfreno absoluto hasta llegar a los retratos de los estudiantes. El anuario debía haber pertenecido a una persona con muchos amigos, puesto que había firmas y dedicatorias debajo de la mayoría de aquellas caras en blanco y negro (¿adónde habrían ido a parar todas aquellas personas?).

Contuve la respiración al llegar a las instantáneas de primero de bachillerato. Allí, bajo la letra B, había un nombre y un rostro que reconocí de inmediato:

Henry James Buckley
Defensa del equipo de fútbol
Clubs: "ejerzo mi derecho a no pertenecer a ningún club"
Ambiciones: "jugar para los Lions de Columbia"
Frase personal: "Preguntarle a Birdy"

Un reguero de sudor frío me bajó por la espalda. Podría haberse tratado de su abuelo, pero en ese caso ambos debían ser idénticos. Lo único que diferenciaba al chico de la fotografía del chico que tenía durmiendo en la parte de atrás del coche era el pelo, algo más corto entonces, y la ausencia de piercings. Todo lo demás era idéntico, desde los hoyuelos en las mejillas hasta la pequeña separación entre la paleta y su incisivo.

Sin dejar de temblar, seguí pasando las páginas. No mucho más lejos, bajo la letra L, habían oscurecido uno de los retratos con un cigarrillo. Su nombre también me resultó familiar.

Charles René Leonard
Oboe de la banda
Clubs: club de latín, periódico escolar
Ambiciones: "ser presidente"
Frase personal: "Preguntenle a Birdy"

Su firma, sencilla y sin florituras, estaba medio emborronada por la quemadura también. La dedicatoria, sin embargo, permanecía intacta:

Bueno, galán, un año menos para dejar este infierno, ¿no?

Este verano va a ser El Verano. Ninguno de los dos va a volver a las clases en septiembre sin un bronceado y sin tener al menos una buena historia con una buena chica (o una mala chica).

Tu amigo,
Charlie

Miré atrás por encima de mi hombro. Henry seguía dormido, sin moverse ni hacer ningún ruido.

La puerta estaba entreabierta y tenía las llaves en la mano, si me hacían falta. Las apreté hasta hacerme daño en la carne, hojeando el anuario hasta encontrar una dedicatoria tan larga que cubría las fotografías de otros alumnos también. Estaba bajo el retrato de Francis St. James:

Francis St. James
Quarterback del equipo de fútbol y saxofón de la banda
Clubs: club de boxeo
Ambiciones: "que dejen de machacarme la cabeza"
Frase personal: "oh [censurado], díganles a Henry y a Charlie que se vayan a la santísima [censurado]"

Bueno, Henry, he leído lo que te ha escrito Charlie y lamento comunicarte que es un idiota. Es mi amigo y todo eso, pero el hijo de puta solo sabe pensar en sexo.

Si te vas con él a tomar el sol y a buscar a unas chicas me vas a hundir en la más absoluta desolación. Solo bromeo, solo bromeo, pero de verdad que no sé qué ve Charlie tan maravilloso en todo el proceso de ir a buscar a una chica a su casa, esperar a que se acicale, llevarla al cine o a algún otro sitio completamente normal, devolverla a casa e inventarte no sé qué disparates de que le ha visto una teta o yo qué sé que inventos que sabes perfectamente que no han pasado.

Bah, ya estoy yéndome por las ramas y lo siento de verdad por todos estos desgraciados a los que les estoy fastidiando las fotografías. Solo quería decirte que sé que el año pasado fue una mierda y que este año fue algo mejor y te juro que el siguiente será mejor aún. Ya ni siquiera me importa mucho que vayamos a Nueva York o no, con tal de irnos de aquí. Podemos quedarnos en Texas si quieres. Podemos vivir en la misma calle y tú puedes jugar al fútbol y yo trabajar en mi música y no volverán a pasar cosas malas. Estoy dispuesto a pelearme con cualquiera allá arriba si es necesario.

Te quiere,
Birdy

Birdy. Su retrato en 1946 era el de un muchacho con la cara moteada de cicatrices, ojos rasgados y muy claros, y el pelo más largo y lacio que el de la mayoría. Hice la cuenta. Si tenía diecisiete años entonces, ahora debía rondar los setenta.

Sin embargo, el chico durmiendo en el asiento trasero tenía dieciocho. ¿Cuántas veces había celebrado su decimoctavo cumpleaños?

Pasé las fotografías compulsivamente, como si de tarjetas se trataran.

Romus, Oceanside, 1943. Un chico alto y rudo mirando a la cámara, el casco de su uniforme ladeado. Los rasgos de su cara eran los de Henry, pero algo más afilados, su pelo algo más oscuro.

Eddie, campo de vuelo War Eagle, 1944. Un chico sonriendo delante de su avión, los ojos y los hoyuelos de Henry en una cara redonda y bonachona de tez muy morena.

Esta era su familia.

Y muchísimas fotos de Henry, Birdy y el que me supuse que sería Charlie, puesto que su rostro había sido oscurecido nuevamente por las quemaduras de los cigarrillos. Fotos en el campo de fútbol y en la playa, fotos delante de un árbol de Navidad y fotos en lo que parecía ser una pista de baile. Tiras de fotomatón, también. 1943, 1944, 1945… podía ver crecer a Henry en aquellas instantáneas, volviéndose más alto, sus rasgos afinándose hasta ser idénticos a aquellos a los que me había acostumbrado. No había más fotos después de 1947.

Era imposible.

¿Qué criatura no crece ni envejece, repele el sol, es tan fría al tacto y se alimenta únicamente de sangre?

Estaba volviéndome loca. Finalmente había perdido la cabeza por completo.

Salí del coche sin soltar los documentos que agarraba en el puño y, con sumo cuidado, abrí la puerta trasera.

Debía haberme desmayado. No había comido lo suficiente durante el viaje y se me había olvidado tomar el hierro en más de una ocasión, de modo que debía haberme desmayado mientras conducía o antes aún, entre las dunas blancas del Monumento Nacional. A lo mejor estaba muerta o muriéndome o simplemente alucinando.

Con sumo cuidado, también, levanté un extremo de las mantas que cubrían a Henry, de modo que su mano derecha quedó expuesta al sol de justicia de La Luz. Se quemó. Se quemó como si acercase un papel a una hoguera y de pronto fue como si todo el oxígeno del mundo se consumiera, porque abrí la boca para gritar sin que saliera ningún sonido de esta.

Eché a correr. Corrí, corrí, corrí, con el corazón bombeando con tanta violencia contra mi pecho, mis oídos pitando de modo que no pude escuchar nada más.

SEGUNDA CONVERSACIÓN DE TELÉFONO:
MARTES 9 DE NOVIEMBRE, 1999

—¿Ryan?

Apoyé la cabeza contra el cristal de la cabina telefónica. Todavía era de día. Estaría a salvo mientras fuese de día.

Dios, ¿me estaba escuchando pensar? Todas las piezas del *puzzle* de mi mente estaban rotas.

Ryan suspiró al otro lado de la línea.

—*Sí, ¿qué pasa? Me has sacado de una clase de Economía. He tenido que decirle al viejo de Pitts que me estaba llamando mi abuela y que era una emergencia. Cassie, mis dos abuelas están m...*

Me llevé el puño a los labios para acallar un sollozo.

—¿Puedes venir a buscarme?

Un silencio muy ligero, muy suave.

Noté como se me enrojecían las mejillas, ardiendo con la fuerza de todos los soles del mundo.

No podía cuidar de mí misma.

Prácticamente podía notar como estaba perdiendo la cabeza.

—*Sí*—dijo Ryan, su tono también más ligero y suave—. *Sí, claro que sí, ¿dónde estás?*

Me aparté el pelo de la cara.

—En La Luz, en Nuevo México.

Se humedeció los labios. Pude escuchar el chasquido de su lengua al hacerlo.

—*Okey. ¿Dónde está eso? O sea, ¿cuál es la última ciudad grande que han pasado?*

—Está a la salida del Monumento Nacional de Arenas Blancas.

—*Okey, okey* —bufó—. *No voy a parar en cada mísero punto*

del mapa, pero me va a llevar al menos doce horas llegar hasta ahí.
¿Estás a salvo?

—Ryan, no puedes conducir doce horas seguidas.

—*Oh, ya lo creo que sí. ¿Estás a salvo?*

Fue una pregunta de dientes apretados e incógnitas que no se atrevía a decir en voz alta.

Tragué saliva, asintiendo con la cabeza, a pesar de que él no podía verme.

—S-sí. Estoy detrás de la oficina de información.

—*Muy bien. Escucha, pide una habitación de hotel...*

—No tengo dinero —dije, mis pómulos violentamente rojos, la nariz y los ojos picándome tanto—. Me dejé la bolsa en el coche. Solo tengo el monedero y, como, diez dólares.

Ryan tomo aire. Lo soltó.

—*Okey. Mira, voy a la biblioteca a buscar información de hoteles en La Luz, ¿de acuerdo? Tengo la tarjeta de crédito conmigo, así que te pido una habitación y te mando el nombre al localizador. ¿Tienes el localizador contigo?*

—S-sí.

—*Muy bien, lo hago rápido y salgo ya.* —Forzó una risita—. *Supongo que tendré que decirle a Pitts que mi abuela ha muerto otra vez. Y a mis padres que voy a ver una universidad o sabe Dios qué. No creo que me echen mucho en falta, de todos modos. Oye, ¿Cass?*

—Siento mucho tener que ped...

—*Eso me importa una mierda* —suspiró de nuevo, su respiración cansada y mucho más mayor que sus dieciocho años—. *Cass, ¿vas a contarme lo que ha pasado?*

—Vas a pensar que estoy loca —siseé, un hilillo de voz.

Oí cómo Ryan tamborileaba los dedos contra alguna superficie sólida.

—*Okey. Okey, no te preocupes. Estás a salvo, ¿no?*

—Sí, estoy bien.

—*Eso es lo importante. ¿Henry?*

—En el coche.

—*… ¿Te ha hecho daño?*

Apreté los párpados para contener unas lágrimas que salieron a pesar de todos mis esfuerzos.

—No. Solo… solo quiero ir a casa, ¿está bien?

Otro silencio tan largo, tan profundo. Luego, Ryan agregó:

—*Está bien, no tienes que hablar de ello si no quieres. Te paso el nombre del hotel enseguida y ya salgo, ¿de acuerdo?*

—Gracias.

—*Pff, no hay que darlas. Solo… intenta mantenerte a salvo mientras llego, ¿sí?*

Cass

Santuario

1. Templo en el que se venera la imagen o reliquia de un santo de especial devoción.
2. Parte anterior del tabernáculo, separada por un velo del sanctasanctórum.

Estaría a salvo mientras fuese de día, pero la luz no iba a durar para siempre, mucho menos en invierno. Guiada por el folleto informativo que había tomado de la oficina de turismo (diminuta y regentada por una sorprendida anciana de gafas gigantescas, puesto que La Luz era una localidad de algo más de mil habitantes y no solían ver muchos turistas), me dirigí a la iglesia católica de Nuestra Señora de La Luz.

Había leído los suficientes libros, visto las suficientes películas. A los vampiros (la palabra se me atragantaba, con garras) los dañaban tanto los objetos religiosos como el sol.

Nuestra Señora de La Luz era una iglesia pequeña para un pueblo pequeño. No había nadie cuando entré, mis pasos tan sonoros contra el linóleo, de modo que las miradas de los ojos ciegos de las vírgenes cayeron como losas sobre mí.

Me arrodillé frente a la cruz porque era algo que había visto hacer muchas veces en España y no quería parecer irrespetuosa, aunque no hubiese nadie para verme y estuviese a punto de robarles.

¿Se puede robar el agua bendita, de todos modos? ¿O es algo que está ahí para beneficio de todos? No me detuve a pensarlo mucho. Me saqué el botellín de Pepsi que había comprado en un kiosco (y que vacié de un sorbo sin que el azúcar y la cafeína tuviesen un efecto notable en mi aturdimiento) y la llené todo lo que pude.

Cuando estuve satisfecha, me senté en un banco del fondo a esperar a que me llegase el mensaje de Ryan al busca, los ojos vigilantes de todos los santos del mundo sobre mí.

Nuestra Señora de La Luz
Misas diarias
Sábado 17:00
Domingos 10:30
Lunes a Viernes 8:30
Párroco: Carlos Espinoza
La Luz, Nuevo México

Todavía tenía tiempo. Si ningún feligrés entraba, estaría sola y esperando cuanto quisiera. Tratando de cambiar la postura lo menos posible, para no hacer ruido, me saqué del amplio bolsillo trasero todas aquellas fotografías que todavía tenía en la mano cuando salí corriendo del coche.

Una foto de Henry y Birdy con los uniformes del equipo de fútbol cubiertos de tierra, las sonrisas más gigantescas y luminosas en sus rostros.

Un Henry muy joven entre dos muchachos de uniforme (¿Sus hermanos?). La parte de atrás leía "Romus, Henry y Eddie; Corpus Christi, primavera de 1943".

Lo siguiente que llegó a mis manos fue una carta muy fina en un sobre ribeteado de rojo. Debía haber sido leída muchas veces, a juzgar por la cruz que el constante doblar y desdoblar había formado en el papel, emborronando las letras que pasaban por él.

Domingo 24 de febrero, 1945
Iwo Jima

Mamá y todos los demás,

Estamos descansando un poco, y parece casi una broma obscena que en este pedacito de tierra estén las cosas tan tranquilas, dentro de lo que cabe, cuando el resto de la isla es una carnicería, como apuesto que ya han leído en los periódicos. Las cosas no son tan terribles, de verdad. Ahora estamos descansando y lo único que me preocupa es el frío que hace.

La isla en la que estamos es volcánica, lo cual tiene sus desventajas (huele francamente mal, un hedor que no cubren ni los otros olores horribles de un campo de batalla). Sus pequeñas ventajas, también. Los muchachos y yo calentamos el café en los pozos de azufre. ¡Café caliente en el frente! Henry, está casi tan bien como el café de Roosevelt.

No sé muy bien qué escribir y probablemente debería dormir un poco, pero no sé cuándo volveré a tener tiempo de tomar papel y lápiz. ¿Cómo están las cosas en casa? A estas alturas del año, ya deben estar comiendo naranjas sanguinas, ¿no? Tómense una en mi honor.

¿Y Eddie? Hace mucho que no me hablan de él. ¿Y el pequeño Eddie Jr.? Ya debe estar gigantón.

Ayer tuvimos misa. ¿Se lo pueden imaginar? Estábamos todos sucios, sanguinolentos y harapientos, arrodillándonos ante el altar más rudimentario del mundo. Se han traído a un cura católico aquí y, por lo que he visto, a un rabino también.

Esto es una pesadilla. No sé qué escribir. Pero no creo que nada pueda compararse jamás al primer día. Espero.

No se preocupen mucho por mí. Estoy con buenos chicos. El otro día un compañero me dijo una frase muy bonita que leyó en el periódico: "Cuando vuelvan a casa, díganles a los demás que por su mañana nosotros dimos nuestro hoy".

Me estoy quedando sin espacio. Escribiré más más adelante, lo prometo.

Manténganme al tanto de todas las noticias que tengan de Eddie, por favor.

Saludos y besos,
Romus

Y tras la carta encontré una tira de fotomatón que databa de septiembre de 1947. Henry y Birdy, el brazo derecho de Birdy rodeando los hombros de Henry. Y Henry mirándolo, solo mirándolo, de una manera que me recordó mucho a Nora y a mí, después de todo.

El localizador pitó en el bolsillo interior de mi cazadora.

SUPER 8. NORTH WHITE SANDS BOULEVARD.

Me guardé el aparato de nuevo tras leer el mensaje de Ryan, estudiando los rostros de mármol de todos aquellos santos que me miraban.

De los dos, ¿quién era realmente el mayor monstruo?

Henry

Siempre recordaría esa noche: Charlie y yo sentados en el suelo del club, el rugido de las olas tan claro que parecía que el agua podría hacernos cosquillas en los tobillos. Birdy llegó tarde, porque Birdy nunca llegaba a la hora precisa a los sitios; o bien te lo encontrabas ya esperando, como si toda su vida hasta entonces se hubiese resumido en aquella eterna paciencia, o no aparecía hasta pasadas horas, una sonrisa en la cara y una buena historia bajo el brazo.

Aquella noche entró con todo el frío del universo clavado en los pómulos y en la punta de su nariz aguileña. Lo recuerdo muy bien, como si lo viese ahora. Y no llevaba una historia bajo el brazo, sino una bolsa de papel que depositó ceremonialmente en el suelo, entre los pies de Charlie y los míos.

Yo llevaba unos calcetines de rombos verdes, muy vistosos, que en su día habían pertenecido a Eddie. No sé por qué, de pronto me dio una vergüenza terrible estar allí mismo, descalzo, mientras Birdy sacaba una botella de Bourbon de la bolsa.

—Se suele brindar con champán —comentó Charlie, reprimiendo una de sus risas explosivas.

—Oh, vete al diablo, estirado de mierda —dijo Birdy, desenroscando el tapón—. Es lo que le he podido obtener del imbécil de mi padrastro.

Teníamos dieciséis años. Éramos muy jóvenes y era muy tarde, excepto porque en 1945 tu adolescencia flaqueaba bajo el peso de incontables traumas de segunda mano. Todo el país llevaba ahogando el duelo con fiestas desde agosto, de todos modos.

—Sé que este año ha sido una maldita mierda —me dijo Birdy, mirándome fijamente, y sus ojos pálidos se volvían dorados al reflejar el alcohol—, pero el siguiente será mejor.

Sus dedos apenas rozaron los míos al tenderme la botella. Di un trago largo, olvidando el poderoso resquemor en mi garganta y que mi hermano llevaba nueve meses muerto, eligiendo creer sus palabras una y otra vez, como si Birdy tuviese las manos de Midas y pudiese transformarlo todo en oro, incluso un año pintado de luto.

Vi cómo le daba un trago después, sus labios en la boquilla en la que mis labios habían estado, una gota caoba que no se secó deslizándose hasta desaparecer bajo el cuello de su jersey.

Lo recuerdo todo, porque muchos días recordar es lo único que me queda.

Y recuerdo esa tarde de marzo, tan fría que parecía ser una bienvenida al momento que lo rompió todo sin un corte limpio.

Al coche negro.

Al telegrama.

Al grito.

Y todos los recuerdos de ese día se entremezclaban como acuarelas de distinto color:

Charlie abrazándome y diciéndome que todo iría bien. Birdy llegando tarde, comprendiéndolo todo con una sola mirada, sin necesidad *de traducción. Sus palabras como una caricia o un jersey calentito en lo más crudo del invierno.*

—*Siempre fue tan comprensivo y considerado conmigo.*

Y también:

—*Vas a sobrevivir a esto, te lo juro.*

Martes 9 de noviembre, 1999

Tuve que esperar a que anocheciera para salir de debajo de las mantas, el dolor de la mano subiéndome como una flecha helada hasta la cabeza.

La carta de poder sufrir sin llegar a morir era una de las peores en una baraja que nunca había deseado tener.

Me eché la crema que Quincey me había dado cuando dejé la casa y me mudé solo a California, buscando "sacarme las castañas del fuego yo solito" y, aunque esto no se lo comenté, estar más cerca de las pocas personas que me recordaban cómo había sido estar vivo una vez. Solo había tenido que usarla un par de veces, todas por descuidos. Ninguna de aquellas quemaduras había sido tan grave como esta, tampoco, y la aplicación de la crema fría no me ayudó mucho. No tenía ganas de seguir viendo aquella carne, como una pulpa roja, como un faro sobre todos mis errores, de modo que me vendé la mano y salí del coche al aire fresco de la tardecita.

Había metido la pata. Otra vez.

Y estaba en una ciudad desconocida y no sabía qué hacer. No iba a arrancar dejando a una niña de diecisiete años por ahí, asustada y confundida, sin dinero y sin un teléfono. Y no acababa de atreverme a visitar a Birdy y no tenía ni idea de qué iba a hacer con

Charlie y, en aquel momento preciso, hubiese preferido arrancarme la pierna de cuajo antes que verle la cara de nuevo a Quincey.

Dios, ¿cómo podía haberme pasado tantos años en el mundo y no haber aprendido nada en absoluto?

Viernes 3 de marzo, 1944

El humo del cigarrillo de Romus, en el segundo piso de la catedral, era plateado y perfecto. Por supuesto, no estaba técnicamente permitido fumar dentro de la iglesia, pero ¿quién iba a reprochárselo? Si salía de los labios de Romus, el humo del cigarrillo parecía tan santo como el del incensario.

Era una tarde como cualquier otra, esperando por una carta de Eddie y por el fin del permiso de Romus. Ruth se había pateado todas las tiendas de dulces de Corpus Christi hasta encontrar una barrita de chocolate Hershey, a las que prácticamente no se les veía el pelo desde que había empezado el conflicto armado. Al dividirla entre los cinco (Charlie, Birdy, Romus, Ruth y yo mismo) apenas nos tocaba media onza a cada uno. Cómo devorar esa media onza se había convertido en una decisión muy personal. Charlie la había apurado enseguida, como con un ansia insaciable; Romus, por su parte, intercalaba una calada del cigarrillo con un mordisquito de ratón; Birdy había utilizado su cortaplumas para partir su pedazo en dos mitades, de las cuales solo se comió una, y tanto Ruth como yo habíamos optado por dejar que nuestra ración se nos deshiciese en la boca como la miel.

Era algo muy raro y muy serio, tener un auténtico chocolate Hershey en nuestra posesión.

—¿Así que Nueva York? —preguntó Romus, mientras apoyaba la cabeza en los muslos de Ruth.

Estábamos todos tirados en el suelo, observando aquellos rosetones sagrados.

—Ese es el plan —dijo Charlie, a lo que Birdy añadió:

—Nos irás a visitar, supongo.

Romus arrugó la nariz.

—No estoy muy seguro de que Nueva York sea mi estilo. Debe hacer un frío de mil demonios en invierno.

—Algo me dice que en Nueva York venden abrigos —dijo Charlie—. Y hay estufas y chimeneas en las casas y todo lo demás.

—Ah, ¿pero qué me dices del sol? No creo que pueda vivir sin el sol. Si me preguntan, deberían irse a California y no a Nueva York.

—Nueva York es donde está el meollo —precisó Birdy, sin aclarar en ningún momento a qué se refería con "el meollo".

—Pero en California está la diversión.

—¿Eso es lo que vas a hacer, entonces? —lo interrumpió Charlie—. Cuando acabe la guerra.

Y Romus parpadeó, apoyando el cigarrillo en la tapa del bote de mermelada vacío que utilizaba como cenicero.

La pregunta parecía haberlo abofeteado, como si no pudiese concebir un día en el que la guerra no estuviese llamando a su puerta. Bajó las cejas, después, concentrando todas sus energías en encontrar una respuesta a aquella pregunta.

—No sé. Si pudiese elegir... si pudiese elegir no creo que dejase Texas. A lo mejor... a lo mejor me marcharía al sur, a las orillas del Río Grande, a cultivar naranjas y criar caballos.

—¿Y después qué? —insistió Charlie, los ojos enormes y brillantes, casi esperando el comienzo de una historia apasionante.

Pero a Romus no le quedaban muchas historias, al parecer. Solo le dio una calada más al cigarrillo, sus ojos fijos en sus manos y en el suelo.

—No sé. ¿Qué vas a hacer tú cuando estés por fin en Nueva York?

Charlie se encogió de hombros.

—Ganarme la vida, supongo. No tengo ganas de desperdiciar cuatro años enteros en la universidad.

Birdy, que cruzó los tobillos, emitió un ruidito seco por la nariz.

—Eres un ignorante, Charlie Leonard. —Con las mismas, le dio un toquecito a Romus en el hombro—. Hablando de eso, he oído que van a dar becas de estudios a los veteranos de guerra.

Las noticias no asombraron mucho a Romus.

—¿Y qué? Ni siquiera me gradué. ¿Qué universidad iba a quererme?

Y Ruth, con la mano tan cerca de su pelo, chasqueó la lengua.

—Estoy segura de que el director Black te podrá ayudar con eso. Solo te quedaba medio curso...

—Sí, y la mitad que terminé no va a pasar a los anales de la historia, te lo aseguro.

—Puedes hacer cualquier cosa que te propongas —siseó Ruth, la voz firme, sin fisuras.

—Podrías jugar al fútbol en la universidad —le recordé—. Los Longhorns matarían por un defensa como tú.

El fantasma de una sonrisa se deslizó por los labios de mi hermano.

—Eso estaría bien —susurró—. Eso estaría pero que muy bien. Echo de menos el fútbol, ¿sabes? ¡Pero, bah! Es lo único que sé hacer, ¿no? El fútbol y la guerra. Así que será eso o quedarme en el Cuerpo.

—No pueden hacer muchas más guerras después de esta —apostilló Charlie—. Podrías ser instructor en California. Allá también podrás tener tus caballos y tus naranjas.

Romus asintió sin prometer nada. Era 1944 y la mayor alegría de nuestras vidas era una tableta de chocolate con leche. Cualquier plan estaba escrito en la arena, por mucho que los santos nos estuviesen escuchando.

De no haber sido imposible, habría jurado que tenía fiebre. No te puede subir la temperatura cuando estás muerto. Ocurre lo mismo con muchas otras funciones corporales, que imitas por costumbre o por terquedad. Pero sí sentía como si tuviese fiebre; un calor húmedo y pegajoso en la frente y en la espalda, donde la ropa se me pegaba a la piel, y en el cuello y en, por supuesto, la mano. Solo podía pensar en ese dolor infinito y punzante. En el dolor y en todas esas caras de mi pasado: Birdy y Charlie y Romus y Eddie.

"Dios, odio estar muerto", me dije mientras entraba en la cafetería. Puesto que no podía pensar con claridad, no había tenido la ocasión de elegir, aunque no estoy muy seguro de que en La Luz, con una población de mil habitantes según su oficina de turismo, hubiese un gran repertorio de nada.

La cafetería se llamaba Nuckleweed Place y absolutamente todas las paredes interiores estaban revestidas de tablas de madera, como si se tratase de una cabaña en un resort de esquí y no de un bar de carretera en uno de los estados más calurosos y soleados del país. El muérdago y las flores de Navidad decoraban las puertas y las ventanas, además, sonaban villancicos desde la máquina de discos de estilo retro.

La Luz era, indudablemente, el tipo de lugar en el que todo el mundo conoce a sus vecinos y en el que las cafeterías solo tienen un tipo de clientes: los habituales. No sé si por este motivo, por mi mano toscamente vendada o por mi cara de lerdo, todos los comensales se giraron para mirarme en cuanto entré, y apenas había sentado el culo en una silla vacía cuando la camarera, una mujer de unos cincuenta años con el pelo de un poderoso rojo, se acercó a preguntarme qué quería.

No me había dado tiempo ni a comprobar si tenía un menú cerca, de modo que dije:

—¿Hay café?

Me daba cuenta de que ya pasaban las cinco de la tarde y era de noche y no todo el mundo tenía una actitud tan liberal hacia el café como yo.

—Sí, claro que hay café. ¿Cómo lo tomas?

Había muchos tipos distintos de café. El café de Roosevelt y el café calentado en los pozos de azufre y el café que mamá preparaba a primera hora de la mañana. Eddie hablaba del café en sus cartas, también, y el café siempre sabía a nostalgia.

—Solo y muy cargado, por favor, señora.

La camarera arqueó una ceja pintada, tan roja como su moño.

—¿Y quieres que te ponga algo más con ese futuro ataque al corazón?

—¿Tienen filete?

—Sí, tenemos.

—Uno poco hecho entonces, por favor, señora.

Me miró de arriba abajo.

—Chico sano, ¿eh? ¿Y de dónde vienes? ¿De Texas?

Sonreí.

—¿Cómo lo ha sabido?

—El acento, las botas y los buenos modales. —Señaló mi mano vendada con un asentimiento de cabeza—. ¿Necesitas algo para eso?

—No, está bien.

—Tiene mal aspecto.

—Probablemente no vaya a tener un futuro muy brillante como enfermero, no.

Mi respuesta no la satisfizo.

—¿Cuántos años tienes, chico?

—Dieciocho.

Cumplidos otra vez hace tres días.

—¿Estás en problemas? —"Ni te lo imaginas"—. ¿Te has escapado de casa?

—No, vuelvo a casa. Desde California.

"Verá, señora, intenté escaparme de casa hace cincuenta y dos años. No acabó bien".

—¿Y qué hace un chico como tú en California?

—Trabajar. En una pista de hielo.

—¿Tú solo?

—No, también trabaja más gente.

La camarera rio, sacudiendo la cabeza con mucha pena.

—El filete son cinco dólares. Al café invita la casa.

No me dio tiempo a reaccionar. Apenas había doblado el brazo para alcanzar mi cartera cuando una mano, blanca y de dedos largos y finos, depositó un billete de diez dólares sobre la mesa.

—Entonces al filete lo invito yo. Puede quedarse con el cambio.

Reconocí la sortija de rubíes en el dedo corazón, y también aquella voz fría y desapasionada.

Asher. El maldito Asher Prophet.

—¿Lo conoces? —me preguntó la camarera, dirigiéndole un alzamiento de cejas muy significativo.

Gruñí.

—Sí, aunque me gustaría no hacerlo.

—Soy su primo —aclaró Asher, que tomó la silla frente a la mía y se sentó sin tener el detalle de preguntarme qué me parecía.

—Un primo muy lejano —aprecié, aunque la camarera fingió no oírme.

—Deberías llevarlo a un hospital —le dijo a Asher—. Esa mano no tiene muy buen aspecto.

Asher le sonrió. Una sonrisa gélida, que trepó despacio por sus labios en forma de corazón.

—Eso mismo voy a hacer. Antes debería llevarse algo a la boca, eso sí.

La mujer puso los ojos en blanco.

—Marchando.

Puesto que ambos sabíamos que volvería enseguida con el café, nos pasamos unos segundos bastante más largos de lo que me habría gustado mirándonos y fingiendo no querer saltarle a la yugular al otro.

Cuando la camarera regresó, lo hizo con una taza de desayuno y una jarra de cafetera humeante, que depositó en el centro de la mesa.

—Bebe cuanto quieras —me dijo, y le dirigí una sonrisa.

—Gracias, señora.

—Cheryl.

—Cheryl.

Se giró hacia Asher, que pretendía haber desarrollado un interés repentino en el partido de fútbol que se retransmitía desde el minúsculo televisor del fondo.

—¿Tú no quieres nada?

—Solo esperar por su filete.

Cheryl no honró a esa pedantería con una respuesta y, al fin, nos dejó solos. Para estar seguros, Asher clavó los codos en la mesa y se inclinó hacia mí.

—Lo sabe.

Me hice el desentendido.

—¿La camarera? ¿Que eres imbécil? Bueno, no hace falta ser la persona más observadora del m…

—La chica.

Para ilustrar su afirmación, le dio un toquecito a la mano vendada con dos dedos. La aparté de inmediato, el dolor subiendo por mi columna como una flecha en llamas.

—¿Cass? Cass no sabe una mierda.

—¿Entonces por qué no está aquí?

Resoplé.

—Eso me gustaría saber a mí también. Como, por ejemplo, por qué eres incapaz de meterte en tus propios asuntos por una maldita v…

—Lo sabe —insistió Asher, su voz más siseante y ponzoñosa a cada sonido—. Has metido la pata hasta el fondo otra vez. A ver si se te mete en la cabeza que nos pones a todos en pe…

—Lo. Tengo. Todo. Bajo. Control —mascullé, acompañando cada palabra con el golpeteo de la cucharilla contra el borde de la taza.

A lo mejor, si endulzaba lo suficiente el café, sabría real. A lo mejor conseguiría despertarme.

—No sé por qué te esfuerzas tanto —dijo, sus ojos en mi taza y en mis pensamientos—. Nunca vas a volver a ser como ellos.

Apreté los labios.

—Ah, ¿y de quién es la culpa de eso?

Asher emitió un ruidito seco por la nariz.

—Mía no, te lo aseguro. Si hubiese sido decisión mía te habría dejado morir allí mismo.

Di un sorbo. No hizo nada, excepto bajar por mi garganta como el agua.

—Y yo que pensaba que no eras capaz de sentimientos complejos como la piedad —dije, secándome la boca con el dorso de la mano.

Asher ladeó la cabeza, sus labios arqueándose en una sonrisa felina.

—Déjate de estupideces, Buckley —dijo, apretando los dientes, y, para demostrarme que iba en serio, me apretó la mano mala con sus garras también—. Ya sabes lo que hay que hacer, y si no vas a hacerlo tú, tendré que encargarme yo. Esto no es como la otra vez.

Aquel viejo era un borracho en el que nadie confiaría ni para que diera la hora. Con la chica es diferente.

Notaba la banda de su sortija contra mi carne, supurando dolor.

—Vete a la mierda, Asher.

El plato del filete cayó sobre la mesa con un sonido metálico y cortante. Como guiado por un director de orquesta, Asher separó su mano de la mía, optando en cambio por dejarla descansar sobre sus pantalones de raya diplomática.

Asher siempre se vestía como un dandy que había ido a parar a nuestro mundo por el capricho de algún dios aburrido.

—¿Va todo bien? —preguntó Cheryl, su mueca de preocupación reflejada en el jugo rosa del filete.

Asher apretó los labios en su sonrisa más heladora.

—Todo va de muerte.

Lo cual, después de todo, no se alejaba tanto de la realidad.

Pero los ojos de Cheryl estaban volcados en los míos y no en los de él.

Asentí.

—Todo muy bien, gracias. Poniéndonos al día, ya sabe.

—Ya sé, ya sé —susurró Cheryl, la arruga junto a su carrillo derecho inmensa y muy profunda—. Avísame si necesitas algo.

Se fue con un guiño y una mirada retadora que dirigió a Asher, quien jugueteaba con los cubiertos, completamente ajeno a la gravedad del asunto.

Estaba famélico. La sangre que el propio Asher me había proporcionado había conseguido todo lo contrario al efecto que me esperaba; en lugar de simplemente darme energías, me había abierto el estómago, por decirlo de alguna manera, y ahora era imposible escapar de esa hambre y de esa sed tan agudas. La mano herida no ayudaba, por supuesto, y todavía tenía el sabor de la sangre tan fresco en la memoria que el filete, rosa y tierno, parecía cenizas sobre mi lengua.

—Te estás dando cuenta de que eso no va a ayudarte mucho, ¿eh?

Lo ignoré. Pensé en el Bourbon de Birdy y en los cigarrillos eternos de Romus y en el chocolate de Ruth. Pensé en el mexicano de Oceanside y en los pepinillos y la mermelada de Cass. Pensé en cualquier cosa excepto en aquella cafetería, en aquella conversación inacabada.

Los segundos caían como el jugo del filete que resbalaba por mi barbilla. Finalmente, Asher se cruzó de piernas y se desabrochó el chaleco para sacar una petaca de su bolsillo interno.

El olor metálico de la sangre me llegó a pesar del cierre hermético, a pesar de la decena de otros olores mucho más fuertes que nos rodeaban: el café, la carne, los platos humeantes del resto de clientes.

Me pasé la lengua por los dientes, los colmillos afilados.

—Tienes hambre, ¿eh? —siseó, volviéndose a guardar la petaca—. Henry, soy duro pero justo. Te daría un poco, pero para la cosa que tienes que hacer es mejor ir con hambre, ¿no? Y en tu caso además sería la primera vez…

Pensé en la pistola en la guantera, en la bala de plata que tanto me había costado conseguir. Por primera vez, sentía ansias reales de usarla contra él, pese a todo. Quería que desapareciera, aniquilarlo por completo.

—Si no lo haces tú tendré que hacerlo yo —insistió, sus ojos brillando como la hebilla de su cinturón—, y ya sabes que soy muchas cosas, pero agradable no es una de ellas. —Bajó la voz—. Será un buen cambio, además, tener la oportunidad de beber sangre humana…

Me levanté. No deseaba nada con tanto fervor como abalanzarme sobre él y hacerle tanto daño como pudiese, pero estábamos en un establecimiento público y eso no nos habría beneficiado a ninguno de los dos.

Sí caminé todo lo rápido que pude, buscando el frío y el anonimato de la calle. No me hizo falta echar la vista atrás para comprobar si Asher venía detrás de mí; podía escuchar con total claridad el repiqueteo del tacón de sus botines contra el suelo.

Cuando ya estábamos solos en el aparcamiento, con el viento ahogando nuestras voces, muy lejos de las ventanas de la cafetería, rugió:

—¿Entonces qué, Buckley? ¿Tú o yo? —Se tomó la molestia de aclarar, aunque no era necesario—. ¿Vas a encargarte de tus propios asuntos o voy a tener que sacarte las castañas del fuego?

Entonces sí me volví, aquellas ráfagas violentas como un empujón en mi espalda.

—¿Por qué no me dejas en paz? Eres la persona más detestable que conozco y podría matarte aquí m…

Asher extendió los brazos, dejando escapar una risita burlona.

—¿Con una sola bala de plata?

Estreché los ojos.

—Nací en Texas, soy un buen tirador. Además —me acerqué hasta él, mi nariz casi rozando la suya—, era más fuerte que tú en vida, ¿qué te hace pensar que no iba a serlo en muerte?

Asher no se separó. No cambió de postura en absoluto, a excepción de su sonrisa, que se volvió más grande, afilada como una navaja.

—Porque las cosas no funcionan así. Estás cansado, herido y hambriento. Por no mencionar que, si en algún momento hubieses querido matar a alguien, ni tu asesino seguiría vivo ni el padrastro de tu amigo habría vivido tantos años.

Me temblaron las aletas de la nariz. Cegado por una rabia roja, que adormecía hasta el dolor de mi mano, me abalancé sobre

Asher. La parte de atrás de su cabeza chocó contra el pavimento pero, por supuesto, no ocurrió nada en absoluto. Solo él, riendo, mi bota derecha sobre su pecho, arrugándole la camisa.

—Me importa una mierda lo que me pase, ¿te enteras? —le chillé, unas lágrimas cálidas descendieron por mis pómulos—. Ya estoy muerto, ¿así que qué más da? No puedo ir al infierno después de esto y no me importas tú.

Asher se pasó la lengua por el labio superior, que era algo más grueso que el inferior, sin dejar de reír ni de alisarse la camisa con las manos.

—Pero solo tienes una bala de plata y pocas oportunidades de hacerte con otra si me matas. ¿Vas a desaprovechar tu única vía de escape en mí?

Le apreté el cuello con el puño, deshaciendo su ridícula pajarita.

—Eres despreciable.

—Quizá, pero a mí eso me da igual.

No quería tener que volver a ver su careto miserable ni escuchar su cháchara inmunda un minuto más. Golpeándole el cráneo de nuevo contra la carretera, me levanté y caminé hacia el lugar en el que recordaba haber dejado el coche.

—Estás atrapado, Buckley —canturreó Asher, y por el ruido que hacía me figuré que se estaba poniendo de pie—. La chica le dio el número de tu matrícula a su novio, así que a estas alturas no me sorprendería que la poli esté en el caso. Así que te repito la pregunta: ¿te vas a ocupar del asunto o voy a tener que sacarte las castañas del fuego?

Apreté los labios, sintiéndome a cada segundo más monstruo que humano.

Piensas en el pasado para que no se pierda en la laguna de tu memoria.

No hablas de los muertos para no transformarlos en ficción al hacerlo, enterrando aquellas sombras que los hacían estar vivos. Pero ¿qué pasa con los muertos que nunca se han ido? ¿Quién reza o tiene compasión por ellos?

—Haré lo que tenga que hacer —musité, mirando las hojas caídas en el suelo y no a Asher—. Pero tú vas a dejar de entrometerte en mis asuntos. Para siempre.

Asher emitió uno de esos silbidos agudos que te hielan la sangre.

—Eso quería escuchar. Mátala o transfórmala, da lo mismo.

No quería pensar en eso, de modo que no le contesté. No quería pensar en nada en absoluto, y el único motivo por el cual no corría al coche y me disparaba ahí mismo con la bala de plata es que eso habría dejado a Cass en una situación aún peor. Asher no conocía la misericordia ni la justicia ni la delicadeza.

—Te tengo aprecio, Buckley —insistió, su voz como el siseo de una serpiente—. Eres como un hermano pequeño para mí. Las cosas serán más fáciles cuando todas las personas que conociste cuando estabas vivo hayan muerto. Lo sé por exp...

No le dejé terminar. No quería escuchar ni la primera palabra sobre su vida o sobre las personas que habían sido importantes para él antes de haber sido maldito de esta manera. Fui hacia él, lo empujé contra una de las camionetas del aparcamiento y le grité, tan cerca de su cara como pude:

—Cállate la maldita boca, ¿de acuerdo? No sabes una mierda y estoy seguro de que ni querías a nadie ni nadie te quería a ti cuando estabas vivo, así que hazme el maldito favor de callarte la boca y largarte de aquí de una vez, ¿eh? —Me detuve para tomar aire; aunque no necesitaba el oxígeno para respirar, mi cuerpo ansiaba tener dentro ese aire gélido de noviembre—. ¿Y sabes qué? El padrastro de Birdy no fue la única persona en verme después de morir. Fui a ver a mi padre al hospital mientras moría, ¿sabes lo que es eso? Vi cómo me veía y cómo pensaba que era un fantasma o un ángel que lo iba a llevar al Cielo. No voy a olvidarme de eso nunca. No puedo ni ir al cementerio a ponerle flores a mis padres o a mis hermanos, y eso no va a ser más fácil nunca, así que olvídame, pedante de mierda.

Cass

Saudade

1. El sentimiento agridulce de echar de menos a algo o a alguien que amas y que se ha perdido.

Llamaron a la puerta cuando el sol apenas salía, rascando las montañas escarpadas que se veían desde la ventana del hotel. Me había gastado buena parte de los diez dólares que me quedaban en un café tras otro, tratando de luchar contra el sueño y el cansancio porque sabía que no estaría a salvo mientras estuviese oscuro ahí fuera. Cuando escuché aquel golpeteo no pude estar segura de que fuese real o que no lo hubiese escuchado en esa antesala del sueño; no me convencí de que no provenía de los episodios repetidos de *Las chicas de oro* en el viejo televisor hasta que se repitió, unido de una voz ronca de cantante grunge:

—Cass, abre, soy yo. —Y, por si hubiese alguna duda al respecto—. Ryan.

Salté de la cama, me armé con la botellita de agua bendita (aunque ya asomaba el día, aunque había reconocido su voz) y le abrí. Ryan llevaba su cazadora de pana verde y un par de ojeras como anillos de café. Su pelo, tan rubio y pajizo, estaba revuelto, cayéndole de manera desordenada por los ojos cargados de sueño.

—Dios bendito, una cama —bufó, mientras yo le pasaba el pestillo a la puerta, y se tiró de espaldas sobre las sábanas deshechas.

Me hizo gestos para que me tumbara ahí mismo, sobre él. Me senté de cuclillas en la silla del escritorio.

—¿Estás más tranquila? —me preguntó, mirándome por encima de su ceja arqueada.

Todavía me daba una vergüenza terrible haberle hecho conducir hasta Nuevo México, de modo que solo me encogí de hombros mientras mis mejillas se teñían del color de las granadas maduras.

Ryan debió darse cuenta de que no iba a acostarme junto a él, porque se sentó con las piernas cruzadas y se estiró hacia su mochila. Sacó dos bolsas de papel del Whataburger (habría reconocido ese logo naranja en cualquier lugar) y me lanzó una como un saco de patatas. La alcancé al vuelo.

—Busqué las hamburguesas al salir de Tucson —me explicó, abriendo la suya para atiborrarla de ketchup y mostaza—. A estas alturas estarán frías como las pelotas de un esquimal, pero siguen estando buenas.

Para demostrármelo, se llevó la suya a la boca.

Los olores eran tan fuertes. Las salsas, el aceite todavía cálido de las patatas fritas, el queso fundido y los aros de cebolla. Sostuve uno entre el pulgar y el índice, estudiándolo antes de acercármelo a los labios.

Tenía un hambre atroz.

—Siento un montón haberte hecho venir hasta aquí —le dije, dos patatas pasaron de mis manos a mi boca.

Dios, tenía tanta hambre.

Ryan sacudió una mano, utilizando la otra para abrir su botellita de 7Up.

—Ni lo pienses. Arizona es realmente increíble. Sabe Dios cuándo la habría visitado si no hubiese sido por ti. —Me miró con mucho cuidado, desde mis calcetines hasta el pelo, que había recogido en un moño caótico y despeinado–. ¿Vas a contarme lo que ha pasado?

Me mordí el pulgar, cortando de raíz el contacto visual.

–Vas a pensar que es una locura.

Despegó el papel de la otra mitad de su hamburguesa.

–Bueno, Cassie, mucha gente diría que saltarse clases y conducir durante más de doce horas seguidas a través de tres estados es una locura. Pruébame.

Tragué saliva. Aquellas palabras, que todavía no había pronunciado, eran un veneno ardiendo en la parte baja de mi garganta.

–Creo… –Me pasé la lengua por el labio superior, consumiendo los restos de mostaza–. No, sé… –Suspiré–. Creo que Henry es un vampiro.

Ryan se atragantó.

–No me mires así –siseé–. Ya te dije que ibas a pensar que era una locura.

–Un disparate es lo que es –precisó, entre toses–. ¿Has tomado algo?

Se dio dos toquecitos en la nariz al decir eso.

–Ryan, voy en serio.

–Yo también. ¿Cuánto hace que no comes?

–¿Qué? –bufé, arrancándome la liga del pelo con un movimiento rápido–. No todo lo que me pasa tiene que ver con mi enfermedad.

–Cassandra, estás diciendo que el cowboy que trabaja contigo en la pista de hielo es un maldito vampiro.

–No estoy loca.

–Nunca dije que lo estuvieras –insistió, alzando la voz; ahora estaba de rodillas en la cama, más cerca de mí que antes–. Pero lo que me estás contando es un maldito disparate. Estás diciendo…

—¡Ya sé cómo suena! —chillé, apartándolo de un empujón—. Pero también sé lo que vi y sé que me estás hablando como si fuese idiota.

—¡Bueno, es que no eres idiota, ese es el condenado problema! —bramó.

La sonoridad de sus propias palabras lo aturdió. Tragó aire tras decir todo eso y se me quedó mirando. Se me habían saltado las lágrimas con su grito (tenía una de esas voces) y mi piel estaba roja de la rabia de haberme roto así delante de él.

Tragó aire otra vez, pasándose las manos por el pelo, y se puso en pie para abrazarme. Estaba tan cansada que no se lo impedí.

—Eh, eh, eh, Cassie, lo siento. Es solo que... estoy tan preocupado, demonios.

Me sorbí los mocos.

—No me crees.

Me dio un beso en la frente.

—Creo que crees que es un vampiro. Pero no creo que lo sea de verdad, no.

—Ryan, lo he visto.

Una afirmación siseante, punzante como un puñal. El chico chasqueó la lengua, secándome las lágrimas con los pulgares.

—Eso no lo dudo. Pero... ¡Me lleva el diablo, Cassandra! Los vampiros no existen. Ni los fantasmas ni el Yeti ni el Diablo. Si acaso... si acaso la telepatía. Y el mothman.

Gruñí, tapándome los ojos con las manos. Al hacerlo, mis codos separaron a Ryan de mí. Él debió tomarse mi desesperación como una invitación a seguir hablando, porque continuó:

—No es mentira. Lo vimos en Navidad, cuando conducíamos hasta Colorado, para ver a mis abuelos. Puedes preguntárselo al soquete de mi hermano si quieres. Y a mi padre. Y a mi... bueno, no, mi madre estaba dormida, pero si le preguntases ella te diría que no mentimos.

Negué con la cabeza. Ese mismo gesto me hundió en la cama.

—Crees que estoy loca.

—"Loca" es una palabra muy cargada —puntualizó Ryan, señalándome con el dorso de la mano—. Creo que te ha pasado algo y que estás asustada. Por eso he venid…

—Te lo puedo demostrar.

Me levanté otra vez para agarrar mis vaqueros, que colgaban del radiador apagado. Mirándolo fijamente, tomé las fotografías que había sacado de la guantera de Henry y se las entregué.

—¿Cómo explicas que Henry tuviese dieciocho años en 1947, también?

Aunque tenía ya las instantáneas en la mano, Ryan tardó un par de segundos más en bajar la mirada hacia ellas. Fue pasándolas una a una, con tremenda suavidad, como si temiese que fuesen a transformarse en polvo sobre sus palmas. Cuando terminó, se pasó la legua por las comisuras de los labios y me las devolvió.

—Cassandra, esto solo prueba que la familia de Henry tiene unos genes de no creer.

Apreté los dientes.

—Bah, Ryan, nadie se parece tanto a sus abuelos. Que tienen la misma maldita cara, demonios.

Me dejé caer sobre el colchón otra vez, cruzando los brazos a la altura del pecho. Unas lágrimas, tan fervorosas como las demás, amenazaban con caer, pero logré mantenerlas allí, en mi párpado inferior.

Estreché los ojos.

—Está bien. ¿Quieres más pruebas? Te las daré.

Y me levanté. Y me puse los tejanos y las zapatillas. Y me guardé la botella de agua bendita en el bolsillo. No pensaba salir de aquella habitación sin ella.

Henry

Marzo, 1944

Romus no salió mucho más de casa después de aquella tarde en la catedral. La malaria le mordía los huesos, lo excusaba mamá; otras cosas también. Sus ojos seguían cristalinos. Se pasaba horas sentado en el porche, haciendo que su café o su cigarro se volviesen eternos, solo mirando a algún punto más allá de la acera de enfrente. Podías ver muchas cosas en esos ojos vacíos, además: la vida y la muerte y el océano y la jungla.

—Estaba lleno de entusiasmo antes de embarcar —nos dijo Ruth a Birdy y a mí—. Ahora es como si algo le pesase en la conciencia; es otra persona.

—Sí, y si lees entre líneas lo que dicen los periódicos sabrás por qué —bufó Birdy, sacándose el sombrero—. Demonios, esas islas son un picadero de carne.

Birdy siempre hablaba como si tuviese, a la vez, quince y cincuenta años. A Charlie, por lo general, lo manteníamos alejado de todas las conversaciones sobre la guerra. Los Leonard acababan de recibir un telegrama sobre Bill (el tipo exacto de telegrama que jamás quieres leer cuando tienes a tus seres queridos en el frente) y la única noticia que habrían querido escuchar sería la de la amnistía.

Intentábamos hablar con Romus, claro. Lo invité a todos mis partidos de fútbol, pero, aunque las temperaturas en Texas ya eran bastante altas, él decía que tenía frío y que prefería escucharlos por la radio. El teléfono no dejaba de sonar preguntando por él, pero quienquiera que estuviese al otro lado apenas podía sacarle un par de palabras.

Hablaba por la noche, sin embargo, mientras dormía. Una peque-ña colección de palabras quemadas, vestidas de sangre, como fantas-mas en carne viva. Romus siempre soñaba con el Pacífico.

Así que charlábamos de madrugada, entre sueño y sueño, cuando la piel de mi hermano estaba tan pálida y febril y mis ojos se cerraban de cansancio. Conversaciones susurradas en torno a una vela, o a la luz de la luna, que entraba plateada por la misma ventana por la que Birdy se colaba tantas veces.

—Mamá está tan contenta de tenerme por aquí —dijo una noche, moviendo su pieza de las damas; siempre charlábamos con algún juego de mesa entre nosotros, para quitarles poder a las palabras—. De que esté con ella y bien. Cree que lo peor que puede pasarme es que me maten. ¿Pero sabes qué, Henry? Hay cosas peores que la muerte.

Sin embargo, siempre era el primero en asomarse a la ventana cuando pasaba por nuestra calle el coche negro de la Western Union; se sabía de memoria el recorrido del cartero, también, y le pedía nues-tras cartas antes de que pudiese acercarse al buzón siquiera. Ansiaba noticias de Eddie; en particular, noticias sobre alguna posible herida de guerra, por pequeña que fuera. Las supersticiones le comían la carne como la sarna.

—Se te da bien guardar secretos —me dijo en otra ocasión, a las

cuatro de la madrugada, mientras me daba una paliza en ajedrez–. Yo también puedo guardarte alguno, si quieres.

Me encogí de hombros.

–No tengo ninguno. Soy un libro abierto.

Sobre todo entonces, en pijama, con lagañas en los ojos.

Romus sonrió. Había sido un día regular en mitad de una hilera larguísima de días malos.

–Bah, creo que sí. ¿Puede que empiece con be y termine con i griega?

Moví la reina. Al contrario que el estilo de Romus, que era genuinamente temerario y provenía de muchas clases impartidas por Eddie, el mío era atrevido debido a la ignorancia y la impaciencia.

–No sé de lo que me hablas.

–Vamos, ¿Birdy?

–¿Qué le pasa a Birdy?

Romus no se detuvo. Como dije, había sido un día regular en mitad de una hilera de días malos.

–Okay, ¿a quién vas a llevar al baile de fin de curso?

Resoplé.

–No sé, a cualquiera. Cathy Foster está buena.

Romus se mordió el labio inferior, cavilando sobre su próximo movimiento.

–¿A quién llevarías si pudieses llevar a cualquier persona?

–A la reina de Holanda –repliqué sin inmutarme.

Romus alzó la comisura izquierda, una media sonrisa dibujándose en su rostro cuarteado por el sol.

–Está bien si te gustan los chicos.

Tragué saliva, observando con tanto cuidado las piezas que se disponían sobre el tablero.

–¿Quién dice que me gusten los chicos?

Romus torció la boca.

—Es algo que pasa. O sea, hay bares para eso y todo. Los he visto, ¿eh? En California.

Inspiré.

—¿Has visto a los tipos que les pegan palizas a la gente que va a esos bares, también?

Romus bajó la cabeza, de pronto absorto por los botones de su pijama. Sus cejas temblaron.

—Por eso —dijo después, escogiendo muy cuidadosamente sus palabras—. Quería que supieras que está bien, si te gustan los chicos. No sé muchas cosas, pero esa sí.

—Okey.

Sonrió otra vez.

—Okey, vaquero.

Aquel fue el último día bueno. Antes de que terminase la semana nos llegó noticia de que Eddie estaba en un hospital de Londres, con buenos ánimos y ganas de volver a combatir; Romus respiró hondo por primera vez desde que llegó de permiso, como si hasta entonces el oxígeno huyese de él. A finales de mes tuvo que volver al campo de instrucción. Y de ahí a Hawái. Y de ahí de vuelta al Pacífico.

Como dijo, hay cosas peores que la muerte.

Cass

<u>Gökotta</u>
1. El acto de despertarse temprano por la mañana solo para oír a los pájaros piar.

Lo único que se escuchaba en la calle era, por orden de aparición:

El golpeteo de mis rodillas entre sí (el pavor, el frío).

Los pasos de las zapatillas de Ryan contra el pavimento.

El rugido de los pocos motores que ya estaban despiertos a aquellas horas de la mañana.

El cielo era de un rosa muy pálido, casi dulce, que contrastaba de una manera grotesca con las observaciones rudas de Ryan.

—No me puedo creer que esté haciendo esto.

Y después:

—Deberíamos volver al hotel, Cassie.

Y después:

—Puedo llevarte a Houston igualmente y luego volvemos a casa. Y Santas Pascuas.

Ryan adoraba los refranes y las expresiones de señora mayor; le gustaba espolvorearlos en su cháchara de surfero californiano.

Me sorprendió lo bien que recordaba dónde habíamos dejado el coche; conduje a Ryan hasta allí como un ciego en la oscuridad, como si un faro invisible me guiase a través de las calles soleadas de La Luz).

El Honda Prelude seguía allí, por supuesto, algo más pequeño y polvoriento de lo que recordaba. Apreté en mi puño la botella de agua bendita (escondida en el amplio bolsillo de la sudadera de los Broncos de Denver que me había prestado Ryan) al estirar el cuello para mirar el asiento trasero. Las mantas de Henry estaban dispuestas de manera desordenada sobre los asientos, como si se hubiese despertado y levantado súbitamente, lo cual podía no estar tan alejado de la realidad. De él, sin embargo, no había rastro.

—No está aquí —le dije a Ryan, aunque él podía verlo tan bien como yo.

—Tal vez te esté buscando. Cassie, ¿puedes contarme con más calma lo que pas...?

Me llevé el índice a los labios para hacerlo callar. Después acerqué la mano a la puerta delantera y la abrí sin dificultades. Me había fijado en más de una ocasión en lo descuidado que era Henry. Cada vez que parábamos tenía que darle un toquecito para que cerrase, y en más de una ocasión se había levantado de la mesa de una cafetería sin pagar, algo que habría conseguido hacer si yo no le hubiese recordado que estábamos a punto de desayunar por la cara.

Una punzada de dolor triste me atravesó el estómago al darme cuenta de todos los pequeños detalles que había aprendido sobre Henry los últimos días. Lo alto que cantaba los grandes éxitos de Tom Jones, con ese tipo de voces que o bien son terribles pero con breves momentos de belleza o son bellas pero se entretienen fingiendo ser terribles. La manera en la que, siempre, al menos un rizo le caía sobre los ojos. Cómo tamborileaba los dedos en el volante y cómo silbaba cuando estaba aburrido y los músculos exactos de su cara que se movían cuando estaba a punto de estallar en un ataque de risa. Demasiados detalles, todos ellos cayendo como losas sobre mí.

De los dos, ¿quién es el monstruo realmente?

—¿Y bien? —repuso Ryan, arrancándome de mi ensimismamiento; luego se acercó más a mí y entrelazó sus dedos en mi muñeca—. Vamos, Cassie, vámonos. Vampiro o no, ya te dije que el cowboy no me daba buena espina. Volvemos al hotel o nos ponemos en marcha a Houston, pero...

Me llevé un dedo a los labios, y me estiré para abrir la guantera. Estaba todo como lo había dejado, hasta en sus más mínimos detalles. El revoltijo de cartas y el anuario, que tomé para tendérselo a Ryan.

—Esto lo prueba —le dije, mis eses más líquidas que nunca.

Ryan suspiró. Un suspiro tremendo, del tamaño de un dios.

—Esto no me gusta un pelo —masculló mientras se agachaba él, también, ante la guantera.

—Es de 1946 —insistí, acercándole más el librito de tapas de cuero.

Ryan no le prestó ninguna atención, sin embargo. Había sacado la pistola, que ahora sujetaba entre el índice y el pulgar, como si temiese que una mano invisible fuese a apretar el gatillo.

—¿Qué diablos...?

—Es de Texas —le expliqué, hojeando el anuario hasta encontrar la página precisa en la que figuraban la fotografía y el nombre de Henry.

Ryan no bajó la vista.

—Es un peligro social, eso es lo que es. ¿Para qué mierdas necesita una pistola? —Tras comprobar que tenía el seguro puesto, se la guardó en el bolsillo trasero, exactamente como el idiota que podía ser cuando se lo proponía.

Luego tomó los cajetines de las balas y se los guardó también.

—Ryan, por Dios, ¿quieres abrirte un boquete en el culo o qué?

Si me escuchó, fingió muy bien que no había sido así. Rodeó el coche para caminar hasta mí y pasarme una mano por detrás de la espalda.

—No te ha amenazado ni nada por el estilo, ¿no?

Chasqué la lengua.

—Dios, Ryan, ¿es que no escuchas cuando te hablan?

Le puse el anuario delante de los ojos, de modo que, esta vez, no le quedó otro remedio que leerlo. Sus pupilas temblaron, primero; después, lo cerró y, apretándome más el brazo, sentenció:

—Cassie, entiendo por qué estás asustada, pero un montón de gente tiene el mismo nombre que sus familiares. Sobre todo en el sur. Mira, vamos a sacar todas las cosas peligrosas de aquí y a largarnos, ¿okey? A Houston o a casa, ya me da igual.

Apreté los labios, inspirando por la nariz con violencia.

Ryan, que ya me había soltado, respondió a mi desdén con sencillez: pasándome el resto de las balas y varios de los documentos que Henry tenía guardados.

—Deberías leerlos —le espeté—. A lo mejor así te planteas creerme, y esas cosas.

—Ya te he dicho que te creo, pero no creo que estés siendo realista.

Puse los ojos en blanco.

—Ryan, ¿has escuchado alguna vez el mito de Cassandra?

Alzó las cejas.

—Cassie, mierda, ya sabes que el latín no es lo mío.

—Y el griego tampoco.

—Lo que sea. Anda, larguémonos ya.

Henry

Miércoles 10 de noviembre, 1999

Estaba cansado y sediento y odiaba a Asher Prophet más que a nadie en el mundo. Me sentía como un drogadicto que se hubiese pinchado por primera vez en años; todas mis energías, que no eran muchas, se centraban en el dulce sabor metálico de la sangre y en cómo podía ingeniármelas para conseguir más sin convertirme del todo en el monstruo al que Asher me estaba empujando a ser. Por supuesto, esta sed terrible y gigantesca no me ayudaba a sortear la misión que me había encomendado, lo cual, por otro lado, probablemente hubiese sido su plan desde el principio.

Así que había acabado en una granja a las afueras de La Luz, sucio y sudoroso y deseando estar en cualquier otro lugar excepto aquel. La luz de una única bombilla iluminaba el establo, tiñéndolo todo de un leve fulgor dorado. Eran vacas lecheras, me di cuenta enseguida, como las que teníamos en casa y por las que nos levantábamos cada mañana a las cuatro de la madrugada. No sé si pudieron intuir esto de alguna manera, o si sencillamente todavía quedaban seres tranquilos y apacibles en el mundo, porque ninguna de ellas mugió cuando me acerqué. Y cuando clavé mis colmillos en el cuello de la más cercana, de la más grande, esta solo tembló un poco, como si simplemente aceptase su destino.

Me odié mucho en aquellos momentos, la sangre cálida y tan roja descendiendo hasta abrazar mis clavículas. Pero tenía tanta, tanta hambre.

A medida que bebía, los bordes que dibujaban mi mundo se volvían más definidos; los sonidos y los olores, tan reales e inesquivables que casi me hacían daño en la piel. La madera vieja (casi podía contar sus años solo por la fragancia que desprendía). La arena al otro lado del establo.

Todo. Era. Tan. Fuerte.

Una vez me hube saciado, tomé aire (casi como si pudiese soñar con ser humano otra vez) y me acuclillé. Me quedé así mucho rato, hasta que la respiración de la vaca, cada vez más pausada, se detuvo. Entonces me levanté y me fui al baño, consciente de que cada segundo que pasaba era un segundo en el que Asher alimentaba más y más su desesperación.

Tenían un espejo moderno sobre el fregadero. A pesar del polvo y de las marcas de dedos en el vidrio, pude ver mi reflejo con total claridad. Los rizos, empapados de sudor sobre mi frente perlada; las ojeras y la palidez de mi piel, las mejillas hundidas y cetrinas; mis labios teñidos de rojo, el fantasma de dos regueros de sangre en mi barbilla.

Le eché un vistazo a mi reflejo en el espejo del baño de los Shipman. Las bombillas me hacían más pálido de lo normal, destruyendo el moreno que muchas mañanas trabajando en el campo y muchas tardes divirtiéndome en la playa habían conseguido; el blanco de los ojos y del rojo de la nariz, a juego con las rosas de mi corbata, eran los únicos puntos de color en mi rostro ceroso.

Me volví hacia Birdy, que tenía la espalda contra la pared y los ojos cerrados.

—Oye, amigo, ¿parece que he vomitado?

Birdy abrió un ojo, y me di cuenta de que, si estaba apoyado de aquella manera era porque erguir la espalda se habría traducido por él desplomándose sobre mí todo lo largo que era (bastante).

—Ven aquí —dijo, aunque fue él el que dio un tambaleante paso adelante para despeinarme, desanudarme la corbata y desabrocharme los tres primeros botones de la camisa.

Luego hizo lo propio con él mismo, claro que sí, y me entró la risa tonta.

—¿Qué haces?

Se encogió de hombros.

—Ahora parecerá que nos hemos batido en duelo, o algo.

—Creo que se nota bastante que los dos estamos un poco ebrios —le dije, asaltando el armarito de las medicinas hasta dar con una botella de colutorio.

—Bah —rezongó Birdy, dejando reposar la cabeza sobre la puerta del armario; me dio un golpecito en el hombro—. Oye, que si lo que quieres es seguir bebiendo he oído que la madre de Nancy Shipman se embriaga de lo lindo en el estudio de su marido.

—No seas tonto, solo quiero que no me apeste el aliento a mi primera papilla.

Desenrosqué el tapón de la botella para meterme un traguito de colutorio en la boca.

El efecto que esta sencilla acción tuvo en Birdy fue notable. Primero dio un paso atrás, tapándose la nariz con el dorso de la mano, y luego contuvo el aliento. Tuve que luchar para no reírme y que el colutorio se me fuese por mal sitio.

—¿Todo bien, grandulón? —le pregunté tras escupir sobre el lavabo.

Birdy hizo un movimiento seco y violento con el brazo.

—Demonios, esa mierda huele a alcohol que da miedo.

—Sí, creo que es uno de los ingred...

Pero Birdy ya estaba arrodillado sobre el retrete, como lo había estado yo hasta hacía cinco minutos, echándolo todo hasta que ya solo le salía la bilis.

Agité el bote de colutorio frente a él, sin esforzarme en borrar la sonrisita estúpida que ahora coronaba mi cara.

—¡Vade retro! —rugió, apartándolo de un manotazo.

—¿No piensas besar a nadie hoy o qué, amiguito?

Estrechó los ojos.

—No me hagas hablar, Buckley, no me hagas hablar... ¿Tienes un caramelo, o algo?

Sacudí la cabeza.

—Prueba con Charlie. Siempre los lleva encima.

—¡Charlie! —bramó Birdy, poniéndose en pie no sin cierta dificultad—. ¿Cómo se las ingeniará el imbécil para beber como un sacado? Es más pequeño que nosotros y está como una rosa, el muy hijoputa...

—¿¡Quién anda ahí!?

Aquel grito en la oscuridad me devolvió al presente, al reflejo de 1999 en el espejo, con la sangre seca y el aturdimiento de varias décadas sobre los párpados.

Salí del baño para encontrarme con el granjero arrodillado frente a su vaca muerta, primero, y después con el granjero frente a mí, apuntándome con su escopeta como si fuese una figura de dibujos animados.

—Voy a llamar a la policía, chico.

No pude evitar que se me escapase una risita.

—¿Ah, sí? ¿Y decirles qué? ¿Que le he chupado la sangre a tu vaca? Porque me gustaría estar delante para ver cómo va esa conversación.

No sé si fue la falta de respeto o el miedo lo que le hizo apretar el gatillo. Di un paso atrás, el ruido y el dolor solapándose; un boquete negro de pólvora humeaba sobre mi pectoral izquierdo. Alcé una comisura.

—Ah, no eres el primero que hace eso. —Suspiré, el agujero en mi sudadera mostraba la perfección de mi piel, sin rastro alguno de la herida que debería mancillarla—. No puedes matar a tiros a alguien dos veces, lamentablemente.

El granjero abrió los ojos (el verde y el marrón dándose la mano; eran así los ojos del padrastro de Birdy, también) y retrocedió, bajando el arma.

—Satanás —musitó.

Ladeé la cabeza.

—No he tenido el disgusto de conocerlo, pero lo saludaré de su parte si alguna vez se da la ocasión. —Me mordí el labio inferior—. Yo que usted trataría de olvidar esta noche. Será más fácil.

Permaneció en el mismo lugar, jadeando y acariciando su arma. Sentí tanta lástima por él, tanto resquemor hacia mí mismo por lo que había hecho, que antes de irme dejé abiertas sobre la mesa de la cocina todas las botellas de alcohol que pude encontrar. Un borracho no es una persona cuyas historias disparatadas creerías tan a la ligera.

Un borracho estaría a salvo de Asher.

Cass

Resfeber
1. La inquietud y la anticipación ante un nuevo viaje.

No hacía frío en el área de servicio; no realmente, no de una manera genuina y cuantificable, pero estiré los puños de mi jersey de todos modos, mirando a Ryan comprar por encima de las tapas de cuero de la libreta que habíamos sacado del coche de Henry.

Se trataba de un diario (la letra, redonda y cuidada, de la primera página aseguraba que pertenecía a Emily Ruth Forrester), y me aferré a él como quien se aferra a una oración o a un talismán de buena suerte. Siempre estaba buscando pruebas de algo. Cuando me puse muy enferma por primera vez, no me permití creer mi diagnóstico hasta que dejé de tener la regla y mis análisis de sangre se convirtieron en un suspenso con mayúsculas. Si no escribía al menos unas líneas al día o si no leía todos los relatos del *New Yorker* (al que estaba suscrita, por supuesto), jamás lo lograría como periodista. Ahora esta era mi prueba: no estaba perdiendo la cabeza; lo que había visto era verdad, tan sólido e inescapable como el padrastro sanguinolento de mi pulgar izquierdo: Henry era un vampiro.

Viernes 15 de febrero, 1946

No me había resultado difícil encontrar la residencia de los Shipman. Los conozco de vista porque mi padre y el señor Shipman salen a veces juntos a cabalgar, y mamá y la señora Shipman han organizado un par de recogidas de bonos de guerra. Cuando entré, la música swing me golpeó en la cara como un bofetón seco. Nadie, en el océano de caras enrojecidas y sudorosas, reparó en mí, y esto no cambió a medida que me abría paso hasta el salón.

El señor Shipman estaba fuera de la ciudad, por negocios, y su esposa había salido a última hora hacia Yorktown para asistir a su hermana, que estaba a punto de dar a luz. Nancy Shipman había decidido dar una fiesta porque estábamos en paz o porque se acercaban los exámenes parciales o simplemente por el placer de hacerlo. Como he dicho, nadie reparó en mí, pero yo sí reparé en lo que había a mi alrededor.

El primero en el que me fijé fue Birdy. Ahora, a los dieciséis años, lo difícil era que pasase desapercibido. Había crecido; ahora era más alto que Eddie e incluso que Romus, con la mezcla perfecta de hombros anchos y la delicadeza de unas clavículas prominentes. Puesto que todavía exhibía el mismo desdén hacia un buen corte de pelo, mechones pajizos caían sobre sus ojos rasgados, del color del mar en tempestad. Aquella noche en concreto parecía haberse encontrado en la casa de los Shipman casi por casualidad; sentado en el minibar, y ajeno a la fila de chicas que miraban en su dirección, leía un destartalado libro de bolsillo, solo alzando la vista para comprobar que aquella cabeza que acabé por reconocer como la de Henry seguía besando a una de las muchachas morenas de la fiesta.

Me acerqué a Birdy en el preciso momento en el que Henry, movido por una fuerza superior o quizá por el fantasma de una mirada, abandonaba a la chica para tambalearse también hacia el minibar. Llegó antes que yo, por supuesto (tenía menos personas a las que esquivar), y por lo tanto tuve la oportunidad de escuchar un retazo de su conversación con Henry antes de abordarlos a los dos.

—¿Todo bien, hombretón?

Birdy pasó de página, pero no alzó la vista para responder:

—De maravilla.

—No puede ser que no te hayas fijado en que la mitad de las chicas están pendientes de ti.

—Qué puedo decir, la lectura que tengo entre manos es apasionante.

Henry le arrebató el libro, pero no tuvo tiempo de leer el título antes de que una sombra (la mía) se cerniese sobre él.

Birdy, que parecía muy interesado en el estampado de sus calcetines, suspiró al decir:

—Lo siento, pero hoy no me apetece bai...

Aquella palabra murió en sus labios al alzar la barbilla para mirarme. Sin mediar palabra, le dio un codazo a Henry, que tragó saliva, abandonando por completo el libro.

—¡Ruth! —exclamó—. ¿Qué te trae por aquí?

—No es que te juzguemos por venir a una fiesta de instituto —apostilló Birdy, que trataba (en vano) de esconder una botella casi vacía de ginebra detrás de la espalda.

Tomé aire.

—Nos vendría muy bien eso de no juzgar a los tres —siseé, y señalé a Henry con un asentimiento—. Te voy a llevar a casa. Los voy a llevar a casa.

—Todavía es temprano —suspiró Henry, apoyando la cabeza en el hombro de Birdy.

Apreté los labios.

—Y ya estás tan ebrio que apenas puedes mantenerte de pie.

Como empujado por aquella acusación, Henry saltó del minibar, se arrodilló ante mí y juntó las manos como un niño el día de su Primera Comunión.

—¡Oh, perdóname, santa Ruth! —dijo, las comisuras de sus labios temblando con la tentativa de una risita—. Te prometo que me portaré bien a partir de ahora.

—Eso si te acuerdas de esta noche —repuse, tirando de la tela gris de mi pantalón para que Henry me soltase—. Dios, ¿qué pensaría tu hermano?

Henry se encogió de hombros, tomando la mano de Birdy para reincorporarse con toda la elegancia (muy poca) que la borrachera le permitía.

—Probablemente se habría unido a la fiesta.

—¿Y qué me dices de tu madre? Es la que me pidió que viniese a buscarlos. Está preocupadísima por los dos.

—Ay, Ruth, santa Ruth, no exageres —dijo Henry, que ahora insistía en tomarme la mano—. Estoy sacando sobresaliente en casi todo.

—Y emborrachándote fin de semana sí y fin de semana también.

—Solo estoy pasándolo bien —dijo, y luego agregó—: Solo estoy un poco triste, ¿cuál es el problema? A mí me parece algo perfectamente razonable. Todo el mundo está un poco triste últimamente, y todo el mundo quiere pasárselo bien, y t...

No terminó la frase. Yo ya me había dado la vuelta y ahora caminaba hacia la pila de abrigos que se habían acumulado en el sofá, y aquello lo alertó.

—¿A... adónde vas? —dijo, la misma vocecilla de un niño que sabe que se ha metido en problemas.

—Voy a agarrar tus llaves —dije, sacándolas del bolsillo de aquel abrigo de cuadros que había aprendido a conocer tan bien—. Tu madre piensa que va a perder a otro hijo, y lo último que me apetece es que tenga razón.

—Bah, Ruth, pero si no estoy tan mal —protestó, aunque precisó de la ayuda de Birdy (en quien se apoyaba) para tambalearse hasta mí.

Enarbolé las llaves de su furgoneta en el aire.

—¡Te las devolveré cuando estés sobrio! —le dije, corriendo entre la confusión de personas de la fiesta.

—¡Pero las necesito para trabajar mañana!

—¡Mala suerte!

Ante aquello, Birdy se arrodilló de la misma manera en la que Henry lo había hecho antes y, extendiendo los brazos al cielo, bramó:

—¡Somos buenos chicos en el fondo, Ruth!

El ruidito metálico de las llaves de Ryan contra el panel de cristal del refrigerador me sacó de la lectura de cuajo.

—¿Te encuentras bien como para conducir? —me preguntó, su ceja izquierda temblando ligeramente.

—Claro —dije, y solo para confirmárselo, solo para darme energías para el viaje, le di un mordisco al perrito caliente que acababa de comprarse.

El rugido sordo de los neumáticos contra la carretera sonaba como un instrumento más en los silencios entre canción y canción de la lista de reproducción grunge de Ryan. Intermisión. Ryan decía que no conseguía dormir si no tenía la música puesta, y cuando más estruendosa fuese, mejor. Yo decía que eso probablemente tuviese bastante que ver con el ambiente en su casa. Él decía que un día iba a encerrarse en el bunker antisoviético de su padre y "mandar al demonio a todo Cristo". Ryan siempre encontraba motivos para mantenerse al pie del cañón.

—Deberías dormir de verdad —siseé, mirándolo por el rabillo del ojo. Tenía la frente apoyada a la ventanilla, un antifaz entre la frente y los párpados, y ambos pies (las Dr. Martens demasiado nuevas, demasiado brillantes) sobre el salpicadero.

—Mi instinto de supervivencia me lo impide —canturreó; estaba de mejor humor desde que nos habíamos subido a su Ford Escort—. Además, me hinché a pastillas de cafeína antes de venir. Estoy tan despejado como un vejestorio paranoico.

Puse los ojos en blanco.

—¿Y "pastillas de cafeína" es código para...?

—Pastillas de cafeína —repitió—. Las tomo también para estudiar, aunque no es que me hayan ayudado mucho. —Chasqueó la lengua—. Lo más seguro es que deje el insti cuando volvamos a California.

—No digas tonterías.

—Voy completamente en serio. Total, para lo que saco de él... —Arqueó las comisuras en una sonrisa traviesa—. Harvard no está en el horizonte para todos nosotros.

Me mordí el labio inferior.

—Hablas como si me hubiesen admitido o algo.

—Tengo una fe inquebrantable en ti. ¿Cuántas páginas tiene ya tu dossier de periodismo? Vas en camino de convertirte en la próxima... ¿Cómo se llamaba la tipa esa que escribió ese artículo sobre las tabacaleras para *Vogue*?

Le dirigí una mirada fugaz. Estaba jugueteando con su propio encendedor, de hecho.

—Marie Brenner. Y fue para *Vanity Fair* —suspiré—. Solo creo que puedes aspirar a más que a dejar el insti a mitad del último curso. O sea, ¿qué vas a hacer después?

Cruzó los tobillos.

—No sé. Está el grupo, ya sabes. También puedo darme a la carretera a lo Jack Kerouac. O buscar trabajo en Hollywood. —Me dio un toquecito en la muñeca—. Vamos, Cassie, sabes que cuando tus viejos tienen tanta pasta como los míos dejar los estudios no es el tipo de tragedia que marca el ritmo de tu vida.

Sacudí la cabeza.

—O sea, que vas a dejar los estudios para trabajar en la empresa de tu papá.

—Dios, no. Pero si lo hiciera —alzó dos dedos— sería exactamente tan poco honesto como quitarle la plaza a uno en la universidad solo porque mi padre puede pagarlo.

Me humedecí los labios.

—Okey, pero puedes aspirar a más —siseé—. Más de lo que el imbécil de tu padre se espera.

Aquella sentencia azotó a Ryan como una bofetada. Parpadeó, sus cejas alzándose ligeramente, y luego fueron sus labios los que se curvaron.

—Eso a mí me da igual —aseguró, sin abandonar esa sonrisa pálida—. Bah, a ver si duermo algo, que tengo mucho sueño.

La bajada de sus párpados coincidió con el golpe sordo desde el asiento trasero.

Estremecimiento/frenazo/chillido.

Odiaba los coches.

Henry

Miércoles 10 de noviembre, 1999

Hacía mucho tiempo que no me transformaba. Siempre pensaba que sería doloroso, y luego resultaba no ser así. Solo un pequeño cambio, las células mutando hasta adoptar otra forma, o algo por el estilo; nunca había prestado mucha atención en la clase de biología, aunque tampoco es que haberlo hecho fuese a ayudarme ahora.

¿Qué más? No sientes con tanta agudeza el frío cuando eres un murciélago. Tu visión es un horror, como intentar ver el mundo exterior desde lo más hondo de una piscina, los colores difuminados y grisáceos. Tu oído es perfecto; podía escuchar los neumáticos contra la carretera desde kilómetros, diferenciar el ruido que caracterizaba cada coche.

Aunque se acercaba el invierno, las cuatro ventanillas estaban bajadas. Eso facilitaba las cosas, ¿no? Un simple vuelo bajo. El rugido de Metallica me azotó al entrar.

Un grito. Un frenazo. Un par de pies que bajaban del salpicadero como si un padre furioso acabase de hacer su aparición.

—¿Qué dem…?

—¿Eso es un maldito murciélago?

No odio a Metallica, pero fue un alivio regresar a mi cuerpo humano porque escuchar metal pesado cuando tienes el oído más fino del mundo no es la cumbre de la diversión, exactamente.

Alcé una mano.

—Buenas noches.

Cass tensó la espalda, sus labios pálidos y temblorosos. El chico en el asiento del copiloto (Ryan Bertier; lo conocía de vista de un par de partidos de hockey) tragó saliva, intentando (y fallando) mantener una expresión neutral.

—¿Ahora me crees? —dijo Cass, apretando los dientes.

Ryan sacudió el brazo.

—No creo que sea el mom…

Señalé a nuestra izquierda con dos dedos.

—Hay un pueblo abandonado a unos veinte kilómetros, ¿te importaría parar? —dije, pasando al español—. No es por alarmar, pero hay otro vampiro pisándonos los talones y es un cretino.

Ryan miró a Cass. Casi podía percibir físicamente cómo se movían los engranajes de su cerebro, traduciendo lo que acababa de decir palabra a palabra. Apretó los labios. Sonrió vagamente.

—Okey —dijo—. Vamos.

Cass no agregó nada. Solo inspiró y tomó la curva en la próxima salida.

En la oscuridad de la noche, Lincoln se parecía bastante más a una atracción extravagante de Halloween que al pueblo perdido de película del oeste que era durante el día. Resultaba casi extraño el cuidado con el que los edificios se habían conservado, todos los ladrillos y todas las piedras en su lugar, sin fisuras.

—Por aquí está bien —le dije a Cass cuando ya había aminorado la velocidad para aparcar—. Gracias.

Asintió con un gesto, sin decir nada. Hacía un frío de mil demonios y me estaba mareando, de modo que recibí el azote del viento gélido en la cara con alivio. Transformarme me había cansado bastante, quizá porque no lo había hecho en mucho tiempo o quizá debido a mi mano herida, que seguía palpitando por debajo de las vendas. La sangre de la vaca tampoco me había sentado bien; digerir es difícil cuando llevas una temporada sobreviviendo a base de cualquier cosa que te permita ser funcional durante un ratito más. Además, la sangre de las vacas lecheras es asquerosa.

Dos puertas se cerraron. Después, el clic característico del seguro de un arma. Suspiré, alzando los brazos.

Mierda. Allá vamos otra vez...

—Ah, me preguntaba dónde estaba —le dije a Ryan, que sujetaba mi pistola (mala idea) con una mano (pésima idea)—. No puedes matar algo que ya está muerto.

Arqueó una ceja.

—No, pero puedo intentarlo. Que no te mate no tiene por qué significar que no te vaya a doler.

Ahí tuve que darle la razón, a regañadientes.

Cass, muy pálida, con las mejillas encendidas, le dio un golpecito a Ryan en el brazo que tenía libre.

—No seas idiota —siseó—. Guarda eso y ponle el seguro otra vez.

Después, sin romper el contacto visual conmigo, hundió la mano en el interior de su anorak y sacó de ella un botellín de plástico de Pepsi. Tardé un par de segundos en reconocer la amenaza que aquel líquido transparente suponía.

Dios, odiaba ser percibido como un monstruo.

—¿Agua bendita? —tanteé, y levanté mi mano vendada—. Por favor, no me la tires encima. No tengo ninguna intención de hacerles daño y, aunque la tuviese, tampoco es que esté en la mejor forma del mundo…

Un ligero temblor recorrió el rostro de Cass. Ryan, que tiritaba de frío, seguía apuntándome con la pistola.

Tenía delante a una chica armada con suficiente agua bendita para escaldarme vivo (o muerto) y a un chico que, aunque no lo supiese, tenía un arma cargada con una bala de plata. Y, como había dicho, no me encontraba en mi mejor momento. Tenía todas las de perder, a cada segundo aumentaba la impaciencia de Asher y todavía tenía que morderlos a los dos.

Dios, ¿en qué momento se habían torcido tanto las cosas?

—Dijiste que había un vampiro siguiéndonos —musitó Cass, apenas alzando la voz.

Parpadeé.

—Sí. Asher. Es un cretino, como dije, y los humanos no le caen particularmente bien, así que ya te imaginas la situación. —Volví a suspirar—. Mira, si hubiese querido hacerte daño he tenido, como, un millón de oportunidades. Puedes confiar en mí. Te lo prometo.

Ni Cass ni Ryan bajaron sus respectivas armas. Me di la vuelta, señalando con un gesto a la casa vacía frente a la cual habíamos aparcado. Tardé un par de segundos en escuchar los pasos de los chicos levantando arena roja en mi dirección.

Dios, cómo odiaba todo aquello.

Cass

Traición
1. Falta que se comete quebrantando la fidelidad o lealtad que se debe guardar o tener.

Las tablillas del suelo de la casa chirriaban al pisarlas, de modo que traté de concentrarme en todas las cosas tangibles que podía percibir: cómo brillaban las motas de polvo, retazos dorados a nuestro paso; la respiración pausada de Ryan, ligeramente ronca debido a su predilección por los Lucky Strike; el olor a noche y a peligro que nos rodeaba.

Henry inspiró, apoyándose en la repisa de una de las ventanas del piso superior. Parecía cansado y casi aburrido, la piel más pálida y cetrina que antes, perlada por el sudor.

—Supongo que tengo un par de cosas que explicar —dijo, todavía en español.

¿Qué hace a un monstruo un monstruo? ¿Los dientes afilados? ¿La carne gélida? ¿El hacer de la noche un hogar?

Ryan ladeó la cabeza. Casi podía verlo traduciendo mentalmente, haciendo uso de las clases de la señorita Domínguez (a las que me había apuntado porque tenía el sobresaliente asegurado) para pescar cada palabra.

—Oh, sí —siseó.

Henry se encogió de hombros, como resignándose.

—Nací el 6 de noviembre de 1929 y morí el 28 de diciembre de 1947, a los dieciocho años. —Alzó una ceja—. Me mató Charlie Leonard, el que pensaba que era uno de mis dos mejores amigos.

Ryan me dirigió una mirada fugaz, los nudillos del color de la leche agria. Henry se volvió hacia la ventana, dejando que la luz suave de la luna lo bañase.

—Bueno, naturalmente, no morí del todo. Solo un poquito. Solo lo suficiente para que me pudiesen transformar.

Ryan se humedeció los labios.

—¿Cómo?

Como única respuesta, Henry se pasó un dedo por los dientes. Los colmillos puntiagudos. Resultaban inescapables ahora, pero antes no me habían parecido nada fuera de lo común. Cientos de personas tenían los colmillos puntiagudos, de manera natural o después de una visita a una tienda de modificaciones corporales. ¿Y quién, más allá de los famosos, tenía los dientes rectos y perfectos? Ryan tenía los dientes torcidos, de manera que sus propios colmillos sobresalían casi tanto como los de Henry; mis paletas eran muy prominentes mientras que un huequecito separaba las de Nora, y Lucas estaba a unas vacaciones de Navidad de que le pusieran aparatos. Nada misterioso parecía fuera de lo común hasta que lo era.

—Tienes que introducir el veneno y beber toda la sangre —agregó Henry—. Lleva bastante tiempo y no es… agradable. —Se volvió a encoger de hombros—. No me acuerdo mucho de cuando me pasó a mí, de todos modos, probablemente porque no es algo que quieras recordar. El vampiro que me transformó se llama Quincey Morris. Vive en Texas con un grupito de vampiros, algunos viejos amigos y otros transformados por él mismo. Yo viví con ellos hasta hace poco, unos diez años o así, porque pasado un tiempo todas las conversaciones se vuelven demasiado deprimentes, como te podrás imaginar. ¿El vampiro que nos persigue? Asher Prophet. También fue transformado por Quincey y, como yo, tampoco vive en la casa; podría estar podrido de dinero, pero gasta que es un alucine, y me figuro que si anda de aquí para allá no es para ocultar su condición sino por asuntos turbios y deudas y cosas por el estilo. No sé. Como he dicho, los humanos no le parecen una maravilla, que digamos, y tiene menos escrúpulos que un gánster borracho.

Me pasé la lengua por los dientes, en parte porque tenía la boca seca y en parte para sentir algo, lo que fuese, para convencerme a mí misma de que seguía dentro de mi cuerpo, viva y consciente del peligro.

Estaba muy lejos de casa.

—¿Y por qué nos sigue ese tal Asher? —pregunté, y me sorprendió lo feble que sonaba mi voz, como si hasta un soplo de aire pudiese derrumbarla.

Henry estiró los labios. Parecía más fatigado por segundos, todo gris y blanco.

—Porque le entusiasma meter la narizota en los asuntos que no le atañen, por eso. —Chasqueó la lengua—. Al parecer, lleva siguiéndonos desde que salimos de California. No se fía mucho de mí.

Ryan alzó la barbilla. Como un alumno que se despierta tras varias horas de clase, ahora parecía comprenderlo todo a la perfección, a pesar del idioma.

—¿Por qué?

Henry ladeó la cabeza, casi asombrado por la interjección de Ryan.

—Cree que soy un poco impredecible.

—¿Y eso?

—Un par de años después de que me transformasen... —se volvió hacia mí–. Cass, ¿recuerdas a mi amigo Birdy?

—S-sí, claro. Al que le gustaban los pájaros.

—Ese. Su padrastro era un hijo de puta de mucho cuidado. Le pegaba palizas constantemente y... bueno, le hacía la vida imposible. Yo lo odiaba con todas mis fuerzas, así que un día no lo aguanté más y fui a hacerle una visita.

Me aclaré la garganta.

—¿Lo mataste?

—No, claro que no. —Se mordió el labio inferior–. Bueno, una parte de mí quería, pero... ah, yo qué sé, a mí me criaron de otra manera, ¿sabes? O sea, que no me criaron en la jungla ni nada por el estilo. No puedes ir por ahí matando a la gente. —Aquí se le escapó una risita, como si acabase de darse cuenta de lo curioso de la situación; Ryan y yo, sin ir más lejos, nos reímos también, porque, ¿qué otra cosa podíamos hacer?–. Solo le di un susto. Nada más. Pero, claro, fue por ahí contando que yo estaba vivo y todo lo demás... no es que nadie le hiciera caso. Todo el mundo sabía que bebía hasta por el codo de maravilla... pero eso a Asher no le gustó. Según él, estaba poniendo nuestro secreto en peligro y no se me podía dejar suelto.

"Nuestro secreto". Aquellas dos palabras reverberaron dentro de mí con un eco imposible. Henry era descuidado, pensando (con razón) que nadie recogería las miguitas de pan que iba dejando a su paso y llegase a la conclusión del vampirismo. Los colmillos afilados eran solo colmillos afilados. Casi la mayoría de los adolescentes preferiría vivir en la noche que en el día, de tener la posibilidad de elegir. Miles de personas tenían alergia al sol.

De no haber sido por el espejo, no habría sospechado jamás de Henry.

De no haber sido por el espejo, no estaríamos aquí, sino probablemente ya en Texas, con Nora y con Birdy.

De no haber sido como soy, de no sentir esa necesidad de buscar pruebas de que no estoy loca y de que lo que ven mis ojos es la realidad, no estaría en peligro.

—Sabe que lo sé —dije, una afirmación y no una pregunta.

Y Henry asintió con un gesto, como si hasta una sola una sílaba fuese demasiado pesada para su lengua cansada.

—Quiere matarme —insistí, ante lo cual Ryan se aferró al arma con más fuerza.

Los ojos de Henry se volcaron sobre mí, faltos de brillo y casi de color.

—No. Quiere que yo te... —escaneó la habitación en dirección a Ryan— los mate. O los transforme. No le importa mucho el resultado mientras dejen de ser humanos.

Tragué saliva (mi interior completamente árido, desértico; no hacía tanto que le había dado aquel mordisco al perrito caliente de Ryan, pero me sentía inconmensurablemente vacía, y esta sensación me resultaba más peligrosa y punzante que nunca).

—¿Y qué vas a hacer?

Henry suspiró.

—Si no los muerdo yo, lo hará él. ¿Por qué crees que va detrás de nos...?

—Ah, no —lo interrumpió Ryan, colocándose en el espacio vacío entre nosotros—. Ni de broma.

Dos disparos. Cerré los ojos antes de que el sonido explosivo me hiciese daño en los oídos, creo. La arena y la pólvora me hicieron cosquillas en la nariz.

Henry

Miércoles 10 de noviembre, 1999

La pólvora y la arena me golpearon la cara. Después llegó el dolor. Los cristales, que se habían roto con el primer balazo, clavándoseme en la piel dura de la espalda y de los hombros. Y el otro dolor, el punzante y ardiente bajo mi clavícula; alcé una mano para tapar la herida, para contener el paso de una sangre que no era sangre, que no era cálida ni estaba llena de vida.

—He dicho que tengo que morderlos —farfullé, apretando los dientes, notando cómo ese agujerito con forma de bala en mi carne se cerraba—. Eso no tiene por qué pasar por matarlos o transformarlos.

Ryan dio un paso adelante, bajando el arma.

—Explícate.

Y luego, al unísono con Cass, que también se acercaba:

—¿Estás bien?

—De maravilla —gruñí; mi mano ya estaba seca—. Quizá te sorprenda, pero no es la primera vez que me disparan hoy.

Ryan me dirigió una sonrisa de medio lado, dando otro paso más en mi dirección.

—Me pregunto por qué.

Parecía estar debatiéndose entre seguir el código no escrito masculino (ayudarme a reincorporarme después de darme una paliza) y escuchar a la voz de la razón (no acercarse ni un palmo más al vampiro casi desconocido que tenía enfrente). Se decantó por el término medio: dar un medio paso más y extender, con desgana, el brazo hacia mí, para que yo decidiese tomarlo o no.

No lo hice, principalmente porque mi sentido común me pedía mantenerme lo más lejos posible del tipo que me acababa de dar un balazo.

—Le chupé la sangre a la vaca de un granjero.

Ryan arrugó la nariz.

—¿Por qué ibas a hacer algo así?

Me encogí de hombros.

—No quería venir hasta aquí hambriento.

Cass se humedeció los labios. En la penumbra, con la cara manchada por la pólvora, sus ojos parecían más grises (y más parecidos a los de Birdy) que nunca.

Sus cejas temblaron.

—¿Cuál es el plan?

—Si los muerdo a los dos podremos engañar a Asher.

—¿Cómo?

—Estarían impregnados de mi olor durante un tiempo. La transformación completa dura bastante, así que no llamaría mucho la atención que parecieran humanos por unas horas.

—¿Y qué pasa después?

Miré a Cass primero y a Ryan después. Se habían acercado más, de modo que ahora podía oler el sudor y el miedo en ellos. ¿Cuál sería mi rastro? Nunca había podido percibirlo, pero esperaba que fuese lo suficientemente fuerte para mantener a Asher a raya hasta que llegásemos a Texas.

—Buscamos a alguien más fuerte que se encargue de que Asher nos deje en paz.

—¿Y ese alguien es...? —Ryan frunció el entrecejo.

—Quincey —dije—. Está por encima de Asher, por encima de todos. Y Asher será un desgraciado, pero todavía siente respeto hacía él. Cass tragó saliva.

—¿Y qué te hace pensar que ese Quincey no nos haría daño?

—Es un buen tipo. Y me debe una muy grande.

Cass y Ryan intercambiaron una mirada febril.

—¿Cómo podemos confiar en ti? —preguntó él. Inspiré, estudiando la expresión de Cass, las cejas temblorosas, los labios entreabiertos y las mejillas pálidas y hundidas.

—Si hubiese querido hacerte daño habría tenido un millón de oportunidades de hacerlo —susurré—. Vamos, tú me conoces.

Cass cerró el puño y lo hundió en el fondo del bolsillo de su sudadera. Todavía tenía la botella de Pepsi en la otra mano, sujeta con dos dedos.

—No del todo —dijo, con la voz más triste del mundo.

Bajé los ojos al suelo, a las esquirlas de cristal roto y a la arena roja que se me pegaba a las botas.

—Todo lo que te he contado es verdad —le aseguré—. Solo hace falta rellenar algunos detalles. Mi mejor amigo era Francis St. James, pero todos lo llamábamos Birdy porque le gustaban mucho los pájaros; podía reconocerlos en cualquier momento, en cualquier lugar. Vivía con mis padres en una granja a las afueras de Corpus Christi. Éramos católicos. —Tomé aire; estaba tejiendo las palabras, uniendo unas con otras, pero no me abrigaban como un jersey, sino que me aprisionaban el cuello como la más apretada de las bufandas—. Mi hermano mayor murió en 1945, un par de meses antes de que yo cumpliese los dieciséis. Nunca superé eso.

Cass extendió la mano sin llegar a tocarme. Quedó allí, suspendida, teñida del leve plateado de la luz de la luna.

—Lo siento, Henry.

Sacudí la cabeza.

—¿Quieres una prueba de que puedes confiar en mí? Puedo proponerte algo.

—¿El qué? —repuso, casi sin voz.

—No he podido visitar a mis padres y a mis hermanos en todo este tiempo. Cuando eres como yo… no puedes entrar en los sitios que tienen imágenes religiosas, no sé por qué. Cuando estaban vivos, no podía entrar en mi casa porque mi madre era muy devota y estaba toda llena de vírgenes y de estampitas de santos y de cosas así. Y ahora que están muertos… bueno, no es como si pudiese entrar en un cementerio católico, tampoco. Me… bueno, estaría bien que alguien fuese por mí, ¿eh? A dejar flores y cosas así. —Me mordí la cara interna de las mejillas; sabía a sangre seca y a remordimientos—. No podrías hacerlo si te matase o te transformase.

Cass bajó la cabeza. Parecía estar estudiando sus deportivas, el suelo, la distancia entre nosotros. Cuando al fin alzó la vista, pude ver la marca de unas lágrimas silenciosas en sus mejillas espolvoreadas de arena.

—Está bien —musitó—. Está bien. Confío en ti.

Ryan soltó un ruidito explosivo por la nariz.

—Tampoco tenemos muchas opciones, reina del baile. —Dio un paso más que lo interpuso entre Cass y yo—. Me parece bien, vaquero, pero yo primero.

Cass suspiró.

—Vamos, Ryan…

—¿Qué? —dijo, ya quitándose la chaqueta y tirando del cuello de su camiseta para mostrarme su piel, blanca y con un ligero olorcito a desodorante Teen Spirit–. Ya sabes que lo probaré todo una vez. –Me miró por encima del hombro–. Intenta no hacerme mucho daño.

Solté una risita seca.

–De acuerdo, pero todo el asunto del cuello suena bastante íntimo. –Lo tomé del brazo–. Si no te importa…

Le entró la risita tonta.

–Está bien, está bien, vaquero. Pero no me dejes mucha marca. Lo último es darle al cretino de mi padre motivos para pensar que me drogo.

No respondí a aquello verbalmente. Me incliné, el olor a Teen Spirit y a sudor más fuerte e inescapable, y ya casi podía sentir el calorcito que emanaba la piel bronceada de Ryan cuando agregó:

–Pregunta rápida, ¿has hecho esto alguna otra vez?

Alcé el mentón.

–No con humanos.

Ryan soltó una carcajada nerviosa.

–Eres un vampiro amistoso, ¿no? Como Casper, el fantasma. Supongo que eso significa que me he llevado la virginidad de todos los presentes.

–Sí, bueno, yo podría decir lo mismo de ti. Asumiendo que este es tu primer rodeo, por supuesto.

–Asumiendo.

Y solo fue eso. El contacto de la piel y los dientes, la sangre (dulce, sorprendentemente) bajando suave por mi garganta. Fue como un despertar, como si los bordes del mundo fuesen más afilados, como pasar de baja a alta resolución. Nunca había tenido tanta hambre como entonces, nunca había tenido un vacío tan gigantesco (del tamaño de un dios, casi) en mi interior, ni tantas ganas de llenarlo. Podría haberle chupado toda la sangre, y después continuar con Cass; podría haber tomado el coche, después, conducir hasta la ciudad más cercana y arrasar con todo. Nunca más volvería a estar satisfecho.

Separé la boca de él, inspirando aire despacio, y me dejé caer en el suelo. Nunca más volvería a estar satisfecho. Siempre tendría ese recuerdo, como una cicatriz, ese regusto en mi lengua, ese perpetuo espacio vacío bajo mis costillas. Siempre echaría de menos ese sabor, ese subidón. Y todavía tenía que morder a Cass.

—Odio tener que preguntar esto, pero nunca más voy a tener esta oportunidad —jadeó Ryan—. ¿Estoy rico?

Cass bufó, poniendo los ojos en blanco. A punto estuve de hacer lo mismo, pero una arcada me hizo doblarme sobre mí mismo. La urgencia, en este caso, fue más rápida que la vergüenza, y un charquito de sangre creció en el suelo frente a mis caderas.

—Supongo que no.

—No tendría que haberle chupado la sangre a esa vaca —masculló, secándome los labios con el dorso de la mano—. Perdón por el desastre que acabo de dej…

—Qué más da —resopló Cass, remangándose—. Acabemos con esto cuanto antes.

Asentí, sujetando su brazo. La calidez de su piel contra la mía hizo que un escalofrío me recorriese la espina dorsal.

Ese sabor.

Ese hueco cada vez más gigantesco y ruidoso en mi estómago.

¿Y si no podía parar? ¿Y si me convertía en el monstruo, después de todo?

—Oye —le dije a Ryan—, sepárame si llevo más de diez segundos bebiendo.

—Oh, con ella es "sepárame si llevo más de diez segundos bebiendo", pero conmigo fue que te parta un rayo si te dejo seco.

Me encogí de hombros.

—Nunca había probado la sangre humana antes. No sabía

que... mira, es como si hubiese estado a dieta durante cincuenta años y de repente hubiese recordado a lo que sabe la comida. Y tengo mucha hambre.

—Okey, okey —dijo Ryan, alzando los brazos.

Para asegurarme de que iba en serio, agarró la botella de agua bendita y la enarboló ante mí.

—Te separarás a tiempo, vaquero. No vas a arruinar una dieta de cincuenta años.

Asentí, inclinándome ante el antebrazo de Cass. De nuevo aquella extraña caricia entre la piel y los dientes, aquel sabor embriagador, aquel agujero que gritaba y saltaba y me pedía que siguiese bebiendo/que no me detuviese/que mi cabeza no volvería a estar tranquila hasta que lo llenase de sangre.

Podría beber para siempre. Podría saciarme, por una vez; pensar en mí, por una vez. Ya estaba condenado, de todos modos.

Pero recordaba el primer beso que le había dado a Birdy, en la catedral de Corpus Christi. Y cuando mi hermano murió lloré tanto que me dio la sensación de que jamás volvería a ser capaz de inspirar hondo, hasta que lo hice. Y cuando Birdy y yo nos escapamos de casa mi corazón latía con tanta fuerza que todos los demás sonidos (el motor, los neumáticos, el viento) sonaban ahogados y muy lejanos. Todavía no era un monstruo. Todavía me acordaba de todo eso.

Me aparté, apoyando la cabeza en la pared desvencijada.

—Te dije que no ibas a arruinar una dieta de cincuenta años —dijo Ryan—. Además, tiene anemia. Apuesto a que su sangre no estaba tan buena como la mía.

Le dirigí una sonrisa cansada, como de cartón. Solo cuando me levanté me di cuenta de que la botella de Pepsi, en sus manos, estaba destapada.

Casi.

Casi humano y casi monstruo. Siempre iba a bailar en ese casi.

CALIFORNIA

TEXAS

★ Parte 3

Cass

Orenda
1. La fuerza mística que existe dentro de cada persona para empujarla a cambiar el mundo o su propia vida.

Volvimos a la carretera y al frenesí casi maniaco de avanzar en kilómetros. Ryan había insistido en conducir él mismo, tras devorar la mitad del paquete de cacahuates (sabor: wasabi) que tenía en el coche y a pesar de que apenas había cabeceado hasta que Henry irrumpió en nuestra huida.

Todavía no había amanecido, aunque no quedaba mucho. Le pregunté a Henry si quería contarme algo de su vida, ahora que podía hablar con todo lujo de detalles, pero dijo que no.

—Es que odio hablar de los muertos. Sobre todo el hecho de que, cuanto más lo haces, más ficticios se convierten, ¿lo entiendes? Quiero decir, que se vuelven un poquito más la idea que tienes de ellos y un poquito menos lo que eran realmente.

No insistí. Estaba nervioso desde que habíamos abandonado Lincoln, podía notarlo a la perfección. A ratos miraba por la ventana y a ratos se concentraba en la etiqueta plástica del botellín de agua de coco que habíamos comprado en el primer área de servicio que encontramos.

Lo comprendía, más o menos, salvando las distancias. No me gustaba comprenderlo, pero lo hacía. La primera vez que me intenté recuperar desayuné leche con galletas. Solo eso. Mi tía Merche había traído galletas María de España y durante seis días seguidos tomé, exactamente, tres galletas, una manzana pequeña y un vaso de leche semidesnatada para desayunar, porque tenía que ser perfecta hasta para la recuperación; la perfecta paciente con el perfecto desayuno de los cam-pe-o-nes.

Al séptimo día, sin embargo, me desperté con hambre; nadie me había dicho que, a medida que comes, tu estómago se abre y se abre y pide que entren más alimentos en él. Así que, al séptimo día, las tres galletas se volvieron seis, y después nueve, y después me había comido todo el paquete y todavía tenía hambre, de modo que agarré los cereales de Lucas y me preparé un bol, y después me serví una tostada de crema de cacahuate, y después, y después, y después… había olvidado lo fuerte que era el sabor del azúcar, simplemente, lo despierta y alerta que te sientes después de una sobredosis de dulces. Solo pude pensar en comida a partir de entonces. Cuándo llegaría el próximo plato y qué sería. Si me permitiría comprarme una chocolatina en la cantina. Si la tarta de Santiago sabría exactamente como lo hacía cuando era pequeña o si un rollito de canela me haría recordar cómo se sentía estar realmente viva.

Así que comprendía a Henry, salvando las distancias, pero no quise decírselo porque me pareció que estaría haciéndole un flaco favor, comparando mis problemas con los suyos.

Cuando cruzamos la frontera, de todos modos, y aunque no estaba prestando atención a la ventanilla y esta estaba cerrada, dijo:

—Huele a Texas.

Ryan soltó una risita seca, pasando de canción de los Smashing Pumpkins a Fiona Apple.

—¿Y eso qué es? ¿Sudor de vaquero y grasa de barbacoa?

Pero Henry solo sonrió, abriendo la ventanilla y sacando la cabeza fuera, dejando que el viento fresco de la madrugada le revolviese el pelo.

—No. Es naturaleza y calor y arena y… todo. Es todo.

Inspiró, cerrando los ojos, como si quisiese tomar todo aquello y tragarlo, dejar que lo hinchase como un globo. Y, de alguna manera, fue como si Texas le abriese la boca y le tirase de la lengua, porque agregó:

—De acuerdo. Estoy preparado para hablar de mi hermano.

Le di un golpecito en la muñeca. Estábamos los dos sentados atrás, con todos nuestros bártulos haciendo de copiloto.

—Solo si quieres.

Una sonrisa luminosa y fugaz hizo que las pecas bailasen en los pómulos de Henry.

—Vamos, Harvard, no me digas que no te gustan las historias. ¿Cómo pretendes ser periodista si no estás dispuesta ni a escuchar una buena historia?

Su sonrisa era contagiosa.

—Está bien, dispara.

Hasta hizo el gesto de las pistolas con las manos, como inicio. Texas le sentaba bien.

Mi hermano volvió de la guerra en 1949, cuando yo ya estaba muerto. Él también lo estaba, claro, solo que de una manera muy distinta. Él siempre hacía las cosas bien, ¿eh? A su manera, pero bien. Incluso en la muerte, fue mejor hombre que yo.

Supongo que primero debería hablar de las noticias que recibimos de Londres en 1945. Mi hermano mayor, Eddie, estaba bastante mal. Romus, que era el mediano y estaba en el Pacífico, había sido tan vehemente con su superstición de que salir de todas las batallas sin un rasguño daba mala suerte que, al principio, nos tomamos bastante bien que a Eddie le hubiesen dado. Porque, de alguna manera retorcida y misteriosa, Romus siempre tenía razón, como si un dios le susurrase las cosas al oído.

Cuando les conté a los chicos la situación, y que lo más posible era que a Eddie le amputasen la pierna, si es que no lo habían hecho ya, Charlie comentó:

—Deberías escribir a Romus enseguida. Cuanto mayor sea la herida mayor la alegría, ¿no? O sea, eso va a acabar con la mala suerte de Eddie para todo lo que queda de guerra.

A lo que Birdy contestó:

—Eres tan ignorante que no vales ni para que te estudien.

—¿Qué? No me digas que no es el tipo de lógica que sigue Romus. Es una mierda, sí, pero después de eso van a traer a Eddie a casa, ya lo verás. Podría ser mucho peor.

Me mordí una uña.

—Sí, supongo que sí.

Charlie hablaba desde la experiencia, de todos modos. A uno de sus hermanos mayores nunca lo traerían a casa, no al menos de la manera en la que él esperaba que lo hicieran con Eddie.

Pero lo cierto era que, sí, Eddie estaba bastante mal, y no me apetecía escribirle a Romus sobre eso, porque Romus no sabía encajar bien las cosas tristes y difíciles de la vida.

Dos semanas más tarde, mientras ayudaba a mamá a fregar los platos, vi el coche negro de la Western Union bajando por nuestra calle. Mamá estaba ocupada secando y guardando la vajilla y no se dio cuenta; si lo hizo, como mucho, pensaría que me había vuelto a distraer con la primera tontería.

¿Y sabes qué ocurría cuando veías a un coche de la Western Union por tu calle? Rezabas la oración más oscura y terrible de todas, porque en esos momentos no podías desear nada con tantas fuerzas como que el muerto fuese de otros.

Aquella mañana en particular fue como si todo el agua que contenía el océano que me separaba de Eddie se vertiese en mis pulmones. Cuando ya me ahogaba, y los bordes que dibujaban mi mundo se difuminaban, el coche pasó de largo y desapareció. Pude respirar, de nuevo.

—Tienes que dejar de distraerte con todo —suspiró mamá, ajena al peligro que acabábamos de sortear—. Francis me ha dicho que quieren entrar en una buena universidad, ¿no? Vas a tener que trabajar muy duro y para trabajar duro tienes que centrarte un poquito más.

Dos, no, tres minutos más tarde, llamaron a nuestra puerta. Quise decirle a mamá que no se molestase, que no abriese, que si no prestábamos atención no estaría ocurriendo realmente, pero me había quedado sin voz; separé los labios, sí, pero de ellos solo salió aire mientras veía cómo mamá caminaba hasta la entrada.

Después oí, por orden de aparición:

La puerta que se abría.

El trabajador de la Western Union presentándose.

Mamá pidiéndole que abriese él la carta, por favor, que ella no podía (NO PODÍA) abrirla y leerla, que tenía a dos hijos en el frente y NO PODÍA.

El trabajador de la Western Union explicándole, con una dulzura extrema, que la ley se lo impedía, que tenía que ser ella.

El sobre que se rasgaba.

El grito, que abrió la Tierra en dos y creó una grieta a través de la cual quise caer, pero no lo hice.

Cuando llegué al club, solo Charlie estaba allí. No era una rareza. Birdy siempre tenía cosas que hacer, algún trabajito que otro o algún profesor al que molestar, y siempre se dejaba caer por el local abandonado del puerto cuando le apetecía y no necesariamente a la hora que habíamos acordado. Charlie, por otro lado, siempre parecía estar allí, leyendo un

cómic o comiendo o devorando su reserva de revistas sucias, incluso en
días, como aquel, en los que no habíamos quedado en absoluto.

No le gustaba pasar mucho tiempo en su casa, a Charlie.

—Ah, por fin se te ve el pelo, galan —dijo, apenas levantando la vista
*de su libro (*Barrack-Room Ballads *de Kipling, lo recuerdo perfectamen-*
te—. Me aburría como una ostra aquí tir...

Se detuvo. Al decir eso había alzado la mirada, y debió de leer
todo tipo de cosas en mi expresión o en lo encendidas que estaban mis
mejillas contra la palidez espectral de mi piel o en lo mucho que me
temblaba el labio inferior.

Todo el color huyó de su cuerpo, también.

—Mi hermano está muerto —le dije, y mi voz me sonó casi como la
de otra persona—. Romus está muerto.

Charlie lloró antes de que lo hiciese yo, eso también lo recuerdo.
Una sola lágrima descendió por su mejilla y tuvo que sorberse los mocos
antes de levantarse y venir a abrazarme. Ese fue el momento en el que
me derrumbé. Es como si el contacto físico me hubiese tomado por sor-
presa, o como si el calorcito de otro cuerpo me hubiese descongelado,
pero empecé a llorar. Y mi cara se puso roja, ardiendo, en llamas, y
nunca pensé que un ser humano pudiese tener tantas lágrimas dentro,
que la sola tristeza pudiese cansarte tanto, como si tus huesos pesasen
como el hierro.

—¿Qué voy a hacer ahora? —hipé—. ¿Cómo voy a seguir viviendo?

Charlie tomó aire.

—Dejas que pase un día. Y otro. Y otro. Y tu dolor no se va a hacer
más pequeño, da igual lo que diga la gente, pero es como... como si ahora
tu cuerpo fuese exactamente tan grande como tu dolor, ¿no? Y a medida
que pasan los días tu dolor no se hace más pequeño pero tu cuerpo se
hace más grande y vas a poder pensar en él y luego vas a poder hablar
de él y luego vas a hacer las paces con el hecho de que ya no esté.

Negué con la cabeza.

—No puedo hacer eso. Sabes que no puedo hacer eso.

—Ahora no, eso está claro. Date tiempo.

Y de algún modo me reproché no haberme preparado para aquello. Por supuesto que las personas como Romus no podían vivir más allá de ciertos años. No podía explicarlo, pero lo sentía así, siguiendo exactamente el tipo de lógica retorcida e infantil que él habría preferido. Las personas como Romus no pueden sobreponerse a los grandes traumas de la vida; no pueden comprender la crueldad o el dolor, por mucho que le den vueltas al asunto. No están hechas para esta vida, simplemente. Ahora lo veía muy claro. En el permiso Romus no dejaba de hablar de la malaria y de que no quería hacer ciertas cosas o ver a ciertas personas debido a ella, pero nunca había hablado de la malaria, realmente; "malaria" era la palabra que usaba para referirse a la rotura dentro de él, a todas las cosas oscuras y terribles que lo acechaban y ante las cuales no tenía armas con las que defenderse.

No sé cuánto tiempo pasé así, llorando en el hombro de Charlie, completamente rojo y tembloroso, pero el aire entró frío cuando Birdy abrió la puerta.

—Bueno, muchachos, soy oficialmente un genio. Dentro de muchos años, cuando mi nombre esté en boca de todos, se hablará de...

Nunca supimos qué le había pasado a Birdy ni por qué era un genio, ese día en concreto. La voz se le murió en los labios cuando me vio llorando, y se fue sin decir ni una palabra. Después de todo, si había alguien que podía leerme con toda facilidad, como un libro escrito en un idioma que solo los dos comprendíamos, era Birdy.

Regresó veinte minutos después, con una manta, que me pasó por encima mientras me sentaba, y una taza humeante de chocolate, que colocó entre mis manos.

—Romus está muerto —le dije, y él solo asintió con un gesto, acariciándome el brazo.

—Ya lo sé. Ya lo sé, amigo, ya lo sé.

–No sé qué voy a hacer ahora.

–No tienes por qué saberlo. Bébete el chocolate. Tómatelo poquito a poco.

No hablaba de la bebida, entonces. Di una cabezada, secándome las lágrimas con dos dedos, como si quisiese que el calor de la taza pasase también a mi cuerpo, descongelándome y despertándome.

Y Birdy siguió acariciándome y abrazándome, y cuando me bebí la mitad del chocolate dije:

–Quiero alistarme.

Charlie movió la cabeza con mucha pena.

–No digas tonterías. No has cumplido ni los dieciséis.

–¿Y? No sería el primero. Puedo falsificar los papeles. Me sé la firma de mi madre de memoria.

–¿Y le vas a hacer eso? Acaba de perder a un hijo, tiene a otro en un hospital en Europa...

Negué con la cabeza.

–No puedo quedarme aquí un minuto más. Tengo que hacer algo.

Birdy intercambió una mirada con Charlie.

–Está bien –dijo al fin, y Charlie se llevó una mano a la cara.

–Bird, por Dios, no lo animes.

–Déjame en paz. –Birdy me miró a los ojos–. Está bien, ¿okey? Me alistaré contigo. Iré adonde tú vayas. –Tragó saliva–. Ahora no, claro, la oficina está cerrada. Pero mañana recogeré esos papeles y nos alistaremos juntos, ya verás.

Me sorbí los mocos mientras Charlie, que ahora daba vueltas en círculos detrás de nosotros, maldecía por lo bajo.

–¿De verdad?

–Sí, claro. Es muy importante que vaya yo porque, lo siento, pero no pasas por dieciocho. Si vas a la oficina no te darán ni la hora. Yo consigo esos formularios y los rellenamos y nos vamos. Será fácil.

–Sí.

—Sí, te sentirás mejor.

—Sí, creo que sí.

Nunca consiguió esos formularios. La oficina siempre estaba cerrada o él se había entretenido al salir de trabajar o... siempre había contratiempos. Y los días fueron pasando, como dijo Charlie, y el duelo no se hizo más pequeño pero sí más manejable. Podía distraerlo y conseguir que me abandonase durante un par de minutos, a veces, cuando tenía mucho que estudiar o cuando me iba a ayudar a mi tío o cuando mamá necesitaba que alguien le echase una mano en casa.

Henry

Jueves 11 de noviembre, 1999

Nos detuvimos a las afueras de Brenham, Texas, cuando ya anochecía. No pude dormir en todo el día, en primer lugar porque quería estar alerta para darles las direcciones a Cass y a Ryan, y en segundo lugar porque volver a casa estaba teniendo un efecto muy particular en mí. Es como si fuese tan consciente de todos los pequeños detalles que me rodeaban. Aunque estaba tapado con la manta para evitar las quemaduras del sol, mi cuerpo, de alguna manera, sabía reconocer en qué zona específica de Texas estábamos.

Los lugares a los que Eddie había ido de acampada con sus compañeros de clase, el verano justo antes de la guerra. Los ranchos de los que Romus tanto solía hablar, diciendo que algún día viviría en ellos, cuando solo tuviese que jugar al fútbol y criar caballos. Los puntos en un mapa polvoriento de la clase de Geografía que se convirtieron en planes de viajes de graduación. Todo tan real y tan luminoso que me hacía daño en los ojos.

—¿Así que aquí es donde vive el Quincey ese? —preguntó Ryan, dando vueltas sobre sí mismo para estudiar mejor las casas de un solo piso pintadas de colores pastel y los grafitis de la bandera de Texas y las farolas antiguas, al estilo candil.

Salí del coche.

—No, aquí es donde vive Eli Gittelsohn.

Ryan bajó las cejas.

—¿Quién?

—Es un amigo.

Estiró los labios en una mueca burlona.

—Oh, sí, uno de tus amigos.

Y se inclinó sobre el maletero para, por lo visto, extraer de él un viejo bate de béisbol. Cass respondió a eso con una carcajada genial.

—Sí, que eso te va a servir de mucho contra un vampiro.

Ryan sonrió, llevándose dos dedos a la sien derecha.

—Piensa, cariño. ¿Qué hace daño a los vampiros? El agua bendita —señaló la botella de Pepsi que Cass guardaba en el bolsillo interno de su chaqueta— y la plata. Siempre voy un paso por delante.

Para ilustrar su afirmación, se quitó las dos medallas que pendían de su cuello y las enroscó en el bate, de modo que no cayesen.

Arqueé una ceja.

—Lo que sea. ¿Podemos ponernos en marcha ya? Me muero de hambre.

Aquello funcionó a la perfección. Ryan dejó de protestar, y al momento pude escuchar el sonido sordo de sus zapatillas arrastrándose en la arena.

Nunca había estado en la residencia actual de Eli, aunque la reconocí gracias a la carta que me había mandado cuatro años antes, cuando se mudó a Brenham. Su plan, que llevaba ejecutando desde hacía casi dos siglos, era sencillo. Me lo había contado por primera vez en Nueva Jersey, en 1949, cuando Asher me lo presentó.

—Cuando estaba vivo mis padres tenían una carnicería kosher —me había dicho, de manera casi aburrida, sin apenas separar la vista del cómic que estaba leyendo—. ¿Sabes lo que es una carnicería kosher?

Me encogí de hombros. Él, entonces, vivía en un piso diminuto y muy mal ventilado; puesto que ya era de noche, Asher insistía en abrir todas las ventanas y sacar la cabezota a intervalos de cinco minutos mientras maldecía por lo bajo.

—Una carnicería para judíos, supongo.

Eli estrechó los ojos.

—Para que la carne sea kosher tienes que deshacerte de la sangre, ¿eh? Es el trabajo perfecto para mí ahora. Puedo ganarme el sueldo vendiendo carne a mi comunidad religiosa y después ayudar a… los miembros más desfavorecidos de mi otra comunidad a no pasar hambre, ¿entiendes?

—Deberías vender la sangre, también —dijo Asher, su voz ahogada y lejana.

Eli le tiró el cómic a la cara.

—Deberías meter la nariz en tus propios asuntos. —Se volvió otra vez hacia mí—. Es el plan perfecto.

Sacudí la cabeza.

—¿Y cómo vas a trabajar en la carnicería cuando hace sol?

Eli se señaló.

—No, no, no, Buckley, la carnicería me pertenece. Solo tengo que contratar a un humano para que haga los turnos de mañana y ya estaría.

—¿Y cómo consigues que la gente te tome en serio? Es decir, ¿cuántos años tienes? O, ya sabes, ¿cuántos años piensa la gente que tienes?

—Veintiuno.

—¿Y la gente te toma en serio?

—Siempre digo que estoy retomando el antiguo negocio que mi abuelo llevaba hacía años. Él sigue estando al mando, pero ahora está muy enfermo...

—No lo capto.

—Yo soy el abuelo —Eli sonrió—. Voy de ciudad en ciudad cada cierto tiempo. Vuelvo en un periodo de unos cuarenta, cincuenta años, para resultarles vagamente familiar a las personas más viejas de la comunidad. Me ha ido bien hasta ahora. Le da algo de sentido a mi existencia, ¿eh? Ayudar a los míos. Y es un poco divertido, engañar a tanta gente. Tú también deberías pensar en lo que quieres hacer. La eternidad es demasiado larga ...

Pues bien, habían pasado cincuenta años de eternidad y no solo no había seguido el consejo de Eli, sino que además había hecho todo lo contrario. No había encontrado nada que le diese ni siquiera un poquito de sentido a mi condición, y desde que me había mudado a California no es como si mi vida fuese la cumbre de la diversión, precisamente.

Silbé al acercarnos a la puerta, pintada de un lila muy claro. El mismo silbido de tres notas que utilizaba en Nueva Jersey cuando necesitaba que me abriese la puerta de su casa. Como entonces, primero escuché los pasos agitados, y después vi su cara, larga y bronceada, y los ojazos negros, enmarcados por unos mechones muy lacios y brillantes. Tenía el mismo aspecto que la última vez que nos habíamos visto, excepto porque ahora llevaba puestos unos pantalones de pijama y una sudadera de Nirvana gigantesca.

—¡Buckley! —Sonrió, dándome una palmadita en la espalda (era considerablemente más bajo que yo, de modo que tuvo que ponerse de puntillas)—. Pasa... pasen.

En cuanto estuvimos dentro, con la puerta cerrada, sin embargo, me puso la mano en el pecho y me empujó hasta arrinconarme contra la pared.

—Dime, Buckley querido, ¿por qué ha estado Asher Prophet por aquí?

Tragué saliva.

—¿Asher ha estado aquí?

Eli no me contestó directamente. Costaba bastante interrumpirlo cuando se disponía a perorar.

—Odio a ese tipo. Sabes que odio a ese tipo. Siempre cuenta las mismas cuatro historias. Llevo escuchando las mismas cuatro historias desde 1929. Estoy harto de su voz, y ya sabes cómo adora escucharse a sí mismo. Voy a matarte, Buckley.

—¿Ahora qué soy, el guardián de Asher? Si pudiese influenciar adónde va, créeme, haría que me dejase tranquilo una temporadit...

Eli, sin rebajar la presión que ejercía sobre mí, utilizó la mano que tenía libre para hacerme un corte de mangas.

—Pues tú me dirás, porque hace dos días que pasó por aquí a buscar sangre para ti. Dijo no sé qué disparate de que ahora sí que habías metido la pata hasta el fondo y...

Se detuvo, como azotado por la presencia de Cass y de Ryan, que habían optado por aferrarse a sus armas y por mantenerse lo más alejados posible de nosotros. Aunque, naturalmente, los había visto antes, cuando nos dejó pasar, solo ahora pareció darse cuenta de las ramificaciones de su presencia. Sus cejas se sacudieron.

—¿Por qué huelen esos dos a ti? —Chasqueó la lengua—. ¡Demonios, Buckley! Asher tenía razón, ¿no? Esta vez sí que la has complicado.

Negué profusamente con la cabeza.

—No, no, no. Es una historia un poco larga, pero puedo explicártela. —Arqueé una comisura—. Preferiblemente si me sueltas y me das una bolsa de sangre. Tengo un hambre atroz.

Las aletas de la nariz de Eli temblaron. Luego, con extrema

parsimonia, bajó la mano hasta poder hundirla en el bolsillo de sus pantalones.

—Está bien. Ven a la cocina.

Le conté toda la historia, iluminados por la luz amarillenta de la única bombilla que pendía, decadente, del techo. Me llevó bastante tiempo, principalmente por la necesidad de parar a beber cada dos frases y por el hecho de que Ryan insistía en aportar su versión de los hechos constantemente. Cuando terminamos, Eli dio un golpe sobre la mesa que casi vuelca el vaso de sangre que estaba devorando.

—¡Maldito Asher! —gruñó, mordisqueando su pajita; él también estaba bebiendo, no sé si para acompañarme o porque le hacía falta de verdad—. Ya te he dicho que odio a ese tipo y a sus ideas de mierda. —Aclaró la garganta para disponerse a deleitarnos con una imitación bastante decente de la voz fría y pausada de Asher—. "Los vampiros tienen que mantener su secreto bajo cualquier circunstancia. Los vampiros son superiores a los humanos. Si cometes una infracción vas a tener que vértelas con la élite vampírica". ¡Argh! —Puso los ojos en blanco, volviéndose hacia Ryan y Cass—. ¿Saben a qué me recuerda un montón?

Cass se encogió de hombros, sonriendo vagamente.

—No, ¿a qué?

—A la supremacía blanca. —Me dio un codazo—. Buckley, escucha a la voz de la experiencia. Llevo por aquí más de un siglo y sé más que ese imbécil de Asher, ¿de acuerdo? No deberíamos estar vigilándonos los unos a los otros como si fuésemos una sociedad secreta. ¿Sabes qué es lo que deberíamos hacer? Unirnos contra los crápulas como Asher. Los vampiros con sentido común somos más.

Ryan arrugó la nariz.

—¿Como un sindicato?

Eli parpadeó.

—Sí, exactamente como un sindicato. —Me dio otro golpecito—. ¿Y tú qué dices?

Tragué. Estaba alimentándome como un cerdo, deshaciéndome de una bolsa tras otra, y mis ansias de llenar ese espacio vacío en mi estómago hicieron que me olvidase de cualquier rastro de etiqueta o buena educación. Me sequé los labios con el dorso de la muñeca.

—Estoy de acuerdo, pero asentir verbalmente me impide comer.

—Ese es el motivo por el cual no deberías beber sangre humana si no estás acostumbrado. ¿Cuánto tiempo hace desde la última vez?

Estiré los brazos para tomar una última bolsa. Eli las había dispuesto en el frutero como si se tratasen de extrañas gelatinas de fresa.

—¿De la última vez de qué?

Señaló con un gesto en dirección a Ryan y a Cass.

—Ya sabes.

—Oh. Bueno, esta fue la primera vez.

Se dio una palmada en la cara.

—Ay, pero ¿qué te enseñó Quincey? No me extraña que tengas tanta hambre.

Me mordí el labio inferior.

—Sí, bueno, ¿y qué hago para solucionarlo?

Bufó.

—Jugabas al fútbol cuando estabas vivo, ¿no?

—Sí, habría jugado para Columbia si no... bueno, ya sabes. ¿Y qué?

—¿Tu entrenador nunca te puso a dieta?

—Sí, claro. —Le tiré una bolsita vacía a la cara—. Para ganar peso. Era defensa, tenía que estar fuerte.

Eli hizo una bolita con la bolsa y la arrojó por encima de su cabeza, en dirección al cubo de basura. No acertó, pero fue un intento muy poco desdeñable.

—Bueno, da lo mismo. —Dio dos palmaditas sobre la mesa—. Autocontrol. Deja de darte un atracón en mi cocina, toma todas las provisiones que necesites y asegúrate de tomar una cada dos o tres horas. —Le dirigió una mirada fugaz al reloj de pared—. Deberían ponerse en marcha mientras es de noche. El bar de Quincey no está tan lejos. Si salen ya pueden llegar antes de que amanezca.

Cass tomó aire. Jugueteaba con el anillo de oro de su dedo corazón.

—¿Y qué pasa con Asher?

Eli le sonrió.

—Ya me ocuparé yo, si hace falta. Como ya he dicho, llevo por aquí bastante más tiempo que él.

Sacudí la cabeza.

—No te confíes.

—Oh, tranquilo, no lo hago.

Henry

Jueves 11 de noviembre, 1999

Aunque sé que es imposible, porque estábamos en un coche y ni siquiera me había transformado, habría jurado que podía escuchar el bullicio y el caos terrible del Black Cat Saloon. Había pasado muchos años allí, en las amplias habitaciones sobre él, lamentándome y deseando poder remar hacia el pasado. El tiempo transcurre de forma distinta cuando eres un vampiro. Habría podido tratar de visualizar a todos los individuos tomándose un trago en el bar y, cuando hubiésemos llegado, la realidad habría sido un calco perfecto de la imagen en mi cabeza.

—Quincey es quien te transformó, ¿no? —me preguntó Cass, de nuevo en su faceta más periodística, y me sorprendió darme cuenta de que no habían pasado tantos días desde que nos pusimos en marcha.

Asentí.

—Sí, el mismo. Excepto por eso, es un gran tipo. Por supuesto, no había manera de que fuese a imaginarse que la eternidad me iba a dar mil patadas... así que intento no odiarlo mucho por ello.

Estaba conduciendo solo por no pensar en el hambre y en Asher. Ryan, que no estaba muy convencido con la disposición, había insistido en ser mi copiloto, y me pasaba bolsas de sangre a intervalos periódicos antes incluso de que pudiese pedírselas.

Cass, desde el asiento trasero, agregó:

—No sé por qué, el nombre me suena un bast...

Solté una risita.

—Ah, es posible que hayas leído sobre sus peripecias no vampíricas en un librito... ¿*Drácula*, creo que se llamaba?

Ryan subió los pies al salpicadero.

—Ni de broma.

—Ah, pero no se lo menciones. Te dirá que "ese irlandés miserable" lo escribió todo mal, que inventaba más que hablaba y un sinfín de cosas más. Por lo demás, no le importa mucho hablar de su vida antes de ser vampiro. —Ladeé la cabeza; en la oscuridad, los árboles junto a la carretera parecían pertenecer a la más oscura de las junglas—. Tuvo una transformación bastante traumática, ¿eh? Un grupo de vampiros se le echó encima y lo atacaron, y a día de hoy no está seguro de cuál de ellos fue el que lo transformó o si es posible que más de uno te transforme. Así que él cree en solo transformar a gente que se está muriendo... o gente que está desesperada de veras... digamos que se toma el asunto de manera bastante compasiva. Cree que vivir para siempre es algo bastante útil y noble y cosas así.

Cass se humedeció los labios.

—¿Eso es lo que te pasó a ti?

Me encogí de hombros.

—No lo sé. No me acuerdo de casi nada, excepto del dolor. Tampoco me parece la conversación más estimulante del mundo, así que por lo general abandonaba la habitación cuando me parecía que Quincey o Asher iban a empezar a hablar de ello. Pero sí, me estaba muriendo, y supongo que Quincey me encontró así y se compadeció y se dijo que era muy joven y estaba muy asustado y que probablemente me estaría haciendo un favor.

Solo recuerdo que estaba tirado en el suelo, junto a las vías del tren, y que el cielo estaba excepcionalmente claro de esa manera en la que a veces lo está en diciembre, cuando las estrellas parecen casi derramadas sobre un paño azul cobalto. Me sentía, al mismo tiempo, helado y en llamas, y muy triste porque nunca más iba a ver unas estrellas como esas, ni a sentir el viento gélido en la nariz, ni a escuchar el silbido de un tren que se acerca. Morir era algo muy curioso y terrible.

—¿Y qué hiciste después de que te transformaran? —insistió Ryan.

—Vivir con Quincey y los suyos, durante algún tiempo. Los primeros meses fueron una maldita mierda. Estaba hambriento a todas horas y deprimido hasta el tuétano y no paraba de olvidárseme que era un vampiro, así que tenía que tener a alguien (Asher, por lo general) siempre conmigo para evitar que saliese a la calle con un solazo de cuarenta grados y cosas así. Un año o así después de la transformación ya era bastante más funcional, así que me largué a Nueva York.

—Menos sol que en Texas —apreció Ryan.

Fruncí el ceño.

—No. Es decir, sí, pero esa no era la razón. Fui a buscar a mi amigo Birdy. Asher me llevó.

El aire era gélido. Nunca había experimentado nada parecido en Texas. Nunca había visto un cielo así, tan blanco, ni me había dado cuenta de que las ventanas podían congelarse, tiñendo la calle con un filtro pálido.

Estábamos en casa de Eli Gittelsohn, Asher y yo, en Nueva Jersey. Asher había insistido en ello, en lo importante que era que bebiese de forma frecuente, que llevase siempre encima suficientes reservas de sangre.

—Todavía eres joven —dijo, utilizando la palabra que prefería para referirse a los vampiros a los que nos habían transformado hace poco—. Tienes más hambre que los demás.

—Ah, sí, me acuerdo muy bien de cuando el novato eras tú. —Sonrió Eli, mordisqueando su cigarrillo.

A Eli le gustaba seguir fumando (tabaco de liar, principalmente), a pesar de que me había explicado que los vampiros no podemos sentir el placer ni el alivio de fumar. Lo hacía por costumbre, supongo.

—Sí, estos dieciocho años han pasado muy rápido. —Me dio un codazo—. ¡Eh! Me hice vampiro el mismo año que tú naciste, ¿no?

—Sí, supongo.

Asher, que chasqueó los dedos, tomó uno de los cigarrillos que Eli acababa de armar. No se lo llevó a los labios, sin embargo, sino que lo utilizó para señalarme mientras decía:

—Estoy muy orgulloso de él. Hace un año prácticamente teníamos que alimentarlo nosotros y míralo ahora, en Nueva York.

—Nueva Jersey —lo corrigió Eli—. ¿Te importaría no manosear mi tabaco? Nunca fumas.

—Puedo empezar ahora. Como decía... —Me apretó el hombro—. Muy orgulloso de ti. Eres como el hermano pequeño que nunca tuve.

Arrugué la nariz.

—Me dijiste que eras el mediano de tres hermanos.

—Sí, pero nunca me cayeron bien. Tú...

Ni Eli ni yo llegamos a saber el final de esa frase. Alguien acababa de abrir la puerta principal, y la cocina, donde los tres estábamos
sentados, se llenó del perfume de rosas y del taconeo de la vampiresa
que se acercaba a nosotros. Era una de esas bellezas que tenías que
mirar de cerca, puesto que no medía mucho más de metro cincuenta,
toda piel bronceada y ojos negros y una cascada de rizos oscuros que
le caían hasta la mitad de la espalda. Cuando bajó el número de la
Vanity Fair, que estaba leyendo, vi que tenía los labios pintados de un
poderoso rojo.

—Hay un clima maravilloso: no va a salir el sol en todo el día.
—Tomó el cigarrillo que Asher había descartado y que Eli le encendió
en los labios—. Voy a aprovechar para ir a comprar. Adoro este nuevo
look que viene de París.

Se volvió hacia mí, un rizo brillante cayó sobre su hombro. Toda
ella desprendía una ligera atracción, casi como si fuese demasiado rara
y demasiado etérea como para pertenecer a este mundo.

—Tú debes ser Henry Buckley, ¿no?

Asher asintió por mí, dándome una palmadita en el pecho.

—Sí, mi creación.

La vampiresa alzó las cejas.

—Oh, ¿también lo transformaste?

—No, claro que no, ese fue Quincey. Pero le he enseñado todo,
todo lo que necesita para ser un vampiro. —Se giró hacia mí—. Anita
Csolak. Conoce a todo el mundo que conoce a todo el mundo en
Nueva York.

Anita, que me sonrió, abrió su bolso para sacar de él una tarjetita.
La depositó sobre mi mano.

—Ahí es donde puedes encontrar a tu amigo. No creas que fue
fácil dar con él —bajó los párpados—. Pero, al parecer, le gusta la
música.

Pasé los dedos por la letra, cursiva y muy cuidada, en la que había anotado la dirección de una librería.

—Sí, toca el saxofón. Es tremendo.

—También parece muy, eh, vivo.

—Bueno, eso espero. Debería estarlo.

Anita separó la vista.

—¡En fin! —Tiró de la corbata de Asher y empezó a juguetear con ella—. Ahora voy a la tienda y después había pensado en patinar en Central Park. Deberías venir.

Asher enroscó el índice en uno de los rizos de Anita.

—O... podríamos ir a bailar.

—Podemos ir a bailar por la noche —dijo ella, chasqueando la lengua—. Si pensase sacrificar un día sin sol, sería por alguien más interesante que tú.

Eli y yo intercambiamos una mirada, riéndonos.

—Anita, Anita, me rompes el corazón. ¿Qué propones tú?

—¡Ah, ya tendremos tiempo de decidirlo! Solo quiero estar fuera, en la calle, y pasármelo bien. —Tiró de la manga de mi camisa—. Deberías venir con nosotros de compras, Henry. No puedo dejar que vayas a ver a tu amigo vestido así. Pareces un granjero.

—Bueno, es que lo era.

Chasqueó los dedos.

—Tú lo has dicho: lo eras. Esto es Nueva York, cariño, y tengo mucho dinero y muchas ganas de gastarlo. —Alzó la barbilla—. ¿Eli? ¿Va a acompañarnos el chico más guapo de todo Nueva York?

Eli se mordió el labio inferior.

—Pues no sé, porque esto es Nueva Jersey. —Se levantó—. Y algunos tenemos que trabajar.

Asher bufó.

—Tú no. Tienes un empleado, ¿no? Vamos, amigo, ven a pasártelo bien.

Eli se llevó una mano al pecho.

—He de declinar... respetuosamente. Quiero aprovechar para charlar con los clientes. Le dejo lo de pasarlo bien al maestro. Tú sabes hacerlo mucho mejor que todos nosotros juntos.

Asher sacudió la cabeza, riendo, y me empujó hacia la salida.

Cuando acabamos con las compras ya pasaban de las cinco de la tarde y aún tenía que ir hasta la librería. No me parecía mucho a mí mismo, sino a una de esas ilustraciones de las revistas de moda pero con mi cara ahí plantada. Me suponía que a Birdy, después de sobreponerse al ataque al corazón que tendría al verme, eso le haría mucha gracia.

Estaba tan nervioso por verlo otra vez, por hablar con él y por tocarlo, que durante todo el camino calle abajo estuve secándome el sudor de las manos en el abrigo. Eso era algo nuevo. No sabía que un vampiro podía sudar tanto, hasta el punto de casi parecer humano. Estaba aprendiendo cosas cada día, como si hubiese nacido otra vez.

Todavía no había decidido qué iba a contarle (Asher me había hecho jurarle que no le desvelaría mi condición). Por supuesto, nunca habían encontrado mi cuerpo, pero todo el mundo pensaba que estaba muerto y no tenía una buena excusa que darle a Birdy por haberlo dejado tirado durante un año entero.

En esto estaba pensando cuando abrí la puerta de cristal de la librería. La campanita, y el montón de nieve que arrojé al interior, avisaron de mi presencia al dependiente, que levantó la vista de su periódico para decir:

—¿Puedo ayudarte en algo?

Tenía el pelo engominado, muy rizado, y los ojos azul hielo. Un huequecito simpático separaba sus paletas.

—Eh... —balbuceé, tratando de descifrar la silueta de Birdy entre todas aquellas montañas de libros polvorientos.

—¿Estás buscando un título en concreto?

Di un paso hacia él.

—Estoy buscando a una persona en concreto, la verdad.

Parpadeó, dándole un golpecito al periódico con el codo.

—¿Oh?

—¿Trabaja aquí un chico que se llama Birdy? —El dependiente arrugó la nariz, de modo que probé otra vez—. ¿Francis? ¿Francis St. James?

Ante aquello, dio una palmada contra el mostrador.

—¡Ah, mi canalla favorito! Ya se ha ido. Una hora antes de que se acabe su turno, si te digo la verdad. —Se levantó, no sé si por efecto dramático o para reorganizar las estanterías tras él—. Viene a mí, desesperado, le doy un trabajo... un trabajo honesto y ahora me viene con que quiere salir media hora antes para quedar con no sé qué dueño de no sé qué local de jazz y que tengo que entenderlo, que es su sueño. —Arrojó un libro por encima de su hombro para colocarlo sobre una pila que se tambaleaba peligrosamente—. ¡Al menos es sincero!

Sonreí, tomando el tomo al vuelo y colocándolo con todo el cuidado que pude.

—Sí, eso suena como él. No sabrás a dónde se ha ido, ¿no?

—¡Pues sí! —Se volvió a sentar—. Grand Central Station. Al parecer, a ese señor del jazz le gusta tomarse el café allí, no me preguntes por qué.

—Okey. ¿Y sabes cómo puedo llegar? Es mi primer día en Nueva York.

Arqueó una ceja.

—En el coche de San Fernando, si eres tan cabezahueca como Francis. El metro, si tienes más sentido común y dinero en el bolsillo. —Tomó un mapa del mostrador pero en última instancia, tras examinar mi ropa, lo volvió a dejar ahí y dijo—. O un taxi, si tienes más dinero en el bolsillo y no te quieres perder.

Asentí.

—Sí, lo del taxi suena muy bien. —Di una palmada al aire—. Creo que me voy, entonces. Muchas gracias por la ayuda.

—Un placer. ¿Puedo saber quién pregunta por Francis? Por si no llegas a tiempo de encontrarlo.

—Eh... solo un viejo amigo de Texas.

—Por si el acento no me decía gran cosa...

Abrí la puerta del taxi que se había parado frente a mí, azotado de pronto por un detalle ineludible: no tenía ni idea de lo que iba a hacer.

—Eh... ¿Puedes llevarme a Grand Central Station?

El conductor, que era muy delgado y muy moreno, no mucho mayor que yo, me miró fijamente.

—Estás trabajando, ¿no? —Me llevé una mano a la nuca—. Lo siento, es mi primera vez en Nueva York. Y mi primera vez tomando un taxi, la verdad.

Parpadeó, sacudiendo la cabeza.

—Sí, sí, disculpa... Grand Central Station, ¿no? Sin problema. Siéntate ahí atrás.

Lo hice, casi tan nervioso como lo estaba caminando hacia la librería. La reacción del taxista me había alertado. Quizá había visto algo raro en mí, algo diferente y extraño en mi apariencia, como una ligera sombra que advertía que no era del todo humano. Me supuse que Asher habría tenido algo que decir al respecto, alguna manera de rebajar la tensión en el ambiente, pero solo Dios sabía dónde podía estar Asher a aquellas horas.

Solo por hacer algo, me quité el abrigo y lo dejé junto a mí.

—Perdona por lo de antes —dijo el conductor tras unos segundos de silencio—. Es que me recordaste muchísimo a una persona. Fue como ver a un fantasma, amigo.

Por no saber hacer otra cosa, reí con nerviosismo.

—Alguien que te caía bien, espero.

—Sí, sí, por supuesto. —Estudió mi cara en el espejo—. ¿Eres de Texas?

—Sí, de Corpus Christi. —Lo miré también, tanteando mis posibilidades—. ¿Y tú? ¿De México?

Soltó una carcajada sonora.

—¿Por qué los de Texas siempre piensan que todos los hispanos somos de México? Puerto Rico.

Di un golpe de cabeza.

—Debe ser bonito.

—Eso dicen mis padres. Nunca he puesto los pies allí. —Volvió a mirarme en el espejo—. Lo siento, pero... tu nombre no será Buckley, ¿no?

Una puñalada fría me atravesó el estómago al escuchar mi apellido. ¿Cómo...?

—S-sí.

El taxista sonrió. Pude verlo reflejado.

—Lo sabía. Uno de mis mejores amigos en la guerra era un Buckley. Romus. ¿Familia tuya, supongo?

Aunque no lo necesitaba, técnicamente, sentí como si todo el oxígeno del coche hubiese desaparecido, como si mis pulmones se desinflasen, secos.

—S-sí, era mi her... —Chasqué la lengua, recordando que todo el mundo pensaba que estaba muerto—. Mi primo.

El conductor silbó.

—Pues qué genes. Te juro que eres igualito a él. Diablos, a veces hasta suenas como él. Como tener un fantasma en mi taxi, te lo aseguro. —Extendió la mano hacia atrás—. Jorge Vázquez, por cierto.

Se le estreché, diciendo el primer nombre que se me vino a la cabeza.

—Francis.

—Encantado. —Puso ambas manos en el volante de nuevo—. Tu primo era un gran tipo.

Desvié la mirada hacia la ventanilla, notando cómo se me empañaban los ojos.

—Sí, sí que lo era.

—Compartimos una tienda de campaña durante meses, ¿sabes? Y una trinchera, después. Siempre me lo pasé muy bien con él. Era uno de los favoritos de la compañía, ¿eh? —Aquí se detuvo un momento, estudiándome de nuevo en el reflejo—. Sé que esto se dice mucho, pero te aseguro que esta vez es verdad. No se enteró de nada, cuando murió. Fue muy rápido.

Un escalofrío me recorrió la espalda. Me lo había planteado muchas veces, sobre todo después de haberme muerto yo también. ¿Habría sentido ese dolor, que viajaba y despertaba todas las partes de tu cuerpo? ¿Ese miedo? ¿Esa sensación de caer al vacío, sin fin?

—¿Estabas allí?

Jorge dio un golpe de cabeza.

—Sí. Sí, estaba allí. No sufrió para nada. Como dije, ni siquiera le dio tiempo de darse cuenta.

Tomé aire. El taxi se movía, al mismo tiempo, demasiado rápido y demasiado lento. Me sentía arrinconado.

—¿Cómo...?

—Estuvimos atrapados en una encañada durante varias horas. —Se humedeció los labios—. Romus estaba acuclillado, enseñándonos en el mapa lo que teníamos que hacer... y explotamos. Tan sencillo como eso. Una ronda cayó sobre nosotros y explotamos. Romus y otros dos muchachos de nuestra compañía murieron, y yo acabé con tanta metralla dentro que tuvieron que traerme a casa. —Suspiró—. En lo que he pensado mucho... —sacudió la cabeza—. Ah, da igual.

—No, dime —dije, agarrándome a su asiento—. Incluso si es malo, quiero saberlo.

Suspiró de nuevo.

—Bueno, nuestra posición estaba cerrada por tres sitios. Solo estaba abierta hacia la playa, y allí ya no quedaban japos. Así que... —Se rascó la ceja—. A lo mejor fue uno de los nuestros. A lo mejor alguien nos confundió con el enemigo y fue uno de los nuestros.

Me senté hacia atrás, echando de golpe todo el aire que había retenido en los pulmones.

—Tan sencillo como eso —repetí, y Jorge se volvió fugazmente para mirarme.

—Lo siento, no debería habértelo contado.

—No, está bien. Quería oírlo.

Estiró los labios, un par de hoyuelos formándose en sus mejillas, con la sombra de un par de días sin afeitar.

—No hacen el tipo de medallas que la gente como tu primo se merece, ¿eh?

Una sonrisa húmeda.

—Supongo que no.

El coche se detuvo.

—Bueno, aquí estamos. —Se giró para tenderme una tarjeta de visita—. Aquí tienes mi número, por si alguna vez vuelves a Nueva York y necesitas algo.

La tomé. Luego recordé algo muy importante, y garabateé un par de cosas en el adverso del recibo que nos había dado la modista.

—El funeral de Romus —le dije—. Es el mes que viene. No... no creo que pueda ir, ¿pero a lo mejor tú sí? ¿Por mí?

El papel quedó ahí suspendido, entre la mano de Jorge y la mía, durante un par de segundos muy pesados. Después él se la guardó en el bolsillo, dirigiéndome una sonrisa dulce.

—Por supuesto. Un placer conocerte, Francis. Apúrate antes de perder el tren.

—Sí, claro —dije, y le tendí casi todos los billetes que Asher me había entregado al salir de la casa de Eli.

Jorge trató de frenarme, por supuesto. Cuando yo ya estaba en las escaleras, sacó la cabeza por la ventanilla y bramó:

—¡Eh, Francis, que te olvidas el cambio!

—No, qué va.

—Francis, ¿sabes cuánto dinero es esto? Me has dado de más.

—No, no, te he dado justo. —Le sonreí, también—. No hacen el tipo de medallas que tú te mereces, tampoco.

Grand Central Station era la agitación y el bullicio, la confusión de piernas y la nube de voces que se alzaban sobre los pitidos de los revisores. Me quité la bufanda y el sombrero (estaba tan turbado que me había dejado el abrigo en el taxi de Jorge), sacudiendo los últimos restos de nieve sobre las losas.

La estación conformaba un esqueleto gigantesco. Los amplios ventanales estaban congelados (hacía ese tipo de frío ahí fuera), pero me imaginé que en otro momento del año, en otra vida para mí, arrojarían puñados y puñados de luz sobre los viajeros. Luz suficiente como para poder bañarse en ella.

Giré sobre mí mismo, estudiando las caras que me rodeaban sin reconocer a nadie en absoluto.

—Eh... ¿Sabe dónde puedo encontrar la cafetería, por favor? —le pregunté a una señora que tiraba de uno de sus hijos, de unos cuatro años, que se negaba a avanzar.

La mujer apenas levantó la vista hacia mí.

—Bueno, ¿cuál de ellas, muchacho?

—Eh... ¿Hay más de una?

—En el piso superior hay una excelente —repuso una muchacha rubia, recogiendo su maleta del suelo—, si te gusta el café italiano.

—Eh... ¿Supongo? —Di un par de pasos atrás, dándome espacio para observar detenidamente la balaustrada del piso superior y a la gente que se agolpaba sobre ella—. Gracias.

Me alejé un poquito más, enfocando la vista. Colores contra gris. Voces, retazos de conversaciones. El vapor de las cafeterías y el humo *de los cigarrillos. Entonces lo vi, tan sencillo como eso. Lo vi y no pude fijarme en nada más, porque el resto de las personas en la estación se difuminaron.*

Birdy. Birdy St. James. Francis "Birdy" St. James.

Ahora llevaba gafas de montura redonda, estilo Quevedo, y su pelo, sin el efecto del sol de justicia de Texas, estaba más oscuro, pero era indudablemente él, con la joroba en el tabique de su nariz y la cicatriz del labio superior y las mejillas hundidas y aquella altura sublime. Los ojos grisáceos, volcados sobre los míos. La boca entreabierta.

Yo mismo inspiré, sin estar muy seguro de qué decir, o si debía decir algo en absoluto.

Birdy estaba allí, iluminado por las luces de la estación y la claridad fría del invierno. Y luego ya no estaba. Desvió la mirada, dando un paso atrás, y desapareció entre la marabunta de gente.

—¡Birdy! —lo llamé—. ¡Birdy!

Pero no miró atrás. No contestó a mi llamada, tampoco.

Caía la noche. Caía la noche y estaba solo en Nueva York (no sabía por dónde andaba Asher, y no me acordaba muy bien de las direcciones a la casa de Eli), así que fui a una cabina a llamar a Jorge para preguntarle si quería tomar una copa conmigo. Sorprendentemente, aceptó, y quince minutos después lo vi entrar por la puerta con mi abrigo colgado del brazo.

—Te lo dejaste en el taxi.

Me sorbí los mocos.

—Te lo puedes quedar.

Jorge se llevó una mano a la frente. Luego utilizó esa misma mano para llamar al camarero y pedirle un agua con soda. Yo tenía una copa de whisky justo delante de mí, llena, de modo que no me pidió nada.

–Estás empezando a ofenderme, Francis. No necesito...

–¡Yo tampoco lo necesito! Si no lo quieres, déjalo en la puerta de una iglesia, yo qué sé.

Ahí Jorge debió reparar en lo pálido que estaba, o en lo rojos que mi nariz y mis ojos parecían en comparación, o en las marcas húmedas de las lágrimas en mis mejillas, porque se sentó y, con extrema delicadeza, me preguntó:

–¿Has perdido el tren? Puedes pasar la noche en mi casa si te hace falta. Todavía tengo tu dinero. Puedes comprar otro billete por la mañana.

Negué con la cabeza.

–No fui a la estación a tomar ningún tren. Fui a ver a un amigo, pero creo que él no quiere verme a mí. –Volví a sorberme los mocos–. He esperado tanto tiempo y he venido desde Texas, y...

Jorge dejó caer su mano sobre mi hombro. La noté imposiblemente pesada, como si se tratase de un animal disecado.

–¿Sabes? Cuando volví a cruzar el Pacífico... pensé que iba a poder retomar la amistad con los amigos que se quedaron aquí exactamente donde la dejamos. –Le dio un trago a su bebida–. Y no fue así. Estaban tan felices porque se hubiese terminado la guerra, y teníamos que ir a esta fiesta y a la otra y al cine y qué teníamos planeado para el resto de nuestras vidas... –Estiró los labios, sus ojos enmarcados por las lágrimas–. Y yo no quería hacer nada de eso porque había ido a una isla con doscientos amigos y volvimos solo diecisiete. Y cuando estábamos en guerra todos nos llamaban héroes, pero ahora mirarnos resultaba incómodo porque algunos teníamos deformidades y heridas de guerra y otros –se dio dos golpecitos en la sien– no salimos de allí con todas nuestras capacidades intactas. Y no creo que mis amigos hubiesen hecho algo mal; yo creo que hubiese hecho lo mismo, de estar en su lugar. Ahí está la cosa, ¿no? Las situaciones cambian. A veces las situaciones cambian y los amigos se distancian

y duele mucho, pero llega un momento en el que deja de hacerlo y
puedes seguir con tu vida.

Sacudí la cabeza, alejando mi taburete del suyo. No quería escucharlo. No quería escuchar nada de eso. Solo quería beber, pero
el efecto del alcohol no era el mismo que el de cuando bebía porque
Romus estaba muerto. Ahora tragaba una copa tras otra, como agua,
sin cambios.

—Eso es una mierda. La amistad debería durar para siempre.

Jorge intentó tocarme, pero se lo impedí.

—A veces sí. A veces no puede ser y...

Seguía sin querer escuchar una sola palabra de aquello, de modo
que lloré más fuerte. Continué pidiendo una copa tras otra (Asher me
había dejado una pequeña fortuna) sin que ninguna tuviese el más ligero
cambio en mí.

Al final, no sé cómo, el propio Asher se presentó en el bar. Debía
haber estado siguiéndome, o a lo mejor tenía una especie de sexto sentido para estas cosas, pero el hecho es que estaba ahí, levantándome
del taburete.

—Vamos, amiguito, vamos al baño. —Miró a Jorge por encima del
hombro—. Gracias por cuidar de él.

—No hay problema. No se le nota, pero debe estar borracho como
una cuba. Prácticamente se ha bebido todo el bar. Intenté impedírselo,
pero...

—No te preocupes, ya me encargo yo.

Jorge bajó las cejas.

—¿Eres su amigo?

Asher sonrió.

—Su... hermano. Me lo llevo a casa.

—Bien... bueno, Buckley, espero verte de nuevo. Y no te preocupes,
la tristeza no dura para siempre.

—No puedo emborracharme —le dije a Asher en la soledad del baño.

Arqueó una ceja.

—Qué shock. No es como si no fueras humano, ya sabes. —Me acercó la bolsita de sangre a los labios—. Vamos, no des pasos atrás, lo puedes hacer tú solito.

Examiné aquel líquido rojo, mi reflejo distorsionado en él.

—¿Qué pasaría si dejase de comer? —le pregunté a Asher, que se tapó los ojos con una mano y resopló.

—Que te morirías, por supuesto. Muerto muerto. Morirías como un vampiro, tesoro. Ni cielo ni infierno, si todavía crees en esas cosas. Dejarías de existir y ya está y tampoco sería una muerte particularmente rápida ni interesante, así que bebe.

Apreté la bolsa entre mis manos temblorosas, lo que consiguió que Asher suspirase de nuevo.

—Mira, amigo, si tengo que volver a obligarte lo haré, pero pensaba que a estas alturas de la película...

—¿Hay alguna otra manera?

—¿De matarte? Por supuesto. Balas de plata, exposición continuada y directa al sol, suficiente agua bendita, una estaca al corazón de toda la vida...

—¿Y alguna manera de volver atrás?

Asher me miró por el rabillo del ojo.

—No, cariño, no hay vuelta atrás. Vas a ser un vampiro por el resto de la eternidad, a no ser que no quieras ser nada en absoluto. Si te mueres, te mueres como un vampiro.

Me dejé caer sobre el retrete y me tapé la cara con ambas manos. Al separarlas para mirar a Asher, forcé una sonrisa húmeda, completamente roja.

—Dios. Estoy atrapado, ¿no?

Asher dio un paso atrás. Separó los labios, pero no dijo nada. Parecía estar midiendo las palabras allí mismo, en los espacios entre sus dientes, casi tratando de decidir si pesaban como el mármol o como el hierro.

—Nunca vas a volver a ser como él –dijo al fin–. Nunca vas a volver a estar vivo y nunca vas a volver a pasear bajo los rayos del sol y nunca vas a volver a ver el amanecer y nunca vas a envejecer. Cuanto antes lo comprendas más fácil será.

Me doblé sobre mí mismo, apoyando la frente sobre las rodillas, alzadas, para que Asher no me viera llorar.

—¿Por qué me hizo esto Quincey? —escupí–. ¿Por qué me maldijo de esta manera?

Asher puso una mano en mi espalda; la acarició como quien acaricia a un gato.

—Vamos, muchacho, pero si es algo bueno. Ahora puedes hacer lo que quieras. Puedes vivir mil vidas. —Tragó aire–. Todos dicen que es más fácil una vez todos tus seres queridos han muerto, de todos modos. Solo tienes que aguantar un poquito.

Levanté la cabeza, sin que me importase ya mucho que los lagrimones me cayesen por la barbilla hasta hacerme cosquillas en la cara interna de las muñecas.

—No quiero. No quiero nada de todo esto. Dios, tiene que haber una manera de... de curar esto. Dime que hay una manera de curar esto.

Asher dejó de tocarme. Me miraba fijamente, casi como si no comprendiese qué tenía ante él.

—No hay una cura, Henry –dijo, tras un silencio prolongado–. Puedes encontrar un ciento de maneras de matarte, pero nunca vas a volver a ser humano. ¿Odias esto tanto que preferirías no existir a vivir para siempre?

—Solo quiero volver con mis padres, Asher. Y quiero ver a mis amigos y...

—Ya sé que quieres eso —me interrumpió—. Todos queremos eso, a veces, pero no puede ser. Sé que ahora parece que esta desesperación va a durar para siempre, pero va a ser un suspiro comparado con todo lo que vas a vivir. Vas a poder hacer muchas cosas, conocer a muchas personas interesantes. Personas que no pueden morir ni abandonarte. ¿Eso no vale la pena?

Era incapaz de encontrar las palabras adecuadas para responder a eso, de modo que solo le contesté con un sollozo. Me quedé así mucho rato, llorando y temblando, hasta que logré estabilizarme lo suficiente para preguntarle:

—¿No hay una manera de que pueda morir como una persona normal? Ya sabes, que me puedan enterrar con mi hermano, que mis padres me lleven flores... eso estaría bien.

Asher dio un paso más atrás que lo hizo chocar contra el lavabo. Seguía mirándome de aquella manera, como si fuese un puzzle cuyas piezas no encajasen. Me miró largo y tendido, con ternura e incomprensión, antes de decir:

—No. No hay ninguna manera de hacer eso.

No volví a Texas. Le pedí y le rogué a Eli que dejase que me quedase con él, que podía ayudarlo con el negocio o buscarme otra manera de ganarme la vida. Le dije que en Nueva Jersey podría salir a la calle más que en Texas, porque había muchas menos horas de sol, pero eso no era verdad. No quería volver a Texas porque no quería ver a Quincey y no quería pisar los sitios en los que había nacido, crecido y muerto. No quería estar tan cerca de mi familia sin tener la posibilidad de verlos o hablar con ellos.

Además, Nueva Jersey estaba lo suficientemente lejos de Nueva York como para no tener que ver a Birdy evitándome, y lo suficientemente cerca como para que él pudiese buscarme, si quería, si el dependiente de la tienda le decía que lo había ido a buscar.

Y Eli aceptó porque es genial de esa manera. Esa es su magia. Sabe reconocer cuándo se te han quemado todas las posibilidades y te ofrece una carta nueva para empezar la baraja otra vez.

Me quedé en Nueva Jersey hasta que murió mi padre. Y nunca volví a ver a Birdy.

Cass

Kuebiko

1. Un estado de agotamiento causado por actos de violencia sin sentido.

Henry habló con nosotros mientras caminábamos, a través de la tierra empantanada, hasta llegar al famoso Black Cat Saloon que regentaba Quincey Morris. Habló como si tejiese una telaraña de palabras. Habló hasta que casi pude sentir la nieve cayendo en mi nariz y el sabor del alcohol pegándose a mi lengua. Habló hasta que yo, también, pude notar la mirada de Birdy como una flecha atravesándome el pecho.

—Lo más seguro es que se convenciese de que no eras tú —le dije.

El Black Cat Saloon ya se alzaba ante nosotros. Me había esperado encontrar una residencia victoriana y destartalada, no muy diferente de las casas encantadas de las ferias o de la mansión de los Addams. ¿La realidad, sin embargo? Se trataba de un edificio antiguo, sí, pero de estilo neoclásico, con un elegante letrero que escribía el nombre en tipografía Art Nouveau. Era una amalgama de varios estilos artísticos, de la arquitectura típica que había visto muchas veces en las ciudades pequeñas de Texas y de inspiraciones más europeas. Parecía perfecto para que viviesen en él vampiros que, por lo general, llevaban bastante tiempo en este mundo.

Henry apenas le dirigió un vistazo rápido antes de llamar dos veces con el puño y silbar.

—Más bien no estaría pensando en nada —musitó—. No sé.

Ryan resopló. Se había guardado el bate de beisbol con las medallitas de plata en el interior de la funda de su guitarra. Debíamos tener un aspecto bastante cómico, teniendo en cuenta lo sucísimos y sudorosos que estábamos. Quizá Ryan podría cumplir sus sueños de cantante grunge de una vez por todas.

—Amigo, el chico creía que estabas muerto. Lo más posible es que se hubiese pensado que estaba perdiendo el coco, no que te estaba viendo.

Unos pasos al otro lado de la puerta.

—No lo sé —reconoció Henry—. Después se fue a trabajar en un internado católico, así que tampoco es que pudiese volver a verlo.

—Volverás a verlo ahora, ya verás —insistió Ryan—. Y le darás una alegría. Y, Cassie, tú hablarás con tu amiga y se pondrá bien al final, ¿eh? Para eso va a esa clínica, ¿no? —Suspiró—. No sé qué harían sin m…

No sé si no terminó su frase o si, simplemente, su voz quedó eclipsada por el crujido de la puerta que se abría. Al otro lado, un vampiro muy alto y muy moreno, con el tipo de ojos oscuros y sesgados y los rasgos elegantes de los nativos americanos, nos sonrió.

—¡Hombre, Buckley! Te echábamos de menos. Ya pensábamos que no ibas a venir.

Henry se echó a sus brazos para devolverle las palmaditas en la espalda, pero su ceño estaba fruncido. El vampiro (vestido en claro contraste con nuestras ropas andrajosas, con la piel tan perfecta y luminosa que parecía estar hecha de cristal) debió leer la confusión en su cara, porque agregó:

—La reunión familiar. —Arqueó una ceja—. Has recibido la invitación, ¿no? Es decir, técnicamente ya es día 12, pero no es que fuésemos a echar al personal a las doce. Somos vampiros, no *La Cenicienta*.

Se echó a un lado para dejarnos pasar. Nada en su expresión o en su lenguaje corporal parecía indicar que sospechase nada raro de nosotros. Como mucho, nuestra indumentaria parecía causarle una gracia horrorosa.

—Sí que vienen vestidos para la ocasión, ¿eh? Anita va a matarte, Buckley —inspiró, no de manera disimulada, cuando Ryan y yo pasamos a su lado—. Oh, amigo, nunca pensé que llegaría este día.

Henry arrugó la nariz.

—¿Qué día?

—Bueno, todos dicen que hay vampiros que transforman a la gente y vampiros solo quieren disfrutar de su existencia. Siempre pensé que serías de los segundos. —Le dio un golpecito a Ryan en el hombro—. Eh, al menos ya no soy el más joven.

Le dirigí una sonrisita. Mirándolo mejor, sí que parecía muy brillante y nuevo e inocente. Prácticamente saltaba en sus mocasines, como si le costase contener toda la emoción dentro de su cuerpo espigado.

—¿Cuándo…?

—¿Me transformaron? La noche de Halloween, 1994. Estaba haciendo autostop cuando un camión me llevó por delante. No paró. Estaba ahí muriéndome cuando Asher me salvó el pellejo. —Alzó el mentón, escudriñándonos con detenimiento—. ¿Accidente de tráfico?

Ryan irrumpió en una risita seca.

—Crimen pasional.

—Accidente de tráfico —corroboró Henry, tras darle un codazo a Ryan en las costillas—. Quincey me colgaría si transformase a un asesino.

—Eso pensaba —dijo el chico, una sonrisa gigantesca en su rostro moreno y pecoso—. Kevin Díaz, por cierto, pero pueden llamarme Kev. Era de Arizona, pero ahora vivo aquí. No sé dónde iré cuando me estabilice un poco, pero supongo que al norte. Amigos, no se imaginan lo que echo de menos poder salir a la calle cuando es de día. Me mata estar todo el tiempo en casa. —Se mordió el labio inferior—. Pero lo superarán rápido. ¿Verdad, Henry?

—Sí, claro que sí. Oye, ¿sabes dónde puedo encontrar a Quincey? Hay algo que quiero…

—Ah, ni idea, amigo. Andará por el desván, supongo, o por el despacho… ¡Pero vengan a la fiesta! Le pedimos a Eli la mejor sangre que tuviese y hay música y vampiresas y vampiros… lo que prefieran. —Saltó delante de nosotros mientras avanzábamos—. Nunca han estado en una fiesta hasta que los invitan a una fiesta de las nuestras. —Se volvió hacia Henry—. ¿Por qué no les presentas a todo el mundo? Asher me pidió que me ocupase yo de las bienvenidas, pero amigo, tengo un montón de hambre otra vez, no sé por qué. Si no bebo algo ahora me vuelvo loco.

Henry asintió, y lo despachó dándole una palmadita en la columna.

—Sí, eso voy a hacer. ¡Nos vemos por ahí, Kev! —No esperó a que el vampiro se hubiese alejado lo suficiente para agregar—. Ese es Kev. Me cae de mil maravillas. —Al empezar a avanzar a través del pasillo, que era estrecho y oscuro, decorado con retratos de varias épocas, bajó la voz—. Todavía no sabe muchas cosas, así que no se confíen y quédense lo más cerca de mí posible, ¿de acuerdo? Los demás sí podrían sospechar.

Tragué saliva. La mano de Henry, siempre tan fría y tan fuerte, rozó la mía, nudillos contra nudillos.

—Tranqui. —Sonrió—. Les cubro las espaldas, ¿eh?

Y abrió las puertas del salón principal.

No sé muy bien lo que me esperaba. Quizá la música clásica y deprimente de películas como *El fantasma de la Ópera* o esa adaptación de *Drácula* con Winona Ryder. O tal vez una especie de garito lleno de gánsters, como en *Con faldas y a lo loco*. O puede que hasta una estimulante sesión de swing con trompetas y bailes frenéticos y faldas vaporosas.

Lo que no me esperaba, por supuesto, era una de esas fiestas a las que Ryan ya estaba más que acostumbrado, con cuerpos y más cuerpos bailando, con copas en centenares de manos (estas eran de cristal, sin embargo, y no de plástico, y su contenido no podía ser más que sangre) y con un remix altísimo de éxitos pop desde las Spice Girls a la mismísima Britney Spears.

Era una fiesta de universitarios, si el universitario medio fuese capaz de beber la sangre de uno hasta la sequía.

—¡Eh, el hijo pródigo! —bramó una voz nasal, y una vampiresa asiática, con una corona de rizos oscuros, se abalanzó sobre Henry—. Sé que es una fiesta, pero no había ninguna necesidad de traer un tentempié.

Un pinchazo frío me recorrió el estómago. Ryan, a mi lado, se acarició el bolsillo interior de la chaqueta, donde guardaba la pistola.

La vampiresa alzó el mentón.

—O carne nueva —Se acercó a mí para olerme el pelo.

Al contrario que Kev y muchos de los invitados, no iba vestida de gala, sino con una camiseta de la universidad de Yale y unos vaqueros ajustados. Henry, sonriéndole, se acercó a ella y la abrazó para bailar, alejándola de mí.

—Creo que has bebido demasiada sangre, Mer.

Pero Mer nos observaba a nosotros y no a Henry.

—¿Estás seguro de que lo has hecho bien?

Henry chasqueó la lengua.

—Claro que sí.

—No te lo tomes a mal. Sé que sería tu primera vez. Puedo terminar el trabajo, si quier...

Henry puso los ojos en blanco. Sus músculos se tensaron, casi queriendo recoger su respuesta, pero fue Ryan (y no Mer) quien se le adelantó.

—Ah, dejémonos de plática, ¿sí? Henry, me dijiste que aquí podríamos beber. —Se inclinó ligeramente hacia Mer, manteniendo la distancia de seguridad—. Tengo un hambre que alucino. Acabamos de parar en casa de Eli...

Chasqueó los dedos en mi dirección.

—Gittelsohn —terminé por él.

—Gittelsohn. Te juro que bebí hasta explotar, pero vuelvo a tener un hambre...

Mer nos miró fijamente, sus ojos tan negros y tan brillantes que casi podíamos vernos reflejados en ellos.

—Ya. —Se volvió hacia Henry—. Ah, por Dios, si Anita los ve los asesina. Ya casi se me lanza encima por —hizo el gesto de las comillas áreas— "no tener la decencia de peinarme". Ah, Dios, no me puedo creer que hayas transformado a estos dos de verdad. —Me tiró del pelo—. Alegra esa cara, Barbie Malibú, todo esto solo va a dar asco los primeros meses. Mírame a mí. Han pasado treinta años y ahora tengo un máster y un doctorado de Yale. Podría ejercer la Medicina, si quisiera, y conseguir tanta sangre como me diese la gana. —Acercó sus labios, pintados de morado a mi oído—. Sangre humana. Y del mismo tipo que tenía cuando seguía la dieta de Jane Fonda.

Henry le tiró de los vaqueros para separarla de mí.

—Eso está muy bien, pero ¿podemos hablar de los mejores años de nuestras vidas en otro momento? Tengo que hablar con Quincey.

—Antes tus amiguitos deberían llevarse algo a la boca, ¿no? —siseó Mer, dando un paso hacia nosotros—. Conozco a un tipo capaz de hacer cócteles de miedo con la sangre. —Se giró e hizo bocina con las manos—. ¡Oye, Ash...!

No me dio tiempo a escuchar el final de aquello. Henry nos empujó a Ryan y a mí, exactamente como un jugador de fútbol intentando bloquear a su equipo durante la final de la SuperBowl, y nos arrastró al otro lado de la habitación, ocultos por el océano de vampiros que bebían y bailaban y conversaban a gritos.

—Por supuesto que ese imbécil iba a andar por aquí —susurró, sus manos sobre Ryan y sobre mí.

Alzó la barbilla para escanear el salón. Al detenerse sobre un punto preciso, sonrió.

—¡Anita, Anita, reina de mi corazón!

La vampiresa que se volvió se parecía maravillosamente a Fran Drescher de *La niñera*, si Fran Drescher tuviese los colmillos afilados y la predilección de Hillary Banks por los sombreros. La sonrisa que había adoptado al oír la voz de Henry se transformó en una mueca de disgusto al posar los ojos sobre nosotros. Cruzó los brazos a la altura del pecho, haciendo uso de los codos para apartar a los vampiros en su camino hasta nosotros.

—Oh, no, no te has atrevido —dijo—. ¿Cómo vienes a una fiesta...? —Reparó de nuevo en nosotros, y su piel bronceada se volvió del color de la cera—. Nunca pensé que fuesen a darte el Nobel algún día, Henry, pero eres incluso más idiota de lo que me figuraba.

Sin darle oportunidad de decir o explicar nada, tiró de nosotros hasta arrastrarnos a otra estancia, que luego reconocí como la biblioteca. Sin mediar palabra, pasó la llave desde dentro y nos sentó en una mesa, apartada y un poco olvidada, del fondo. Estaba situada junto a la chimenea, apagada, y a varios estantes repletos de libros polvorientos.

—Henry, ¿cómo es que se te ocurre venir hasta aquí con dos humanos? —masculló, apenas alzando la voz.

Tanto Henry como Ryan separaron los labios para aportar algo, pero Anita les dirigió el tipo de mirada que les dejó muy claro por qué eso no sería una buena idea.

—No intentes darme una excusa disparatada, no soy idiota. Puedo oler a un humano cuando lo tengo delante, aunque le hayas pegado un mordisquito. ¿De verdad creías que esto iba a engañar a todo el mundo?

Era, posiblemente, la chica más guapa que había visto en mi vida. Cuando bajaba los párpados, como hacía ahora, con la ceja arqueada y los labios apretados, parecía una de esas actrices míticas de la época dorada de Hollywood. Dios, podría mirarla durante horas sin cansarme. Ella probablemente era muy consciente del efecto que tenía en los demás, también.

—Eso esperaba, sí —suspiró Henry—. Más o menos.

—Tienes suerte de que todos estén saciados hasta el tuétano. —Dejó caer las manos sobre la falda, tan corta y tan apretada—. ¡Y además vestidos como unos indigentes! ¿Qué han hecho? ¿Tirarse por un barranco?

—Huir de Ash…

Anita chasqueó la lengua.

—¡Ah, Asher, ese personaje! Lleva toda la noche hablando de ti, ¿sabes?

—¿D-de mí?

—A-já. Según él, estás horrorosamente fuera de control.

Henry se golpeó la rodilla.

—¡Bah! Dijo la sartén a la olla.

—Bueno, casi tengo que darle la razón —aseveró Anita, pasando sus espectaculares ojos negros de Ryan a mí.

Me aclaré la garganta, jugueteando con mis anillos.

—Henry iba a llevarme a ver a una amiga y me di cuenta de…
eh… lo suyo por error. —Alcé la vista para mantener el contacto
visual con ella—. No voy a contárselo a nadie, por supuesto. Y,
aunque lo hiciera, dudo que fuese a encontrar a nadie dispuesto
a creerme. Si voy por ahí diciendo que mi amigo Henry es un
vampiro lo más probable es que todo el mundo piense que por fin
he perdido la cabeza del todo.

Ryan dejó caer su mano sobre mi rodilla; era grande y muy
cálida.

Anita tomó aire.

—¿Por qué?

—¿Eh?

—¿Por qué piensa la gente que estás loca?

Me encogí de hombros, estudiando las manchas de barro en
mis deportivas.

—No como. Bueno, no comía. Ahora… ahora no sé muy bien
lo que soy.

—¿Por qué no comías? Es, como, la función vital más sencilla.

Volví a encogerme de hombros.

—Supongo que no me gusto mucho. No sé. Pero, como decía,
si fuese a contarle a la gente todo esto, que es algo que no tengo
pensado hacer, nadie me creería. Casi acabo en el hospital el año
pasado, cuando estaba muy mal, y ahora es como que todo el
mundo se espera que vaya a volver a caerme del mapa. No sé.

Anita se mordió una uña. Eran largas, perfectamente cuida-
das, pintadas de un tono verde esmeralda.

—Suena horrible. Echo de menos la tarta de fresa, ¿sabes? Con
chantilly. Puedo volver a comerla, claro, pero no sientes la misma
satisfacción cuando eres un vampiro.

Ladeé la cabeza.

—Echo de menos los Phoskitos. Son unos pastelitos que comía

en España. —Alcé una ceja—. Puedo volver a comerlos, claro, cuando los trae mi familia, pero no siento la misma satisfacción. Antes los comía porque sabían bien. Ahora los como y una parte de mí cuenta las calorías o se pregunta si voy a perder el control y devorar la caja entera.

—Dios, mataría por un Phoskito ahora mismo —suspiró Ryan, apoyando la mejilla en la mesa.

No le gustaba hablar de eso. No le gustaba hablar de las cosas oscuras y afiladas.

Como si hubiese roto un hechizo, Anita clavó los ojos en Henry.

—¿Cuál es tu plan ahora?

—Voy a hablar con Quincey para que le pare los pies a Asher y para mantener a estos dos a salvo. Después... —Se humedeció los labios—. ¿Te acuerdas de mi amigo Birdy? ¿El de Nueva York?

Anita asintió levemente.

—Sí, claro. —Una sonrisa dulce—. Lo encontré por ti.

—Sí, bueno, ahora está muy enfermo... creo que se va a morir pronto. Y quiero verlo. Ya sabes, antes.

Aunque lo habría considerado imposible, la sonrisa de Anita se dulcificó aún más. Estrechó la mano de Henry, con cuidado, como quien se encarga de un animal muy pequeño y asustado.

—Lo siento, Henry. Sé que no quieres oírlo, pero las cosas serán más fáciles para ti después de que pase —suspiró—. Las cosas fueron más fáciles para mí después de que mi hermano muriese.

Henry bajó la vista a la mesa.

—Estoy cansado, Anita. Odio todo esto.

Ella lo acarició con el pulgar, sin dejar de mirarlo.

—Lo odias ahora, pero con el tiempo...

—Estoy harto de que todos me digan lo mismo. Mira a Asher. No creo que esté muy contento; creo que está mal de la cabeza.

Anita se apartó un mechón de la cara con la mano que tenía libre.

—Sé más justo con él. Ya tenía bastantes problemas antes de ser vampiro. Además, le rompiste el corazón cuando te quedaste con Eli. Te quería como a un hermano.

Henry separó la vista.

—Bah.

—Hablo en serio —insistió Anita, apretando los dientes—. De todos modos, ¿qué opciones tienes? De verdad, te prometo que…

—Bueno, tengo una bala de plata, ¿sabes? —la interrumpió Henry, y no me dio tiempo a plantearme las ramificaciones de esto, porque Anita ya estaba dando un golpe a la mesa con la mano.

—¡Ah, no! ¿Estás loco?

Henry irrumpió en una risita seca.

—Anita, estoy perfectamente. Ya te lo he dicho: estoy cansado. Birdy y Ruth son las únicas personas que me importaron y que siguen vivas. Cuando mueran… bueno, ¿qué sentido tiene pulular por aquí por el resto de la eternidad? No tengo ganas de pasarme los próximos cien años trabajando en una pista de hielo, te lo aseguro.

—Henry, si necesitas dinero…

—¡Me importa una mierda el dinero! Dios, Anita, a ti te entusiasma todo esto, lo entiendo, lo respeto, pero a mí me da mil patadas.

Anita lo soltó. Se llevó una mano a la cara, primero, secándose las lágrimas, y luego extendió los dedos hacia él.

—Dámela.

—¿El qué?

—La bala. Estás loco. Debes tenerla en una caja o… o en una pistola ya cargada para que no te haga daño. Me da igual. Estás loco.

—Anita…

—Te mataría.

—Sí, ese es plan.

—Estarías muerto muerto —precisó ella, levantándose; había alzado la voz y, aunque su estatura era diminuta, la fiereza de su mirada la hacía parecer gigantesca, como un tsunami—. Ni cielo ni infierno ni nada. Desaparecerías.

Henry no se acobardó. Apoyó más la espalda en la silla, repantigándose, casi cegador.

Miré a Ryan de reojo, buscando ayuda, pero tenía las mejillas encendidas y la vista fija en algún punto a su izquierda.

—He tenido cincuenta años para pensar en esto Anita, y lo sé. —Dio una palmada en el aire—. ¡Mírame! ¿Qué opciones tengo?

—¡Claro que tienes opciones! —chilló Anita, toda blanca y roja—. Puedes revertirlo y morir como un humano, para empezar. Al menos eso te daría un poco de esperanza.

Fue como si el grito de Anita atravesase a Henry, como una bala de verdad. Pareció hundirse en su silla, sus ojos enormes y febriles. Una única lágrima se deslizó por su mejilla izquierda, cayendo sobre sus labios entreabiertos.

—No —susurró—. Eso no es cierto. No… no hay una manera…

—Puedes revertirlo —repitió Anita, despacio, como si tratase de enseñarle un idioma nuevo a Henry—. Nunca vas a volver a ser una persona viva, pero puedes revertirlo, con todas las consecuencias. Tu cuerpo volverá a percibir el paso de los años y tus viejas heridas se reabrirán y morirás, pero lo harás como un humano. Hay esperanza en eso.

Henry, que había ido negando con la cabeza a cada frase de Anita, finalmente se derrumbó y le dio una patada a la mesa. Sus ojos estaban tan agolpados de lágrimas que apenas podía distinguir el azul de su iris.

—Eso no es cierto, Anita. Sé que no es cierto.

—Henry, lo siento —musitó ella, tratando, en vano, de sujetarle la mano de nuevo—. Creía que lo sabías.

Henry apretó los párpados.

—No puede ser verdad. Por favor. Asher me dijo que no había salida. Por favor, Anita, no me hagas esto. No...

Pero ella solo lo agarró de los brazos, con tanto cariño, y con inmensa delicadeza le dijo:

—Lo siento, Henry. De verdad que pensaba que lo sabías. Creo... creo que Asher te mintió.

Henry sollozó, hundiendo la cara entre sus brazos flexionados. Su espalda, crispada, estaba en constante temblor.

Pasaron segundos. Montañas de ellos, cada uno más pesado que el anterior. Cuando Henry al fin se levantó, su rostro estaba rosa y húmedo. Extendió la mano hacia Ryan.

—Dame la pistola —le pidió, la voz pegajosa e impenetrable.

Ryan se apartó.

—¿Qué? No. ¿Para qué...?

—Dame la pistola o te la quito yo.

No sé si fue eso lo que hizo o si Ryan, por el miedo y la confusión, se la entregó él mismo. Sí sé que Henry salió de la biblioteca, con Anita rogándole que recapacitara. Sé que salió de la biblioteca blandiendo el arma y gritando el nombre de Asher.

Henry

Viernes 12 de noviembre, 1999

—¡Asher! —bramé.

Los vampiros en la pista de baile se apartaron como el Mar Rojo. Era el mismísimo Moisés. Era un profeta, cargado de rabia bíblica.

El baño de aquel pub perdido de Nueva York, mi carne roja y húmeda. Había estado allí, y lo recordaba perfectamente. Había sido real. Cuando le había hecho aquella pregunta temblorosa a Asher, él había dicho que no, y esa sola sílaba me había aprisionado la garganta, asfixiándome.

Ahora, en el Black Cat Saloon, de pie frente a una marea de personas, Asher me sonrió, extendiendo los brazos hacia mí.

—¡Henry! Corre el rumor de que por fin has tomado coraje.

Me sorbí los mocos, acercándome tanto a él que podía oler el pachuli de su perfume y la sangre tibia en su copa. Ya no me importaban ni él ni sus estupideces. Ya no me importaban en lo más mínimo.

—¿Ah, sí? Yo también he oído ese rumor, pero no creo que signifique lo que piensas.

Lo apunté con la pistola. Un par de vampiros, los más cercanos a nosotros, dieron un paso atrás, tratando de analizar si lo que enrarecía el ambiente era el peligro o alguna broma compleja entre Asher y yo. Él, por su parte, solo rio, dándole un último sorbito a su bebida.

—Vamos, Buckley, ya hemos tenido esta conversación. Si quisieses matarme, ya lo habrías hecho.

Recordaba los primeros meses, cómo el dolor se extendía de las yemas de mis dedos a la punta de mis pies, cómo la sangre sabía a tierra en mi boca, cómo todas las puertas estaban cerradas cuando fuera brillaba el sol. Lo recordaba todo perfectamente.

—¡Me mentiste! —rugí.

Asher arqueó una ceja. Parecía disfrutar de todo aquello. Del baile de preguntas entre nosotros. De la manera en la que mi mano derecha temblaba.

—¿Ah, sí?

—Nueva York, enero de 1949. Te pregunté si había una salida y me dijiste que no. Te pregunté dos veces y me dijiste que no las dos. ¿Cómo pudiste hacerme eso? ¡Confiaba en ti! ¡Dijiste que era como un hermano para ti y yo confiaba!

Grité como si pudiese derrumbar las columnas que sostenían el mundo. Como si el tiempo no pasase entre nosotros.

Asher arqueó las comisuras.

—¿Y qué? ¿Qué pensabas que iba a pasar, exactamente? —siseó, dando vueltas a mi alrededor como un depredador que juega con su presa—. No, dime, Henry, ¿cuáles eran tus grandes esperanzas? ¿Morir como un humano, dejar un bonito cadáver y que tu amigo Birdy fuese a llevar flores a tu tumba? A lo mejor podría ir con Charlie, el tipo que te mató. También era tu amigo, ¿no? —Se pasó la lengua por los dientes, la misma mueca de disgusto en su cara—. O a lo mejor pensabas que ibas a ir al Cielo y que ibas a poder hablar con tu hermano sobre la mierda que es morir joven y...

Lo empujé con ambas manos, su espalda chocó contra la chimenea.

—¡Al menos mis padres habrían sabido lo que pasó conmigo, hijo de puta miserable! ¿Te haces una idea de lo difícil que debió ser eso para ellos, eh? No saber si me había muerto o si me había matado o si me había largado de casa sin más, ¿eh? ¡Estar condenado no te da derecho a fastidiarle la existencia a los demás, rata de mierda!

Asher alzó los brazos.

—Mátame, entonces, Henry. Mátame y asegúrate de que te diviertes mientras lo...

La explosión de la primera bala ahogó el final de su frase. La explosión del resto mató también los gritos de sorpresa. Disparé hasta que de la pistola solo salieron restos de pólvora, hasta que la adrenalina silbó en mis oídos, como una sirena. Disparé como si 1947 pudiese volver a caer sobre mis hombros.

—¡Oh, Dios! —exclamó Kev, desplomándose de rodillas al suelo, solo un chico que antes no sabía nada y ahora sabía demasiado.

Y Asher permaneció allí, casi clavado por los balazos contra la chimenea, una expresión de sorpresa y casi de orgullo en su cara. Su mano derecha acariciaba las manchas rojas que crecían en su camisa, como preguntándose cuáles de ellas sanarían y cuál sería la que lo destruiría.

No era bonito, ni poético. Ninguna muerte lo es. Me pregunté qué tipo de dolor sentiría, si lo quemaría o lo helaría. Me pregunté si iba a sentirme bien en algún momento o si esta sensación de vacío iba a acompañarme para siempre a partir de ahora. Me pregunté qué iba a pasar conmigo.

Una risotada seca. Asher estiró la espalda, desabrochándose los botones con cuidado. Su pecho, cuando me lo mostró, estaba liso y perfecto, sin un solo rasguño.

—Ah, Buckley, no fastidies. Se suponía que tenías una bala de plata, ¿no? Dime que no te gastaste una pequeña fortuna en esa basura, por favor, porque sería patético.

La casa abandonada de Lincoln. La bala que rompió la ventana. Mierda.

—También he de decir que nunca te había tomado por el tipo de personaje que se lleva una pistola a una pelea de cuchillos —prosiguió, y alzó el mentón en dirección a Kev para llamar su atención—. Eh, muchacho, tráeme mi navaja. Que alguien busque una para Henry. —Dio dos pasos hacia mí para darme un golpecito en la mejilla con la mano—. Si de verdad quieres matarme, al menos deberías intentar hacerlo de manera noble.

Estreché los ojos mientras Kev, con cuidado, le tendía una navaja impoluta a Asher, que se guardó muy bien de no rozar siquiera el filo. El brillo plateado me cegó por una fracción de segundo.

—Tiene gracia que hables de nobleza —escupí, observando por el rabillo del ojo cómo Mer se acercaba a mí—, teniendo en cuenta que no la reconocerías ni aunque bailase desnuda delante de ti.

Asher bajó los párpados.

—Todos tenemos nuestros talentos.

Mer sonrió, entregándome lánguidamente una navaja muy parecida a la de Asher. Tenía las mejillas encendidas y los ojos muy brillantes, como si no se le pudiese ocurrir una manera más formidable de cerrar la noche con un precioso broche de oro.

—Ten cuidado, bala perdida —canturreó—. El filo es de plata.

—No me digas.

Asher silbó, acariciando el mango de marfil de su propia arma.

—Creo que deberíamos aclarar un par de cosas —dijo, arrastrando las palabras como acostumbraba—. Al parecer no he sido el mejor profesor. Una navaja de plata es para un vampiro como una navaja corriente para un humano. Si te corta, cicatrizas. Si te atraviesa, te mueres. —Se humedeció los labios—. ¿Quieres probar un pedacito de mortalidad, entonces?

Puse los ojos en blanco, chasqueando la lengua.

Asher me dirigió la más desagradable de sus carcajadas.

—No me digas que no vas a echarle huevos.

—Bah, a la mierda —masculló, tomando la navaja de las manos de Mer.

Ella emitió un gritito de júbilo, saltando como una groupie en un concierto.

Sonaba *Smells Like Teen Spirit* de Nirvana.

Una voz como de cantante grunge emergió entre los vítores de los vampiros que nos animaban y los refunfuños de los vampiros que intentaban detener la pelea.

—¿Estás loco? ¡Acabas de escuchar que puede matarte!

Un vampiro de Louisiana irrumpió en una risita, y acarició el brazo de Ryan.

—¿Qué es esto? ¿El postre?

—¡Déjalo en paz! —le grité, señalándolo con la navaja.

Ryan lo golpeó con el bate al mismo tiempo que Anita trataba de apartarlos a Cass y a él. El vampiro se llevó una mano a los ojos, gruñendo. Escuché un vago "ese es mi novio, idiota", pero no pude fijar la vista en lo que ocurría porque Asher ya se estaba abalanzando en mi dirección. Salté hacia atrás, esquivándolo, y extendí la navaja hacia él.

Me dedicó una sonrisa de medio lado.

—Una pelea a la vez, Buckley, que no te pierda la ambición.

Empezó el baile, Asher y yo encogidos, los brazos firmes,

sujetando nuestras navajas. Saltos, moviéndonos en círculos, una especie de ballet retorcido y macabro.

Asher dio una zancada hacia mí, blandiendo el arma. Di un paso atrás, la mano que tenía libre cerrada en un puño contra mi pómulo.

—¿Ya has gastado toda la valentía, gallito? —se rio.

Una zancada más, su filo chocando contra el mío. Me moví a su izquierda, separando mi navaja instintivamente.

—¿O te has dado cuenta de que matar no es tan fácil como esperabas?

Arremetió de nuevo, dirigiendo el arma hacia mi vientre. Conseguí sortearlo, pisando a uno de los vampiros que se había arremolinado frente a nosotros para observar la pelea. Apoyé la mano en el suelo, tratando de mantener el equilibrio.

—¡Oh, por favor, si no va a pelear contigo, peléate con alguien que sí esté dispuesto a ponerte en tu sitio! —aclamó una voz clara y grave, y Eli Gittelsohn tiró su americana junto a mí.

Asher soltó aire por la boca.

—Eli Gittelsohn. Mejor tarde que nunca, ¿eh? —dijo, secándose el sudor de la frente con la muñeca.

Eli se arremangó la camisa.

—Bueno, ya sabes lo que dicen, mejor tarde que nunca. —Bajó la mano hacia mí—. Dame la navaja, Henry. Nunca me fie del todo de este imbécil.

Lo aparté de un codazo.

—¡No te metas!

Y me levanté.

Asher soltó una risotada espectral. Esta todavía no había terminado cuando me abalancé sobre él. Se agachó, mi filo cortando el aire sobre su espalda doblada. Al reincorporarse, dio una estacada en mi dirección, que reciproqué, sumergido en la nube de gritos que avivaban el fuego y gritos que trataban de apagarlo.

Otra estacada, de la que me libré doblando las rodillas y bajando la cabeza. Cuando me erguí, estaba tan cerca de Asher, su sudor cayendo furioso sobre mí, que mi única escapatoria fue agarrarle las muñecas, alejando el filo de su navaja todo lo posible. Alzó una comisura, apretando los dedos también alrededor de mis muñecas.

Fue rápido. Un forcejeo breve, la lucha entre los músculos de Asher y los míos. La navaja se me escurrió de las manos, y Asher me propinó un rodillazo en el estómago que me hizo caer de espaldas.

—¡Ay, no!

No me dio tiempo a comprobar quién había dicho eso. Tampoco a estirar el brazo lo suficiente como para recuperar mi arma. Asher me puso el pie derecho sobre el pecho, inmovilizándome, y se agachó, su filo tan cerca de mi piel.

—Bueno, qué decepcionante —suspiró—. Noble, pero decepcionante. ¿Qué es eso que dice la Biblia? ¿El que a hierro mata, a hierro muere?

La punta de sus mocasines ejerció más presión sobre mi pecho. Bajó el brazo, con violencia. La navaja me rozó la mejilla derecha, cortando la carne, y me sacudió una oleada de dolor tan intenso que me encogí sobre mí mismo, gritando. Un infierno frío me recorría el cuerpo.

—Bueno, esto no va a matarte —suspiró Asher, levantándose—, pero te dejará una bonita cicatriz para que te acuerdes de esta noche. —Hizo una reverencia burlona, tapando el filo sangriento en una funda de cuero—. Y de mí.

Escupí en el suelo, llevándome dos dedos a la herida fresca en mi mejilla. Un reguero de sangre bajó por mi antebrazo, tiñendo la carne de rojo a su paso.

Eli tomó aire, y me agarró de la axila para levantarme.

—No vale la pena —me dijo al oído.

Pero yo solo podía pensar en Asher, en la manera en la que se regodeaba, en sus cacareos triunfantes. Lo odiaba tanto que dejé de sentir el dolor. Lo odiaba tanto que era incapaz de ver a nadie más en la habitación. Aparté a Eli de un manotazo para saltar sobre él.

—¡Cuidado!

Lo tiré al suelo, su navaja cayó a un par de metros de él, y empecé a pegarle, hundiendo mis nudillos contra sus pómulos, salpicados de su sudor y de mi sangre.

—¡Me has fastidiado la muerte! —chillé, asestándole otro puñetazo.

Escuché cómo se rompían unos huesos que pronto sanarían. No me importó. No quería matarlo, solo hacerle todo el daño que pudiera. Tanto daño como él me había hecho a mí.

—¡Te odio! —proseguí, un golpe tras otro, sin darle tiempo de escupir o tragarse su sangre—. ¿Cómo pudiste hacerme algo así? ¡Dijiste que me querías, pero no quieres a nadie! —Un puñetazo más, la carne imposiblemente blanda contra mis huesos—. Eres incapaz de querer y de matar y de morir. ¡Te odio! ¡Te odio! ¡Te odio! ¡Te odio!

Un silbido metálico. Alguien acababa de darle una patada a mi navaja, que se detuvo a un par de centímetros de mí. La recogí, tomando aire.

—Vamos, hazlo —masculló Asher—. Que sea rápido.

Clavé mis rodillas en su vientre, observando el punto exacto de su pecho en el que un día le había latido el corazón. Doblé el brazo.

—¡BASTA!

Escuché el grito primero, y luego alguien me agarró por detrás, alzándome en el aire y alejándome de Asher. El olor a perfume Old Spice y loción para después del afeitado de Quincey me abofeteó la cara.

La navaja se cayó al suelo.

—¿Qué es esto? —rugió—. ¿Qué estás haciendo, Henry? ¿Qué están haciendo los dos? Tienen la sangre del otro en la cara.

Me removí, tratando de librarme de la fuerza que su brazo me ejercía sobre el vientre.

—¡Suéltame! —grité, dándole patadas—. ¡Suéltame! ¡Suéltame para que pueda matarlo!

—No vas a matar a nadie, Henry.

—¡Déjame en paz!

Me caí sobre el costado. Estiré la mano para recuperar el arma, pero Quincey fue más rápido y me detuvo, pisándome el brazo.

—No vas a tomar esa navaja. —Suspiró, como un padre que levanta los ojos de su lectura para recordarle por tercera vez a su hijo que no le tire el camión de bomberos de juguete a su hermano a la cabeza.

Fruncí el cejo.

—¿Por qué no? Tú puedes tomar la otra y matarme a mí. Ya lo hiciste una vez, ¿no? —Señalé a Asher, que se reincorporaba con dificultad, con un golpe de cabeza—. No eres mejor que él, ahora me doy cuenta.

Quincey suspiró, apretando los labios.

—Quizá —concedió—, pero sí sé que tú eres mejor que esto. ¿Matar a tu hermano a navajazos?

Di un puñetazo en el suelo.

—¡Asher no es mi hermano! No me hacía falta, ya tenía dos hermanos, y una familia. ¡Una familia de verdad! —Repasé la habitación con la mirada, los rostros confusos y temblorosos de todos los vampiros que nos rodeaban—. Esto no es una familia, Quincey, esto es una especie de desastre biológico. ¡Deberías haberme dejado morir! ¿Por qué no me dejaste morir?

—¡Porque tú me pediste que no lo hiciera! —gritó, acercando

tanto su rostro al mío que pude ver los poros en su piel y contar los distintos tonos de azul y dorado en sus ojos.

—¡No sabía lo que te estaba pidiendo, pero tú sí!

Me dio una bofetada en la misma mejilla que Asher me había atravesado. Un golpe que detuvo el resto de ruidos del salón.

Apreté los párpados, conteniendo las lágrimas que amenazaban con salir.

—Está bien —murmuró Quincey, pasando su mano por detrás de mi espalda para levantarme—. Estás bien. Ven conmigo.

Sacudí la cabeza.

—No voy a ninguna parte.

Quincey solo me miró, sus ojos gigantescos.

—Por favor —dijo, y luego se volvió al resto de la habitación—. Que todo el mundo se calme, ¿de acuerdo? Anita, quédate con los invitados de Henry. Leesa, Jamie, ocúpense de Asher. Mer, échale un vistazo al ojo de Jacques. Y que alguien le dé un trago a Kev, por favor. Este será un desastre biológico, pero es mi desastre biológico, y va a funcionar como un reloj.

Henry

Viernes 12 de noviembre, 1999

Quincey me condujo a su despacho, el del piso superior, con los grandes ventanales cuyas cortinas, de tupido terciopelo, permanecían cerradas excepto cuando era de noche, como entonces. Más que conducirme al despacho me había arrastrado hacia él, mitad tirando de mí a través de los pasillos y mitad cargándome en su espalda.

Me sorbí los mocos mientras él se sentaba. El cielo al otro lado del cristal era de un fuerte tono violeta, completamente irreal. Mi reflejo, en el vidrio que cubría la mesa, era rojo y crudo como una herida abierta.

—Lo siento —me dijo Quincey, pasándose una mano por el pelo engominado, del color de la arena—. Creía que eras como él. Solo, desesperado, sin nadie en quien confiar. —Intentó tocarme la mano, pero la aparté; aquel dolor frío se clavaba en mis huesos como un fantasma caprichoso—. Estabas muriéndote cuando te encontré. Tu mejor amigo te había disparado y estabas solo junto a las vías del tren. Estabas asustado y hablabas de escaparte de casa y de una paliza y de la policía... me rogaste que no te dejase morir. Y no lo hice.

Tomé aire. Sabía extraño en mi boca, como medicina o productos de limpieza.

—Pero lo hiciste. Estoy muerto. No soy humano.

Quincey tamborileó los dedos sobre la mesa. Sus uñas eran muy cortas, de modo que el ruido que emitió fue sordo, casi imperceptible.

—No somos humanos, pero eso no significa que estemos muertos. No del todo. Lo nuestro es como... la antesala de la muerte.

—No quiero quedarme en un sitio así —le dije.

Suspiró, inclinando la cabeza para mirarme con cuidado. No sé qué vio exactamente. ¿El frío, la traición? ¿La herida todavía abierta en mi mejilla? ¿La confusión de la sangre de Asher y la mía espolvoreadas en mis pómulos?

—Lo siento —repitió—. Si hubiese sabido la verdad, no te hubiese transformado. Te habría mordido, sí, pero no te habría suministrado mi veneno. Me habría esforzado por que no sufrieses.

Subí una pierna a la silla y me abracé a mi rodilla. Odiaba no poder reconfortarme en el calor de mi propio cuerpo, que mi carne fuese dura y fría y que no invitase a la curación. Era un desastre biológico.

—Le pregunté a Asher si había una salida. Dos veces. Cuando estábamos en Nueva York. Le dije que no me importaba morirme, que solo quería volver a ser humano. Y me mintió. Las dos veces.

Quincey suspiró. Esta vez, cuando tomó mi mano, no hice ningún esfuerzo por separarme.

—Creo que estaba asustado de perderte. Todavía era muy joven, entonces. Tú eras el primer vampiro del que dejamos que se hiciera cargo. —Pasó el pulgar por mis nudillos, las heridas y los cortes de los puñetazos que le había dado a Asher apenas empezando a cerrarse—. Henry, lo siento de verdad. Me… me equivoqué contigo, me doy cuenta ahora. Nada de esto debería haber pasado y… supongo que durante estos años me forcé a pensar que las cosas habían sido más fáciles para ti, pero ya veo que no. Lo siento.

Me mordí el labio inferior, una pequeña colección de segundos interponiéndose entre Quincey y yo.

—Anita dice que hay una salida —susurré—. Que hay una manera de morir como un humano.

Quincey soltó aire por la boca, su cuerpo alto y fuerte desinflándose como el globo de una feria.

—Llamaré a Eli —dijo.

Diciembre, 1947

El aire era frío. Acababa de terminar la jornada de trabajo con mi tío, mis manos todavía salpicadas de restos de petróleo. No había anochecido todavía (el sol era un brochazo naranja en el horizonte), de modo que me pasé por el club antes de volver a casa para la cena. Quería ver si alguno de los chicos estaba allí. Quería hablarles sobre mi día y quería quejarme sobre el inminente examen de Geografía y quería preguntarles por sus planes para lo que nos quedaba de vacaciones de invierno.

Y el aire era tan frío. No parecía que acabase de ser Navidad; me daba la sensación de que ya estábamos en lo más crudo de enero.

—Amigo, esto es una maldita nevera —le gruñí al bulto sobre el sofá (Birdy, a juzgar por su altura y por el perfil enmarcado por la colilla encendida de su cigarrillo)—. Muy acogedor, por cierto.

Encendí la luz. Birdy (ahora podía ver a la perfección que era él) no se inmutó. Siguió fumando, su colilla consumiéndose de manera alarmante, casi quemando el filtro y sus dedos. Sus dedos manchados de sangre.

—Demonios —susurré, y el sonido de mi propia voz me sorprendió.

Si Birdy me escuchó, fingió muy bien que no había sido así. Tenía la mirada fija en algún punto frente a él, los ojos vidriosos. Se trataba de una expresión que me resultaba muy familiar, de alguna manera, y solo cuando me senté a su lado y le pasé una mano por detrás de la espalda me di cuenta de por qué: era la misma expresión de Romus en el porche, el café de Roosevelt entre sus manos temblorosas.

—Birdy —lo llamé, con toda la suavidad del mundo.

Dio un respingo.

—Demonios —jadeó, tratando de recuperar el aliento.

Tenía el párpado izquierdo hinchado, como cubierto por una pulpa roja, de modo que no podía abrir el ojo. El labio partido. Un reguero de sangre seca desde su nariz, torcida de manera poco natural.

—¿Qué ha pasado? —le pregunté, acariciándole el antebrazo; su piel era muy cálida contra la mía—. ¿Ha sido tu padrastro?

¿Qué otra explicación podía haber? Aun así, tuve que formular aquella pregunta en voz alta. Tenía que hacerlo real.

Birdy separó la vista. Me levanté, instintivamente.

—Dios, voy a matarlo.

—Henry...

—Hablo en serio. Es un cretino. Debería estar entre rejas y no... ¡Diablos! Esto no está bien. De verdad que voy a...

—Henry, creo que ya lo he hecho yo.

Me detuve. No me di cuenta de que me estaba moviendo, frenéticamente, hasta que paré en seco, escudriñando a Birdy. Temblaba de arriba abajo, una mano tapándole la boca.

—¿Qué?

Sus ojos se agitaron.

—*Creo que he matado a mi padrastro.*

Me arrodillé frente a él, sujetándole la mano que tenía libre.

—*Vamos, pero ¿qué dices?*

—*Mi madre va a odiarme. No me va a perdonar nunca.* —*Movió la otra mano de la boca a los ojos; unos lagrimones empezaron a descender por sus mejillas*—. *Maldición, Henry.*

—*Está bien* —*musité, tratando de regular mi respiración*—. *Está bien. Estoy aquí. Dime lo que ha pasado.*

Apretó los párpados.

—*No sé. Fue muy rápido. Creo... creo que estaba borracho esta vez. No sé, no sé. Fue peor que nunca, Henry, creí que iba a matarme. No me acuerdo muy bien. Solo... Eh... No dejaba de golpearme y... no sé, me acobardé. Quería que parase, pero no lo hacía, así que tomé el teléfono y lo golpeé con todas mis fuerzas.* —*Tragó aire*—. *Y paró. Paró de pegarme y paró de moverse y... no sé, me asusté y vine aquí.* —*Se sorbió los mocos*—. *Debería haber llamado a una ambulancia.*

Me humedecí los labios, intentando procesar todas sus palabras. Sonaban lejanas, como el programa de una radio o una película desde la última fila de butacas del cine. Pero era real. Tanto que escocía.

—*Bueno, me alegro de que no la llamases* —*dije*—. *Y espero que sí se muera, y espero que sea lento y espero que le duela. Nunca he odiado tanto a nadie como a...*

Birdy sacudió la cabeza.

—*Podría ir a la cárcel, Henry.*

—*¡No vas a ir a la cárcel!* —*Me reincorporé*—. *Te lo prometo.*

—*Tengo dieciocho años. Soy mayor de edad. Si lo he matado ya puedes creer que me encierran. Diablos, tendré que dar gracias si no me mandan a la silla eléctrica.*

—*No digas tonterías, nadie va a ir a la silla eléctrica* —*dije, pero ya estaba moviéndome de nuevo, en círculos, sin dejar de temblar*—. *Todo el mundo sabe que te pegaba palizas. Fue defensa propia.*

—¿Y a quién le importa eso? —Un sollozo atragantó sus palabras—. ¿A quién le importo yo?

—¡A mí! ¡Me importas a mí! —Me pasé una mano por el pelo, tratando de pensar—. Nos iremos. Tengo la furgoneta de mi tío aparcada ahí fuera y el sueldo de hoy en el bolsillo. Será fácil.

Birdy se levantó, su mano extendida hacia mí, como un ciego tratando de guiarse en la oscuridad.

—Henry, esta es mi mierda. Deberías... deberías irte a casa y... yo ya me las apañaré, ¿de acuerdo? No tienes que torcer tu vida por mí.

—¡Pues claro que tengo que torcer mi vida por ti! Eres mi mejor amigo, y te quiero. Mira, nos iremos y...

—¿Adónde? ¿Adónde vamos a ir?

—Bueno, Nueva York, por supuesto.

Birdy soltó una risita nerviosa. Parecía muy pequeño, entonces, a pesar de su casi metro noventa de altura, sus huesos finos como los de un pájaro.

—Estás loco, Henry. ¿Cómo vamos a ir a Nueva York? Con lo que tienes en el bolsillo nos alcaza para el billete de tren, y da gracias.

—¿Y qué?

—¿Qué vamos a hacer en Nueva York?

—Puedo trabajar. O jugar al fútbol. Y tú te harás famoso.

—Sí, cuando salga en las páginas de Sucesos. Y tú tienes que graduarte para jugar al fútbol.

—¡Bueno, pues que le den al fútbol!

—Henry —sonrió Birdy, cogiéndome de los brazos—, tú vas a tener una vida increíble, ¿de acuerdo? Ahora vas a volver a casa, no le vas a contar a nadie que has estado conmigo, vas a terminar el curso y luego vas a jugar para la universidad que quieras. ¿Okey? Yo voy a ir a la comisaría, voy a explicar lo que ha pasado y...

—No.

Birdy parpadeó.

—¿Cómo que no?

—¡No! Te voy a llevar a Nueva York y todo va a ir bien. Tengo diez mil dólares en el banco y ya soy mayor de edad. Puedo hacer lo que me dé la gana.

—Ese es el seguro de vida de Romus, Henry.

—¿Y qué? Seguro que pensó que me haría falta. Ya sabes cómo era para estas cosas. Se habría olido que... —suspiré, mirándolo fijamente—. No voy a dejarte en la estacada, Birdy. Eres mi mejor amigo. Iré adonde tú vayas. O es Nueva York o voy a la policía y les digo que fui yo.

Birdy alzó el mentón, su mano en mi nuca.

—No, Henry...

—Sí. Estás hecho polvo, llegaría antes que tú.

—No puedes arreglarlo todo.

—No, pero puedo arreglar esto. Te lo prometo.

Le tendí la mano.

Y él, sacudiéndose y sorbiéndose los mocos, tras un instante eterno, la tomó.

Había perdido mucho tiempo en el banco, de modo que, para cuando llegamos a San Antonio, ya era demasiado tarde para tomar el último tren de la noche.

—Deberíamos dormir en la furgoneta —dijo Birdy, pero tenía un aspecto terrible.

De alguna manera, me dio la sensación de que no sobreviviría una noche ahí dentro. Ahora teníamos dinero, de todos modos, así que tomé una habitación de hotel. Nunca había estado en una ciudad tan grande. Nunca había estado fuera de Corpus Christi, y darme cuenta de esto me hizo reparar en lo peligroso de nuestra situación.

Teníamos dieciocho años y nos habíamos escapado de casa. Era posible que Birdy, el manso y nervioso de Birdy, hubiese matado a un hombre. Nunca íbamos a terminar el instituto. Lo único que teníamos era el uno al otro y unos buenos diez mil dólares en el bolsillo.

Para calmarme, pegué la frente a la ventana y observé las luces ahí fuera. El vaho que salía de mi boca dibujó dos pulmoncitos en el cristal.

—Deberías hablar con tu madre —dijo Birdy desde la cama, la voz pastosa y grave—. Decirle que estás bien.

—No puedo hablar con mi madre. Cortó el teléfono después de lo de Romus, ¿recuerdas?

Aunque jamás iría a recibir un telegrama tan terrible como aquel. Aunque la guerra había acabado y ahora nuestras vidas estaban destinadas a seguir un curso más apacible. Papá había pensado que estaba loca por el duelo; a mí me había parecido lo más cuerdo que había hecho en mucho tiempo.

Birdy se incorporó.

—Deberías hablar con ella —insistió.

Me mordí el pulgar.

—Le... le mandaré una carta cuando estemos en Nueva York.

Algo frío se removió en mi estómago. ¿Iba a poder hacer eso? La frase "fugitivos de la justicia" pasó fugaz por mi cabeza, pero me costó atribuírsela a nuestras vidas. Sonaba a película mala de Hollywood, de las que íbamos a ver un jueves por la mañana si nos saltábamos las clases. No sonaba a Birdy, sentado en la cama, sus heridas todavía abiertas y frescas, ni a mí, temblando junto a la ventana de un hotel de San Antonio.

—Llamaré a Eddie por la mañana —me corregí—. Él le dirá que estoy bien.

Birdy se levantó.

—Henry, deberías ir a hablar con ella.

Me giré hacia él.

—No voy a dejarte aquí.

—¡No me voy a ir a ninguna parte! Mira, tu madre va a estar preocupa-
da. No vas a dejar que se pase la noche en vela pensando en dónde estarás
o en si te habrás hecho daño, ¿de acuerdo? Ve y dile que no se preocupe.
—Bird...
—La quiero como si fuese mi madre también, ¿sí? Y... —Se humede-
ció los labios—. Tengo el saxofón que me regaló Romus en el club. ¿A lo
mejor podrías traérmelo?
Me mordí la cara interna de las mejillas, mis cejas temblando.
Nada de todo aquello parecía real. Nada de todo aquello parecía estar
pasándome a mí.
—Está bien —suspiré—. Pero voy a volver.
—Nunca lo había dudado.
—Voy a volver, te lo prometo. —Lo abracé—. Eres mi persona favorita
en el mundo, Bird.
Birdy asintió, su mejilla contra la mía.
—Lo sé —dijo, dándome una palmadita en la espalda—. Tú también
eres un tipo fenomenal.
Me reí, apartándome. Birdy sonrió, el ojo que tenía abierto estaba
muy rojo y muy brillante.
—Voy a volver —insistí—. Así que espérame, ¿okey?
—Intentaré dormir un poco.
Le di un beso y me fui. Es raro pensar, ahora, que en tres horas
estaría tirado frente a las vías del tren, muriéndome.

Cuando llegué a Corpus Christi la ciudad estaba teñida de negro. Todo
estaba tan oscuro y tan frío; extrañamente silencioso, también, como
si no hubiese ocurrido nada en absoluto. Puesto que todavía no había
decidido qué le iba a decir a mi madre, y para desfogarme un poco, me
pasé primero por el club a recoger el saxofón de Birdy y un par de cosas

más. Cosas de Romus que me había dejado allí, y quizá también un par de libros para que Birdy leyese. ¿Qué te llevas contigo exactamente cuando planeas dejar toda tu vida atrás?

Cuando prendí la luz, la figura sentada en el sofá me alertó.

—Oh, Charlie, no sabía que estabas aquí —jadeé, tratando de controlar mi respiración.

Era consciente de lo tarde que era y de que en casa deberían estar muy ansiosos a aquellas horas, de modo que no le hice mucho caso mientras peroraba, animado y nervioso. Me incliné delante de él para tomar el saxofón, que Birdy había dejado detrás del sofá, incluso.

—... y te estaba esperando.

Aquello sí que lo capté. Parpadeé.

—¿A mí?

—Sí, tu madre vino a mi casa a preguntarme si sabía dónde estabas.

Una arruga creció en el hueco entre mis cejas. Pude notarlo físicamente.

—¿Estaba muy asustada?

Charlie cruzó los brazos a la altura del pecho. Llevaba puesto el jersey de la escuela, aunque estábamos de vacaciones, y no se había quitado la cazadora. En el almacén hacía un frío de mil demonios, de todas maneras; estábamos demasiado cerca de la playa.

—¿Tú qué crees, Sherlock? Yo también estaba bastante asustado. ¿Sabías que el padrastro de Birdy está en el hospital?

Suspiré. Era como si ni todo el oxígeno del mundo fuese suficiente para mis pulmones.

—¿Está vivo?

—Así que sí lo sabes.

—Birdy me lo contó —dije, colgándome el saxofón del hombro para salir.

Charlie vino tras de mí, hundiendo los puños en los bolsillos amplios de sus pantalones de raya diplomática.

—¿Cómo está?

El aire gélido nos azotó la cara. Dios, nada de todo aquello parecía estar ocurriendo realmente.

—Hecho una mierda. —Me volví para mirarlo; estaba muy pálido, con los párpados y la punta de la nariz espolvoreados de rojo—. Nunca lo había visto tan mal, Charlie. Cree que va a ir a la cárcel.

Charlie bajó la vista a las puntas brillantes de sus mocasines.

—No va a ir a la cárcel.

—Eso le dije yo.

—No, de verdad. Su madre dijo que fue ella.

Me detuve. Estábamos bastante cerca de las vías del tren, siguiendo el camino que conducía a mi casa.

—¿En serio?

—Y tan en serio. Yo no me dejaría caer por aquí si fuese él, eso sí. Me imagino que el hijo de puta de su padrastro no va a reaccionar muy bien.

—Ya.

Reanudé el paso. Charlie era considerablemente más bajo que yo, por lo que tuvo que acelerar el paso para quedar a mi altura.

—Se han fugado, ¿no?

Asentí con un gesto, mordisqueando la cremallera de mi chaqueta.

—¿Cuál es el plan? —insistió, empezando a caminar por las vías.

—Nueva York, creo. Tengo el dinero del seguro de vida de Romus y... no sé, está lo suficientemente lejos. Salimos mañana por la mañana. Birdy está esperando en un hotel de San Antonio.

Charlie movió la cabeza afirmativamente, poniendo un pie delante del otro como una bailarina.

—¿Puedo ir con ustedes?

—Sí, ¿por qué no? —Solté una risita seca—. Una persona más hará que el alquiler sea más barato.

Charlie rio también.

—Sí, amigo, y, además, alguien tenía que poner un poco de sofisticación entre ustedes dos, vaqueros.

Le revolví el pelo.

—Habló el duque de Edimburgo.

Resultaba extraño y hermoso, bromear así, bajo aquellas circunstancias, en mitad de la noche. Casi como si reflejásemos luz.

Charlie apartó la vista, su rostro más rojo aún del frío, y aquella sonrisa se le fue diluyendo en los labios hasta desaparecer.

—Bien, porque no tenía ningún otro lugar al que ir.

Chasqué la lengua.

—Pero ¿qué dices?

—Mi padre se puso como un energúmeno cuando se enteró de lo de Birdy. Decía que era una mala influencia y un gamberro y... yo qué sé, sus estupideces de siempre. —Soltó aire por la nariz—. Fue la gota que colmó el vaso, amigo. No soporto que hable así de Birdy. Nadie debería hablar así de Birdy, sobre todo si no saben lo que ocurre en su casa.

Apreté los dientes.

—Lo sé.

—Lo odio de veras, a mi padre. Es un dictador. Siempre anda criticando a mis amigos y diciéndome que no valgo para nada y comparándome con mis hermanos... —Se sorbió los mocos—. Eso ya era bastante difícil cuando lo hacía con mis hermanos vivos, pero ¿ahora que lo hace también con Bill? —Forzó una sonrisa; sus ojos brillaban tanto, y eran tan oscuros, que pude verme reflejado en ellos, todo asustado y confuso—. O sea, ¿qué quiere que haga? Apuesto a que está esperando a que haya otra guerra para que me peguen un tiro.

Ladeé la cabeza.

—No digas eso.

—Es la verdad. Así mismo se lo conté, también. O sea, se lo escupí todo, y luego me largué.

Me paré en seco, intentando procesar lo que acababa de contarme.

—Jesús.

¿Cómo podían torcerse tanto las cosas en un par de horas? Aquella misma tarde había estado con mi tío, trabajando, un día cualquiera en una marea de jornadas completamente idénticas, otra cruz en el calendario antes de la graduación. Ahora todo se desmoronaba como si nunca hubiese estado ahí.

—Ya no me importa —siseó Charlie—. Me figuré que Birdy y tú se habrían largado a algún sitio, así que fui a su despacho y le quité algo de dinero. —Hurgó en el bolsillo interno de su cazadora, del que sacó un revólver impoluto y brillante—. Y esto.

—¡Jesús! Estás como una cabra.

—Pensé que nos sería útil.

—Sí, para acabar también en el hospital.

—No seas un niño.

—¿Sabes usarlo?

—Pues claro. Esto es la corredera —dijo, señalando con el índice la pieza situada sobre el armazón—. Y estas dos palancas a ambos lados de la corredera —las levantó—, son el seguro manual. Hay otros dos seguros, que son automáticos. Uno impide que la pistola dispare si cae accidentalmente al suelo, ¿sí? El otro anula el mecanismo de disparo si no se tiene o si se coloca mal el cargador.

Le sonreí.

—Lo que decía: como una cabra.

—Ya me darás las gracias cuando vivamos en una caja de zapatos de Nueva York y seamos pobres como ratas.

Me dio la risa tonta. Para poder mirar a Charlie, caminaba marcha atrás en las vías; alcé los brazos.

—Gracias, conde, por ir siempre un paso por delante de nosotros.

Dio un golpe de cabeza.

—Eso ya me gusta más. ¿Tienes la furgoneta de tu tío, supongo?

—Sí –dije, volviendo a caminar de manera normal–. Solo volví para recoger un par de cosas del club y...

—¿Y dónde dices que está aparcada? Hace un frío que mata.

—Oh, en el puerto.

Charlie irrumpió en una risita.

—Amigo, sabes que estamos caminando en sentido contrario, ¿no?

—Sí, quiero pasarme por casa de mi madre primero. Decirle que estoy bien y que no se preocupe y esas cos...

Charlie se rio de nuevo.

—Vamos, nos estamos fugando de casa, no puedes ir a contárselo a tu mamá.

Me detuve.

—Charlie, pero si tú mismo me dijiste que estaba preocupada por mí.

—Sí, pero no puedes ir a contarle que nos vamos a Nueva York. Lo arruinaría todo.

—¿Qué crees, que va a irle con el cuento al padrastro de Birdy? ¿O a tu viejo? Tranquilo, solo voy a decirle que Birdy está bien y que lo tenemos todo bajo control, ¿de acuerdo?

Intenté ponerme en marcha de nuevo, pero Charlie tiró del cuello de mi camisa, acercándome a él.

—¡No! Te convencería de que es una locura y de que tenemos que quedarnos aquí.

—¡Claro que no! No tienes que preocuparte por nada. Iré rápido. Mi madre no es como tus viejos.

—Henry, no fastidies –dijo Charlie, que seguía tirándome de la camisa–. Me acuerdo perfectamente de cómo le hablaba a Romus.

—¿Puedes no meter a Romus en esto, por favor? –grazné, tratando de librarme de él. Como respuesta, Charlie me agarró de los hombros.

—Te convencerá de quedarte y acabar el instituto.

—¡No lo hará! –chillé, haciendo aspavientos con los brazos–. Mira, puedes esperarme en la furgoneta, si quieres.

Le tiré las llaves, pero él no las recogió. Cayeron junto a sus zapatos, ahora manchados de tierra y arena.

—Henry, escúchame —dijo, aumentando la presión que ejercía sobre mí, sus nudillos amarillentos y crudos—. Escúchame: tenemos que irnos cuanto antes, ¿de acuerdo?

—¡No! Primero tengo que hablar con mi madre.

—¡Henry, por Dios!

—¿Me quieres soltar?

—¡Tenemos que irnos! ¿No crees que mi padre me estará buscando? Va a ponerse como un basilisco si me ve paseándome por ahí a las dos de la madrug...

—¡Pues vete a la maldita furgoneta! Ya te lo he dicho, seré rápido.

—¡No quiero irme a la maldita furgoneta, quiero que nos larguemos de una vez!

—¡Y yo quiero que me sueltes, maldición!

—¡No!

El forcejeo continuó durante varios segundos. Los gritos también, completamente caóticos, los unos cayendo sobre los otros, de manera que ni Charlie ni yo podíamos estar muy seguros de quién había dicho qué. Gritamos hasta que las gargantas se nos quedaron rojas y crudas, hasta que el disparo nos silenció.

Y dejen que les diga una cosa: que te disparen no es como en las películas. No te miras a la herida, confuso y casi sorprendido de ver cómo la sangre mana de tus heridas. Cuando Charlie me disparó, noté inmediatamente el dolor, extendiéndose por mi vientre y por mi pecho, y la sangre cálida pegándose a mi camisa. Me caí de espaldas.

—Oh, Dios —musitó Charlie, arrodillándose a mi lado, tapando con las manos la nueva herida en mi abdomen—. Dios mío. Henry, lo siento... oh, Dios, oh, Dios.

Me sujetó la mano con tanto cuidado, como si temiese hacerme más daño, y la colocó sobre las suyas antes de apartarlas.

—Aprieta aquí —me instruyó; estaba llorando, los lagrimones cayendo por sus mejillas cerosas—. Tengo que ir a buscar ayuda. Voy a buscar ayuda y... vas a estar bien, ¿sí? Vas a estar bien. Voy a arreglar esto, te lo prometo.

Se fue. Escuché cómo la vegetación se movía a su paso, cómo sus pulmones se esforzaban por llenarse, cómo las suelas de sus zapatos rozaban la tierra al correr. Todos estos sonidos fueron descendiendo en volumen y claridad. Las estrellas, sobre mí, se difuminaron en una sombra pálida.

Era curioso, morir. Sentía tristeza, sobre todo. No estaba preparado. Birdy estaba esperando por mí en la habitación de San Antonio; le había prometido que volvería y ahora iba a pensar que mi nombre era solo el último de la lista de todos los que lo habían abandonado. Y mi madre me estaba buscando y qué iba a hacer ahora, porque no puedes cortar la misma línea de teléfono dos veces. Y quería pasar un ratito más en aquella tierra tan hermosa y terrible. Quería seguir sintiendo la hierba entre los dedos y el frío en la piel y quería respirar el olor de la noche, hondo, para que no me abandonase jamás.

Aquella comprensión y aquella despedida repentina me provocaron un sentimiento en el pecho, entumecido, que acabó por llenarme los ojos, antes secos de lágrimas. Cuando logré enfocarlos de nuevo, había un hombre inclinado ante mí, mirándome. Al principio pensé que era Romus, porque Romus era la única persona muerta que conocía, pero luego reparé en su pelo, más largo y oscuro, y en la forma delgada de su nariz y en las pronunciadas arruguitas junto a sus labios carnosos.

—Eh, muchacho —me dijo con tanto cariño, poniendo su mano fuerte sobre la mía.

Y entonces —ahora lo recuerdo perfectamente— aquel entumecimiento siguió creciendo en oleadas y rompí a llorar. Le supliqué que me ayudase. Le expliqué que no podía morir aún, que no quería, que tenía que ayudarme como fuese. Acababa de ser Navidad. Mi madre todavía tenía los adornos en el salón. Habría sido demasiado triste, demasiado doloroso, morir entonces. Y además...

Las palabras se me escaparon a medida que el mundo, tan hermoso y tan terrible, perdía su definición. Su voz (¿o quizá era todavía la mía?) me llegaba con eco, como si hubiese sumergido la cabeza en el agua. Todas las formas y los colores ante mí fusionándose en un solo caos.

—Por favor.

No sé si lo llegué a decir o si solo lo pensé. Entonces el hombre separó su mano, una corriente de frío me atravesó el vientre y el pecho. Luego vinieron, por orden de aparición:

El dolor.

El miedo.

La oscuridad.

Cuando abrí los ojos de nuevo, estaba en una habitación con las cortinas cerradas. Mis sentidos volvían a ser agudos, capaces de captar las voces que me llegaban del piso inferior y de contar los distintos tonos de dorado del polvo que flotaba frente a mí. Aquella sensación de frío y entumecimiento no me había abandonado, sin embargo. Nunca me abandonaría. Siempre estaría un poquito muerto, y hambriento.

Tenía un hambre atroz.

Cass

Desaparecer
1. Dejar de estar a la vista o en un lugar.
2. Dejar de existir.
3. Pasar a estar en un lugar que se desconoce.

Estábamos de nuevo en la carretera, yo al volante, Ryan desparramado en los asientos traseros (tratando de, por primera vez en su vida, dormir algo) y Henry de copiloto, mirando por la ventana. Amanecería pronto, por lo que ya se había subido la gruesa manta hasta la barbilla, esperando.

La pelea en el Black Cat Saloon había terminado tan súbitamente como había empezado: el grito de "basta" de Quincey fue tan solo un poquito más poderoso que las ridiculeces de Asher. Todos los vampiros se lo habían tomado con una levedad asombrosa. Daba igual que hubiesen estado animando o que hubiesen tratado de detener la pelea; todos se encogieron de hombros, medio riendo, y volvieron a la música, al baile y a las conversaciones, incluido Asher, en cuanto sus heridas se cerraron. Solo Kev parecía tan traumatizado como Ryan y como yo por lo que acabábamos de ver, sus ojos inmensos y tan blancos frente a su piel morena y perlada por el sudor, la boca entreabierta y dejando a la vista sus colmillos. Eli también parecía genuinamente molesto con la situación en general y rabioso con Asher en particular.

—Comenzaré a marcharme —graznó—. No sé muy bien por qué he venido, excepto porque me figuré que Henry se metería en algún lío y, mira tú por dónde, cuando llego me lo encuentro a navajazos con el vampiro con menos escrúpulos a este lado de Rumanía.

Al final, Anita lo convenció de quedarse. Un cuarto de hora después, de todos modos, Quincey lo llamó a su despacho.

—Es como un instituto y él es el profe buena onda al que invitan a las fiestas —me susurró Ryan al oído, señalando a Quincey con un gesto de cabeza—. El que de repente se da cuenta de quién es cuando las cosas se ponen feas o alguien llama a la poli o algo así.

—Parece una reunión de mafiosos y él es Tony el Gordo —apostillé.

Ryan levantó dos dedos. Tenía un corte en uno de ellos, y la nariz hinchada y roja de cuando Anita lo había apartado de aquel vampiro (¿Jacques?) al que había golpeado con su bate.

—Muy poca muerte para una reunión de mafiosos.

—Todos están muertos.

Cinco minutos después, Eli volvería, las manos hundidas en los bolsillos del pantalón de su traje, que le quedaba grande. Cuando Anita le preguntó qué quería Quincey, se encogió de hombros, más interesado en armarse un cigarrillo que en la conversación.

—Solo un trámite.

Pero sus dedos temblaban, me di cuenta, de manera que el tabaco se le caía y debía empezar de nuevo. No sé si alguien más se dio cuenta, porque nadie hizo ningún comentario al respecto y, un ratito más tarde, era Henry el que bajaba las escaleras para reunirse con nosotros.

Estaba pálido y sin aliento, pero nada más. Quincey le había puesto una gasa sobre el corte de la mejilla y, a juzgar por lo impolutas que estaban, le había cambiado las vendas de la mano. Solo eso.

Ninguno de los vampiros le dijo nada ni reaccionó de ninguna manera especial al verle. Únicamente Kev permaneció sentado en una esquina, bebiendo en silencio y jugando a tirar de los flecos de sus pantalones de lana.

—Bueno, ¿nos ponemos en marcha? —preguntó, exactamente como si no hubiese ocurrido nada en absoluto.

Ryan arqueó una ceja.

—¿No tienes, como, un par de cosas que explicar, Muhammad Ali?

—Puedo explicarlas igual de bien en el coche. —Aquello planteaba una lógica exquisita—. ¿Y tú? ¿Qué le ha pasado a tu nariz?

Ryan estrechó los ojos.

—No hablemos de mi nariz. —Se volvió hacia Anita, que seguía intentando arrancarle respuestas a Eli—. Lo siento, pero soy un tipo rencoroso. No me voy a olvidar nunca de la chica que me fastidió la nariz.

Anita alzó el mentón.

—No es una gran pérdida. Tiene más atractivo así, ¿eh? Como ese actor, Adrien Brody. Antes tenías un aspecto tan aburrido.

Ryan chasqueó la lengua, murmurando el nombre "Adrien Brody" por lo bajo. Anita sonrió.

—Soy una chica difícil de olvidar, bajo cualquier circunstancia. —Le dio un beso en la mejilla, un fantasma rojo cereza en la carne entre su pómulo y su mandíbula—. Ya me darás las gracias cuando acabes el instituto.

Así que estábamos de nuevo en la carretera, sucios y cansados, yo al volante, Ryan tratando de dormir y Henry mirando por la ventana.

—¿Y ahora qué? —le pregunté.

Apoyó la frente al cristal.

—Ahora vas a ver a tu amiga y yo ya me las apañaré para encontrar una manera de hablar con alguien del colegio. Ellos me sabrán decir cómo dar con Birdy.

Alcé una ceja.

—¿Y Charlie? Creía que toda la idea de dejarme venir contigo era que tenía que ayudarte a gastarle una broma.

Se encogió de hombros.

—Sí. Los vampiros no podemos entrar en una propiedad privada si no nos invitan, ¿sabes? Y por supuesto que Charlie no iba a hacer nada parecido, así que pensé que tú podías engañarlo de alguna manera para que saliese a hablar conmigo. —Se rascó la nariz—. Ahora me parece una estupidez, la verdad.

Asentí, tratando de concentrarme en las sombras de la carretera y en el negro que se volvía gris. No parecía que fuésemos a tener mucho tiempo de alargar la conversación.

—Okey, pues nos olvidamos de Charlie. Pero quiero ayudarte a encontrar a Birdy.

Sacudió la cabeza.

—Ya has perdido mucho tiempo…

—No me importa. Eres mi amigo, y quiero ayudarte —sonreí—. Además, sí que es cierto que me gustan las buenas historias. No me apetece perderme el final de esta.

Henry sonrió también, sus ojos todavía fijos en la vegetación al otro lado de la carretera, y me chocó el puño.

—¿Estás segura?

El bulto-Ryan del asiento trasero gruñó.

—Oh, por favor, no es como si pudieras entrar en un instituto católico y campar a tus anchas —masculló, removiéndose para encontrar una postura más cómoda.

Henry rio.

—Bertier, ¿tú nunca duermes?

—Nah. Es como si unos científicos soviéticos me hubiesen fabricado específicamente para hacerle la vida imposible a mi padre. Un chico que no duerme y que no se calla, menudo viaje.

Aquello lo zanjó todo. Nos pusimos en marcha hacia Conroe, a apenas cuarenta minutos de Houston.

Bajé la vista a mis rodillas temblorosas. En los últimos días me habían chupado la sangre, me había colado sin invitación a una fiesta de vampiros y había presenciado una pelea a navajazos entre dos de ellos, uno de los cuales se había convertido en uno de mis mejores amigos, y aún sentía esa ola de nerviosismo cuando pensaba que pronto volvería a ver a Nora. Con el cosquilleo en el estómago y las palmas sudorosas y todo lo demás.

Miré a Ryan a través del espejo. Con él las cosas nunca habían sido así. Nunca me había sentido nerviosa antes de una cita con él, contando los minutos hasta que llegase y tratando de regular mi respiración al escuchar el timbre de la puerta. Nunca había perdido la concentración al hacer los deberes y descubrir que estaba esperando su llamada, y nunca había comprobado la lista de contactos conectados en AOL compulsivamente hasta encontrar ese circulito verde junto a su nombre.

Ryan siempre llegaba a la hora cuando quedábamos, siempre permanecía callado y molesto cuando algo iba mal, siempre estaba tan dispuesto a escucharme atento cuando le hablaba de algo que me apasionaba (la gimnasia o el periodismo) como a corregirme cuando tocaba uno de sus temas de interés (los Sex Pistols no eran punk porque los grupos punk de verdad no eran fruto de un marketing brutal y muy estudiado).

Y no se comportaba de manera distinta conmigo cuando estaban sus amigos delante. Si estábamos juntos y lo llamaban, él se encogía de hombros y decía algo del estilo:

—No, estoy enseñándole a Cass a jugar al billar. Sí, le está captando el truco enseguida.

Aunque no hacía falta ser un genio para darse cuenta de que me estaba dejando ganar.

Y cuando le conté lo de mi trastorno era de noche y estábamos sentados en la valla entre mi casa y la de los vecinos. Se lo conté porque se había dado cuenta de que me pasaba algo ("a lo mejor te ayudaría hablar de ello"). Cuando al fin lo supo se quedó callado un par de segundos, su pierna contra la mía y sus dedos entrelazados con los míos.

—Qué mierda —dijo, y después—. Siento que tengas que pasar por algo así.

No irrumpió en una de esas contestaciones paternalistas ("eres demasiado inteligente para hacer algo así") ni fingió que estaba enferma porque, por algún motivo, era incapaz de apreciar mi propia belleza, como si las chicas convencionalmente feas sí tuviesen derecho a sufrir un trastorno de la alimentación ("¿es que no te das cuenta de lo guapa que eres?"). Solo dijo que era una mierda y me preguntó si podía ayudar de alguna manera. Y yo me encogí de hombros, porque nunca había sabido responder a eso, pero a partir de entonces su hora de la comida siempre coincidió con la mía, y si íbamos al cine y yo me quedaba mirando a las palomitas se pedía un cartón para él y esperaba a que me atreviese a robarle alguna.

Y cuando pensé que aquel vampiro iba a hacerle daño, una especie de mano fría me apretó el estómago, pero me seguía sintiendo nerviosa cuando recordaba a Nora.

El instituto católico St. Thomas estaba situado a orillas del lago Conroe. Cuando bajamos del coche ya había amanecido, demasiado temprano para que los alumnos hubiesen llegado ya pero demasiado tarde para que Henry pudiese salir del coche.

Era un colegio de ricachones, como muchos otros centros católicos de Estados Unidos. La parte trasera se extendía hasta el agua, y pudimos ver canoas y el tipo de material deportivo que solo los hijos de la élite podían permitirse.

—Estos cretinos tienen dinero —comentó Ryan, cuyo pelo parecía casi blanco bajo aquella luz.

Era una mañana muy clara de otoño, el rojo y el naranja de los árboles reflejándose en el lago.

—Sí, lo más probable es que nos echen a patadas en cuanto nos vean.

Habíamos parado en una cafetería a tomar algo caliente y, sobre todo, a asearnos un poco, pero todavía nos rodeaba una ligera aura peligrosa, como si no pudiésemos despegarnos del todo de la pelea de la noche anterior, como si nuestros bordes fuesen más afilados que los de la mayoría.

—Habla por ti, a mí todo el mundo me adora —dijo Ryan, cuya imagen, ahora que se había roto la nariz, me recordaba más a la de uno de los actores de *Rebeldes* que a la de un surfero californiano.

Al abrir la puerta, sin embargo, caminó por los pasillos de mármol como si no hubiese un lugar más natural para estar que aquel, y al apoyar el codo en el mostrador de secretaría tuvo cuidado de que las medallitas de su Primera Comunión cayesen por encima de su camisa de franela.

—¿Puedo ayudar en algo? —le preguntó la secretaria, escudriñando por encima de sus gafas lo roja e hinchada que estaba la nariz de Ryan.

—Sí, ¿mi padre es un antiguo alumno? —dijo, formulando las afirmaciones como preguntas de la misma manera que habíamos visto hacer a muchos ricachones—. ¿Leyó en el último número del

Catholic Review que el profesor St. James había pedido la baja por enfermedad?

La secretaria arqueó una ceja, fingiendo teclear algo en el ordenador.

—Sí, así es.

—Es terrible, ¿verdad? —insistió Ryan, que estaba disfrutando un poquito más de lo normal de toda aquella pantomima—. Absolutamente terrible. El señor St. James era el profesor preferido de mi padre, se lo aseguro. Me habló tantas veces de él que es como si lo conociera. Y cada vez que le llegaba a casa con un suspenso en Química me decía: "Hijo, vamos a tener que volver a Texas para que el señor St. James te enseñe a apreciar...".

—¿Puedo ayudar en algo? —repitió la secretaria, que ahora fulminaba a Ryan con la mirada.

Ryan no se acobardó.

—Bueno, sé que es poco ortodoxo, pero ¿me preguntaba si podría facilitarme la dirección del señor St. James? ¿Para que mi padre pueda ir a hacerle una visita?

La secretaria chasqueó la lengua.

—Lo siento, chico, pero la política de privacidad del centro...

—¡Ah, me parte el corazón! —farfulló Ryan, que se tomó la licencia de llevarse una mano al pecho—. Le aseguro... le aseguro que mi padre no quiere otra cosa que volver a ver a su profesor favorito. Casi le salvó la vida, ¿sabe? Le hizo pasar de adolescente descarriado a un miembro querido de la comunidad... y va a ser Navidad. Va a ser Navidad, señora, así que le pido...

—Si quiere, puede dejarle un regalo o un mensaje al señor St. James y nosotros se lo haremos llegar —replicó ella, de nuevo presionando teclas al azar.

Aquello no desanimó a Ryan, que bajó los párpados para decir:

—Y pensar que hemos conducido desde California... no sé

cómo voy a contárselo a mi padre. Estaba demasiado emocionado como para salir del coche, ¿verdad?

Dio un golpe de cabeza en mi dirección al decir eso, de modo que asentí.

—Tuvimos que dejarlo con un paquete de pañuelos, una caja de donuts y su antiguo anuario —dije, y Ryan emitió un ruidito sordo por la nariz al aguantarse la risa.

—Fue trágico.

La secretaria suspiró.

—No lo dudo, pero el señor St. James está muy enfermo y ha pedido expresamente que no se le moleste. Como he dicho, si quieren hacerle algún regalo o mandarle algún mensaje...

—Señora, por favor, tenga un poco de caridad cristian...

—Las clases van a empezar pronto —sentenció ella, apretando los dientes—. Si no se comporta no me quedará otro remedio que llamar a seguridad.

Ryan separó los labios, sin duda para continuar con la comedia o para dejarle muy claro a la secretaria lo que pensaba de ella y de su centro para hijos del nepotismo. No le di tiempo a decir nada, de todos modos. Inclinándome hacia la mesa, apostillé:

—¿Podría pasarle un mensaje al señor St. James, entonces?

—Eso llevo intentando explicaros diez minutos.

Ryan chasqueó la lengua.

—Ah, no se ponga así por diez minu...

—¿Puede decirle que su amigo Henry ha preguntado por él? Dígale... dígale que todavía es Birdy para alguna gente.

La mujer se quitó las gafas.

—¿Eso es todo?

Ryan resopló.

—Sí, eso es todo. Muchísimas gracias por su ex-ce-len-te servicio. Estoy anonadado, de verdad.

Tiré de él hacia la salida antes de que a la señora se le ocurriese llamar realmente a seguridad o atacarnos con su grapadora

—¡Se ha ganado usted el cielo! —prosiguió, mirándola por encima del hombro antes de volverse hacia mí—. No le va a pasar ningún mensaje a nadie hoy, te lo aseguro.

Me encogí de hombros.

—Teníamos que intentarlo, ¿no?

A Ryan no le satisfizo mi respuesta. Y porque los alumnos estaban empezando a entrar, y la acústica de la entrada era magnífica, se puso a cantar el "Maria" de *West Side Story* a pleno pulmón.

—¿Qué vamos a hacer ahora? —le pregunté a Ryan.

Estábamos sentados en una de las mesas del fondo del Whataburger, un plato de "patatas-fritas-con-el-ketchup-a-un-lado" entre nosotros.

Ryan le dio un mordisco a su hamburguesa de queso.

—Siempre nos quedan las páginas amarillas, ¿no? —dijo, tapándose la boca con la mano.

—Tenemos que encontrarlo antes de que anochezca —siseé, y Ryan tuvo que darme la razón.

Solo por sentir que hacía algo, me saqué el diario de Ruth de la mochila. Con el frenesí de los últimos acontecimientos se me había olvidado que lo tenía y que debía devolvérselo a Henry; no reparé en que estaba ahí hasta que saqué la cartera para pagar.

—No seas chismosa.

Puse los ojos en blanco.

—A lo mejor aquí hay alguna pista para encontrar a Birdy.

—¿De verdad crees que Henry podría haber pasado por alto algo así?

—Bueno, no es la persona más observadora del mundo.

Ryan ladeó la cabeza, limpiándose los restos de salsa de las comisuras.

—Quizá, pero me sigue pareciendo... Bah, qué más da.

Abrí las tapas de cuero. Al enfrentarme de nuevo a aquella letra tan cuidada, a la caricia que un día le había dado la pluma al papel, contuve el aliento. Era casi una traición, como asomarse a la ventana de alguien a quien quieres sin su permiso.

Tragué aire, sosteniendo una única patata entre el índice y el pulgar.

—¿Tú querrías dejar de existir, si fueses Henry?

Una colección de arrugas se dispuso sobre la frente de Ryan.

—No sé. No. No sé. Vivir para siempre y no envejecer nunca suena bastante atractivo. —Me señaló con una patata, la mostaza cayendo sobre la mesa—. ¿Tú?

Aparté la vista.

—No lo sé. Supongo que debe ser algo bastante solitario, que tu vida no tenga un fin y las vidas del resto sí.

—Supongo —concedió él, apretando los labios, y movió las cejas en dirección al diario—. Vamos, échale un vistazo a eso. Tienes razón en que tenemos que encontrar a Birdy como sea. Henry ya está bastante deprimido y me cae muy bien pero no tiene pinta de que haya superado nada de todo lo que le ha pasado en la vida. No hay que echarle más leña al fuego.

—Lo sé.

—Iré a buscar la condenada guía de teléfonos, mientras. Y si no lo encontramos hoy te dejamos en Houston y seguiremos buscando por nuestra cuenta.

Lo miré.

—Ryan...

—No me hagas pensar, ¿sí? Siento que voy a tener una hemorragia cerebral si sigo dándole vueltas. Encontraremos a Birdy y tú verás a Nora otra vez y listo.

A punto estuve de preguntarle que qué pasaba con él, entonces, pero ya se había levantado, dejando la mitad de su hamburguesa en la mesa.

Arranqué un pedazo de la corteza del pan e hice una bolita con él antes de llevármelo a la boca. Mastiqué ocho, nueve, diez veces. El asiento vacío frente a mí era horrorosamente grande y me sentía la persona más egoísta del universo.

Viernes 25 de febrero, 1949

El rasguido de la aguja contra el lienzo, unido al frufrú de las cortinas al moverse con el viento, me impidieron escuchar los pasos del chico hasta que este estuvo ya frente a mí, enrojecido y sudoroso.

—¡Birdy! —exclamé, cruzándome el chal de punto sobre el pecho.

Había crecido en los últimos meses. Estaba más alto, más definido, de alguna manera.

Se concedió unos segundos para retomar el aliento, tras los cuales dijo, forzando una sonrisa:

—Ya no hay mucha gente que me llame así.

—¿Ahora eres Francis, entonces?

Se encogió de hombros, aquella sonrisa todavía en sus labios, cortados por el frío.

—Supongo.

Dejé la labor sobre el reposabrazos.

—Pero, como un pajarito, vuelves al sur en invierno, ¿no?

Sacudió la cabeza.

—No por mucho tiempo. Solo estoy de visita. Recibí tu carta.

—Bueno, no tenías necesidad de venir a darme una contestación en persona. Responderme con otra carta habría sido perfectamente acept...

Volvió a sacudir la cabeza, esta vez con más temeridad. Todo su cuerpo temblaba, pude fijarme entonces; empezó a pasear en círculos por mi habitación, además, como si tratase de tejer sus palabras en la cabeza antes de atreverse a lanzarlas al mundo. Cuando al fin reunió el coraje suficiente, sus frases fueron una avalancha violenta y muy nerviosa.

—No, Ruth, no lo entiendes. Recibí tu carta y entonces... no sé qué me poseyó, pero lo supe. ¡Lo supe! *—Se arrodilló frente a mí y me tomó la mano—.* Ruth, quiero casarme contigo. Creo que podríamos hacernos muy felices.

Me aparté.

—Birdy, ¿estás loco?

—¡No! Nunca había visto las cosas tan claras. Sé... sé que soy más joven que tú y que llevo dos años malviviendo en Nueva York y que probablemente nunca sea un músico de éxito, pero... haré lo que tú me pidas. *—Volvió a agarrarme la mano, esta vez apretándola con más ahínco—.* Si quieres que estudie lo haré y si quieres que trabaje también. Vendré a California si es necesario. Tengo... tengo algo de dinero... *—Abrió mucho los ojos—.* ¡Debería ser tuyo, si debería ser de alguien! El dinero de Romus.

Me temblaron las cejas.

—¿Qué?

—Henry me lo dio y no lo he tocado en estos dos años. No sabes la de veces que he intentado devolvérselo a la señora Buckley, la de cartas que le he mandado... pero me dijo que solo tener ese dinero la pondría triste y que debería hacer algo de provecho con él y...

—La señora Buckley tiene razón *—susurré, zafándome de nuevo de él—.* Deberías usarlo. Dios sabe que Henry no va a hacerlo.

Aquello solo logró animarlo más y, ante la imposibilidad de suje-
tarme de nuevo las manos, se agarró a mis rodillas.

—¡Sí! Debería tomar ese dinero y comprar una casa y deberíamos
casarnos y...

—Birdy, ¿te estás escuchando? No quieres casarte conmigo.

—Sí, claro que sí —aseguró, poniéndose en pie; sus ojos, húmedos,
refulgían más verdes que nunca—. He venido desde Nueva York solo
para pedírtelo.

—Birdy, no estás enamorado de mí.

Boqueó como un pez antes de decir:

—Nos haríamos muy felices. Sería perfecto.

—Birdy, no creo que quiera casarme nunca —insistí, alzando la voz
dos octavas—. No creo que nunca haya querido casarme.

Negó con la cabeza.

—Eso no es verdad...

—Sí, sí lo es. Mira, me lo pasé muy bien con Romus, y fue el primer
chico que se fijó en mí, y Dios sabe que no fue el primero de muchos.
Quería a ese chico como quiero a mis hermanos y cuando murió...
—Apreté los labios, tratando de contener las lágrimas con ese sencillo
gesto—. Cuando murió perdí a uno de los mejores amigos que jamás
tendré. Birdy, ahora soy feliz, soy feliz enseñando. Y no quiero casar-
me, ni contigo ni con nadie. Y... —Le sonreí; tenía la cara tan roja y tan
brillante, como la de un niño a punto de romper a llorar—. Y eres muy
joven. Vas a ser feliz también. Date tiempo.

Volvió a sacudir la cabeza tan violentamente, y se giró para que
no lo viera sorberse los mocos.

—No. Creo que casarme contigo es la única oportunidad para ser
feliz que me queda.

—Eso no es verdad.

Me miró en el reflejo del espejo de pie. Su cara era toda verde y roja.

—Si no te casas conmigo... Dios, me uniré al seminario o algo. No

soporto más mi vida. Ni siquiera la música ayuda. Siento que me estoy volviendo más y más loco a cada momento.

Me levanté para abrazarlo al mismo tiempo que él dio un último paseo que lo condujo a mi ventana. Se quedó mucho tiempo allí, hasta que el vaho que salía de su boca empañó el cristal.

—¿Sabes que vi a Henry? El mes pasado, en la estación central. Solo que no podía ser él, claro, porque está muerto. Pero, diablos, es que era idéntico. Nos quedamos mirando mucho rato, y creo que iba a acercarse a mí, pero me fui antes de que lo hiciese —Apretó los párpados—. Comparto piso con este chico en Nueva York, ¿sabes? Bernard Horowitz. Es judío. Dice que, en todo momento, hay treinta y seis personas en el mundo tan buenas y tan puras que, de no existir, el mundo tampoco lo haría. Creo que se equivoca. Creo que es al revés. Henry y Romus eran demasiado luminosos para este mundo.

Estiré los labios.

—Yo también los echo de menos.

Birdy asintió, de pronto muy interesado en las puntas gastadas de sus zapatos tipo Oxford. Inspiró, ruidosamente, y al retomar el contacto visual conmigo dijo:

—Debería irme.

—Quédate. Le pediré a la señora March que te prepare algo caliente.

Forzó otra sonrisa.

—No. Probablemente ya tengas bastante que explicar con toda la historia del muchacho lunático que te ha venido a visitar.

—Es una buena historia, al menos —le dije, y cuando ya se aproximaba a la puerta añadí—. ¿Has hablado con Charlie últimamente?

Alzó las cejas.

—No, no últimamente.

—Ha salido del hospital. Parece que le está yendo bien.

—Así suelen ser las cosas cuando naces del lado del que está al mando, sí.

Suspiré, alzando la mano para acariciarle la mejilla. Estaba rugosa, con una sombra de barba de varios días.

—Solo quiero asegurarme de que tengas amigos ahí fuera antes de que te vuelvas a Nueva York. Sabes que pienso que eres una persona extraordinaria, pero hasta las personas extraordinarias necesitan amigos.

La tercera sonrisa forzada del día, tan húmeda y tan roja.

—No tienes que preocuparte por mí. Estaré bien.

Y se fue. Lo acompañé hasta la puerta, esquivando las inevitables preguntas de la señora March, pero se fue. Y lo observé desde la ventana, su chaqueta de cuadros volviéndose más y más pequeña en el horizonte neblinoso, hasta desaparecer.

Henry

Miércoles 12 de junio, 1946

No había nadie en la catedral, excepto Birdy. Era uno de esos días tan cálidos de finales de primavera y la camisa se me pegaba a la espalda con el sudor. Había ido directo a la catedral desde casa, inmediatamente tras leer la dedicatoria que Birdy me había dejado en el anuario, y cuando llegué estaba empapado y sin aliento. Podía verlo en el piso superior, de espaldas a mí, limpiando el órgano.

Como no había nadie para regañarme, hice bocina con una mano y grité:

—¡Eh, Bird!

Birdy apenas se movió para mirarme por encima del hombro. A juzgar por su lenguaje corporal, había reconocido mi voz al instante.

—Si vienes a confesarte —rezongó, continuando con el trabajo—, que falta te hace, el sacerdote está en no sé dónde, dándole los últimos ritos a un señor de mil años o algo por el estilo. Deberías hacerte con un altavoz, además, porque está sordo como una tapia.

Agité el anuario en el aire.

—¿Ibas en serio cuando escribiste mi dedicatoria?

Aquello logró detenerlo. De pronto parecía muy interesado en las uñas de su mano izquierda.

—Mira, Buckley, no sé qué me poseyó para escribir un disparate semejante...

—Pero ¿ibas en serio o no?

Resopló, apoyando los codos en la balaustrada.

—Puedes besar a quien te dé la gana y pasar el verano como te salga del... —Una risita seca—. No me hagas decirlo en la casa del Señor. Sería profano.

Arqueé las comisuras de los labios.

—A quien me dé la gana, ¿eh?

—No soy el Papa, Buckley. Ahora, tesoro, si no te importa...

Ya se estaba girando de nuevo al órgano cuando, recogiendo todo mi valor con las palmas de las manos, agregué:

—¿Incluso a ti?

Birdy se quedó muy quieto, una mano sobre el órgano, los ojos fijos sobre los míos. Tenía los labios separados, como si la antesala de una palabra se hubiese quedado ahí.

Todavía estaba a tiempo de reír y pretender que era una broma, pero no lo hice.

Recordé la luz anaranjada de mi habitación, el tablero de ajedrez y la pregunta cuidadosa de Romus. Por primera vez, pensar en mi hermano me dejó con una sensación de calidez en el estómago y no de tristeza.

Aprovechando esa oleada de coraje repentino, subí las escaleras de dos en dos y, cuando quedé frente a frente con Birdy, insistí:

—¿Incluso a ti?

Birdy permaneció en la misma postura, sus ojos todavía sobre los míos.

—Mira, Buckley, si es una broma tienes el sentido del humor en...

—¡No seas profano en la casa del Señor! —Reí, más por nerviosismo que por querer evitar la colorida colección de maldiciones de mi amigo—. Nunca había ido más en serio en mi vida, te lo juro.

Birdy tiró el paño que tenía en la mano al suelo.

—Quieres besarme —dijo, con el tono de voz que utilizaría para retarme a una pelea de puños. Tomé aire.

—Desde que tenía catorce años, más o menos. —Me mordí el labio inferior; ¿no era aquel era el tipo de confesión que podía arruinar una amistad?—. Mira, si no q…

—No. —Me interrumpió, dando un paso adelante—. Sí quiero. —Una sonrisa de medio lado—. Desde que tenía quince años o así.

Birdy dijo que quería besarme, de modo que lo hice. Tan sencillo como eso. Sujeté sus mejillas entre mis manos y lo besé ante los ojos ciegos de los santos, su cuerpo tan cálido y tan sólido frente al mío. Y su mano izquierda (era zurdo, no podía no pensar en que era zurdo) me acarició la espalda, y nos habíamos tocado muchas veces, en los partidos de fútbol y en los entrenamientos, pero su piel nunca había tenido ese tacto contra la mía. Como electricidad.

—He besado a Francis St. James —susurré al separarme de él, las puntas de nuestras narices chocando.

—¿Tu día de suerte? —dijo, un ligero temblor recorriendo su voz.

—¡He besado a Francis St. James! —exclamé, inclinándome ante la balaustrada.

Birdy, que irrumpió en un ataque de risa, empezó a darme golpecitos en el hombro.

—Shhh… ¿Estás loco?

—¡He besado a Francis St. James! —Me volví hacia él—. ¿Qué pasa? No hay nadie. Y aunque lo hubiera, el sacerdote está sordo como una tapia, tú mismo lo has dicho. ¡He besado a Francis St. James!

—Deja de gritar —Rio él, tirando de mi camisa hasta que me caí de espaldas sobre su cuerpo.

Podía notar cómo se movía su vientre con cada carcajada, cómo las lágrimas de la risa acariciaban sus pómulos.

—¿Por qué? Acabo de besar al chico más codiciado de todo el instituto.

Alzó una ceja.

—¿Ah, sí? Creía que tú eras el chico más codiciado de todo el instituto.

Me encogí de hombros.

—Sí, pero yo beso a todo el mundo.

Birdy parpadeó.

—Me siento halagado. Debería decirle a Charlie que se ponga a la cola porque estás empezando a ir a por los chicos ahora que ya has besado a todas las chicas de Corpus Christi.

Le aparté la cara con una mano, riendo también.

—Sí, pero nunca quise besar tanto a nadie como quería besarte a ti.

Para ilustrar mi afirmación, lo tomé de la barbilla y lo acerqué hacia mí, dándole uno de esos besos lentos que hacen que el tiempo se detenga y la Tierra deje de girar. En ese beso, éramos las únicas personas de todo Texas, los dos últimos chicos de toda la civilización. Era un beso en el que podría haberme quedado a vivir.

—Francis St. James —musité, acariciando su labio superior, ligeramente más grueso que el inferior, con el pulgar.

—Deja de repetir mi nombre.

—¿Por qué? Es tu nombre. Es un buen nombre. Como una canción. —Le di un beso en el cuello—. O una oración.

—Estás como una cabra —dijo, pasando su índice por mis nudillos.

No pensé en todas aquellas lecciones que me había dado mi madre acerca de esperar y ser respetuoso porque no creía que se aplicasen a los chicos. No creía que se aplicasen a Birdy. No podía haber reglas ni explicaciones, simplemente. Me daba la sensación de que el lugar más natural para mi cuerpo era estar junto al suyo.

—Oye, esto no será pecado, ¿no? —le pregunté, sin embargo.

Birdy me tiró del cuello de la camisa.

—¿El qué? ¿Besar a un chico?

—No, idiota, manosearnos en una iglesia.

—Ah. —Puso cara de pensar—. Quizá no es la mejor idea del mundo, pero he leído la Biblia y creo que estamos a salvo. Hay cosas mucho peores que podríamos hacer.

—Bien —siseé, acercando mis labios de nuevo a su cuello.

Podía reconocer perfectamente el olor a jabón Palmolive en su piel y pensé que nunca quería volver a oler otra cosa en mi vida.

Birdy sonrió. Una sonrisa lenta y perversa.

—Ahora que lo pienso, Jesús echó a latigazos del Templo a los mercaderes, no a los lunáticos que se manoseaban entre sí. Nos irá bien mientras no intentes pagarme por besarte.

Me saqué la cartera del bolsillo.

—Oh, vaya. Ahí va tu primer sueldo.

—Soy un chico honesto, Buckley —dijo—. No me descarríes.

Y entonces fue él quien puso la mano en mi nuca para besarme ante los ojos ciegos de los santos.

Me desperté con el ruido de la puerta que se cerraba.

—Tengo buenas y malas noticias —dijo Ryan, su voz cada vez más fuerte y más clara.

—¿Cuántas buenas y cuántas malas?

—Una buena. Eh… dos malas. La mala es que seguimos sin saber dónde está Birdy. La buena —tiró de la manta hasta que esta solo me cubrió los pies— es que es de noche y puedes ayudarnos a buscar.

Asentí, estudiando el agujero en la rodilla izquierda de mis vaqueros.

Todavía podía sentir el tacto de la piel de Birdy en la mía, si me concentraba lo suficiente. Todavía podía sentir ese nerviosismo en la boca del estómago, y escuchar el sonido de su nombre en mi voz.

F-r-a-n-c-i-s S-t. J-a-m-e-s.

Pero habían pasado cincuenta y tres años de aquella tarde en la catedral. Eso era una vida entera, para mucha gente. Acaricié mi bolsillo derecho, donde había guardado la botellita de sangre que me entregó Quincey.

—¿Cuál es la otra mala noticia? Has dicho que había dos.

Ryan se sacó un paquete de maíz frito sabor barbacoa del bolsillo de la chaqueta. Para un tipo tan delgado siempre estaba comiendo de lo lindo.

—Oh, bueno, tu amigo se ha pasado media vida en el que es, probablemente, el instituto más esnob y deprimente no ya de todo el estado de Texas sino de todos los países con educación católica.

Forcé una sonrisa.

—¿Ah, sí?

Cass puso los ojos en blanco.

—Está de mal humor porque la secretaria del colegio no se ha tragado sus engaños.

—Estoy de mal humor porque la secretaria era una elitista de mucho cuidado —precisó él—. Me da la sensación de que este es el tipo de conversación que Eli apreciaría más que ustedes.

Me encogí de hombros.

—Estoy esperando a que me llegue el carnet del partido comunista, me interesa.

—Déjalo, le ha roto el corazón que no lo traten como a uno de los hijos privilegiados del Señor por una vez en su vida. —Rio Cass, que se sentó a mi lado—. Cambiando de tema, ¿dónde crees que deberíamos...?

—¿Ir? —terminé por ella, y salté al asiento del conductor antes de que ninguno de los dos pudiese adelantárseme–. A Houston, por supuesto. Estaría bien que me dieras la dirección de tu amiga, eso sí. Es una ciudad bastante grande.

–Henry, podemos esperar.

–No, no podemos. –Acaricié el volante con la palma de la mano; necesitaba estar en movimiento, todo iría bien si estaba en movimiento–. Estás estirando mucho el montaje del campamento de animadoras. ¿Cómo crees que se sentirán tus padres si descubren la verdad?

–Lo tengo bajo control –siseó Cass, aunque sus labios y sus dedos temblaban–. Los llamé hoy mismo. Estaban un poco preocupados porque hacía dos días que no hablábamos, pero ahora están más tranquilos. Henry, lo tengo todo…

–No puedes alargar el montaje para siempre.

–Y tú no puedes evitar a Birdy para siempre –rezongó Ryan, apoltronándose en los asientos traseros–. Porque ahora mismo está bastante enfermo, y si no lo ves vas a pasarte mucho tiempo arrepintiéndote.

¿Quién te ha dado vela en este entierro?, pensé en decirle, pero no me gustaba cuando era desagradable con los demás.

Solo quería estar en paz conmigo mismo/en paz con el mundo/ en paz con todo lo que había perdido.

–Solo quiero hacer algo bueno y amable por alguien, ¿de acuerdo? –repuse, mis manos todavía en el volante–. Los últimos dos días han sido una maldita locura y tu amiga –me volví hacia Cass– está enferma y hace un año que no se ven, no más de cincuenta, así que sería algo bueno y amable que le hicieses una visita.

Cass suspiró, abrazándose a sus rodillas.

–Birdy no sabía que eras tú, en la estación de tren –dice, y no le pregunto cómo puede estar tan segura–. Se obligó a pensar que no eras tú.

Todavía sentía la pesadez de su mirada en la mía, lo roja y cruda que se me había quedado la garganta después de llorar tanto, la traición de la mentira de Asher.

Había pasado muchos más años alejado de él de los que habíamos pasado juntos.

Había pasado muchos más años como vampiro que como humano.

—¿Podemos irnos ya? —le pedí, conteniendo las lágrimas—. ¿Por favor?

Cass

<u>Hüzün</u>
1. Un sentimiento de profunda pérdida espiritual unido a la esperanza de ver el mundo de otra manera.
2. Un sentimiento compartido de melancolía, caracterizado por el permiso de sentir la aflicción más profunda.

Había varios coches aparcados frente a la entrada de Nora cuando llegamos, de modo que tuvimos que aparcar al final de la calle.

—Nunca creí que fuese a decir esto —comentó Ryan, hundiendo los puños en los bolsillos de su chaqueta—, pero espero que no sea una fiesta. No sé si tengo el cuerpo para otro desfase.

Henry (nunca lo habría creído posible en él) seguía callado y no aportó nada. Yo sentía que caminaba sobre nubes de gominola, como si la distancia entre mis pies y el suelo fuese mayor de la esperada, como si la acera fuese menos sólida de lo necesario. Lo único que logré decir fue un vago:

—No creo que sea del tipo de fiestas al que estás acostumbrado.

Nora tenía varias teorías sobre la vida. Creía que había gente que tenía pareja en el instituto y gente que no salía con nadie hasta la universidad; gente que tenía fiestas a lo serie estadounidense en el instituto y gente que solo se salía de madre en la universidad.

—Es como la gente que toma el café solo y la gente que pide cafés muy dulces y complicados —había razonado.

Siempre ocurría lo mismo con ella. Tenía teorías a las que llegaba sin el más mínimo razonamiento o la más mínima lógica, pero la manera en la que sus ojos brillaban cuando te las contaba y la manera en la que sonreía más y más a medida que hablaba te hacían creer en ellas, también.

Y siempre habíamos estado en la misma página (las chicas que tomaban grandes decisiones en la universidad, no antes), pero me sorprendí al darme cuenta de que había cambiado de categoría. Tenía novio en el instituto e iba a fiestas en el instituto y por primera vez reparé en que había tomado esas decisiones conscientemente y eran tan parte de mí como Harvard o el periodismo.

Era una fiesta, de todos modos. Lo supe en cuanto llamamos a la puerta y no nos abrieron ni Nora ni los señores Goldstein-Chai, sino un pelirrojo larguirucho con la sudadera del instituto, una caja de pizza balanceándose peligrosamente en su antebrazo derecho.

—No son del equipo —afirmó, arrugando la nariz pecosa.

Ryan decidió tomárselo como un reto, porque Ryan muy difícilmente podía dejar escapar una oportunidad para pasarse de listo.

—Eso es injusto, los tres pertenecemos a al menos un equipo. —Señaló a Henry—. Equipo de fútbol de Corpus Christi. —Pasó hacia mí—. Equipo de animadoras de Lompoc. —Movió ambos pulgares en su dirección—. Equipo de fútbol de Lompoc.

Henry le dio un golpecito en el codo.

—¡No me habías dicho que jugabas al fútbol! —Se llevó una mano a la boca para sofocar una risita—. ¿Con ese cuerpo? ¿En qué posición juegas?

—Banquillo, generalmente —dijo Ryan, sin una pizca de

vergüenza; todos habíamos admitido ya que su interés por el fútbol era más una cuestión estética que atlética.

Henry ladeó la cabeza.

—Eso lo explica todo.

El pelirrojo arqueó una ceja, estudiando cuidadosamente la gasa en la mejilla de Henry y la nariz todavía roja e hinchada de Ryan. Parecía estar preguntándose si aquellas eran lesiones deportivas o si alguno de los dos iba a echársele encima para quitarle un pedazo de pizza.

—Soy la amiga de Nora de California —le expliqué, como si no hubiésemos ido al mismo instituto, pero para ser justos el instituto de Houston era inmenso y ni siquiera conocía a todos los estudiantes de mi antigua clase—. Cass Velázquez.

—Oh, ya —dijo él, volviéndose atrás y haciendo bocina con las manos—. ¡Nor, tu amiga de California está aquí! —Se giró de nuevo hacia mí—. Me llamo Bart, por cierto.

Ryan no se esforzó en esconder una risita.

A punto estuve de darle una patada y presentarlos a Henry y a él, pero entonces reparé en Nora. Fue como uno de esos encuentros de las películas. Aunque resultaba raro e improbable, juro que el volumen de la música descendió, de alguna manera; el resto de personas se difuminaron, también, como si sus colores fuesen menos vívidos que los de Nora. Parpadeó, sus ojos ambarinos fijos en mí. Tenía el pelo más corto ahora, las puntas apenas rozando sus hombros, con mechas rosa clarito. También llevaba la sudadera de la escuela.

—¡Cass! —exclamó, corriendo para abrazarme.

Y me sorprendió que siguiera usando el mismo perfume (*Sunflowers* de Elizabeth Arden) y que su piel sobre la mía fuese tan cálida como antes, con exactamente los mismos callos en las manos. Como si no hubiese pasado el tiempo en absoluto.

—Este es Ryan —dije, señalándolo—, mi...

—Compañero del equipo de fútbol —terminó Ryan por mí—. Yo juego, ella anima. Probablemente no te estoy diciendo nada nuevo.

—Sí, fue un poco sorprendente —dijo Nora, y se volvió hacia mí—. No te lo tomes a mal, pero no acabo de imaginarte con un uniforme de animadora.

Me encogí de hombros.

—Contengo multitudes.

Nora alzó las cejas.

—Sigues diciendo eso.

—Walt Whitman me sigue gustando.

Asintió con cabeza.

—Así que eres una animadora con una debilidad por los grandes poetas americanos.

—Es menos raro de lo que imaginas —dije—. Este es Henry. Trabaja conmigo en la pista de hielo. Es de Texas.

—¿Ah, sí? ¿De dónde?

—Corpus Christi.

Nora sonrió. Se me había olvidado lo maravillosa que era su sonrisa, y cómo su piel parecía estar iluminada, como contagiándose de felicidad.

—Debe ser bonito.

—Lo es.

Era extraño, ver cómo mis dos mundos chocaban entre sí. La Cass del equipo de animadoras permanecía de pie en la misma habitación que la Cass del periódico escolar. La Cass enferma se pasaba el pelo detrás de la oreja al mismo tiempo que la Cass que trataba de recuperarse aunque no siempre sabía cómo. Podía ser ambas, me di cuenta. Podía contener multitudes de verdad.

—Seguro que las dos tienen una barbaridad de cosas de las

que hablar —dijo Ryan, dándole una palmadita en el hombro a Henry—. Y hay una pizza de queso por ahí llamándome, así que...

Hizo el símbolo de la victoria con las manos mientras Henry, que reía, se despedía de Nora con un gesto.

—Un placer conocerte.

—¿Fiesta del equipo de atletismo? —le pregunté a Nora.

Estábamos sentadas en la salita contigua a la cocina. La señora Chai solía utilizarla para bordar o para sus proyectos de arte. Todavía olía a la pintura húmeda, junto a las especias de la cocina.

Nora apretó uno de los cojines de ganchillo contra su vientre.

—Sí. Han ganado las semifinales regionales. —Se mordió una uña—. No es que yo haya participado este año, pero mis padres están fuera, celebrando el cumpleaños de unos amigos, y quería mostrarles mi apoyo. Está bien despedirme en condiciones de todos antes del ingreso, ya sabes.

Estiré los labios. Nora no parecía más delgada, lo cual era un alivio, pero sí más cansada. Pude identificar los tonos lilas de sus ojeras incluso por debajo de su base de maquillaje, y cuando se estiró para tomar su taza de té de la mesita me di cuenta de lo mucho que le temblaban las manos.

—¿Cómo estás? —le pregunté.

Nora sacudió la cabeza.

—No tenemos que hablar de eso —dijo, su voz rompiéndose en la primera sílaba de "hablar".

—Pero quiero. Si no te hace daño, claro. Me preocupo por ti.

—No lo hagas —susurró Nora, subiendo la pierna al sofá en el que estábamos sentadas, tan cerca la una de la otra.

—Bueno, no es como si pudiese elegir. Eres mi mejor amiga.

Ella asintió, desviando la mirada. Quise abrazarla, entonces, como si mi cuerpo fuese capaz de tener algún efecto curativo en ella. Siempre había sido sobre cuerpos, ¿no? Estábamos enfermas por el control, por el miedo a crecer, porque no sabíamos cómo hablar con nuestros padres de las cosas que importan de verdad, pero al fin y al cabo siempre lo canalizábamos todo en torno a nuestros cuerpos. Decíamos que no a ese plan porque nuestros muslos eran demasiado grandes, no porque habíamos empezado a irritarnos hasta con el sonido de nuestra propia voz. Dejábamos la comida en el plato porque nuestras clavículas ya no resultaban visibles, no porque nuestro propio deseo nos asustase. Habría estado bien que nuestros cuerpos pudiesen curarnos, también, en lugar de solo hacernos daño.

—Todavía queda tiempo para Acción de Gracias —tanteé, evitando mirarla también—. Estoy segura de que puedes...

—No con toda esa comida de por medio —me interrumpió—. Ya sabes cómo lo odio. Es decir, solía ser mi fiesta favorita, pero... —Chasqueó la lengua—. Es solo que me pone nerviosa comer delante de tanta gente, especialmente cuando todos están más pendientes de mí que nunca. Y sé que mi familia quiere verme comer, pero... no sé, no puedo dejar de preguntarme quién sería si comiese sin problemas, ¿no? Una porción razonable, ni mucho ni poco, como el resto. ¿Quién sería entonces?

Puedes descubrirlo, pensé, pero lo que dije fue:

—No, lo entiendo. Me pasa algo parecido con la Navidad.

Las comisuras de Nora se arquearon en una pequeña sonrisa.

—¿Todavía compras pijamas navideños?

—La duda ofende —reí, abrazándome a mis rodillas—. Ya tengo los de este año. Son del Grinch. Lucas y yo iremos a juego.

Nora tomó aire, su nariz tan rosa y tan brillante.

—Creo que necesito un descanso —musitó, apenas levantando la voz—. Sé que todo el mundo dice que los ingresos son brutales, y eso me da un poco de miedo, claro, y me siento muy culpable por lo que les va a costar a mis padres, pero... No sé, si pudiese elegir, pediría que me ingresasen antes. Ahora. Me da igual. Necesito... necesito un tiempo para centrarme solo en ponerme bien, sin preocuparme por el atletismo o por la universidad o por lo que pensará la gente de mí. —Me tomó la mano; las yemas de sus dedos estaban frías—. ¿Lo comprendes?

Asentí despacio, apoyando el mentón sobre las rodillas. Nunca se permitía descansos, antes. Los descansos eran para los débiles. Un día, en una fiesta de pijamas, probamos las galletas de M&Ms de Alanna Ramírez y Nora insistió en que saliésemos a correr por el barrio en mitad de la noche para quemar las calorías. Y le hice caso. Porque había sido su idea, le hice caso.

Me di cuenta, observando el fantasma de sus ojeras y la manera en la que el maquillaje se le pegaba a la piel seca, de que todos nuestros recuerdos estaban manchados de tristeza y de las partes más oscuras de nosotras. Éramos amigas, eso resultaba incuestionable, pero no nos sentimos atraídas la una a la otra porque frecuentáramos siempre la misma cafetería o porque tuviésemos el mismo gusto para los libros, sino porque nos obsesionamos la una con la otra y con la idea de que mantener la enfermedad estaba permitido si permanecíamos juntas. Cuando le pedí a Henry que me trajese hasta aquí, una parte de mí quería reconfortar a su amiga enferma, pero otra ansiaba correr de nuevo hacia la enfermedad. Era más fácil zambullirse en ella que seguir dando pasos adelante y pasos atrás para superarla.

—Recibí tu carta —dijo Nora, tal vez leyendo mis pensamientos en mi expresión.

Siempre era capaz de hacer eso, encontrar las palabras y las frases exactas en la manera en la que se arrugaba mi frente o en cómo torcía la boca. El año de distancia no lo había cambiado.

Sonreí, apartándome un mechón de pelo de la cara. Me sentía tan grande junto a ella, con un deseo tan inmenso. Tan humana.

—Creo que estaba un poco atraída por ti.

Nora me devolvió la sonrisa, apretándome la mano con más fuerza.

—Creo que no somos buenas la una para la otra.

—No —admití—. No aún, al menos. —Le acaricié los dedos, repasando el contorno del anillo que le regaló su abuela en su decimotercer cumpleaños—. Quiero que te pongas bien. De verdad.

Bajó la vista.

—Yo también. Pero me da muchísimo miedo.

—Va a ser brutal, pero lo superarás. —La abracé por detrás—. Lo superaremos.

Nora me ofreció su meñique para cerrar el pacto.

—Nos volveremos a ver en verano, en Alaska si hace falta, cuando te hayan admitido en Harvard y cuando yo... —Sacudió la cabeza—. Todavía no he decidido lo que voy a hacer el año que viene. Es raro. Antes tenía muy claro que quería ser fotógrafa y trabajar para la *National Geographic*. Y ahora que la universidad está tan cerca... dudo.

—Tengo muchas ganas de descubrirlo —le dije, enroscando mi meñique en el suyo—. Tengo muchas ganas de conocer a la Nora en la que te vas a convertir.

Henry

Viernes 12 de noviembre, 1999

Ryan Bertier estaba compartiendo con Bart una teoría muy interesante mientras yo le escribía una carta a Charlie.

—Nunca había estado en una fiesta de friquis —dijo, llevándose su botellín de cerveza a los labios—. Es genial. Tranquilita. Dudosos gustos musicales, eso sí.

Bart puso los ojos en blanco.

—No somos friquis, somos atletas.

—Los de atletismo son los friquis de los atletas —precisó Ryan—, y lo digo como un cumplido.

—Pues no suena a cumplido, la verdad. ¿Quiénes son los atletas geniales, según tú? ¿Los jugadores de fútbol y las animadoras?

Ryan lo señaló con un dedo, tragando la cerveza.

—Las animadoras no han conocido un día de tranquilidad en sus vidas. —Me dio un golpecito en el brazo—. ¿Qué haces, muchachón?

—Escribirle una carta a Charlie —respondí, apenas levantando la vista del papel.

Ryan frunció el ceño.

—¿Ese no es…?

—He decidido que no quiero seguir enfadado —suspiré—. No beneficia a nadie. Además, no fue su culpa. Fue un accidente. Lo más seguro es que ya se sienta bastante mal sin que yo se lo esté recordando a todas horas.

Eso mismo le escribí, más o menos. Había muchas cosas que quería contarle, pero ya no era el Charlie de dieciocho años. No conocía a este Charlie, al que le escribía.

Siento todas las llamadas y siento no haberte dejado olvidar lo que pasó. Incluso siento haberte odiado durante todos estos años.

Eras uno de mis mejores amigos, y me esforcé por olvidar todo lo que significabas para mí porque era más fácil. Sé que fue un accidente y sé que intentaste buscar ayuda. Ahora lo sé. Creo que lo había borrado de mi memoria durante tanto tiempo porque era más fácil pensar en eso que admitir que hay cosas incontrolables que pueden torcernos la vida.

Es decir, espero que seas feliz. Espero que hayas tenido una buena vida. ¿Qué has hecho con tu vida? La última vez que hablamos, hace más de cincuenta años, no tenías ni idea de a lo que querías dedicarte, aunque tanteabas la idea de ser poeta. Espero que hayas encontrado algo.

Sé que ya no eres la persona a la que conocía. Todos han avanzado, menos yo. Siento haber tardado tantos años en escribir esto. Supongo que lo malo de tener dieciocho para siempre es que nunca dejarás de ser un idiota.

Ante todo, espero que me perdones por haberte estado

acechando durante todos estos años. Yo también te perdono, si es que tengo algo que perdonarte. Supongo que he hecho las paces con lo que pasó y punto.

Ojalá las cosas hubiesen sido distintas entre nosotros, conde.

Tu amigo,
Henry

No era una buena carta. Nunca se me había dado bien poner mis sentimientos por escrito ni hablar de las cosas profundas y difíciles con los demás. Y aunque no era una buena carta, sabía que bastaba, porque era la verdad. No tenía que disfrazarla de ninguna otra cosa y no iba a seguir evitándola.

—Este código postal es de Houston —dijo Ryan, que no había tenido ningún reparo en leer por encima de mi hombro.

—Lo sé.

Alzó las cejas de manera muy significativa.

—¿Qué?

—Amigo, deberías ir a entregarla en persona.

Solté una risita que Ryan no reciprocó.

—Estás bromeando —le dije.

—Para nada. Nunca había ido más en serio en mi vida. Vamos, ¿por qué no? Sabes que es una gran idea.

—Bueno, para empezar, dudo bastante que Charlie quiera verme la cara.

—¿Por qué no? Es una buena cara. —Volví a suspirar, lo que le hizo agregar rápidamente—. Es broma, es broma. Mira, seguro que tiene tantas ganas de verte como de leer la condenada carta. Si se la entregas en persona tienes al menos alguna posibilidad de que no la haga pedazos nada más recibirla.

Me mordí el nudillo del índice.

—¿Y qué propones? ¿Que vayamos a su casa y pasemos la carta por debajo de la puerta?

Ryan se encogió de hombros.

—¿Por qué no? Es un plan tan bueno como cualquier otro.

Me tendió su mano para que se le estrechase.

La miré. Tenía manos de jugador de fútbol (anchas y fuertes), aunque su cuerpo se pareciese más al de un surfero o un modelo que al de un quarterback. Me fijé en las tiritas que le rodeaban los dedos, y recordé que Cass me había comentado un par de veces que tocaba el bajo en un grupo grunge.

Tragué saliva.

—Qué demonios —masculló, chocándole las cinco—. *Carpe diem* o lo que sea.

—*Carpe noctem* —precisó Ryan, y no pude evitar reírme ante aquella respuesta.

—*Carpe noctem*, lo que sea —solté aire—. Voy a beber… —le eché una mirada fugaz a Bart—. Eh… ¿Mi cápsula de hierro?

Ryan sacudió la cabeza, riendo.

—Qué pena de jugador de fútbol anémico estás hecho. Si no vuelves en diez minutos te iré a buscar. Te arrastraré a casa de Charlie si hace falta.

Y me guiñó el ojo.

—*Carpe noctem*.

—¡*Carpe noctem*, amiguito!

Cass

Bienvenida
1. Recibida con agrado o júbilo.
2. Recibimiento cortés que se hace a alguien.
3. Venida o llegada feliz.

Pensé en cuántos nombres había perdido en la historia. Cuando regresé al salón, sentía que caminaba con la fuerza de todas las mujeres que había sido hasta aquel momento. Mi reflejo translúcido en el cristal de la ventana tenía las ojeras de la estudiante que se quedó hasta las tantas con su libro de Historia del Arte y una botella de Pepsi light para asegurarse de sacar un sobresaliente en el examen del día siguiente; el pelo encrespado y quemado por el sol de la animadora clavando su primer gran salto; las uñas rotas de la chica que recorrió tantos kilómetros en coche desde California a Texas.

Soy todas ellas. Ardo en deseos de conocer a las que vendrán después, también.

Ryan estaba recostado en el sofá, tocando la vieja guitarra acústica de la señora Chai. A punto estuve de preguntarle dónde estaba Henry, pero entonces reconocí la canción que estaba cantando.

When you're alone and life is making you lonely
You can always go... downtown

When you've got worries, all the noise and the hurry
Seems to help, I know… downtown

Cuando estás solo y la vida te hace sentir aislado
Siempre puedes ir al centro
Cuando tienes preocupaciones, todo ese ruido y esas prisas
Parece que ayuda, lo sé… el centro.

Downtown de Petula Clark. La canción de *Inocencia interrumpida*. La canción que Nora y yo cantábamos a voz en grito, tapadas hasta la nariz con su edredón. La canción que Ryan me mandó a quitar en el coche, pero que en algún momento debía haberse aprendido.

Me quedé mirándolo, observando el halo dorado que la lamparita de pie dibujaba sobre el tabique, ahora desviado, de su nariz. Escuché las palabras como si fueran nuevas, como si apenas estuviese aprendiendo el idioma y pudiese desmenuzarlas con los dedos.

Al cambiar de acorde nuestros ojos se encontraron. Sonrió.

—Es una cursilería de canción —dijo, porque a Ryan los Grandes Sentimientos le hacían sentir incómodo.

Me encogí de hombros.

—A mí me gusta.

—Lo sé. —Se humedeció los labios, dejando la guitarra a un lado—. Henry ha ido a tomarse su medicina para la anemia.

Les eché una mirada de soslayo a Bart y al resto de invitados a la fiesta, y yo también sonreí. Me pregunté si podría contárselo todo a Nora, un día. Si se lo escribiría, también, hilando las palabras hasta formar una narrativa lo suficientemente grande como para que pudiese taparse con ella. Quizá podría abrigarla en las noches de frío, en el hospital. Quizá la historia del chico que murió, pero no de la manera en la que debía, le resultase un hogar y no una pesadilla.

–Vamos a ir a ver a Charlie –continuó Ryan–. Bueno, más o menos. Henry le ha escrito una carta. Le sugerí que se la diese en persona.

–Es una buena idea.

Me guiñó el ojo.

–Ignoraré ese tono de sorpresa.

–No era de sorpresa.

El que avisa no es traidor, supongo, porque optó por ignorar ese último comentario. En su lugar, me preguntó:

–¿Vienes?

Me mordí el labio inferior. Nora dejaba su taza en la encimera para acercarse a hablar con una chica pelirroja a la que recordaba vagamente de las clases de Psicología y de algún cumpleaños en la bolera.

–Te podemos pasar a buscar luego, si no –insistió Ryan.

Sacudí la cabeza. Había aprendido a amar las historias lo suficiente como para saber cuándo era hora de cerrar un capítulo.

–No, los acompaño. Algo me dice que hará falta más de una persona si a Henry se le da por volver a cambiar de opinión.

Ryan me volvió a sonreír. Cuando lo hacía, los tres lunares en su mejilla izquierda bailaban.

–Energía para el viaje –dijo después, sacándose un Kit Kat del bolsillo–. Comparto la mitad.

Tomarlo requirió de un esfuerzo hercúleo. Recuperarse no es como el final de la película sacarina de sobremesa, en la que la chica que cayó muy rápido a lo más hondo del pozo le da un mordisco a la tarta y te das cuenta de que nunca volverá a pensar en el tamaño de sus muslos o en lo sencilla que sería la vida si uno pudiese atravesarse el estómago con la mano para retirar todos sus contenidos uno a uno.

Partir las dos barritas del Kit Kat con los dedos para llevarme una a la boca no iba a curarme, no, pero era algo que la Cass del día anterior no habría hecho: comer por el simple placer de hacerlo, no por mera supervivencia o porque de pronto tu barriga se ha convertido en un agujero negro que te gritagritagrita que lo llenes enseguida.

Henry no dijo nada durante el trayecto hasta la casa de Charlie. Dejó que yo condujese (Ryan se había tomado un par de cervezas en la fiesta) y él se limitó a mirar por la ventana, la frente pegada al cristal. Me di cuenta de que estaba nervioso por la manera en la que le temblaban las manos, y por cómo cruzaba y descruzaba las piernas cada veinte segundos, sus botas de vaquero haciendo un ruido muy característico.

—Quizá no es tan buena idea —dijo un par de veces, pero, aparte de eso, no intentó detenernos en ningún momento.

Fue un viaje relativamente largo. Los señores Goldstein-Chai vivían en los suburbios, mientras que el apartamento de Charlie se encontraba en uno de los rascacielos del centro de la ciudad, en los que nunca pensé que viviese nadie. Me había pasado un par de años en Houston y durante todo ese tiempo me figuré que ahí solo había oficinas y cosas por el estilo. No gente de verdad viviendo vidas de verdad, capaces de ver todo el esqueleto de la ciudad en luces de neón.

—Espérenme aquí —nos dijo Henry cuando nos paramos frente al parquecito del complejo residencial—. No tardaré mucho.

—¿Estás seguro de que no necesitas ayuda? —le preguntó Ryan, sacando la cabeza por la ventanilla.

Henry ya había salido, casi como si no pudiese esperar para sacarse todo el asunto de las manos.

—Sé cuál es el piso.

Lo vimos alejarse, las manos hundidas en el interior de los bolsillos de su chaqueta. En cuanto se paró a hablar con el portero me di cuenta de que, al contrario que Ryan, Henry era capaz de engatusar a cualquiera en cualquier momento, en cualquier lugar, incluso ahora que su mano estaba vendada y que una gasa le cubría la mejilla.

El portero lo dejó pasar, simplemente, sonriéndole como a un viejo amigo, y Ryan, a quien era difícil asombrar, y más aún ganarte su respeto, emitió un largo silbido de aprobación.

Henry

Viernes 12 de noviembre, 1999

Era un buen edificio, el de Charlie. Moderno desde fuera pero clásico y elegante de la manera en la que solo los verdaderamente ricos consiguen desde dentro, con las alfombras bordadas y los cuadros en el hall y los espejos dorados y las lámparas de araña.

No me sorprendió, la verdad. Nunca dudé de que Charlie sería capaz de sacarse las castañas del fuego. Aunque siempre estaba discutiendo con su viejo y aunque no daba pie con bola en clase y aunque sus decisiones eran a menudo alocadas y caóticas, le gustaba demasiado el lujo como para arriesgarse a vivir prescindiendo de él, simplemente.

En el ascensor sonaba música clásica (no la reconocí) y hasta habría jurado que mi reflejo en el espejo era más brillante, más nítido, más favorecedor. Por supuesto, no habría hecho falta que subiese en el ascensor en absoluto. Es cierto que hubiese resultado un poco sospechoso que metiese las manos en el buzón de los

Leonard después de haberle dicho al portero que era un invitado del señor, pero estaba bastante seguro de que el portero no tenía una visibilidad muy buena de los buzones. Podría haber fingido perfectamente que iba al ascensor y luego escaquearme para meter mi carta en medio de su correo.

No tenía una buena excusa para estar subiendo hasta su piso. No iba a llamar a la puerta porque no había ninguna manera, humana o vampírica, de que Charlie fuese a invitarme dentro. Como mucho, invitaría a la policía, y eso les habría traído bastantes problemas a Cass y a Ryan. Creo que, sencillamente, quería quedarme un ratito más en aquel edificio tan bonito, imaginándome a Charlie pisar aquella moqueta color bordó y ajustarse la corbata en uno de tantos espejos.

Cuando llegué, me quedé alelado durante un par de segundos, observando aquel número catorce dorado sobre la puerta, resplandeciendo tanto que parecía estar en llamas. Sudaba con tanta violencia que el borde del papel estaba empezando a gastarse. No quería que la tinta se emborronara, de modo que me sequé la mano en los vaqueros, me agaché y pasé la carta por debajo de la puerta.

Salí corriendo antes de poder escuchar unos pasos desde el interior de la vivienda que me hiciesen cometer una locura y cambiar de parecer.

El ascensor era idéntico que tres minutos antes, pero por una vez yo sentía tanto calor que sus bordes me parecieron menos definidos. No quería que el portero me hiciera demasiadas preguntas, así que me senté en el rellano durante unos momentos, donde él no pudiese verme, observando los cuadros y echándole un vistazo a las revistas. Cuando me pareció que había pasado el tiempo suficiente para una visita de cortesía, me levanté y me fui, no sin antes comentarle al portero que el señor Leonard estaba estupendamente y que qué aguante tenía para su edad.

Deberías haberlo visto trasnochar a los diecisiete años, pensé, pero, naturalmente, no dije nada de eso en voz alta.

—¡Henry, espera!

El grito me llegó cuando ya estaba en la calle, a medio camino entre el portal y el coche. Me volví. Hacía bastante frío y el vaho que salía de mi boca me empañaba la vista. Aun así, pude reconocer a la perfección los ojos marrones y la nariz afilada de Charlie en el rostro arrugado del anciano que corría hacia mí. Era alto, además. Siempre había sido el más bajito del grupo, pero debía haber dado el estirón en la veintena, porque ahora era casi tan alto como yo. Las gafas (enormes, con la fina montura dorada) también eran una novedad.

—Dios, eres real —susurró, más para sí mismo que para nadie más, al detenerse a un par de pasos de mí.

Me mordí el labio inferior.

—Eh... Siento lo de las... llamadas y...

Charlie sacudió la cabeza. El pelo, que le escaseaba, flotaba como una bruma blanca sobre su cráneo.

—Me lo merecía un poco, en el fondo. —Se desanudó la bufanda, todavía demasiado asustado o turbado como para acercarse más a mí—. Le diste varios sustos de muerte a mi esposa, eso sí.

Alcé las cejas.

—¿Estás casado?

No sé por qué, pero me sorprendió. Supongo que siempre había asumido que Charlie continuaría con sus juergas de dandy incorregible para siempre.

—Desde hace diez años, sí. —Eso ya tenía más sentido; apartó la vista para volver a hablar consigo mismo—. Ah, no puedo creerme... ¡Hablando con un fantasma, nada menos! —No me molesté en corregirlo—. Mañana mismo debería ir a hacerme mirar la cabeza.

—Nunca está de más —sonreí.

Charlie parpadeó, casi como se sorprendiera de que yo siguiese ahí. Muy lentamente, sus músculos se contrajeron hasta que irrumpió en una carcajada. Y su risa era la misma, tal y como la recordaba, los mismos dientes torcidos y el mismo sonidito nasal.

—Supongo que no. Sobre todo a estas edades —suspiró—. Mira, Henry, supongo que siempre quise decirte... —Chasqueó la lengua—. Siento muchísimo todo lo que pasó. De verdad. Lo que te hice. No ha pasado un día desde entonces sin que...

—Está bien —lo interrumpí—. Sé que fue un accidente.

Sus ojos brillaron.

—Lo fue —insistió, como si quisiese grabarse las palabras a fuego—. Lo fue de verdad, te lo juro y... —Ladeó la mano—. Mira, no quiero contarte estas cosas para que te compadezcas de mí o para que dejes de odiarme...

—No te odio —le aseguré—. Ya no.

Continuó como si no hubiese dicho nada. Era como si sus frases tuviesen garras, como si se le clavasen a la garganta y necesitase de una fuerza sobrehumana para sacárselas de encima.

—Me ha afectado mucho, lo que te pasó. Lo que te hice. Intenté contarles la verdad a todos, pero nadie me creyó. Pensaron que estaba loco, que verte morir me había acabado de cruzar los cables, después de que Birdy le devolviese ese golpe a su padrastro y huyese. —Se aclaró la garganta—. No sé. Intenté de verdad que al menos tus padres supiesen... pero, como dije, todos pensaron que había perdido el juicio. Me pasé dos años en un hospital psiquiátrico, cortesía de mi padre. Al salir ni siquiera yo tenía claro lo que pasó esa noche... hasta que te pusiste en contacto conmigo, después de tantos años.

Tomé aire. Di un paso más hacia él para que se diese cuenta

de lo sólido que era mi cuerpo frente al suyo, lo definidas que eran mis líneas. Era real. Todo era real.

—Al principio pensé que había vuelto a tener una crisis nerviosa, pero cuando mi esposa escuchó también los mensajes me di cuenta de que no estaba perdiendo la razón. O alguien me estaba haciendo una broma muy pesada o tú habías vuelto, de alguna manera.

—Nunca me fui —susurré.

Los ojos de Charlie se empañaron con unas lágrimas veladas por el fino cristal de sus gafas.

—Siento de verdad que no hayas podido tener la vida que merecías —agregó—. Siempre... siempre pensé que estabas destinado a hacer grandes cosas. Eso me ha carcomido por dentro todos estos años. No me parecía justo que...

—Está bien —repetí, extendiendo el brazo para tocarlo; la espalda de Charlie se crispó con ese tacto entre nuestras pieles—. ¿Te acuerdas de lo que dijo mi madre después de que Romus muriese? Que las personas somos como lámparas de aceite. A veces Dios pone mucho aceite, y vives una vida muy larga, y a veces pone muy poquito y te consumes enseguida.

—Y no sabes cuánto aceite llevas dentro hasta que se te apaga la llama —terminó Charlie por mí, una sonrisa húmeda y roja en sus labios—. Me acuerdo. Me acuerdo muy bien. —Se humedeció los labios—. Siempre intenté cuidar de tu madre. Ver si le hacía falta algo, si podía ayudarla en alguna cosa... cuando murió, espero que no te importe, arreglé las cosas para que en su lápida apareciese también tu nombre. Para que estuviesen juntos, de alguna manera.

Me mordí la cara interna de las mejillas. No vi a mi madre morir. Estaba ingresada en un hospital católico, de modo que no pude verla ni despedirme de ella. Me enteré de que había muerto por la esquela en el periódico. Después de eso lloré durante cinco días seguidos, hasta quedarme seco.

Hacía casi veinte años de eso.

—Es perfecto —Sonreí, sin esforzarme por contener las lágrimas—. Gracias, Charlie.

—Es lo menos que podía hacer. Siempre tienen flores frescas, y Romus y tu padre también. De Eddie se encargan sus hijos, allá en California. —Tragó aire—. Supongo que estaría bien que lo supieras.

Asentí. Sin esperar una palabra más suya, di un último paso y lo abracé. Y aunque ahora era más alto y más delgado, aunque su cuerpo mostraba el paso del tiempo y los achaques de la edad, ese abrazo me pareció idéntico a los que nos dábamos cuando nuestro equipo de fútbol ganaba la liga o cuando nos despedíamos antes de que Charlie se fuese a pasar la mayor parte del verano por ahí con su familia.

—Te echaba de menos, conde —le dije.

Charlie asintió sobre mi hombro.

—Y yo a ti, vaquero. Siempre seguirán siendo mis dos mejores amigos, Birdy y tú. Nunca, en todos estos años, he vuelto a tener una amistad como esa. —Se separó, sus ojos sobre los míos—. Deberías ir a verlo, a Birdy. Está bastante enfermo.

—No sé dónde vive.

Charlie dio un golpe de cabeza.

—Yo sí —dijo, y se sacó una libretita del bolsillo de la camisa para apuntar la dirección—. Querrá verte —añadió al entregármelo—. Estoy seguro de que sí.

—Gracias, conde —le dije, guardándome la nota—. Me alegro de que hayas tenido una buena vida, al final. Seguro que tu padre se está revolviendo en su tumba ahora mismo.

—Oh, ya lo creo.

Y nos volvimos a abrazar. Sentí como si volviese a casa.

Cass

Historia
1. Narración y exposición de los acontecimientos pasados y dignos de memoria.
2. Narración inventada.
3. Cuento, chisme, enredo.

La casa de Birdy estaba en Weslaco, a orillas del Río Grande, en el pedacito de Texas con forma de cuchillo que bordea con México, donde los árboles son verdesverdesverdes contra el cielo más claro y más prístino que hayas visto jamás.

Texas es tan gigantesca e inabarcable que tardamos cinco horas en llegar. Para cuando aparcamos, ya brillaba el sol con una fuerza terrorífica, y hacía un ratito que Henry se había escondido bajo las mantas. No nos había dicho qué había hablado con Charlie y nosotros tampoco le preguntamos. Su buen humor era suficiente. Sus ganas de ver a Birdy eran suficientes.

Para pasar el rato hasta que anocheciese, Ryan y yo tomamos un par de menús para llevar del Whataburger y nos sentamos en las gradas del estadio de fútbol. Era uno de esos raros días calurosos de finales de otoño en los que la luz es un poco más dorada de lo normal, las hojas de los árboles brillaban naranjas.

—Supongo que ya no nos queda mucho viaje por delante —dijo Ryan, bebiendo su americano a sorbitos muy cortos—. Si salimos mañana y nos ponemos turnos para conducir, estaremos en casa pasado.

Tragué saliva. Eso sonaba definitivo. Me pregunté si Henry vendría con nosotros, qué haría con su vida ahora. Traté de no pensar en la "salida" de la que hablaba Anita, y en lo que podía significar eso para él.

Abrí la caja de mis patatas fritas y puse las manos sobre ellas para calentármelas.

—Justo siguiendo el plan que les di a mis padres —susurré distraídamente.

Ryan, tras emitir una risita seca, me robó una de las patatas. La sostuvo entre dos dedos, como un cigarrillo.

—Sin fisuras y sin contratiempos… bueno, más o menos.

Se dio dos toquecitos en la nariz, para ilustrar su afirmación.

—De verdad que te queda bien.

—No te metas conmigo, Cassandra.

—Pareces una estatua griega.

Por eso, me tiró una de las patatas a la cara.

—Más bien me parezco a la esfinge esa de la nariz reventada —dijo, y se quedó muy serio, viendo a los niños jugar en el campo frente a nosotros—. Oye, estaba pensando que a lo mejor no vuelvo al instituto después de las vacaciones.

Le di un sorbito a mi café.

—¿Es lo que quieres?

Se encogió de hombros.

—No es que me vaya muy bien que digamos. Además, puedo retomarlo más adelante, ¿no? O sea, he estado pensando en ello y creo que hay programas para sacarte los estudios de encima más adelante, si quieres.

—Sí.

Me dio un golpecito en la rodilla con la suya.

—Espero que eso no te decepcione mucho.

Le devolví el golpecito.

—No. Está bien tomarse un descanso a veces. Es algo que estoy aprendiendo —Otro sorbito; al apoyar la mano que tenía libre en las gradas, mis nudillos rozaron los de Ryan—. Ay, ahora no me acuerdo si te he contado lo de Alaska.

Y todo él explotó en una risa muy aguda y muy contagiosa.

—Eres incorregible, Cassie —dijo—. No, no me lo dijiste, pero Tara sí.

Tragué saliva.

—Oh, Dios, lo siento. Es decir, que me puse hecha una furia cuando me enteré yo, y después...

—Te fugaste de casa con un vampiro —terminó él por mí, zarandeando su sobrecito de mostaza antes de empapar su hamburguesa con queso—. Qué más da. No es que yo hubiese reaccionado de una manera mucho mejor, en tu lugar. Es un maldita mierda.

—Lo es —concedí; los niños parecían dorados también, bajo aquella luz, del color de los campos de trigo—. Pensaba que al menos este año podría terminarlo en California, ¡pero en fin! Al menos me ayudará para el ensayo de la universidad. ¿Qué tienes pensado hacer tú?

—No seguirte a Alaska, eso seguro —Rio—. Me gustas, pero no tanto como para vivir en el maldito polo por ti. Estaba pensando en Nueva York. Mi madre tiene familia en Utica y dicen que puedo tomarme un año sabático con ellos. Es cuestión de cambiar las fechas un poco, nada más.

—Ya has hablado con tu madre de esto, ¿verdad? —le pregunté, volviendo a los golpecitos de rodillas solo por el placer de hacerlo.

La primera vez que hablé con él había sido igual, solo que en las gradas del gimnasio del instituto. Yo acababa de hacer mi prueba para el ingreso en el equipo de animadoras y estaba roja y sudorosa. Él fingía estar escribiendo algo para el periódico del colegio (su padre lo había obligado a tener alguna extracurricular más aparte del fútbol, con la esperanza de que su solicitud para la universidad fuese algo más reluciente), pero en realidad solo apreciaba la oportunidad de ver a un montón de chicas en minifalda.

Un golpecito en la rodilla.

—Te voy a poner un seis punto cero.

Le devolví el golpecito. Estaba hambrienta y mareada y me había equivocado en un salto, de modo que mi humor no era el mejor.

—Qué duro.

Golpecito.

—Es la mejor puntuación.

Golpecito.

—La mejor puntuación es un diez.

Golpecito.

—Acabo de ver una competición de patinaje y te juro que la mejor puntuación es un seis. Punto. Cero.

Golpecito.

—¿Me ves patines en los pies?

Aquello le hizo reír.

—Por suerte, no. No me sentiría muy seguro si tuvieses dos cuchillas tan a mano, la verdad. —Se encogió de hombros—. Ahora que lo pienso, tampoco he visto muchas competiciones de animadoras en los Juegos Olímpicos.

—Hacía gimnasia antes de venir aquí —le confesé, por ningún otro motivo que el hecho de que un chico tan guapo como él estaba hablando conmigo y no quería romper el hechizo.

—Ponle un lazo y es una competición de animadoras.

—Exactamente.

Se levantó entonces, extendiendo su mano hacia mí.

—Ryan Bertier, por cierto. Vas a entrar en el equipo. La capitana, Lauren Johnson, es amiga mía. Sus gustos dudosos para las amistades aparte, tiene buen olfato. No dejaría pasar a una candidata como tú, aunque seas una gimnasta borde de Texas.

Y se fue antes de que me diese tiempo a contestar a eso.

Ahora era lo mismo. Los golpecitos. Las risitas. La conversación punzante. Era reconfortante, que Ryan se sintiese como un hogar a veces.

—Mi madre está de acuerdo —dijo, tras tragar el primer mordisco de su hamburguesa—. Sobre todo después de ver mis notas. Cree que me está dando una crisis nerviosa o algo así. No es muy sutil al respecto. El día después de contarle mi plan dejó un montón de folletos sobre suicidio juvenil en mi habitación, junto al cesto de calcetines limpios.

Sonreí. Me gustaba la madre de Ryan. Era bajita y afable y siempre llevaba el mismo corte de pelo a lo Jackie Kennedy y el mismo perfume de Clinique.

—Tu madre es bastante increíble.

—Y que lo digas. Me sorprende que haya aguantado a mi padre tantos años, la verdad. —Se humedeció los labios, evitando mirarme—. Tus padres lo saben, por cierto. Lo de Nora.

Me detuve, una patata suspendida en el espacio entre mi mano y mi boca.

—¿Cómo?

—Se los conté. —Se volvió hacia mí, sus mejillas espolvoreadas de rojo—. Tenían que saberlo, Cass. Tuve una conversación muy larga con ellos. Les pedí que no te dijeran nada y que no te lo impidieran. No sé por qué, me hicieron caso. —Apretó los labios en una sonrisita pérfida—. Serán las tendencias hippies de tu madre.

Parpadeé.

—Pero... ¿Por qué?

—Porque vas a ir a Harvard, por eso. La mentirijilla que les diste a tus padres los convencería a ellos durante un rato, pero no al instituto. Te iban a poner un parte por saltarte tantos días.

—Tenía un plan con Tara...

Bufó.

—Sí, el peor plan del mundo. Y Tara me cae muy bien, pero es más o menos tan sutil como las luces de un puticlub. Si tus padres estaban al tanto, podían darle una buena explicación al instituto.

—¿Y?

—Consiguieron que la psicóloga firmase tus ausencias. Vas a encontrarte un montón de deberes cuando vuelvas, eso sí.

Me arranqué las pielcitas del labio inferior. El partido de fútbol estaba terminando y podía escuchar los gritos del entrenador y los vítores de los padres y el rugido sordo de las botas contra el césped.

—¿Estaban muy enfadados? Mis padres.

Ryan sacudió la cabeza.

—No. Preocupados, muchísimo, pero eso es algo bueno. Les importa lo que te pase, y a mí también.

Un último golpecito, mi rodilla contra la suya. Después hundí las manos en los bolsillos de su chaqueta, como hacía cuando íbamos a ver los partidos del equipo de baloncesto del instituto.

—Gracias —le dije—. Creo que... a veces necesito que me den empujoncitos para avanzar.

—Sin problema —dijo, besándome la frente, y luego volvió a dirigirme otra de sus sonrisas malévolas antes de propinarme un empujón suave—. ¿Cómo esto? —Me hizo cosquillas; sabía exactamente qué partes de mi cuerpo tocar para hacerme reír de manera incontrolable—. ¿O esto?

Salimos hacia la casa de Birdy en cuanto se puso el sol, pero para cuando llegamos ya pasaba la hora de cenar. Nos costó un poco encontrarla, para ser sinceros. Las indicaciones de Charlie nos llevaron más allá del Walmart de la ciudad, donde ninguna de las casas parecía tener el número de la de Birdy. Al final, conscientes del nerviosismo creciente de Henry (podíamos escuchar cómo sus botas de cowboy golpeaban el salpicadero), acabamos por preguntarles a los raritos de la comuna hippie que se habían asentado en el edificio junto al supermercado. Bueno, no se trataban de una comuna hippie en sí, sino de una de esas sectas que predicen el fin del mundo. Su particularidad residía en cómo llegaría ese Apocalipsis (una invasión alienígena) y el motivo por el que habíamos dejado pasar por alto la casa de Birdy era precisamente el cartel del platillo volador con el eslogan Quiero creer que adornaba una de las ventanas frontales; habíamos pensado que se trataba de otra de las residencias de la secta, pero nada más lejos de la verdad. O bien Birdy era un fanático más de *Expediente X* o bien trataba de caerles en gracia a sus atípicos vecinos.

De todas maneras, ahí estábamos, frente a la casa de una sola planta. La mosquitera frente a la puerta estaba separada, y tuvimos que apartar un montoncito de periódicos sin leer para poder subirnos al primer escalón. A pesar de la aparente desolación, una luz encendida al fondo nos indicaba que había gente en casa, y tanto el jardín como la pajarera estaban cuidados con mimo.

Llamé con el puño. Siguiendo el plan de Ryan, que pasaba por no causarle un infarto a un señor mayor, Henry permanecía detrás de nosotros, algo apartado. Cambiando las bolsas de Whataburger de mano, Ryan llamó también. Parecía temer que, si tardábamos un segundo más, Henry se echaría atrás y volvería al coche. Para ser honestos, tenía toda la pinta de estar planteándose eso mismo.

—¡No quiero comprar nada! –bramó una voz nasal desde el interior.

Ryan intercambió una mirada muy significativa conmigo.

—No... no intentamos venderle nada, señor St. James –le dije.

Un carraspeo.

—Tampoco me interesa su secta ni su religión ni su plan de pensiones.

—Somos de Comida sobre Ruedas, señor St. James –dijo Ryan, siguiendo el guion que habíamos preparado durante el trayecto.

—No he pedido ninguna comida en ningún vehículo, con ruedas o sin ellas. Estoy enfermo, no inútil. Todavía puedo calentarme las alubias y las latas de sopa yo solo, muchas gracias.

—La secretaria del instituto St. Thomas nos ha mandado a venir –insistió Ryan, cuya paciencia era tan fina como el papel vegetal–. Algo dijo de los valores nutricionales de las alubias y de la sopa Campbell –silencio–. Cuanto antes nos deje pasar antes nos iremos, señor.

—¡Bah! –graznó Birdy desde dentro; después agregó–. Esa vieja urraca tiene que meter las narices en todo.

—¿Nos deja entrar, señor St. James? –pregunté, muy consciente de lo pesadas que sonaban las respiraciones de Henry, tras de mí–. La... la comida se enfría.

—¡Bah! –dijo de nuevo, como un búho viejo y cansado–. La llave está debajo del felpudo. No quiero romperme la cadera levantándome por un par de granujas.

—Tu amigo tiene una disposición encantadora –chirrió Ryan, agachándose para recoger la llave.

—Sí, no ha cambiado un ápice –dijo Henry, sonriendo, pero pude notar cómo le temblaban las manos, hundidas en el fondo de los bolsillos de su sudadera verde.

—Le alegrará verte –le aseguré.

—Después de reponerse del susto, querrás decir —masculló Ryan, la puerta se abrió con un crujido espectral.

Las tablillas del suelo crujieron, también, bajo el peso de nuestros pies, levantando nubes de polvo dorado a su paso. Eché un vistazo por encima de mis hombros: Henry había logrado adentrarse en el interior de la residencia, y ahora lo miraba todo con los labios entreabiertos, como si lo que tuviésemos ante nosotros fuese la sala de un museo y no una casa desvencijada al sur de Texas.

—La cocina está a la izquierda —dijo Birdy, su voz llegando precisamente desde algún punto en esa dirección—. Dejen las bandejas en la mesa y lárguense. Tienen propina en el bote de café.

—Sí, señor —dijo Ryan, tirando de mi manga para que lo acompañase.

Henry se había quedado muy quieto en el pasillo, tomando una de las notas del corcho entre el índice y el pulgar.

—Vamos, muchachón —le susurró Ryan, pero él no se inmutó y lo dejamos tranquilo.

Yo también habría querido curiosear y quedarme a solas con mis pensamientos, si hubiese visitado la casa de Nora después de tantos años.

—Dejamos la comida en la mesa y nos largamos —anunció Ryan, cuyas entradas en las habitaciones solían ser verbales además de físicas.

Al adentrarnos en la cocina, Birdy ya estaba allí, de pie junto a la nevera verde lima, sujetando su escopeta.

—A ver, ¿quiénes son? Y no me vengan con blasfemias de Comida sobre Ruedas porque tuve bastante cuidado de no darle mi dirección a esa urraca de Joyce Willow.

No parecía particularmente viejo (tal vez fuese la altura y la aparente agilidad de su cuerpo, o tal vez la combinación de la camisa de franela y la bandana sobre el pelo), pero sí muy enfermo.

Podía ver a la perfección los huesos de sus clavículas y sus manos, delgados como lápices, y su piel era muy blanca y muy fina, como el papel arrugado, dejando a la vista las venas como plumas azules.

–Y eso no es comida para viejos, es Whataburger –agregó, señalando las bolsas con su arma.

–Probablemente es bastante mejor que cualquier cosa que traigan los de Comidas sobre Ruedas –tartamudeó Ryan, que ni siquiera en las situaciones más peliagudas era capaz de contener las ganas de soltar un comentario impertinente.

Ante eso, Birdy le quitó el seguro a la escopeta.

–V-venimos con alguien a quien quizá desea ver… Birdy.

Las manos del anciano temblaron.

–¿Quién te ha dicho ese nombre?

–Henry Buckley –respondí, al mismo tiempo que Ryan lo llamaba a gritos.

Escuché una puerta que se cerraba, y a Ryan dando un pisotón al suelo de linóleo.

–¡No me puedo creer a este tipo!

Henry

Sábado 13 de noviembre, 1999

Mi letra acariciaba el papel como una cicatriz, casi quemándolo. Sostuve la nota entre los dedos, arrancándola de su lugar en el corcho junto a las fotografías de Birdy entrenando al equipo de fútbol del instituto St. Thomas y los retratos de nuestra clase. No solo recordaba perfectamente haber escrito aquellas líneas; al tomarlas, fui transportado a aquel momento de nuevo.

Sentía el frío del asiento trasero del taxi de Jorge, la nieve cayendo sin tregua al otro lado de la ventanilla. Escuchaba el rasgar del lápiz contra el papel, y las respiraciones pesadas de Jorge. Lo veía todo de nuevo, como si estuviese allí. La estación central. El cielo blanco, completamente cubierto. Mis propias manos temblorosas.

Y Birdy habría reconocido mi letra en cualquier lugar. Excepto cuando los profesores nos separaban, nos sentamos juntos en clase desde los once años. Le había escrito incontables notitas, y él había repasado todas las cartas que les escribía a Romus y a Eddie en busca de errores, aunque las faltas de ortografía de Romus fuesen bastante más bestias que las mías.

Aquel sentimiento de miedo y soledad volvió a pegárseme a los huesos, como en Nueva York, solo y llorando. *¿Por qué no fuiste a buscarme?*

No me di cuenta de que había abandonado la casa hasta que el viento gélido me azotó la cara. Al encender el cigarrillo, no noté el calor de la llama haciéndome cosquillas en los dedos.

Cass

Revelación

1. Manifestación de una verdad secreta u oculta.
2. Manifestación divina.

No sé cómo, habíamos conseguido que Birdy dejase de apuntarnos con la escopeta. Eso no significaba, sin embargo, que confiase más en nosotros que cinco minutos atrás. Ahora había descolgado el teléfono de la pared, sosteniendo el arma en la otra mano, sin separar sus ojos de nosotros. Mientras marcaba, anunció:

—Voy a llamar a la policía. —Y después:— ¿Qué? ¿Han encontrado un par de anuarios viejos? ¿Quieren gastarle una broma a un anciano? Henry Buckley está muerto.

—Y también está aquí —replicó Ryan—. Y quiere hablar contigo.

Birdy escupió en el suelo.

—Supongo que tendré que llamar al manicomio después de acabar con la policía —dijo mientras esperaba a que lo conectasen—. O quizá a una convención de médiums. ¿Sí? ¿Agente? Soy Francis St. James, de Texas Boulevard. Quería denunciar un allanamiento de morada, y le aseguro que esta vez es cierto…

Así que se lo conté todo, a trompicones, como podía, mi voz cada vez más aguda. Le conté todo lo que sabía, todo lo que Henry había compartido conmigo en los últimos días. Lo del café de Roosevelt de Romus. Lo de Ruth y su saxofón. Lo del club secreto frente a la playa. Se lo conté todo con sus máximos detalles, tal y como Henry me lo había contado, sus palabras deslizándose por mi lengua como la miel.

Y Birdy no detuvo su conversación con la policía, pero me di cuenta del efecto que todas las frases que estaba hilando tenían sobre él. Sus ojos, grises, crecían por detrás de los cristales de sus gafas de montura de carey, las pupilas agitándose. Sus dedos temblaban, frenéticos. La voz, poco a poco, le fallaba. Ya casi era un susurro cuando escuchamos el grito de Henry desde el jardín.

—¡Oh, al demonio con todo!

Una piedra rompió el cristal de la ventana, los fragmentos cayendo sobre el fregadero, y el teléfono se escurrió de las manos nudosas y huesudas de Birdy. Soltó el arma, también, y se dio la vuelta, dándonos la espalda por primera vez, para asomarse. Supe enseguida que no iba a ver a Henry allá fuera. Ya podía sentir los pasos sonoros de sus botas contra el suelo de parqué del pasillo.

—¡Birdy! ¡Birdy! ¡Bir-dy!

Se acercó en la cocina, quedándose de pie en el umbral de la puerta. Pude ver, en lo roja y húmeda que tenía la cara, que había estado llorando. Fumando también, a juzgar por el olor que lo perseguía. Sostenía una nota de papel en la mano, y tardé un par de segundos en darme cuenta de que era la misma que había estado mirando antes.

—¿Por qué no me buscaste? —le preguntó a Birdy, que permanecía muy quieto contra la ventana rota, la boca entreabierta, la respiración dificultosa—. ¿Por qué no me buscaste?

Su voz era melosa y muy espesa. Me pareció increíblemente joven, entonces. Muy joven y muy vulnerable.

—Lo hice —susurró Birdy, y luego se apartó la bandana con un gesto nervioso—. Debo estar muerto. Hacía tiempo que me lo veía venir. Esas cosas se sienten en los huesos.

Henry se sorbió los mocos.

—No estás muerto, Birdy. Pero yo sí.

Birdy se humedeció los labios.

—¿Cuándo?

—¿Cuándo qué?

—¿Cuándo moriste?

Henry tomó aire.

—El 28 de diciembre de 1947.

—¿Y cuándo escribiste esa nota? —La señaló con un golpe de cabeza—. No podías saber cuándo sería el entierro de Romus en 1947.

—En enero de 1949.

Birdy se apartó los mechones de pelo, lacio y muy blanco, de la cara.

—Creí que me estaba volviendo loco.

—Me viste en la estación central de Nueva York.

—Creí que me estaba volviendo loco —repitió Birdy—. Luego el amigo de tu hermano me enseñó esa nota y pensé que estabas vivo. Reconocí la letra enseguida, claro que sí. Pensé que a lo mejor te habías fugado sin decirnos nada, aunque me pareciese incomprensible. Nunca se encontró tu cuerpo, al fin y al cabo. Pero no podía contarle mis sospechas a tu madre porque eso le habría roto el corazón como se rompió el mío.

Henry apretó los labios, las lágrimas agolpándose de nuevo en sus ojos azul oscuro.

—No quería dejarte. No quería dejarlos a ninguno. —Tiró la nota al suelo—. ¿Y para qué guardaste esta porquería, de todos modos?

Birdy se encogió de hombros.

—Era lo último tuyo que tenía. Fuiste el mejor amigo que tuve jamás, Henry Buckley. Estar enojado contigo no iba a cambiar eso.

Y empezó a dar pasos (lentos, vacilantes, con un esfuerzo terrible) hacia Henry, su brazo estirado hasta tocarlo. Hundió los dedos en la carne blanda de su mejilla sana, casi como si quisiese comprobar su corporeidad, la luz plateada de la luna cayendo como un manto sobre ambos.

—Eres real —musitó.

—Sí.

—Y estás muerto.

—También.

—¿Eres un fantasma, entonces? ¿Vienes a llevarme al otro mundo?

—No. Vine... —Forzó una sonrisa—. Vine porque eres mi mejor amigo y te echaba de menos. Y al otro mundo solo puedo llevarme a mí mismo.

Al decirlo se sacó una botellita de sangre del bolsillo y la sacudió en el aire. Era pequeña y de cristal, casi como la muestra de un laboratorio. Ni Ryan ni yo la habíamos visto jamás, pero entonces recordé las palabras de Anita en el Black Cat Saloon. "Una salida"...

Henry tomó una de las manos de Birdy entre las suyas.

—Te lo puedo explicar todo.

No había separado su mano. Aprovechando esa cercanía, Birdy lo condujo hasta la mesa, ante la cual se sentaron. Al hacerlo, el anciano debió recordar que Ryan y yo estábamos allí, porque nos miró y dijo:

—No llamé a nadie. No me fío de la poli y hace dos semanas que corté el teléfono porque me ponía de los nervios recibir tantas llamadas. ¿La escopeta? Está descargada. ¿Sabían que tener un arma cargada en casa dobla tus posibilidades de sufrir un accidente doméstico? —Chasqueó los dedos y señaló la bolsa de Whataburger que Ryan todavía sostenía—. ¿Tienes café ahí dentro, chico? Me da la sensación de que voy a necesitar café para esta conversación.

Ryan tragó saliva.

—No, señor. Solo patatas y dos hamburguesas.

Birdy estrechó los ojos.

—El café es lo mejor que tienen en Whataburger.

—Yo… yo diría que son las hamburguesas, señor.

—¡Bah! —bufó Birdy, girándose de nuevo hacia Henry, como si temiese que fuese a desaparecer si separaba la vista de él más de cinco segundos—. ¿Te cae bien este tipo?

Henry alzó una comisura.

—No me queda otro remedio.

—¿Sabes a quién me recuerda?

—¿A ti?

Birdy dio una palmada sobre la mesa.

—Iba a decir que a Charlie Leonard, desgraciado.

Los ojos de Henry brillaron.

—De los dos, tú siempre fuiste el que más se quejaba.

—¡Bah! La muerte no te ha hecho más amable, Buckley.

Y se recostó en su silla, una mirada fervorosa que reconocí al instante: era la que se preparaba para una buena historia.

Henry

Sábado 13 de noviembre, 1999

Birdy todavía recordaba cómo tomaba el café, después de todos estos años. Mientras yo hablaba, repasando todos los acontecimientos, por dolorosos que fuesen, él me preparaba una taza oscurísima y con un único terrón de azúcar. Después se puso con la suya, y me alegré de saber que sus gustos no habían cambiado; su café seguía siendo con leche y una cucharada de miel para endulzar.

—Queda café en la jarra —les dijo a Ryan y a Cass—. Y hay Coca-Colas en la nevera.

No me detuve. Temía que las palabras se me escapasen de entre los dedos si lo hacía, que se me olvidasen detalles importantes por el camino.

Se lo conté todo. La transformación. Nueva York. Quincey. Asher. Eli. La muerte de mi padre. California. La pista de hielo. El coche.

Y Birdy no hizo preguntas. Esa era su magia. Como Romus, él no atendía a la lógica, sino a la lealtad. Si lograbas que confiase en ti, lo cual no resultaba sencillo, jamás dudaría de tu palabra, por descabellada que esta fuese.

Cuando terminé mi historia, él solo carraspeó y se llevó la taza a los labios.

—Sabía que iba a necesitar una taza de café para tener esta conversación —dijo, simplemente—. Tú tampoco viniste a buscarme, después de lo de la estación.

—Pensé que no querías verme —le confesé—. Pensé que estabas enfadado conmigo por haberte dejado en esa habitación de hotel.

Sacudió la cabeza. Era exactamente como me lo imaginaba; no había cambiado en absoluto, solo envejecido. Sus facciones eran las mismas, aunque más demacradas, moteadas de arrugas; su manera de vestir, su altura, las líneas de su cuerpo... lo reconocía todo.

—Yo mismo te dije que te fueras —me recordó—. Pensaba entregarme a la policía, ¿sabes? No podía soportar la idea de que te fueses a fastidiar la vida por mí. Habría hecho eso mismo si no me hubiese quedado dormido o noqueado... cuando desperté todo el mundo decía que estabas muerto, Charlie tenía una crisis nerviosa... —Se pasó la lengua por el labio superior, reseco y acartonado—. Fui la primera persona que tuvo la teoría de que te había atropellado el tren.

Me temblaron las cejas. Podía ver el caos en sus ojos, el miedo. Mientras yo me despertaba en la casa de Quincey, todos los míos lidiaban con mi pérdida de maneras muy distintas.

—Charlie estaba fuera de sí y no dejaba de repetir que te había pegado un tiro —explicó Birdy—. Pero no había ni cuerpo ni bala. Sangre sí, sobre las vías. ¿Qué íbamos a creer? No podía pensar que había perdido a dos amigos el mismo día, uno muerto y el otro un asesino. Tus padres te buscaron como locos durante días, semanas, meses… cuando los meses se volvieron años empezaron a convencerse también de mi teoría, como todos. Incluso Charlie, cuando salió del manicomio, estaba casi seguro de que aquello había sido lo que pasó.

Se puso de pie, con dificultad, casi como si la fuerza de sus propias palabras lo hubiese apartado. Instintivamente, me levanté también, colocándome delante de él para evitar que se cayese. Había hecho lo mismo muchas otras veces, en el campo de fútbol, bloqueando a los jugadores del equipo contrario para que Birdy pudiese marcar un tanto.

—Supongo que yo también tengo un par de historias que contarte —dijo mientras caminaba—. Acompáñenme al salón, ¿me hacen el favor? Esas sillas son más malas que el diablo, y ya tengo bastante con el cáncer.

La versión de Birdy

Enero, 1949

Al entrar en la librería, abrí la puerta con tanta fuerza que casi la tiro abajo. Bob Goldsman, el dueño, estaba ahí dentro, por descontado; a veces me daba la sensación de que jamás abandonaba la tienda. De que vivía allí, sencillamente, durmiendo entre los tomos de los libros y las cajas de revistas.

Tenía unos diez, quince años más que yo, pero a veces parecía mucho más viejo. No en su cuerpo, sino en su alma, como si seguir en el mundo le causase hastío. La mayor tragedia de su vida había sido no poder ir al frente, a causa de una enfermedad cardíaca. Yo le dije que había cosas peores que no morir en una guerra. Él dijo que si iba a ser tan protestón podía volverme a Texas, "con las vacas y los locos". Le dije que precisamente me había largado para que el chiflado de mi padrastro no me partiese el cuello. Ahí dejó de incordiarme.

Aquella noche en la que casi le tiré la puerta abajo no pareció demasiado sorprendido. Ni sorprendido ni asombrado, solo cansado.

—Si no podías pagar el alquiler podías habérmelo dicho —sentenció, sencillamente. Luego debió fijarse en la palidez de mi piel, o en lo mucho que me costaba respirar, porque agregó:

—¿Qué te pasa? ¿Has visto un fantasma?

—E… eso creo —le dije, tambaleándome hasta la silla frente la suya—. ¿Te acuerdas de mi amigo de Texas? ¿El que murió? Creo que lo he visto, en la estación. O sea, nos hemos quedado mirándonos…

—Mucha gente se parece a mucha gente. —Fue como lo resumió, y se levantó a prepararme una taza de chocolate caliente.

Hasta la fecha, ni siquiera me había ofrecido un vaso de agua. Que se levantase y me hiciese un chocolate sin ni siquiera pedírselo… bueno, parecía importante. Significativo.

Al volver y poner la taza humeante entre mis manos, agregó:

—Pasa a menudo. Perdí a mucha gente en esa maldita guerra, ¿te lo había contado? Mi mejor amigo, mi primo, tres de mis cinco hermanos… cuando todo acabó los veía en todas partes. En la fila del pan. En el supermercado. En Central Park, dándole de comer a los patos. Pasa casi siempre. Es parte del duelo.

Suspiré.

—Lo habría jurado…

—Bebe. Te sentirás mejor. Con los años el duelo también se hace más fácil.

—¿Y tú? ¿Los sigues viendo? ¿A tus muertos?

—A veces. Cada vez menos. No los necesito tanto como antes. —Me apretó la mano; aquello también era una novedad—. Sobrevivirás a esto, Francis, incluso cuando te parezca que no.

Pero yo conocía el duelo. Había llorado una barbaridad por Romus, cuando tú no podías verme. Había sentido que me rompía por dentro y que las piezas que quedaban no eran suficientes para levantarme y vivir otro día, pero no lo había vuelto a ver después de que se despidiese de nosotros en la estación de bus.

Después de lo de la Grand Central, soñé contigo casi cada noche. Al cabo de los días te empecé a buscar, también. Me planteé un par de veces que estaba perdiendo la cabeza, pero no me importó. Podían llevarme al manicomio, como a Charlie. A mí todo eso me importaba un bledo.

Te busqué en la estación central y en los campos de fútbol. Caminé por los pasillos de la universidad de Columbia, por si habías ido allí como planeábamos, y hasta me paseé varias veces por Coney Island porque siempre me había parecido el tipo de lugar del que habrías disfrutado. Muchas veces me pareció verte en las cabezas rubias que caminaban delante de mí, o en los chicos de hombros anchos que se abrían paso por la calle, pero nunca eras tú.

Febrero, 1949

Dejé de buscar el día del entierro de Romus. Pensé que tu madre se volvería loca de la pena. No dejaba de pedir que le dejasen abrir el ataúd. Un muchacho moreno muy agradable intentaba que entrase en razón. Le dijo que no podía ser, que había pasado mucho tiempo, que no iba a ser como si lo hubiesen preparado en la funeraria. Supongo que para una madre eso no importa mucho, pero al final, no sé cómo, consiguió convencerla.

Fue un día difícil para todos. La ceremonia fue difícil. La música fue difícil. Uno de los amigos de Romus leyó un discurso.

—Entre los hombres que fallecen no hay discriminación —dijo—. No hay prejuicios. No hay odio. La suya es la más alta y pura democracia.

Todavía tenía varios papeles delante, pero me fui antes de que pudiese terminar con todos ellos. No podía seguir escuchando aquello y no quería ponerme a llorar delante de tus padres, así que me levanté con toda la discreción que pude y me fui afuera a fumar un cigarrillo.

Fumar ayudaba. No podía dejar de pensar que tus padres estaban enterrando a más de un hijo ahí dentro, y fumar me ayudaba a mantener la mente alejada de eso.

Todavía no había terminado cuando aquel muchacho tan amable que consoló a tu madre se sentó a mi lado.

—¿Puedo acompañarte? —me preguntó, aunque ya se estaba poniendo cómodo sobre la hierba y sacándose su propio encendedor del bolsillo.

No tenía muchas ganas de hablar, de modo que le tendí mi cajetilla de tabaco sin decir nada.

—Es difícil cuando ha pasado tanto tiempo —dijo él, agradeciéndome el cigarrillo con un golpe de cabeza—. Como si volvieses a vivirlo todo. Soy Jorge. —Me tendió la mano para estrechársela, y no me quedó otro remedio que hacerlo—. Romus era mi amigo, allá...

No hizo falta que terminase la frase. Entendí a la perfección lo que quería decirme, claro que sí.

—Francis.

Frunció el ceño.

—¿Nombre de familia?

—No.

No sabía si mi madre me había puesto ese nombre porque le gustaba, por Francisco de Asís o porque tuvo una revelación divina, pero nadie más de mi familia lo tenía. Yo era el primero.

—Ah, te juro que hará cosa de un mes que se subió a mi taxi uno de los primos de Romus. Era clavadito, pero que clavadito a él, aunque quizá más ancho de hombros. Estaba seguro de que me dijo que se llamaba Francis. —Hurgó en el bolsillo de su traje hasta sacar de él una notita—. Fue él el que me dijo cuándo sería el funeral.

Le quité la nota de las manos. Reconocí la letra al instante, desde luego. Podría haber cerrado los ojos y seguir con los dedos los bordes de cada palabra, así de bien me sabía tu letra. Y Romus y tú eran casi idénticos, todo el mundo lo decía.

Era imposible, pero tenía la prueba ahí mismo. No estaba loco. Debías estar vivo, no cabía otra explicación, aunque lo que no lograba entender era por qué no habías ido al entierro de Romus. Estaba acostumbrado a que la gente me dejase, pero sabía con una certeza absoluta que jamás habrías dejado pasar la oportunidad de despedirte de tu hermano.

Y no sé qué leyó Jorge en mi cara, porque enseguida se rascó la coronilla y agregó:

—¿O a lo mejor eras tú? Lo siento, no he vuelto del Pacífico con todas mis facultades intactas. A veces... a veces me falla la memoria, ¿sabes? Cuando volví pensé en utilizar esa beca de estudios que nos dieron a los veteranos. Iba a ser el primer chico de mi familia en ir a la universidad. Luego me presenté allí y me hicieron un montón de preguntas. Que si en los marines me habían enseñado esto, lo otro, si tenía experiencia en una oficina, si sabía escribir a máquina... yo solo les dije la verdad, que no habían tenido mucho tiempo de enseñarme grandes cosas más allá de lo esencial en un campo de batalla, y ahí me di cuenta de que ese no era mi sitio, con beca o sin ella. Perdona, ¿te estoy aburriendo?

Eddie vino a buscarme después de que terminase la ceremonia, cuando Romus ya estaba bajo tierra. No me había movido de aquel mismo sitio sobre el césped, y no sé si fue Jorge el que le dijo dónde estaba o si me encontró él sin más. Pero se sentó a mi lado, ayudándose de su bastón, como pudo.

—El otro día vi a Henry, en la estación de tren —le confesé.

Le conté toda la historia, como había hecho con Bob. Su reacción no fue muy diferente.

—A mí a veces también me parece verlos —dijo, batallando contra las lágrimas—. Cuando Romus murió... nunca le conté esto a nadie, pero supongo que tú lo entenderás. A ti te gustan los pájaros, ¿no? Bueno, pues cada noche desde que Romus murió, vi un jilguero en mi

jardín. Con el plumaje rojo. Cantando. Estaba convencido de que era él, aunque sea una locura. Pero supongo que el dolor te vuelve un poco loco a veces. Como mamá antes. Creo que por un momento se olvidó de cuánto tiempo había pasado.

Me sorbí los mocos.

—No hay jilgueros en California —le comuniqué—. No con el plumaje rojo. Ni en California ni en Texas.

—A lo mejor era uno perdido. Solo se quedó allí unos meses.

—Imposible. El calor lo habría matado. Además, no habría volado tan lejos.

Eddie sacudió la cabeza.

—Me habré equivocado de raza, entonces.

Lo dejé pasar. Que fuera como él quisiera. No tenía ganas de discutir y, además, era lo más lógico. Seguramente tuviese razón. Siempre fue el más listo de todos nosotros, al fin y al cabo.

—Oye, ¿por qué no te vienes a California conmigo y con Judy?

—No tengo nada que hacer en California.

—Tampoco en Nueva York. —Siempre podías contar con Eddie para que te soltase la verdad a la cara—. No es por hundir el dedo en la llaga, pero tu vida ahí no parece muy buena. ¿Por qué no te vienes a descansar un tiempo? Tenemos una habitación vacía y la mayor parte del día tendrás la casa toda para ti. Puedes quedarte todo el tiempo que te haga falta.

No le dije nada. Estaba muy, muy cansado.

Abril, 1949

La primera vez que vi a Charlie después de que lo ingresaran fue en mi casa, mientras intentaba cepillar las pelotitas de mi abrigo azul marino.

Mi compañero de piso le había abierto la puerta mientras salía a por cigarrillos, una tarea que solía ocuparle horas. Conocía a mucha gente en Nueva York, e insistía en pararse a charlar con todos durante al menos quince minutos. Más de una vez volvió con las manos vacías porque le había cerrado el estanco entre charla y charla.

Charlie tenía buen aspecto. Estaba un poco más pálido, un poco más delgado, pero tenía buen aspecto, como si no hubiese pasado nada entre diciembre de 1947 y entonces.

Así se lo dije. Él solo se encogió de hombros. No le gustaba hablar del hospital, y no se lo reproché. A mí tampoco me habría gustado, de estar en su lugar.

–¿Qué estás haciendo? –me preguntó, aunque podía verlo perfectamente.

–Quitarle las pelotitas a este abrigo. Lo tengo desde hace cuatro años y es la primera vez que ve un cepillo.

–Deberías llevarlo a un profesional.

–¿Qué te hace pensar que tengo dinero para llevarlo a un profesional?

Me di cuenta de lo grosero que estaba siendo mientras lo decía, pero qué demonios, podía ver mi apartamento igual que yo. No era la cumbre del lujo.

–Deberías llevarlo donde los llevo yo.

–Si no puedo pagar un profesional normal, ¿cómo voy a poder permitirme los sitios a los que llevas tú la ropa?

Charlie suspiró, y se dejó caer en la silla frente a mí.

–Quería decir que te lo pagaba.

–Cepillar me distrae –lo interrumpí antes de que pudiese seguir hablando; chasqueé la lengua–. Lo siento, tengo los nervios fritos. Últimamente le hablo mal a todo el mundo. Creo que por eso mi compi va tanto a por cigarrillos, para no estar en la misma habitación que yo.

Charlie emitió un silbido largo.

—*Los nervios fritos... háblale de eso al experto.*

Solté una risita.

—*Lo siento.*

—*No lo sientas. Era un maldito infierno, pero ya he salido, ¿qué más da?* —*Señaló mi maleta, que estaba apoyada en el radiador apagado, con un golpe de cabeza*—. ¿*Te vas de vacaciones?*

—*Me voy para siempre.*

Eso lo alertó.

—¿*Y qué pasa con el jazz?*

—*El jazz no paga las facturas.* —*Dejé de cepillar*—. *Maldita sea, Charlie, el jazz era algo que quería hacer hace mucho tiempo, pero la gente cambia. No quiero pasarme la vida en esta caja de zapatos, pasando hambre por las noches. Quiero hacer algo con mi vida. Contar para alguien más que para mí mismo.*

Volví la vista al abrigo al decir eso. Era la primera vez que lo admitía en voz alta.

Charlie se acarició el mentón.

—*Sí, lo entiendo. ¿Y entonces qué? ¿Te vuelves a Texas?*

—*Dios, no. Si vuelvo, mi padrastro me mata. Solo fui al entierro de Romus porque pensé que no se atrevería a hacerme nada con tanta gente delante.*

—*Tu padrastro no te va a poner una mano encima.*

—*Tienes mucha fe en la gente.*

—*No, en serio. Mi madre... mi madre dice que ha perdido la cabeza. Anda diciendo por ahí que Henry fue a su casa a atacarlo.*

Contuve la respiración. Una a una, fui quitando las pelotitas de la manga derecha con los dedos.

—*A mí una vez me pareció verlo también. A lo mejor también estoy perdiendo la cabeza.*

A Charlie se le cayó al suelo el mechero de plata con el que estaba jugueteando.

Dios, por un momento se me olvidó con quién estaba hablando. Me sentí terriblemente mal, como si fuese a vomitar. El pobre de Charlie no tenía mejor aspecto; estaba todo sudado, la piel del color de la cera.

—Estoy bastante seguro de que no era él —le dije—. Charlie, maldición, mi padrastro es un borracho, y yo... yo sí que estaba loco, pero de dolor. Esas cosas pasan.

—No, Birdy —susurró; se había puesto de pie, y temblaba como un niño resfriado—. Llevan dos años y medio intentando que olvide lo que pasó, pero diablos, no puedo. Henry...

—Cállate, Charlie, por favor.

Estaba volviendo a ser un energúmeno con él, pero no pude controlarme. No quería volver a escuchar esa historia. No quería volver a todo aquello.

—Birdy, tienes que escucharme. Fue un accidente, pero yo m...

Hice el amago de tirarle el cepillo a la cara.

—Di otra vez ese disparate de que mataste a Henry y vuelves al manicomio porque voy a ser yo el que llame a tu padre para decirle que estás más loco que la noche que Henry murió.

No debí haberle dicho todo eso. Lo sé ahora y lo supe entonces. Lo supe mientras lo decía, y cada sílaba me fue quemando por dentro al salir. Pero, Dios, estaba muy asustado, incluso más que Charlie. Temblaba, como él, y cuando me di cuenta tenía el abrigo empapado con mis lágrimas.

—No me vuelvas a hacer esto, Charlie, por favor —le pedí; ahora estaba sollozando como un niño—. Me moriré si lo haces, te lo juro. No sé cómo lo soporté una vez, pero no puedo volver a hacerlo. Me estoy volviendo loco de verdad. —Me caí o me tiré al suelo, las rodillas alzadas y los codos sobre ellas—. Henry. Está. Muerto. Lo mató el tren, y lo sé porque tú no eres ningún asesino. No podría superarlo si lo fueras. Y sé que Henry está muerto porque... demonios, él no se iría así sin más. No nos haría esto a nosotros y no les haría esto a sus padres porque

entonces no sería el Henry que conocí y... mierda, Charlie, ¿te haces una idea de lo difíciles que han sido para mí estos años?

Por supuesto que lo sabía. Los suyos, en un hospital psiquiátrico, no podían haber sido mejores.

Separó los labios para añadir algo, pero ese algo me dio miedo.

—Por favor, no digas nada —le pedí—. No puedo volver a escuchar esa historia, por favor. Y no puedo seguir viviendo así tampoco, Charlie. Si sigo así acabaré matándome antes de llegar a los treinta, te lo juro. —Me sequé las lágrimas con el dorso de la mano—. Solo... solo quiero tener una vida de nuevo. Una buena vida. Y hacer cosas buenas con ella, también.

Charlie abrió la boca y la cerró. Una sonrisa muy dulce se deslizó por sus labios.

—Claro —dijo, sentándose a mi lado, y me pasó el brazo por detrás de la espalda—. Lo siento, hombretón. Lo siento mucho. Todavía... todavía no me he recuperado del todo.

Negué con la cabeza.

—Siento haber sido tan cruel.

—¿Te refieres a ahora mismo o a los últimos veinte años?

Solté una risa cansada y debilucha, y después ya nadie dijo nada más. Nos quedamos así mucho rato. Era incapaz de reunir mis palabras; sentía que me ahogaba cada vez que lo intentaba.

Al final, cuando me calmé un poco, Charlie rompió el silencio:

—Con todo, no me has dicho adónde te ibas.

Tragué saliva.

—California. Eddie y Judy me han invitado a pasar un tiempo con ellos. Como los dos trabajan en el hospital, necesitan bastante ayuda con los niños. He pensado... he pensado que podría hacer algo bueno con el dinero de Romus, y el campus de St. Mary's queda bastante cerca. Podría estudiar y cuidar de los niños.

Charlie asintió.

—¿En qué estabas pensando? ¿Música?

—No. La música... la música siempre va a ser importante para mí, pero ya no quiero dedicarle toda mi vida. No es que tenga mucha idea de lo que quiero hacer. Supongo que tendré que descubrirlo cuando llegue.

Charlie se encogió de hombros.

—Al menos en el insti se te daban bien las ciencias.

Di un golpe de cabeza.

—Sí, eso es verdad. Parece honrado.

—Sí. He oído que quizá el hombre vaya a la luna.

Solté una risita, y le propiné un empujoncito suave en el hombro.

—¿Y dónde escuchaste eso? ¿En el manicomio?

Él rio también, devolviéndome el golpe.

Pero no se equivocaba, el pobre de Charlie. En lo de la luna y en el resto también. Es lo que hice, estudiar ciencias. La cola para inscribirse en Física era bastante larga, así que tiré por la Química. Hice mis cuatro años de carrera y después me contrataron tres meses en un instituto católico. Y después en otro. Y después en otro. Me di cuenta de que me gustaban los muchachos. Muchas veces los más incorregibles de ellos solo necesitaban que alguien les diese una oportunidad, y muchas veces yo era el único dispuesto a dárselas todas, como Eddie había hecho conmigo. Durante todos mis años de enseñanza he escuchado muchas tonterías de que a los chicos problemáticos hay que decirles esto o lo otro para enderezarlos, pero no es cierto. Los muchachos solo necesitan a alguien que los escuche de verdad.

Así fueron pasando los años. Lo cierto es que no me di cuenta de lo viejo que me estaba volviendo hasta que ya era un anciano. Con el último contrato pensé en jubilarme antes de tiempo, porque ¿qué iba a hacer yo en un instituto para niños ricos? Pero luego me acordé de lo perjudicado que había estado siempre Charlie por culpa de su padre y me supuse que a lo mejor todavía podía ser útil.

Luego me enfermé y me aseguraron que de esta ya no me curaría. Tienes que hacerles caso a los médicos cuando dicen esas cosas, supongo. ¿Te acuerdas de lo que decía tu madre? ¿Eso de que somos como lámparas de aceite y que Dios le pone a cada uno una cantidad distinta? Bueno, pues yo podía darme cuenta de que mi aceite se consumía. No me hacía falta ningún médico para corroborarlo. Y me tentaba la idea de morirme en el instituto y acabar convirtiéndome en una leyenda urbana, pero eso habría sido macabro hasta para mí. Además, un caballero siempre sabe cuándo es el momento de irse. Todavía me acuerdo de alguna de las lecciones de modales de tu madre.

Y eso es todo lo que he hecho en los últimos cincuenta años.

Cass

Alba
1. Primera luz del día antes de salir el sol.

Cuando Birdy terminó su historia tenía los labios aún más acartonados, secos, del mismo color que la piel. Henry le acercó un vaso de agua, pero él lo rechazó con un gesto.

Faltaban un par de minutos para el amanecer.

–Te he echado muchísimo de menos, Henry Buckley –susurró–. Muchas veces pensé que me volvería loco de la desesperación. Tenía un pánico terrible a olvidarme de tu voz, o del tacto de tus manos, o de las coletillas que siempre utilizabas o de tu marca de jabón. –Esbozó una sonrisa–. Hablé contigo muchas veces, ¿sabes? En mi cabeza. Oh, sí, mantuve largas conversaciones contigo. Y después de que mi padrastro muriera… fui tantas veces al club. Aunque ahora estaba abandonado de verdad, aunque ya no se parecía en nada a lo que conocíamos… me calmaba estar ahí, recordando. ¿Y sabes qué más? A veces todavía corro por el campo de fútbol, cuando es de noche y no hay nadie, y te imagino a mi lado.

Henry se secó las lágrimas de los ojos con el puño de la sudadera.

—Ojalá hubiera podido venir a verte antes —musitó, un niño asustado y muy perdido.

Birdy negó con la cabeza.

—A lo mejor es mejor que las cosas resultasen así. Yo podía cambiar y envejecer, y tú no. Y, de alguna manera, siempre te sentí muy cerca. —Le tendió la mano para que se la tomara—. Siempre has sido mi persona favorita en el mundo, Henry.

Tomó aire.

—Supongo que ahora ya sé lo que has hecho todos estos años y tú ya sabes lo que he hecho yo todos estos años —tosió—. Tengo una idea bastante aproximada de lo que viene después para mí, pero ¿y tú? ¿Qué va a pasar contigo ahora?

Henry tragó saliva, y se arrodilló ante el sofá en el que Birdy estaba tumbado.

—Lo mismo que para ti.

Birdy soltó una risita gris y cansada.

—Mírate, todavía eres un niño. No nos espera lo mismo.

—Sí —insistió Henry—. He encontrado la manera.

Y volvió a sacarse del bolsillo la botellita de sangre, sus contenidos refulgiendo como una bola de fuego, dibujando una sombra granate en su rostro.

—La sangre del vampiro que te transformó. Si la bebes, rompes la maldición —Alzó una ceja—. Si la bebo, moriré como debí haberlo hecho hace cincuenta y dos años.

Contuve la respiración. Pude sentir los dedos de Ryan acariciando mi muñeca, piel contra piel como un tatuaje frío.

Una arruga se dibujó en la frente de Henry, como si se estuviese dando cuenta por primera vez del significado de sus palabras.

—Moriría como Romus.

Birdy soltó otra risita cansada, e hizo el gesto de las pistolas con las manos.

—¿Cómo? ¿De un disparo?

—Del disparo de un amigo. —Se levantó, sonriendo—. ¿Jorge te contó? Estaba con Romus cuando murió. Dijo que la zona en la que estaban estaba protegida del enemigo; solo había una apertura a una de nuestras posiciones, así que siempre pensó que había sido un error.

Birdy movió la cabeza con mucha pena.

—Pobre Charlie. Y pobre Romus. ¿Te acuerdas de esa historia que nos contó cuando éramos niños? ¿La del entierro que vio dos veces?

Henry sacudió la cabeza, aquella sonrisa luminosa todavía en sus labios.

—Birdy, eso era una broma.

—No me digas, Sherlock. Era una buena broma. ¿Te acuerdas de cómo empezaba?

Y Henry se sentó en el otomano frente a la ventana, juntando la frente al cristal. El cielo ya era de ese raro tono, entre el gris, el añil y el blanco, que anuncia la llegada próxima del sol.

—Era la estación de la lluvia. —Empezó, tras sorberse los mocos—. Lo recuerdo perfectamente, porque el monzón hacía que la ropa se me pegase a la piel. ¡Oh, chico! Ni te imaginas lo sucio que estaba. Acabábamos de ganarle la final de la liga a Donna, y mi uniforme del equipo de fútbol había caído en combate. Estaba tan sucio que tenía la piel marrón, y no sonrosada. Apenas se me distinguía en la oscuridad.

»En esto estaba pensando, y en cómo le contaría a mi madre lo que había pasado, cuando escuché algo en la negrura de la noche. Campanas, pasos. Después olí algo. Incienso. Después vi algo: al sacerdote, y detrás de él un cortejo fúnebre. Fijé la vista y... ¡Sí, chico! Ese era mi buen amigo Ken LaDuke. Caminaba con sus padres, de modo que la que debía estar en el féretro era su abuela, porque el resto de sus familiares habían muerto hacía muchos años… quería ir con él y consolarlo, pero estaba tan, tan sucio que no habría resultado cortés. Mamá me enseñó modales, después de todo.

»Los días pasaron. No le dije nada a Ken porque todavía tenía vergüenza de mi aspecto aquella noche. El viernes siguiente, Ken faltó a clase. Les pregunté a todos qué le había pasado, y me dijeron que había muerto su abuela. Sí, eso ya lo sé, les contesté, la semana pasada. Qué semana pasada ni qué ocho cuartos, me dijeron ellos, los muy brutos, ha sido anoche. El funeral es mañana.

»Creí que me estaban tomando el pelo. Siempre estaban haciendo cosas de ese estilo. Pero al día siguiente yo estaba siendo un buen chico, intentando estudiar para mi examen de Latín, cuando escuché algo. Campanas, pasos. Después olí algo. Incienso. Después vi algo: al sacerdote, y detrás de él un cortejo fúnebre. Fijé la vista y… ¡Sí, chico! Ese era mi buen amigo Ken La Duke y, junto a él, sus padres…

Un silencio muy agudo acarició la habitación.

Henry no vio a Birdy morir. Estaba muy concentrado contando la historia de Romus. Me pregunté si se dio cuenta, mientras hablaba, si algo le arañó la espalda para advertírselo, de la misma manera en la que Birdy había sido muy consciente de que el aceite que le quedaba se consumía.

Debía ser así, seguramente, porque Henry se quedó sentado y mirando a la ventana un ratito más, el sol ya una rayita naranja y muy fina en el horizonte.

Luego se levantó y corrió las cortinas, de terciopelo oscuro, de manera que la luz no pudiese pasar. Ryan, a mi lado, me soltó la mano para encender la lámpara de pie.

Cuando Henry se volvió, unas gruesas lágrimas le empapaban las mejillas. Se cubrió la boca con las manos. Lo sabía.

Probablemente se dio cuenta a medida que hablaba, como si algo se le desgarrase por dentro.

—Lo siento mucho, Henry —le dije.

Él solo se arrodilló a los pies de Birdy, como había hecho antes, y le cerró los ojos. Con el mismo movimiento, se inclinó y le dio un beso en la frente.

Porque sabía que Henry no podía, y porque me imaginé que para él sería importante, me acerqué y le hice a Birdy la señal de la cruz.

Henry asintió, despacio, y se levantó para parar el reloj de pie en la hora exacta en la que estábamos. Supongo que él, también, se acordaba de algunas de las cosas que le había enseñado su madre.

—Puedo hacerme cargo de todo esto —nos dijo a Ryan y a mí, su cara todavía húmeda y reluciente.

Aquella debió de ser la primera vez en la que un muerto llamaba a la policía para comunicar el fallecimiento de otra persona. No sé a dónde fue después, si a Corpus Christi o a alguna otra parte de Texas. Puede que volviese a Oceanside, con Ruth. El caso es que no regresó a la pista de hielo y nadie en Lompoc volvió a verlo jamás. Tampoco retomamos el contacto.

Sí fui a visitar la tumba de su familia en Corpus Christi, como le prometí. Estaba repleta de flores frescas, sus colores tan fuertes que casi me hicieron daño en los ojos. Había una tarjeta grande, firmada por Charlie, y otras dos más pequeñas, firmadas por Birdy y por Jorge. El cumpleaños de Romus era el mismo día que el de Henry, pero cuatro años antes.

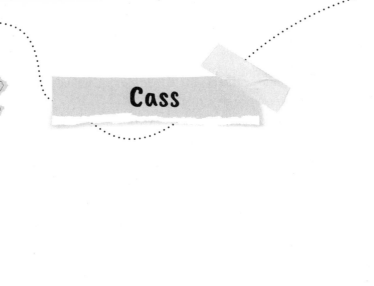

Cass

Viernes 15 de diciembre, 2000

La campanita de viento de la librería anuncia mi llegada antes de que me dé tiempo de poner ambos pies sobre el felpudo. Al sacudirme el abrigo de lana, los copos de nieve caen como pétalos sobre mis botas.

Me sorprendo imaginándome a Henry haciendo ese mismo gesto, en 1949, al ir a buscar a Birdy. Puedo verlo alzando la barbilla para poder leer mejor los lomos de los libros, también, y hundiendo las manazas en los bolsillos de su ropa nueva al salir. El nombre ha cambiado, pero la librería es la misma. Stein & Sons, se llama ahora, volúmenes y volúmenes polvorientos alzándose en cada rincón.

Me prometí que vendría tras leer aquella noticia en el Houston Chronicle. Últimamente me ha dado por leer los periódicos de todas las ciudades en las que he vivido; digo que es investigación para mi trabajo en el *Columbia Daily Spectator*, pero la verdad es que se trata, sobre todo, de nostalgia.

Así que me di de bruces con ese titular, a la hora del desayuno, justo entre la tostada y el jugo de pomelo.

Desaparición resuelta tras cincuenta y tres años
El instituto forense del condado de Nueces ha dictaminado que los restos mortales encontrados la semana pasada en Corpus Christi pertenecen a Henry J. Buckley. Henry J. Buckley desapareció el 28 de diciembre de 1947, a los dieciocho años de edad. Eddie Buckley Jr., hijo del hermano mayor del fallecido, hizo saber a los medios de comunicación que su familia nunca desistió en su labor de dar con el paradero de Henry.
Los restos mortales de Henry J. Buckley serán enterrados en el cementerio católico de Corpus Christi, en una ceremonia privada.

Al correr a la biblioteca para comprobar en el ordenador las esquelas de Oceanside, pude leer que Emily Ruth Forrester, de 75 años de edad, había fallecido a principios de mes. Henry había puesto sus asuntos en orden, como dijo que haría, y luego dejó que su historia terminase. Siempre se le dio bien, saber cuándo era el momento de irse. A lo mejor se lo dijeron los pájaros. A lo mejor Birdy hizo que un jilguero o un petirrojo se posasen en su ventana.

Esa es otra cosa. Ahora creo en muchas teorías improbables y fantasiosas, como que los muertos pueden traer pájaros a tu ventana o que, si me concentro en ello lo suficiente, puedo recibir la llamada telefónica que estoy esperando. Si piso el número preciso de grietas, tendré un buen día. Si me guardo el santo favorito de mi abuela en la cartera aprobaré todas las asignaturas este semestre.

La señora Waller, mi nueva psicóloga en Nueva York, lo llama pensamiento mágico. Yo lo llamo humanidad.

Pero tengo que creer en estas cosas, en estos razonamientos tan fuera de lo común, y no solo por Henry, sino también porque, al tomar una biografía de Eudora Welty, me encuentro con los ojos castaños de Ryan al otro lado de la estantería.

—Oh, Cassie —dice, como si encontrarnos por casualidad en esta librería específica de Nueva York fuese lo más normal del mundo.

Lo cierto es que no hemos hablado mucho, estos últimos meses. Se fue a Utica, eso es cierto. Por aquel entonces sí que nos llamábamos todos los días. A veces también chateábamos en AOL, pero la conexión a internet de Alaska era pésima y siempre nos quedábamos con las frases colgadas. Luego llegaron los exámenes finales y ya no tenía mucho tiempo para nada que no fuesen los libros. Más o menos por esa época Ryan se dio cuenta de que detestaba Utica y se largó con Tino a Toronto para fundar un nuevo grupo grunge. Así que ambos estuvimos bastante ocupados y las llamadas se volvieron más esporádicas, y para cuando me di cuenta estaba recibiendo todas las noticias de Ryan de boca de su prima Betty, a la que también habían admitido en Columbia, "como a Jack Kerouac".

—No sabía que estabas en Nueva York —le digo, todavía mirándolo por el huequito que acabo de crear al sacar el libro.

—Llegué hace dos días. Tocar en un grupo no es, eh, un trabajo de verdad, así que tengo que venir a Estados Unidos cada tres meses para poder renovar la visa de turista.

Me río. Esto es lo más típicamente Ryan que oiré jamás. No va a preocuparse por obtener una visa más segura hasta que esté en problemas, tampoco.

—Betty dice que a Tino y a ti les va de maravilla.

—Betty no sabría reconocer buena música ni aunque le diese un guitarrazo en la cabeza —dice Ryan, sin un ápice de amargura—. Pero nos va bien, sí. Somos Tino, yo y como batería este tipo de Toronto que conocimos en un bolo, Joe Leckie. Es viejo. Bueno, viejo no, pero tiene tres hijos. Toca la batería que te cagas, eso sí, y no es que podamos ser muy quisquillosos. Es periodista, cuando no está tocando la batería, pero el que escribe la mayoría de las canciones soy yo.

Le sonrío. No hemos cambiado de posición, pero cuando Ryan se estira para tomar una biografía de Stevie Wonder nuestras manos se rozan y es como si volviésemos a 1999 de nuevo, en la carretera.

—Pues me encantaría escucharlas.

—Tampoco te creas que son los Sonetos de Shakespeare.

—Me encantaría escucharlas.

Ryan separa los labios, como si fuese a preguntarme cómo me van las cosas a mí, pero entonces parece reparar en dónde estamos. En lo pesadas y sólidas que parecen las paredes, a nuestro alrededor.

—Supongo que has leído las noticias, entonces —dice, mordiéndose el labio inferior.

Asiento con un gesto. Ryan tamborilea los dedos en la estantería.

—Bueno, es lo que quería. Ah, no sabes lo mucho que lloré por ese cretino. O sea, es lo que tenía que pasar, tarde o temprano, claro, pero lo voy a echar de menos una barbaridad.

—Sí, yo también. —Tomo aire—. Oye, ¿sabes que no eres el único que ha estado escribiendo últimamente?

Ryan suelta un sonidito nasal, lo cual en él suele ser el preámbulo de una risita.

—Sí, bueno, pero tú escribes a todas horas. ¡Si lo sabré! Le he pedido a Betty que me mande ese periódico de la universidad solo para leer tus artículos.

La sonrisa crece tanto en mi cara que me arden las mejillas.

—Estás de broma.

—Nunca había ido tan en serio en mi vida. Ese Joe Leckie, bueno, dice que no haber terminado los estudios no tiene nada de malo, pero que ser un ignorante es otra cosa. Dice que es importante estar al tanto de lo que pasa en el mundo, y yo pensé que si tengo que ponerme a leer noticias a los diecinueve años por lo menos tendrán que estar escritas por alguien con sentido del humor.

Desvío la mirada, como si eso fuese a evitar que Ryan pueda fijarse en lo roja que me he puesto.

—El *Daily Spectator* solo habla de cosas que pasan por aquí, en Columbia. El año que viene espero que me tomen en el *Political Review*. Así al menos puedo escribir cosas con algo más de sustancia que los menús de la cafetería.

—Pues te has perdido un año electoral impresionante. Hasta yo me pasé por California para votar por Al Gore.

—Al menos con Bush en el gobierno tendré material de sobra para artículos críticos. —Le doy un golpecito en la muñeca—. Me aseguraré de hacerle una suscripción a tu padre, de tu parte. —Sacudo la cabeza—. ¡Pero en fin! No hablaba de mí. Henry.

Ryan parpadea.

—¿Henry?

—Escribió sobre nuestro viaje. Sobre algunos de sus recuerdos, también. Se lo mandó todo primero a Charlie, porque le daban vergüenza sus faltas de ortografía. Charlie me lo envió mecanografiado hace un par de semanas.

Ryan toma aire, casi como si quisiese tragarse todas mis palabras, llenar sus pulmones con ellas. Sus ojos son inmensos, con el borde rojizo fruto de la luz que entra por la ventana.

—Cassie, creo que tienes que escribir un libro sobre esto.

Mi risa interrumpe el silencio de la librería como un cuchillo demasiado afilado.

—Nadie se lo creería.

—Nadie tiene que creérselo. Cambia los nombres. Di que es ficción.

—No creo que sea lo suficientemente buena para esta historia —contraataco, hundiendo la barbilla en el cuello vuelto de mi jersey.

Aquello no detiene a Ryan, que vuelve a tamborilear los dedos sobre la estantería.

—Lo eres. Lo serás. Puedo ser tu primer lector. No es por ponerte presión, pero estoy leyendo muchos libros buenos últimamente. La mujer de Joe acaba de dejarme *Tomates verdes fritos*. Tienes el listón muy alto, pero lo conseguirás.

Cada sílaba es más explosiva que la anterior, como un juramento. Y me lo creo todo. Tiene que ser verdad si sale de los labios de Ryan, si lo hace con esa ferocidad.

—Voy a escribir un libro sobre esto. —Sonrío, y tengo que contenerme mucho para no ponerme a gritar y a saltar aquí mismo—. Dios, es una locura. No creo que nadie vaya a comprarlo.

—¿Y qué? Entonces nos quedará para el recuerdo.

Eso me gusta. El recuerdo. Henry decía que no le gustaba hablar de los muertos porque, cada vez que lo haces, su memoria palidece, mezclando realidad con ficción, hasta casi desaparecer. Ponerlo todo por escrito, ahora que lo tengo tan cerca que me parece que podría tocarlo si extendiese los brazos, obraría todo lo contrario. Podría volver a ello siempre que quisiera, y habría un lugar en el mundo en el que Henry y Birdy no morirían jamás.

Señalo la puerta con un movimiento de cabeza.

—¿Qué me dices de ir a comer algo? Tenemos muchísimas de cosas con las que ponernos al día.

Silba.

—Estaba esperando a que me lo preguntases. Deja que pague por el libro.

Lo agita en el aire, y me hago a un lado para verlo, la luz del atardecer cae dorada sobre el tabique arqueado de su nariz.

Pienso en todo lo que tengo que decirle.

Que Lucas es muy feliz en Alaska. Tiene un grupo de amigos con los que se junta para ver episodios antiguos de *Star Trek*, y cuando sea mayor quiere ser ingeniero informático, aunque todavía no tiene muy claro el significado de la palabra "ingeniero".

Que Nora está mejor, de la manera en la que estás mejor una vez hundes los pies en la vida real. Que corre para la Universidad de Baylor ahora, en Texas, y que nos mandamos cartas todos los meses pero que ya no hablamos a diario porque la vida nos ha llevado por caminos distintos.

Que he empezado clases de ruso conversacional y ¿puedes creerte que puedo reconocer el cirílico, que puedo leer con claridad un grupo de símbolos que hasta hace unos meses eran jeroglíficos para mí? Que ya no deseo ser capaz de arrastrarme fuera de mi cuerpo, pero que tomo la mayoría de las cenas en mi habitación porque todavía me siento desnuda y vulnerable compartiendo las horas de la comida con desconocidos. Que ya no practico gimnasia, pero que a veces bailo bajo la nieve, cuando creo que nadie me ve.

Que lo he echado de menos.

Todo eso quiero decirle. Me lo repito mentalmente para no olvidarlo, como una oración, mientras observo aquel halo dorado que cae sobre la joroba de su nariz.

Agradecimientos

Esta novela ha sido un viaje de principio a fin, desde los primeros capítulos, escritos en una cafetería en plena ola de calor, a las últimas líneas en mitad de una noche fría de lo más crudo del invierno.

Este libro no existiría de no haber contado con el entusiasmo de María, Meli y Alena de V&R Editoras. Tampoco sin las sesiones de escritura en todas las cafeterías de Londres posibles junto a Joop. Gracias a Ro, por ser mi Nora en los meses más difíciles, y por su paciencia conmigo.

Le debo todo al personal de la British Library, que me ayudó con la documentación de la historia de Henry. Gracias también a Herbert, por compartir conmigo sus experiencias en el Pacífico, y al personal de los archivos de St. Louis, por proporcionarme documentos de inestimable utilidad. Finalmente, la música y la cultura me han hecho más fácil el salto a los 90 de mi infancia. Esta novela tiene el sabor de los episodios de Halloween de *Los Simpson*, de las canciones de Nirvana y de la deliciosa apatía de la generación X. Gracias por darle a Cass su puntito más Daria.

¡QUEREMOS SABER QUÉ TE PARECIÓ LA NOVELA!

Nos puedes escribir a vrya@vreditoras.com
con el título de este libro en el asunto.

Encuéntranos en

 facebook.com/VRYA México

 instagram.com/vryamexico

 twitter.com/vreditorasya

COMPARTE
tu experiencia con
este libro con el hashtag

 #esosmonstruos